DUMONT

1971 in einem Dorf in Süddeutschland.
Als einziges Kind ihrer Eltern gibt es für Roberta keine andere Zukunft als die, einmal die Bäuerin auf dem Hof zu sein. Hier auf dem Land sind Vergangenheitsbewältigung, Kriegsdienstverweigerung, Feminismus, Popkultur und Miniröcke nichts, womit man sich beschäftigt. Hier zählen Arbeit, Gehorsam und moralisches Verhalten. Doch Roberta träumt davon, eigene Kleider zu entwerfen, auch wenn sie weiß, dass das ein Traum bleiben wird. Zugleich liebt sie ihren Hof und die körperliche Arbeit in der Natur. Und dann gibt es da noch den Pfarrerssohn Wilhelm, ihren Freund aus Kindertagen. Die beiden verlieben sich ineinander.
Wilhelm ist nicht nur für Roberta der Grund, im Dorf zu bleiben. Auch seine Mutter Gertrud bleibt wegen ihres Sohnes. Im Gegensatz zu Roberta hasst sie das Landleben und wünscht sich nichts mehr, als weggehen zu können, hinaus in die Welt.
Bald sind beide Frauen gezwungen, ihr Leben zu überdenken und Entscheidungen zu fällen, die nicht nur für sie alles verändert.

Ewald Arenz, 1965 in Nürnberg geboren, arbeitet als Lehrer an einem Gymnasium in Nürnberg. Seine Romane und Theaterstücke sind mit zahlreichen Preisen ausgezeichnet worden. Mit ›Alte Sorten‹ (DuMont 2019) stand er auf der Liste »Lieblingsbuch der Unabhängigen« 2019 und den Spiegel-Bestsellerlisten. Sein Roman ›Der große Sommer‹ (DuMont 2021) erhielt 2021 die Auszeichnung »Lieblingsbuch der Unabhängigen«. Der Roman ›Die Liebe an miesen Tagen‹ (DuMont 2023) stand auf Platz 1 der Spiegel-Bestsellerliste. Der Autor lebt mit seiner Familie in der Nähe von Fürth.

Ewald Arenz

Zwei Leben

Roman

DUMONT

1

Sie hätte auf den Bus warten können, aber der Nachmittag war sonnig, und außerdem war es gut, Zeit fürs Ankommen zu haben. Besser nach Hause gehen, auch wenn sie daheim den Kopf schütteln würden über den doppelten Weg. Den Koffer konnte sie ins Schließfach geben und morgen holen. Sie hatte nichts darin, was sie an diesem Tag noch brauchen würde.

Es hing eine schläfrige, heiße Stille über den Straßen der Stadt, der April war ungewöhnlich warm. Ein alter Herr, der im Eiscafé saß, hatte seinen Stuhl dicht an die Mauer der Stadtkirche in den Schatten gerückt, las Zeitung und rauchte seine Zigarre. Sie konnte sich nicht vorstellen, dass man bei dieser Hitze rauchen mochte. Ein, zwei Autos fuhren über den Platz; die meisten standen hitzeflirrend am Straßenrand und warteten auf gar nichts. Ein paar Kinder am Schweppermannsbrunnen hatten die Sandalen ausgezogen und saßen auf dem steinernen Rand, die Füße im Wasser. So etwas hatte sie als Kind nie gemacht. Bei ihnen im Dorf gab es keinen Brunnen, der noch benutzt wurde. Es sah aus, als würde es Spaß machen.

Sie war froh, dass sie heute Morgen die Hosen doch in den Koffer getan und das Kleid angezogen hatte, obwohl es noch so frisch gewesen war. Jetzt war das Kleid genau richtig, und wenn sie erst aus der Stadt heraußen war, würde sicher ein Wind gehen.

Die Häuser wurden weniger und die Gärten größer. Ein letztes Mietshaus stand verloren auf einer Wiese. Dann war die Stadt auf einmal zu Ende. Auf der kleinen Brücke über die Umgehungsstraße blieb sie einen Augenblick stehen. Die Apfelbäume entlang der einsamen Landstraße. In der Ferne, auf dem Berg, die Festung. Der Bach, der wenig mehr war als ein Abzugsgraben. Wieder daheim. Sie hatte fast vergessen, wie es war, wenn man auf viele Kilometer keinen einzigen Menschen sah.

Sie nahm den langen Weg durch das Tal. Zwei Gehstunden, aber ein Stück des Weges verlief durch den Wald an der Quelle vorbei. Schöner als der kurze mit dem steilen Anstieg an der Hauptstraße entlang; sie hatte ja Zeit. Daheim erwarteten sie sie erst morgen, und ihre Leute waren sowieso auf dem Feld.

Das Laufen nach der langen Zugfahrt tat wohl. Überhaupt war es gut, eine lange Strecke gehen zu können. Die letzten drei Jahre hatte sie so viel gesessen. An der Nähmaschine oder in der Berufsschule. Sie war immer dankbar gewesen, wenn sie am Zuschneidetisch stehen konnte oder im Lager bei den Stoffen helfen musste. Im Winter ging es noch. Da kam man daheim auch manchmal nur morgens und abends aus dem Haus, um beim Melken oder beim Ausmisten zu helfen. Aber im Frühling, im Sommer, im Herbst … da hatte sie sich immer danach gesehnt, draußen sein zu können. Die Schneiderwerkstatt in einer kleinen Textilfabrik am Rande der Großstadt zwischen Brauerei und Spedition; die hohen Fenster vom ewigen Stoffstaub immer so trüb, dass die Sonne in den Räumen nie ihre wirkliche Farbe hatte. Wie hätte sie da die Kleider nähen können, die nach und nach in ihrem Kopf entstanden waren, wenn sie an die satten Farben im Dorf dachte? Das Zimmer bei der Tante wiederum hatte nur ein Dachfenster gehabt. Keine hellen Jahre. Aber im Nachhinein gab sie dem Vater recht. Es war gut, einen Beruf zu lernen. Man wusste nie. Aber genauso gut war es, zurückzukommen.

Als sie Mühldorf erreichte, blieb sie einen Augenblick stehen. Der Wind kam vom Hügel herab und brachte den Duft von Gras mit. In der Stadt, wenn sie die Rasen mähten, roch es manchmal so ähnlich, aber es war nur wie eine müde Erinnerung an diesen kraftvollen und zugleich lichten Geruch, der Frühling hieß. Man sollte ein Kleid aus diesem Duft machen können. Es müsste, natürlich, grün sein, aber durchsetzt von farbigen Flecken wie Blüten und schmalen, hellen Streifen wie letztjährige Weizenhalme.

Egal. Sie hatten sowieso fast immer nur hässliche Kleider gemacht. Die Zeit in der Schneiderei war endlich vorbei.

Sie passierte die Mosterei, die um diese Jahreszeit verlassen dalag. Ansonsten war es hier in dem Dorf lebhafter als in der Stadt. Vom vorbeifahrenden Traktor herab grüßte sie einer. Sie nickte, obwohl sie sich nicht an ihn erinnern konnte. Mühldorf lag für sie aus Salach jenseits des Bühls, da kam man im Jahr nur einmal zum Mosten her.

Allmählich wurde ihr heiß. Der schmale Weg vom Dorf zum Wald hin stieg leicht an. Auf dem Feld rechts von ihr hatten sie Kartoffeln gesetzt, und es wurde schon Zeit, sie anzuhäufeln. Wo der Vater wohl dieses Jahr Kartoffeln anbaute? Im Eichental vielleicht. Nein, da hatten sie geerntet, bevor sie die Lehre angefangen hatte. Dann am Steinbruch womöglich.

Der Steinbruch. Am Steinbruch hatten sie immer gespielt, früher. Manchmal hatte sie wach gelegen, in ihrem Zimmer bei der Tante, und hatte durch das Dachfenster in den Himmel geschaut. Mit etwas Glück war der Mond darüber hinweggezogen, dann war etwas zum Anschauen da gewesen. An den Winterabenden, wenn sie zum Rodeln am Steinbruch gewesen waren und die Zeit vergessen hatten, da hatte der Mond auch manchmal schon am Himmel gestanden, und sie hatten gewusst, sie würden es kriegen, weil sie zu spät für den Stall zurückgekommen waren. Hatte sich trotzdem immer gelohnt.

Sie war am Waldrand angelangt. Dort, wo früher der Bach unter dem Weg durch einfach in die Wiese geflossen war, hatten sie jetzt ein Becken gebaut. Sie wusste erst nicht, was es sein sollte. Für ein Bewässerungsbecken war es zu klein. Dann sah sie die Tafel. Die beiden Holzpfähle, an die sie geschraubt war, glänzten hell wie frisch entrindet und rochen auch noch nach Fichte. Ein Kneippbecken, hieß es. Anscheinend sollte man an dem Geländer in der Mitte entlang durchs kalte Wasser laufen. Sie musste lächeln. Der Bach hätte es auch getan, oder? Am Waldrand hatten sie sogar geschottert. Ein Parkplatz. Na ja, hier hatten sie jetzt anscheinend einen Fremdenverkehrsverein.

Aber die Tafel hatte sie auf einen Gedanken gebracht: An der Einmündung zum Waldweg blieb sie stehen und streifte die Schuhe ab. Als Kind war sie im Sommer immer barfuß gelaufen. Jetzt spürte sie Aststücke oder Steine sehr deutlich. Stadtkind geworden, dachte sie fast verächtlich.

In der Ferne ein Kuckuck. Sein eintöniges Rufen hatte immer schon Frühjahr geheißen. Sonst war es sehr still im Wald. Kein Wind. Nur das klare Wasser in seinem Bett aus Tuffstein hörte sich eilig an. War die steinerne Rinne höher geworden? Es kam ihr fast so vor. Aber was konnte in drei Jahren schon gewachsen sein? Ihre Lehrerin hatte einmal gesagt, dass es hundert Jahre gedauert hatte, bis sich der Bach sein Bett aus

Kalk hatte bauen können. Weil der Bach sich aus dem Berg, aus dem er kam, den Stein mitnahm. Weil man bei jedem Wasser sagen konnte, wo es herkam. So war sie wohl auch. Etwas vom Dorf war immer in ihr, wie der gelöste Stein im Wasser war.

Oben, wo die Quelle aus dem Felsen sickerte, hatte sie noch kein Bett. Da war nur eine flache Kuhle, wo sich das Wasser sammelte, bevor es weiterfloss. Roberta kniete sich hin, schöpfte es mit beiden Händen und trank lange, bevor sie wieder aufstand und den Rest bergan stieg.

Sie trat ein paar Dutzend Meter unterhalb der Kuppe aus dem Wald. Das Sträßchen lag fast leuchtend in der Sonne, und sie zog die Schuhe wieder an, froh, dass sie an der Quelle getrunken hatte. Rechts und links wichen die Fichten zurück, und das Land wurde weit. An der Gabelung zögerte sie kurz. Über Pfraunfeld war es ein kleines Stück weiter, aber die Straße schattiger, weil es noch einmal durch den Wald ging. Andererseits war es schön, die Hitze auf den Schultern zu spüren. Sie ging gleichmäßig, es war gut, ausschreiten zu können. Von hier oben sah sie weiter im Norden die Landstraße liegen, auf der ab und an ein Auto fuhr, ohne dass sie es hätte hören können. Der Wind kam von Südwesten. Hoch über ihr surrte ein Flugzeug durch den leeren Aprilhimmel. Sie blieb stehen und sah ihm nach. Fliegen. Wie sich das wohl anfühlte?

Am Friedhof schloss der alte Satzinger gerade das Tor, als sie das Dorf erreichte. Den gab es immer noch. Eigentlich war sie nicht einmal ganze drei Jahre fort und an Weihnachten und die zwei Urlaubswochen im Sommer zum Helfen daheim gewesen, aber in diesem Moment kam es ihr so vor, als wäre sie ihm als Kind das letzte Mal begegnet. Seltsam.

»Sel, die Strasser Roberta«, sagte er in dem schweren Salacher Zungenschlag, »bist wieder daheim?«

Sie hätte fast gelacht. Nichts sagte ihr mehr, dass sie wieder daheim war, als dieses lang gezogene, bedächtige »sel«, das in der Stadt niemand verstand und das alles heißen konnte, »aha« und »wohl« und »soso« und »schau an«.

Sie nickte. Der Satzinger drehte den Schlüssel im schwarz geschmiedeten Schloss des Friedhofstors. Sie kannte es nicht anders, als dass er nach der Kapelle schaute, die alten Kränze auf den Mist warf und das Gras zwischen den Gräbern schnitt. Hier war schon immer alles gewesen wie immer.

»Den Vater wird's freuen«, nickte auch er wie zur Bestätigung. »Es ist Arbeit genug am Hof.«

Ja, dachte sie, als sie weiterging. Aber auch das war immer so gewesen: Arbeit genug.

2

Gertrud hängte Wäsche auf, als sie Roberta über den Dorfplatz auf den Hof der Eltern zugehen sah. Sie hasste Wäscheaufhängen, aber besser im Pfarrgarten als auf dem Dachboden wie im Winter. Und sie hasste es eigentlich auch, dass sie wusste, dass es Roberta war, die da nach ihrer Lehre in der Stadt – was war es gewesen? Verkäuferin? – wieder nach Hause zurückkehrte.

Fünf Jahre, hatte es damals geheißen, hatte Hermann damals gesagt, als er hierher versetzt worden war. Fünf Jahre, und dann bewerbe ich mich in die Stadt. Das ist meine erste Gemeinde, ich kann keine Ansprüche stellen, und überhaupt muss man überall wirken können als Pfarrer. Zwanzig Jahre waren daraus geworden. Wilhelm war anderthalb gewesen, als sie in dieser Eisburg angekommen waren. Schüröfen im Wohnzimmer und im Esszimmer. Keine Heizung im Kinderzimmer oder im Gästezimmer oder im Schlafzimmer. Im Winter Frostblumen an den Scheiben, und wenn man abends den Tee auf dem Fensterbrett hatte stehen lassen, dann war morgens eine dünne Eisschicht in der Tasse. Wie sie um die Ölöfen hatte kämpfen müssen! Der Kirchenvorstand … alles Bauern. Bei uns heizt auch keiner die Schlafstube. Die Gemeinde hat kein Geld. Die Orgel gehört überholt. Das Ziffernblatt der Kirchturmuhr wollen wir schon lange austauschen. Und warum sie kein Gemüse anbaue im Pfarrgarten wie alle anderen. Dann wäre nämlich Geld genug da für einen Ofen, den dann die Gemeinde nicht bezahlen müsste.

Nein. Natürlich heizte keiner die Schlafstube. Die war bei denen neben dem Stall, da war es warm genug.

Es war nicht nur wegen ihr. Wilhelm hätte sie gewünscht, dass er nicht nur hier aufgewachsen wäre. Nicht zehn Kilometer mit dem Rad fahren müssen, wenn man ins Kino wollte. Oder jeden Tag so früh aufstehen müssen, weil er den Bus zur Oberschule nahm. Ein einziger Junge aus dem Nachbardorf war auch aufs Gymnasium gegangen, und wie es so war – er und Wilhelm hatten sich nie leiden können. Wilhelm war ein Stiller, aber er wusste, wen er mochte und wen nicht. Vielleicht kam er zu sehr nach seinem Vater.

Wenn sie seine Freunde nicht manchmal mit in die Stadt ins Bad mitgenommen hätte, dann könnte hier im Dorf immer noch keiner schwimmen. Roberta auch, erinnerte sie sich. Die war auch immer unter denen gewesen, mit denen Wilhelm gespielt hatte. Vielleicht hatte sie die Lehre in der Stadt auch deshalb gemacht. Weil sie schon mal was anderes gesehen hatte als immer nur das Dorf.

Sie schlug das schwere, nasse Laken aus und klammerte es an die Leine. Immerhin war Frühling.

3

Der Hof war leer, die Eltern auf dem Feld. Sie ging durch den Stall ins Haus; die hintere Tür war nie zu. In der Stadt schlossen sie immer alle Türen ab, das hatte sie am Anfang gewundert. Aber dann auch wieder nicht. Die waren sich ja alle fremd. Hier schlossen sie immer nur die Haustür zu, wenn sie weggingen. Das Wertvolle war ja nicht im Haus, sondern in den Ställen und Scheunen, und die konnte man eh nicht alle zusperren.

In der Küche war es fast wärmer als draußen. Sie befühlte das Wasserschaff – es war noch heiß. Also hatte die Mutter gekocht, und das hieß, dass sie auf keinem der weiter entfernt liegenden Felder waren, wenn sie zu Mittag hatten heimkommen können. Der Geruch nach Holzfeuer – das hatte ihr gefehlt in der Stadt. Die ewige Hitze in der Küche nicht. Aber die Mutter würde niemals einen elektrischen Herd wollen. Nicht, weil sie gegen das Neue war. Schließlich hatten sie jetzt auch eine Melkmaschine. Aber das Holz kostete sie nichts. Der Strom schon.

Sie ging kurz nach oben auf ihre Stube. Alles wie immer. Das Bett frisch bezogen. Hier war es gleich kühler, weil die Mutter das Fenster musste aufgetan haben, bevor sie aufs Feld gegangen war. Sie nahm ein Buch aus dem Regal, das ihr der Vater gezimmert hatte, als es immer mehr geworden waren. *Sturmhöhe*. Das hatte sie immer gemocht. So voller Kraft.

Und darin auch eine, die auf einem Hof groß geworden war. Sie wog das Buch in der Hand, ohne es aufzuschlagen. Alte Geschichten.

Sie trat ans Fenster. Über dem hohen Scheunendach der Kirchturm. Nie war der Blick anders gewesen. Der weiche Glockenschlag hatte von Anfang an die Tage ihrer Kindheit gezählt und ihre Mädchenjahre. Das Abendläuten im Winter um sechs, im Sommer um acht. Der Vater im Stall nahm dann die Mütze ab und betete ein schnelles Vaterunser, obwohl er vom Pfarrer nicht viel hielt. Ob er an etwas glaubte? Wahrscheinlich tat er es nur, weil alle es taten. Weil es Herkommen war, und wenn man einmal anfing, das Hergekommene zu lassen, dann flog alles auseinander. Sie lächelte. Ja. Wahrscheinlich war es hier so. Wenn man das Hergekommene ließ, dann flog alles auseinander.

Sie sah noch einmal auf das Buch. Da war es auch so, dass alles auseinandergeflogen war. Sie stellte es zurück ins Regal zu den anderen. Obwohl das Buch schon so alt war: Diese Geschichte hatte sie immer berührt.

Es hielt sie nicht im Haus. Das Dorf war nachmittagsstill und die Gassen fast so leer wie an einem Sonntag. Sie holte sich das Fahrrad der Mutter aus der Scheune. Als sie auf die Hauptstraße abbiegen wollte, musste sie warten. Der Postbus kam und fuhr die Haltestelle an. Es war trotz der Jahre in der Stadt immer noch genug Dorf in ihr, dass sie nicht gleich weiterfuhr, als der Bus an ihr vorbei war, sondern dass sie wartete, bis alle ausgestiegen waren. Diese selbstverständliche Neugier, die es hier gab. Vielleicht konnte man es gar nicht Neugier nennen. Vielleicht war es ein selbstverständliches Wissenwollen. Wer kam und wer ging? In der Stadt gab es viel zu viele Menschen, da interessierte es niemanden, aber hier? Hier war es wichtig.

Sie hatte die Unterarme auf den Lenker gestützt und sah den Schmied Walter aussteigen und die Betty vom Hörnleinshof. Die war wohl beim Arzt gewesen, so wie sie sich aufgeputzt hatte, obwohl sie doch schon über fünfzig war. Es hieß, dass sie gerne zum Arzt ging und öfter als eigentlich nötig.

Ich habe das alles noch im Kopf, dachte sie ärgerlich. Wozu? Was geht's mich an, wenn die Hörnleins Betty gern zum Arzt geht. Ihr Mann … na, jeder wusste, dass der nicht gegen sie aufkam. Gerade, dass er nicht kleiner war als sie, aber ganz sicher nicht so stark. Wenn die aufs Feld fuhren, dann saß er hinten auf dem Traktor.

Sie schüttelte unwillig den Kopf über sich. Jetzt dachte sie doch weiter und wollte das gar nicht. Sie hob sich aus dem Sattel und wollte los, als der Wilhelm hinter dem anfahrenden Bus auftauchte. Er sah sie und hob nach einem kurzen Zögern die Hand als Zeichen des Wiedererkennens.

»Roberta. Bist du wieder da oder nur auf Urlaub?«

Er sah nicht mehr so sehr wie der Junge aus, den sie in Erinnerung hatte.

»Die Lehre ist vorbei. Ich bin jetzt wieder auf dem Hof. Die Eltern brauchen mich da. Und du? Studierst du jetzt?«

Er schüttelte den Kopf.

»Noch nicht. Meine Mutter hat es eigentlich gewollt, weil ich dann nicht zum Militär hätte müssen, aber ich hab gedacht …« Er zögerte einen Augenblick, als ob er nachdächte, dann machte er sich gerade. »Ich mache gerade Zivildienst. Im Krankenhaus.«

»Du hast verweigert?«

Sie kannte niemanden im Dorf, der verweigert hätte. Man

schloss die Schule ab, man machte seine Lehre, und dann ging man zum Bund. Wenn sie ein Junge gewesen wäre … sie überlegte einen Augenblick. Ja, vielleicht. Vielleicht auch nicht. Sie hatte sich noch nie Gedanken darüber gemacht. Es betraf sie nicht.

»War es schwer?«

Wilhelm schüttelte den Kopf.

»Der Papa hat mir geholfen. Allein hätte ich es nicht schreiben können. Die Anhörung war streng, aber sie haben mich dann doch durchgelassen.«

Wie selbstverständlich er »Papa« sagte. Sie hatte den Vater niemals anders als »Vater« genannt. Sie musste lächeln und sah für einen Augenblick nach unten, weil er es nicht sehen sollte. Aber er hatte es schon bemerkt.

»Was denn?«, fragte er höflich.

»Nichts. Ich fahre zum Steinbruch«, sagte sie schnell, weil sie nicht wusste, wie sie hätte erklären sollen, dass es … so seltsam zärtlich klang, wie er vom Herrn Pfarrer sprach.

»Ah.« Er wandte sich zum Gehen. »Na, es ist schön, dass du wieder da bist, Roberta.«

Er ging, die Hände in den Hosentaschen, mitten auf der Gasse in Richtung Pfarrhaus. Er war immer ein bisschen komisch gewesen, zwischen scheu und wild, der Wilhelm.

Sie stieg endgültig auf und trat in die Pedale; auf einmal in Eile, aus dem Dorf herauszukommen, bevor sie mit noch jemandem reden musste.

In der Kastanie am Ortsausgang bildeten sich allmählich die Blütenkerzen. Noch kein Nektar, deswegen schwärmten die Bienen woanders. Sie war lange nicht mehr mit dem Rad gefahren. In der Stadt hatte sie keins gehabt und zur Schneiderei sowieso immer die Tram nehmen müssen. Der Fahrtwind war schon sommerlich weich und der Himmel immer noch hoch, obwohl es bald auf den Abend zugehen würde. Auf dem Feld neben ihr waren die Rüben bereits aufgelaufen und würden bald gehackt werden müssen. Wenn der Vater welche angebaut hatte. Auf dem Feld draußen an der Teufelsmauer sicher nicht, da war der Boden sandig.

Sie schüttelte den Kopf, ärgerlich über sich selbst. Morgen war Zeit genug für diese Gedanken, heute war sie noch frei.

Auf dem Feldweg, der von der Landstraße abbog, standen Pfützen in den Schlaglöchern, die immer wiederkamen, auch wenn man sie noch so oft mit Ziegelschutt auffüllte. Es musste geregnet haben. Sie wich den größten Lachen aus, aber ab und zu rollte sie doch spritzend durch und hob dann rasch die Füße von den Pedalen. Hier waren sie oft gewesen. Wilhelm auch manchmal. Dieses eine Mal war er auf jeden Fall dabei gewesen. Komisch, dass es sie trotzdem immer wieder hierherzog. Alle paar Monate, wenn es daheim zu viel wurde, eine Zeit lang sogar fast jede Woche. Vom Dorf kam keiner hierher, außer vielleicht die Jäger, aber die waren nachts da oder in der Frühe.

Es war schön, dass alles blühte. Blühen versprach die Frucht, sah schön aus und bedeutete noch keine Arbeit. Die war noch weit weg. Das Äpfelauflesen und die Kartoffelernte und das Rübenhacken und … und schon wieder waren ihre Gedanken bei der Arbeit, dabei rollte sie eben an den Holunderhecken vorbei, die so dunkelsüß dufteten. Zum Steinbruch ging es leicht hügelan. Er lag unterhalb des Waldes, der über die Jahre immer näher an seine Kante herangewachsen war, seit der Steinbruch aufgelassen wurde. Kurz davor gabelte sich der Weg, und sie entschied sich für den breiteren, der steil bergab ging; da, wo früher die Fuhrwerke direkt in den Bruch gefahren sein mussten, um die Steine aufzuladen. Dort unten hatten sie immer gespielt, wenn sie es ungesehen aus dem Hof geschafft hatte. Räuber und Schander. Indianer. Krieg. Die Amis hielten im Herbst immer ihre Manöver im Wald ab, und manchmal hatten sie Patronenhülsen gefunden, aus denen sie sich dann Cowboygürtel bastelten. Und einmal eine Handgranate, aber die hatten sie versteckt, weil der Wolfgang gesagt hatte, dass sie zu gefährlich war. Cowboy hatte sie nie sein dürfen. Indianerin eben. Aber Räuber schon. Dagegen konnten sie nichts sagen.

Sie lehnte das Rad an einen der riesigen Blöcke, die hier immer noch herumlagen. Wenn sie den Steinbruch heute so ansah, dann kam es ihr vor, als hätten sie von einem Tag auf den anderen mit der Arbeit aufgehört. Nach der letzten Sprengung vielleicht. Ein paar der Brocken waren schon rechteckig zugerichtet, aber sie waren nicht mehr abgeholt worden.

Von den Steinen ging eine Hitze aus, die gar nicht zum späten April passen wollte. Viel wuchs nicht hier unten. Ein paar Disteln. Steinbrech natürlich. Und da, wo sich im Laufe der Zeit angewehtes Laub gesammelt hatte, ein paar Brennnesselinseln.

Sie hatten ihnen den Steinbruch immer verboten, streng sogar. Wegen der losen Steine und der Abbruchkante, hatten die Eltern gemeint. Der alte Satzinger wiederum hatte behauptet, da läge noch Munition aus dem Krieg. Und der Bürgermeister hatte irgendwann ein Schild am Zaun anbringen lassen: Betreten verboten. Einsturzgefahr. Was genau hätte einstürzen sollen, war ihnen nie klar gewesen. Aber vor dem Sommerkeller am Rand des Bruchs hatten sie von sich aus schon Angst gehabt. Keiner von ihnen hatte sich jemals tief in die

Höhlen getraut. Der Wolfgang hatte behauptet, es gäbe einen Gang bis hinein ins Dorf, in den Keller vom Pfarrhaus, noch von irgendeinem Krieg von ganz früher. Sie musste lächeln, wenn sie daran zurückdachte. Ihre Fackeln hatten nie gebrannt. Gerade, dass sie noch glommen, wenn man ein paar Meter hineingegangen war. Der Wilhelm hatte einmal Kistenspäne mitgebracht, die er vorher mit Kerzen abgerieben hatte. Die leuchteten wenigstens ein wenig, aber sobald das Wachs weggebrannt war, gingen die auch aus.

Sie suchte den Weg zum Eingang des Sommerkellers. Früher hatten sie das Bier da gelagert und das Eis. Es gab im Umkreis von fünfzehn Kilometern keinen See und keinen Fluss, deshalb hatten sie im Winter das Eis von weit her holen müssen, aus einem Weiher bei der Anlauter vielleicht oder noch weiter im Süden. Das hölzerne Gatter hing schief in den Angeln. Im Eingang des Kellers wuchsen ebenfalls Brennnesseln und ein wenig Gras, so weit das Licht reichte. Sie legte den Kopf zurück und sah nach oben. Das frühere Wirtshaus war direkt über den gemauerten Eingang gebaut worden, und es hatte denselben Namen gehabt: Zum Sommerkeller.

Warum kam sie immer wieder her? Sie konnte es nicht sagen. Nur, dass es sie immer wieder hierherzog. Wie eine seltsame Lust war es, ein kleiner Schmerz, den man immer wieder fühlen musste. Sie hatte als Kind ihre Wunden nie in Ruhe lassen können. Aber das allein war es nicht. Es war auch das immerwährende Rätsel, zu dem man immer wieder zurückkehren musste.

Das Haus war noch verfallener als damals. Einen der hölzernen Läden hatte es wohl bei einem Sturm heruntergehauen. Er lag auf der völlig überwachsenen Außentreppe zum Wirtshausgarten hinauf und verrottete da. Die anderen hingen schief in den Angeln. In ein paar Fenstern fehlte das Glas. Vielleicht war der Kitt so alt geworden, dass sie einfach herausgefallen waren – sie sah keine Scherben. Am Ende war das damals auch schon so gewesen; sie erinnerte sich nicht. Aber die kleine Birke, die aus dem Mauervorsprung vor den Fenstern im ersten Stock wuchs, die hatte es noch nicht gegeben, da war sie sich sicher.

Sie stand im völlig verwilderten Biergarten vor dem Eingang. Die verrosteten, nackten Metallgestelle der Stühle lagen im hohen Gras herum, kaum noch sichtbar, die hölzernen Sitzflächen längst herausgewittert. Die Kastanie in der Mitte wölbte sich über den gesamten Garten. Es musste ein schönes Wirtshaus gewesen sein. Der Vater hatte erzählt, dass seine Eltern vor dem Krieg hierher zum Tanz gekommen waren, am Samstagabend oder manchmal, wenn Kirchweih war, auch an den Sonntagnachmittagen im Sommer. Das lag schon lange zurück, dachte sie, als sie zu den Gastzimmern hochsah, sie war noch ein Kind gewesen. Dann trat sie in den Gang. Wie damals.

Wilhelm, Wolfgang und sie. Sie wussten, es war verboten. Ende Februar musste es gewesen sein. Die Nächte noch frostig, und Schnee war auch noch gelegen. Aus dem Grund waren sie überhaupt hergekommen. Noch einmal rodeln, bevor der Winter ganz vorbei war. Aber auf dem Feld unterhalb vom Wald hatte es schon angefangen zu tauen; der Schnee war schwer und schmutzig gewesen, und der Schlitten hatte nicht mehr rutschen wollen. Dann waren sie zum Steinbruch gelaufen und hatten das Wirtshaus entdeckt. Der Wolfgang hatte eigentlich nicht mitkommen wollen, der Schisser. War er heute noch, dachte sie.

Der Vater haut mich recht her, hatte er gesagt. Immer wieder.

Bis der Wilhelm stehen geblieben war und gesagt hatte: Du kannst auch heimlaufen. Roberta und ich gehen auf jeden Fall.

Dabei hatte er sie angesehen, als wollte er wissen, ob das stimmte. Es hatte gestimmt. Obwohl sie wusste, obwohl das ganze Dorf wusste, dass der Vater vom Wolfgang wirklich so war. Schellen gab es bei allen. Aber der Vater vom Wolfgang nahm den Gürtel oder auch Haselgerten, und die zündeten so, dass einem die Haut aufplatzte. Wolfgang hatte es ihnen einmal vorgemacht, nach der Schule auf dem Kirchhof, und alle hatten es sich geben lassen. Weil keiner feig sein wollte, aber Wolfgang hatte so zugehauen, dass Wilhelm an der Schulter wirklich geblutet hatte.

Neun oder zehn mussten sie gewesen sein. Sie wusste es nicht mehr genau. Zusammen hatten sie die Tür aufgezogen. Sie hatte sich nur schwer drehen lassen; das Holz aufgequollen von der Winternässe und die Angeln rostig von der Zeit. Der Gang dunkel, aber im alten Gastraum war es hell und eisig gewesen. Auf einem der Tische am zerbrochenen Fenster sogar ein angewehter Haufen Schnee, aus dem es gleichmäßig auf den Boden tropfte. Wolfgang hatte aus Spaß den Lichtschalter gedreht, aber natürlich gab es hier schon lange keinen Strom mehr. An den Zapfhähnen hatten sie gespielt, und dann hatte Wilhelm angefangen, die Biergläser aus den Regalen in den Raum zu schmeißen. Hatte er einfach so gemacht. Schließlich sie und sogar Wolfgang. Lachend und schreiend. Jedes einzelne Glas hatten sie an die Wände gefeuert und auf den Boden, bis keins mehr übrig war und der Boden unter ihren Sohlen knirschte, weil alles voller Scherben war.

Dann waren sie nach oben gegangen; fiebrig und aufgeregt und immer noch lachend. In jedes Zimmer hatten sie geschaut. In einem hatte sogar noch ein Bett gestanden; immer noch bezogen, voller Mäuseschiss und Taubenfedern. Und im Zimmer gegenüber hing der schöne Bernd an einem Strick von der Decke, ganz still. Zu dritt in der Tür stehend, waren sie auch ganz still geworden.

Sie stand da, wo sie damals gestanden hatte. Im Türrahmen. Durch das glaslose Fenster ragten die Zweige der jungen Birke, die außen auf dem Vorsprung im Mauerwerk wuchs. Die Blätter bewegten sich leicht in der aufkommenden Abendbrise. Die Luft war leicht und warm. Es überlief sie, aber es war kein unangenehmes Gefühl. Eher wie die Erinnerung an eine längst überwundene Angst. Noch ein Grund vielleicht, neben dem ewigen Rätsel, weshalb sie immer wieder herkam.

Ganz still hatte er gehangen, der schöne Bernd aus Raitenbühl. Sie kannten ihn alle drei. Er hatte die Fußballer trainiert, und im Kirchenchor hatte er gesungen. Für die Kirchenjugend waren sie alle drei noch zu klein gewesen und daher lange neidisch auf die Großen, weil die einmal im Jahr mit dem Bernd ins Zeltlager fahren durften; hinunter an die Donau.

Der Vater schlägt mich tot, hatte Wolfgang mit ganz kleiner Stimme gesagt. Der schlägt mich tot.

Unter dem schönen Bernd lag ein umgestürzter Wirtshausstuhl. Daneben ein Schuh. Den anderen hatte er noch an, aber einer lag am Boden. Daran erinnerte sie sich immer wieder. An den Schuh. Heute wusste sie: Er musste mit den Beinen im Todeskampf gestrampelt und dabei den Schuh verloren haben. Damals hatte sie das Bedürfnis gehabt, hinzugehen und ihm den Schuh wieder anzuziehen. Als ob sie dadurch alles wieder hätte gutmachen können.

So hatten sie dagestanden und ihn angeschaut.

Wir müssen es sagen.

Aber Wolfgang schüttelte wild den Kopf. Seine Stimme war so voller Angst, wie sie sie noch nie gehört hatte.

Wir haben doch alles kaputt geschlagen unten. Und sie haben es doch verboten. Wir hätten nie herkommen dürfen. Der Vater schlägt mich tot, wenn wir es sagen. Wirklich. Der schlägt mich tot.

Ja, sie hatten es ihnen verboten. Jedes Kind im Dorf wusste, dass der Steinbruch verboten war.

Wir dürfens nicht sagen. Ihr müsst schwören. Wir sagen nichts.

Der Abend kam. Draußen färbte der Himmel sich allmählich in sanften Farben. Manchmal hatte sie an solchen frühen Abenden aus dem Fenster der Schneiderei geschaut und sich gedacht, dass man den Himmel zuschneiden sollte, wenn er so gefärbt war. Weil Kleider aus solchem Stoff einen sicher glücklich machen konnten.

Sie sah aus dem Fenster, und gleichzeitig erinnerte sie sich, wie sie damals Wilhelm angesehen hatte.

Alle drei hatten sie noch einmal zum schönen Bernd geschaut. So gern wäre sie hingegangen und hätte ihm den Schuh wieder angezogen. Auf dem Tisch neben dem Fenster lag ein Zettel. Ein wenig Schnee war auch darauf geweht, aber man konnte ihn noch sehen. Warum sie ihn einsteckte, wusste sie nicht. Vielleicht, weil sie irgendwas tun wollte, wenn es schon nicht der Schuh sein konnte und irgendwie ein wenig Ordnung gemacht werden musste. Die beiden Buben sahen sie an.

Sie finden ihn eh, hatte Wilhelm schließlich unsicher gesagt und sie dazu nur genickt. Die Erwachsenen wussten wirklich fast immer alles, auch wenn man dachte, es wäre geheim. Sie gingen aus dem Zimmer und lehnten die Tür dann wieder so an, wie sie meinten, dass sie sie vorgefunden hatten.

Sie waren aus dem Haus gestürzt, waren mit dem Schlitten nach Hause gerannt, atemlos. Ihr habt geschworen, hatte Wolfgang am Dorfplatz gesagt, drohend fast, und war weitergelaufen zu sich nach Hause. Dabei hatten sie gar nicht geschworen, dachte sie damals. Sie jedenfalls hatte nichts gesagt.

Sie stieg wieder nach unten. Vorsichtig, manche Stufen waren schon morsch, und das Geländer war wacklig. Als sie aus dem alten Wirtshaus in die späte Sonne trat und langsam zu ihrem Rad hinunterstieg, atmete sie so schnell, als wäre sie gelaufen.

Ja, dachte sie, als sie aus dem Steinbruch fuhr, ich bin wieder daheim. Im Guten wie im Schlechten.

4

Gertrud hatte die Fenster weit geöffnet, um die laue Luft hereinzulassen. Sie hätte gerne auf der Terrasse gedeckt und dort Abendbrot gegessen, aber dazu war es noch zu kühl. Außerdem lag die Terrasse nach Nordwesten. Weil der Pfarrgarten natürlich nach Süden liegen musste. Das Haus war über zweihundert Jahre alt, aber so war alles. So dachte man auf dem Dorf: Das Gemüse brauchte Sonne. Die Gäste des Pfarrers nicht. Nur im Hochsommer war es nicht schlecht. Dann war es dort angenehm. Die großen Steinplatten waren wunderbar kühl, und man brauchte keinen Sonnenschirm. Aber Hochsommer war es noch nicht.

Sie warf das Leintuch über den Tisch. Hermann machte sich nichts daraus, ob es ein Tischtuch gab oder nicht. Er würde es wahrscheinlich nicht bemerken, wenn er mit seinem Buch zum Essen kam, es neben seinen Teller legte und nebenbei aß. Er las nicht nebenbei, sondern aß neben dem Lesen. Das hatte sie am Anfang an ihm gemocht. Diese Verlorenheit in geistigen Dingen. Einer, den die Trümmer um ihn herum, der Hunger, das ganze Nachkriegselend nichts angingen. Ein Student, der lesend, traumverloren in einem leeren Park auf einer halb kaputten Bank sitzen konnte. Um sich herum kaum noch Bäume, weil die alle zum Heizen gefällt worden oder bei den letzten Angriffen verbrannt waren. Georg hatte ihn ihr vorgestellt. Lachend: Das ist Hermann. Der studiert richtig. Ihr Bruder war auch manchmal in anderen Sphären, aber nie so vergeistigt wie Hermann. Georg liebte auch die praktischen Dinge, hatte immer gerne Sachen auseinandergebaut und wieder zusammengesetzt. Wollte wissen, wie die Dinge im Innersten funktionierten. Vielleicht hatte er deshalb von Theologie zu Jura gewechselt. Hermann war bei Theologie geblieben.

Ja. Das war schön an ihm gewesen. Und, seltsam, die Bauern machten sich nichts daraus, dass er völlig unpraktisch war. Dass er dem alltäglichen Dorfleben so fremd war, wie man nur sein konnte. Vielleicht musste ein Pfarrer für sie so sein. Eine Art Telefon zum lieben Gott. Sie verstanden nicht, wie er lebte, aber sie hatten einen Respekt vor ihm, den Gertrud sich nicht erklären konnte; einen Respekt, der nicht nur von seinem Amt kam. Auf sie erstreckte er sich nicht. Vielleicht war sie zu hochmütig. Sie wollte es nicht sein, aber dieser ganz leicht abfällige Ton, mit der in ihrer Hamburger Kaufmannsfamilie von Bauern gesprochen worden war, früher … ganz verschwand der vermutlich nie, und wie sollte er auch, hier in diesem Kaff? Wo sie keine Terrassen gewohnt waren, die nach Süden gingen. Wo man kein Telefon im Haus hatte und dann eben zum Pfarrer oder zum Bürgermeister ging, wenn man einen Anruf zu machen hatte. Ihre Eltern hatten bereits vor dem Krieg Telefon gehabt. Ja, das war es wohl. Und sie war immer nur die Frau Pfarrer. Mit ihrem Namen war sie hier im Dorf noch nie angesprochen worden. Noch nie.

Sie holte die Gläser aus dem Schrank. Wasser für ihn und Wilhelm. Wein für sich. Es hatte ihr schon als kleines Mädchen gefallen, dieses Glas Wein der Eltern am Abend. In Hermanns Familie hatte es das nie gegeben, obwohl er aus der Weingegend kam und sie aus dem Norden. Pietisten.

Unten ging die Tür, und sie hörte Schritte. Wilhelm. Hermann ging ganz anders, viel schwerer, obwohl er so dünn war. Wilhelms Gang hörte sich jung an.

»Mama?«, hörte sie ihn rufen.

»Hier oben. Ich decke gerade. Abendbrot ist in fünf Minuten.«

Er nahm immer zwei Stufen, so wie sie, lehnte dann am Geländer und hob in dieser halb schüchternen, halb unbeschwerten Art die Hand. Wie frisch er aussah, auch am Ende eines Arbeitstags.

»Roberta ist wieder da«, sagte er ohne Übergang. Als Kind war er immer so gewesen. Sagte, was ihm durch den Kopf ging. Das war selten geworden. Umso schöner sein Lächeln jetzt.

Gertrud nickte.

»Ich habe sie gesehen, vorhin. Wie lange war sie weg? Verkäuferin hat sie gelernt, oder?«

»Schneiderin«, antwortete Wilhelm und sah für einen kleinen Augenblick aus dem Fenster hinüber zur Kirche. »Drei Jahre. Als ich in die elfte Klasse gekommen bin, ist sie weg in die Stadt.«

Sie hob die Schultern.

»So ist das. Irgendwann geht es ins Leben. Sie kann froh sein, dass sie schon was gesehen hat von der Welt. Bei den meisten Dorfkindern … na ja.«

Er sagte nichts. Nahm seine Tasche auf und ging in Richtung Bad.

»Ich komme gleich. Hände waschen.«

Gertrud nahm die Treppe nach unten, um den Wein zu holen. Sie spürte das kleine Lächeln in ihren Mundwinkeln. Es war so, als käme mit Wilhelm das Leben ins Haus zurück.

5

»Gut, dass du wieder da bist. Wir müssen zum Lindenhain heute, Rüben hacken«, sagte der Vater.

Sie saß am Tisch, als wäre sie nie weg gewesen. Auf der roten Bank, unter dem kleinen Kreuz, das über ihr im Eck hing und das die Mutter beim Reinemachen immer vergaß. Als Kind hatte sie sich immer vor den Spinnweben gegraust, die dem Herrn Jesus übers Gesicht hingen. Heute lächelte sie, wenn sie zufällig hochsah. Es passte gut. Ob der Herrgott zusah oder nicht, hier unten in der Küche geschah doch immer das Gleiche, seit zwanzig Jahren. Dünner Kaffee am Morgen. Selbst eingekochte Marmelade auf der ebenso dünnen Schicht Butter. Als hätten sie keine fünfzehn Kühe im Stall stehen. Früher hatten sie die Butter selbst gemacht, erzählte die Mutter manchmal. Das war lange her. Heute kam sie von der Genossenschaftsmolkerei und ging vom Milchgeld ab. Der Vater war nicht geizig, aber wenn er die Zahlen sah, schwarz auf weiß, dann fing er das Rechnen an, und dann gab es weniger Butter.

So. Bist du auch wieder da?

Die Begrüßung gestern Abend, als die Eltern vom Feld kamen. Ohne Überraschung und ohne Freude. Als wäre sie nur beim Arzt gewesen oder in der Schule, nicht drei Jahre fort in der Stadt.

So. Bist du auch wieder da.

Ja, so war es hier. Nicht wie beim Herrn Pfarrer, der vom

Wilhelm »Papa« genannt wurde. Bei ihnen gab man sich die Hand beim Abschied, aber nicht beim Wiederkommen. Man gab sich die Hand, wenn einer gestorben war, am Grab, und man gab sich die Hand, wenn man zur Hochzeit gratulierte oder zur Geburt. In der Stadt küssten sie sich sogar auf der Straße. Und einmal hatte sie ein altes Paar gesehen, die waren Hand in Hand gegangen. Sie hatte lachen müssen, als sie sich den Vater und die Mutter so vorstellte. Hand in Hand.

Gut, dass du wieder da bist. Zum Rübenhacken.

Vielleicht war das so ähnlich, wie wenn man sich die Hand gab. Willkommen daheim.

Der Morgen war kühl und der Himmel weißlich überzogen. Vielleicht würde es später sonnig werden, aber jetzt spürte man noch die Feuchte in der Luft. Kein schlechtes Wetter, um auf dem Feld zu sein. Sie waren schon am Lagerhaus auf den Weg nach Bühl abgebogen, und die Hacken tanzten auf dem Ladewagen, wann immer es über ein Schlagloch ging. Die hätten auch längst verfüllt gehört, dachte sie. Steine am Feldrand hatte es genug. In jedem Frühjahr pflügte man sie hoch, und es war, als würden sie über den Winter immer wieder nachwachsen. Der Boden hier war nicht schlecht, aber wenn die Steine größer waren, fuhr man sich manchmal die Egge kaputt, und beim Vollernter lagen auf dem Sortierband oft mehr Kalkbrocken als Kartoffeln.

Sie musste sich mit einer Hand festhalten, denn es rüttelte sie auf dem Bulldog ordentlich durch. Es war trotzdem gut, wieder hier zu sein. Das hatte ihr gefehlt. Morgens schon draußen sein zu können, nicht erst nach einem langen Tag in der Arbeit. Vor allem im Frühjahr, so wie jetzt. Durch das Tuckern des Motors hörte sie die Lerchen. Sie sangen noch! Immer waren es die Lerchen, die, eher noch als der Kuckuck, den Frühling versprachen. Und ihr Verstummen, das man manchmal erst nach ein paar Tagen bemerkte, markierte immer den Anfang des Sommers. War es nicht komisch, dass man das Fehlen oft erst nach einer Weile bemerkte, aber etwas Neues immer sofort? Ob sie den anderen im Dorf gefehlt hatte? Dem Wilhelm? Na ja. Musste wohl. Gestern hatte er sie zumindest gleich angesprochen.

Der Weg war so holprig, dass es den Vater im Sitz immer wieder plötzlich hob. Es sah lustig aus – der große Mann wie eine Puppe. Aber das Lenkrad hielt er trotzdem fest, auch wenn nur mit einer Hand, während er mit dem schwieligen Daumen der anderen den Tabak in der Pfeife nachdrückte. Und blau ausatmete. Der Duft wehte an ihr vorbei. Ja. Das war auch eines der Dinge, die sie vermisst hatte, ohne es zu merken. In der Stadt rauchten sie alle Zigaretten und manchmal ein alter Mann Zigarre. Aber Pfeife rauchte keiner. Dabei roch das so viel besser. Und komisch – das fiel ihr jetzt erst auf –, im Winter rauchte der Vater nur ab und zu einmal, am Abend vielleicht. Aber im Frühjahr und im Sommer, da hatte er die Pfeife manchmal schon am Morgen zwischen den Zähnen. Dann wusste man: Er war gut gelaunt.

Sie waren am Feld angelangt.

»Wirst es noch können?«, fragte der Vater mit einem halben Lächeln, als er ihr die Hacke vom Ladewagen herunterreichte. Die Mutter stand schon in der ersten Furche.

»Es wird schon noch gehen.«

Sie arbeiteten sich nebeneinander das Feld hinunter. Es war noch früh im Jahr für die Rüben, und so waren die Schosser noch klein, aber sie hatte das schon tausendmal gemacht und wusste, wo sie hinlangen musste. Aber sie wusste nicht, warum. Seltsam. Seit sie klein war, hatte sie das gemacht. Jahr für Jahr. Und wusste nicht, wieso sie das taten.

»Vater?«

Er war ein Stück vor ihr und drehte sich nicht um, als er antwortete.

»Ja?«

»Wenn wir die Schosser nicht ziehen, was dann? Warum muss das sein?«

Er bückte sich. Stieß beim Ausatmen ein Wölkchen Tabakrauch aus, und sie hätte fast gelacht. Wie eine kleine Lokomotive sah er aus, der große Mann da vorn.

Er zog einen Schosser heraus und drehte sich zu ihr um.

»Fünftausend Samen oder zehntausend, ich weiß nicht mehr. Wenn wir sie stehen und blühen täten lassen, dann hätte man zehntausend Samen im Acker. Die können über fünfzehn Jahre noch keimen, aber dann hast du nur noch Unkrautrüben. Zu klein, kein Zucker … deswegen.«

Er ließ den Trieb fallen und drehte sich wieder um. Genug erklärt.

Komisch war es schon, dachte sie, als sie ihm in der Nachbarfurche folgte. Eigentlich wäre sie lieber stehen geblieben, um den Gedanken in Ruhe zu Ende denken zu können. Sie taten es einfach. Manchmal, ganz selten, sagten sie einem, warum. Aber oft wussten sie es selbst nicht. Man tat es so, weil es immer so getan worden war. Wenn man taufeuchtes Gras gemäht hatte, durfte es nicht auf einem Haufen liegen.

Brennholz wurde im Kreis geschichtet.

Am Samstag wurde die Straße gekehrt.

Es war anscheinend nicht falsch. Es funktionierte. Beim Gras wusste sie sogar, warum. Einmal war sie am Morgen vom Mähen heimgekommen, und die Mutter hatte schon im Hof auf sie gewartet, dass sie zum Dennerlein laufen sollte, dem Tierarzt. Eine der Kühe sollte kalben, und das Kalb wollte nicht heraus. Als alles getan war, der Dennerlein tief hineingelangt hatte, mit dem Strick in der Hand, und dem Kalb im Mutterleib die Beine gefesselt hatte, damit sie es herausziehen konnten, da war es Mittag geworden. Als sie schließlich zurück zu dem Wagen gekommen war, hatte das nasse Gras schon zu rauchen angefangen. Sie hatte es erst nicht glauben wollen, hatte gedacht, es sei Dampf, die Hand hineingesteckt und sich verbrannt. Der Dennerlein hatte gelacht und es ihr dann im Weggehen erklärt. Nicht der Vater.

»Das sind Bakterien. Die sind im Gras, fressen, und dabei entsteht Wärme. Im Heu ist das noch viel schlimmer. Wenn das zu feucht ist, kann es wirklich brennen. Das Gras …«, er griff hinein und warf es in die Luft, »… das Gras verkohlt nur. Zieh's auseinander, bevor dein Vater es sieht.«

Sie war auf den Ladewagen geklettert und hatte das Gras verteilt. Voller Vergnügen. Weil es wie Zauberei war. Nasses Gras. Feuer. Das passte eigentlich nicht zusammen, konnte aber doch geschehen. Ja, ein Zauber, der in den Dingen steckte. Aber man konnte ihn nicht sehen, wenn einem keiner sagte, wo er war.

Selbst in der Schneiderei war es so gewesen. Obwohl sie einem in der Berufsschule schon manchmal etwas erklärten. Aber viel war es nicht.

Schosser ziehen. Unkrautrüben hacken. Den Boden lockern. Nach den ersten Metern hing der dunkle Geruch der frischen Erde überall zwischen den Blättern. Einmal, da war sie noch klein gewesen, hatte sie gesehen, wie der Vater eine Handvoll Erde aufgenommen und sie probiert hatte. Mit Lippen und

Zunge. Sie hatte erstaunt zugeschaut. Aber jetzt gerade verstand sie, warum man so etwas machen wollte. Sie bückte sich und griff ein paar feuchte, schwere Krumen. Schmeckte mit der Zungenspitze. Rau fühlte sich die Erde an und war eher fad und wenig salzig. Sie roch besser, als sie schmeckte. Trotzdem kein schlechter Geschmack. Wie beim Kaffee: Der Duft war schöner als der Geschmack. Oder bei Lindenblüten oder der Kamille am Wegrand im August oder den Fichten beim Holzeinschlagen im Winter. Schade, dass man Düfte nicht essen konnte. Es war wie mit den Farben am Abendhimmel oder, wie an diesem Morgen, über den Feldern und dem Wald in der Ferne: Wenn sie zu Stoffen wurden, zu Kleidern, dann verloren sie das Durchsichtige und das Leuchten. Dann waren sie nur noch bunt. Man sollte Stoffe auch aus Farben weben können, dachte sie, nicht nur aus Flachs oder Wolle.

Sie war stehen geblieben, auf den Hackenstiel gestützt. Als Kind schon hatte die Mutter sie so oft Schlafliese geschimpft. Dabei war sie doch immer wach gewesen. Musste sie auch. Im Schlaf hatte man solche Gedanken nicht.

Trotzdem beeilte sie sich, zur Mutter aufzuschließen. Sie hätte sich nicht sagen lassen wollen, dass sie in der Stadt das Arbeiten verlernt hatte.

Es war Mittag, als sie fertig waren, und sie spürte ihren Rücken und ihre Waden. Es war das eine, arbeiten zu wollen, und das andere, nach drei Jahren Sitzen und Stehen tatsächlich wieder auf dem Feld zu sein. Sie hatte sich zusammengenommen. Durchbeißen. Aber froh war sie doch gewesen, als die letzte Furche geschafft war. Die Mutter sah auf den Acker, bevor sie die Hacke wieder auf den Ladewagen warf. Die herausgezogenen Schosser und das andere Unkraut lagen zum

Verwelken zwischen den jungen, frisch grünen Blättern der Rüben.

»Dass es nie aufhört!«, sagte sie leise, aber hörbar. Roberta sah überrascht zu ihr hinüber, aber die Mutter stieg schon wieder auf den Bulldog. Manchmal hatte sie so etwas. Weil sie eigentlich eine Bessere gewesen war. Einen Bauern zu heiraten, hätte die Mutter nicht nötig gehabt. Aus dem Reuther Sägewerk stammte sie, und es hätte für sie auch anders gehen können. Vielleicht. Man wusste es nicht. Darüber wurde nicht geredet, und was Roberta wusste, das hatte sie vom Opa.

Auf dem Rückweg, kurz bevor sie in den Hof einfuhren, kamen sie am Pfarrhaus vorbei. Wilhelm war mit seiner Mutter im Garten. Richtig, es war Samstag, und er hatte keinen Dienst. Sie hatten das Kanapee hinausgetragen und klopften es aus. Staub stieg bei jedem Schlag auf, und das dunstige Mittagslicht ließ ihn grau leuchten. Als er sie erkannte, ließ er den Teppichklopfer für einen Augenblick sinken und winkte mit einem plötzlichen Lächeln zu ihr herüber. Sie hob die Hand zum Gruß. Es war auch schön, wieder daheim zu sein.

6

Samstagnachmittag, und es war bereits so, als wäre sie nie weg gewesen. Nur der Korb Kleider war neu, der in ihrer Stube stand.

Du hast es doch jetzt gelernt. Die sind alle zum Ausbessern. Aufgehoben, damit sie ordentlich gemacht werden.

Es war ja vernünftig. Aber heute würde sie das auf keinen Fall mehr schaffen. Es hatte aufgeklart, und das Fenster stand weit offen. Wenn sie sich vorbeugte, konnte sie die Straße sehen und das Dach vom Pfarrhaus über dem niedrigen First der Bäckerei. Einerseits war es, als wäre sie nie weg gewesen. Andererseits war da so etwas wie ein neues Gefühl. So, als fühlte sich alles anders an. Die Türklinken. Die Teller unten in der Küche. Das Holz des Hackenstiels. Alles fühlte sich … alt an. Manches auf gute Art, manches so, als gehörte es weggeworfen. So wie die Kleider im Korb. Bei manchen lohnte das Flicken nicht mehr, manche waren nur noch zu Lumpen gut.

Sie setzte sich aufs Bett und zog die flache Kiste mit den Zeitschriften vor. Ein paar waren alte Ausgaben, die sie vom Bader in Raitenbühl bekommen hatte. Andere, vor allem die französischen und amerikanischen, hatte sie sich von der Bahnhofsbuchhandlung geholt. Die konnte sie ein paar Wochen später für weniger Geld kaufen, wenn die neuen Ausgaben eintrafen. Sonst hätte sie sich die nie leisten können. *Constanze. Burda. Brigitte,* alle aus den letzten Jahren. Und eine *Vogue* von

1928. Das war ihr Schatz. Die hatte sie irgendwann in der Gemeindebibliothek entdeckt … und gestohlen. Die vermisste niemand. Sie hatte in einem Schuber mit anderen uralten Magazinen gesteckt, der irgendwie alles überstanden hatte: den Krieg, Renovierungen und das Ausmisten, wenn neue Bücher kamen. Die Bibliothek war schon immer im Pfarrhaus gewesen. Sie war jetzt auch in der Stadt in der Bücherei gewesen und wusste: Die hier war ganz klein; nur ein Stübchen eigentlich. Die Regale waren sicher auch aus den Zwanzigern. Jedes Fach einzeln mit einer Glaslade verschlossen. Wenn man ein Buch gefunden hatte, klappte man sie nach oben auf und sie glitt ins Regal hinein. Solche Schränke hatte es nirgendwo anders. Als ob die Bücher alle ein sicheres Zuhause hätten. Das hatte ihr schon immer gefallen. Als sie mit anderen Kindern aus dem Dorf Flötenunterricht hatte bei der Frau Pfarrer, da hatte sie die Schränke das erste Mal gesehen. Und die Bücher.

Sie blätterte durch die Zeitschriften. Das Papier war so anders als das für Bücher. Glatt und viel kühler. So wie die Frauen. Schlank und kühl und elegant. Manche trugen feine weiße Handschuhe. Sie sah auf ihre eigenen Hände. In den Rillen noch wie ein dunkler, feiner Schatten die Erde von heute Morgen. Erst in ein, zwei Tagen würde er ganz verschwunden sein. Wenn man nicht gleich wieder aufs Feld musste oder in die Scheune oder in den Stall. Handschuhe! Wer sollte so was tragen? Aber es sah trotzdem schön aus.

Sie klappte die Zeitschriften zu und legte die *Vogue* auf ihr Bett. Das Titelbild hatte sie damals so angezogen, dass sie das Heft unter dem Pullover versteckt hatte. Es war nicht schwer. Man konnte nur am Sonntag nach dem Gottesdienst ausleihen. Und die Mesnerin, die auch den Büchereidienst machte, war damit beschäftigt, das Geld aus der Kollekte zu zählen.

Kleine Stapel von Einpfennigmünzen; immer zehn davon. Fünfertürmchen von den Zweipfennigstücken. Von den Fünfern wieder zehn; genauso wie von den Zehnerlens. Man durfte ihr nicht helfen. Die Mesnerin traute niemandem, obwohl Roberta auch gerne mal die Münzen in das Papier gerollt hätte. Kleine, schwere Stangen entstanden dabei. Rosa und Blau und Grün, je nachdem, ob es Pfennige, Groschen oder Markstücke waren. Auf jeden Fall war die alte Sorgenfrei so mit dem Einrollen beschäftigt gewesen, dass sie nicht bemerkt hatte, wie sie mit der *Vogue* unter dem Pullover weggegangen war. Trotzdem hatte sie sich danach vier Wochen nicht mehr in die Bücherei getraut.

Sie hatte das Bild schon so oft angesehen, dass es sich manchmal anfühlte, als käme sie heim. Anders als auf den neuen Magazinen war das hier gemalt. Die Dame im schwarzen Kleid und leichtem schwarzen Mantel an ein Balkongeländer gelehnt. Es war Herbst, und sie hatte auch Handschuhe an. Aber es sah bei ihr nicht verkleidet aus. Sie trug sie einfach so. Der Schal war das Farbigste am ganzen Bild, dabei waren es bloß blaue und rote geometrische Figuren auf weißem Grund. Dass etwas so einfach war und trotzdem so elegant. Wobei … die Frau war nicht einmal so schön wie die Modelle auf der *Brigitte* oder der *Burda*. Sie war einfach hübsch. Frisch wie der Herbsttag. Und sie lächelte ein bisschen. Vielleicht mochte sie dieses Bild deswegen so sehr. Weil sie auch so hätte aussehen können, wenn sie nicht hier geboren worden wäre, sondern in Amerika oder Frankreich oder in Kanada.

Denn das Beste war der Ausblick hinter der Frau. Ein See in einem herbstlichen Park. Die Bäume schon ein bisschen licht. Und am Horizont eine angedeutete Stadt; Hochhäuser, die im diesigen Herbstlicht ein wenig unscharf an den Rändern waren. Dort wäre sie gerne. Nur wegen dieser Frau hatte sie Schneiderin werden wollen, als der Vater gemeint hatte, dass sie eine Lehre machen sollte. Dort auf diesem Balkon stehen, so angezogen, mit dieser Stadt im Rücken. Reisen. Reisen … und ihr fiel siedend heiß der Koffer ein.

Jesus Christus! Sie hatte den Koffer im Schließfach vergessen.

7

Gertrud las, als die Klingel an der Haustür ging. Hermann war in seinem Arbeitszimmer und schrieb an seiner Predigt. Am Samstagnachmittag ging er nie an die Tür. Sie lauschte einen Augenblick, ob sie Wilhelm hörte, aber der war anscheinend nicht im Haus. Sie klappte das Buch zu und stand auf. Als sie die Tür zum Gang öffnete, wehte es sie kühl an. Sogar jetzt, mitten im warmen Frühling, atmeten die Wände Kälte. Ein offenes Treppenhaus! Selbst nach zwanzig Jahren ärgerte sie das immer noch. Ein offenes Treppenhaus, das ein Drittel der Grundfläche des Hauses einnahm. Als ob die Pfarrer in diesem Flecken früher Fürsten gewesen wären und hätten repräsentieren müssen, so groß war es.

Natürlich war die Treppe schön. Sie erinnerte sich, als sie das erste Mal in das Haus gekommen war. Die Stufen so breit, dass man zu viert nebeneinander hochgehen konnte. Das geschnitzte Geländer. Dunkles Holz. Ein von zweieinhalb Jahrhunderten schimmernd glatt gearbeiteter Handlauf. Keine einzige raue Stelle. Die fein gedrechselten Säulen mit ihren Altersrissen, die sie jetzt schon so lange kannte. An Weihnachten sah das großartig aus, wenn sie überall Kerzen aufstellte. Aber es war eben auch kalt. Den ganzen Winter hindurch war das Treppenhaus ein einziger Brunnen der Kälte; da konnte sie die Zimmer noch so sehr heizen.

Es klingelte kein zweites Mal, obwohl sie nicht sehr schnell hinunterstieg. Daran erkannte man, dass es niemand von außerhalb war. Die aus dem Dorf klingelten nie zweimal. Die warteten.

Als sie im unteren Flur im Vorbeigehen einen Blick in den Spiegel warf, kam sie sich selbst fremd vor. Immer sah sie ein wenig anders aus, als sie es erwartete. War sie noch schön? Sie ging einen halben Schritt zurück und betrachtete sich genau. Nein. Wenn sie ehrlich war, ganz ehrlich, dann sah sie, wie das Alter von hinten ganz langsam in die Wangen kriechen wollte, in die Mundwinkel und von der Stirn herab in die Augenwinkel. Es war noch nicht da, aber es saß schon irgendwo im Haar, hinter den Ohren, im Nacken. Dort, wo man es nicht sah. Es versteckte sich noch. Aber es würde herauskriechen; irgendwann, nachts, wenn sie nicht achtsam sein konnte. Sie straffte sich. Aber heute nicht.

Sie öffnete die schwere Tür. Es war Roberta vom Strasserhof gegenüber. Da war sie, die ganze Jugend. Nicht so schön, wie sie selbst gewesen war. Aber hübsch genug. Kein Mädchen mehr. Ein ernstes Gesicht, doch mit einem Mund, der zum Lächeln gemacht war. Sie hatte sie immer gern gemocht, damals, als sie noch häufig ins Haus gekommen war, um mit Wilhelm zu spielen.

»Roberta.«

»Frau Pfarrer. Grüß Gott. Ob der Wilhelm da ist, wollte ich fragen.«

Sie war immer schön gewesen, die Frau Pfarrer. Wenn sie sich die Mutter vorstellte, in so einem Kleid … niemals wäre das gegangen. Verkleidet würde sie aussehen. Und schön? Vielleicht war die Mutter einmal schön anzuschauen gewesen. Aber inzwischen oft nur noch müde, und Roberta konnte nicht sagen, wann das angefangen hatte. Sie konnte sich nicht erinnern, dass es einmal anders gewesen war. Aber so war das. Es gab nicht viele Frauen im Dorf, die man hätte schön nennen können.

An der Frau Pfarrer vorbei blickte sie in den dämmerigen Gang. Da war es immer so angenehm kühl gewesen, wenn sie im Sommer zum Flötenunterricht gekommen war oder in die Bibliothek.

»Im Haus ist er nicht«, sagte Gertrud, die Robertas Blick gefolgt war. »Schau doch mal in den Garten, da vielleicht. Wenn er da nicht ist, weiß ich es nicht.«

»Danke.«

Gertrud wollte die Tür schon wieder schließen, da fiel ihr ein, dass sie – wieder einmal – sehr unhöflich war.

»Du bist wieder da? Du hast Schneiderin gelernt, hat Wilhelm gesagt. Hat es dir gefallen?«

Roberta sah an der Frau Pfarrer herunter. Ein Sommerkleid trug sie, viel zu elegant für einen gewöhnlichen Samstag. Und es war so kurz, wie es von den erwachsenen Frauen hier keine getragen hätte. Hausarbeit in so einem Kleid? Fast musste sie lachen. Sie deutete darauf.

»So etwas hätte ich mir vorstellen können, dass wir wirklich das Schneidern lernen. Aber eigentlich war es nur eine Fabrik. Gefallen?« Sie hob die Schultern und dachte kurz nach. »Wir haben halt gelernt, wie man zuschneidet. Die richtigen Nähte, wie man Taschen einsetzt und Reißverschlüsse. Aber ich …« sie zögerte kurz, und Gertrud sah auf einmal das kleine neugierige Mädchen wieder, das sie vor zehn Jahren ins Freibad mitgenommen hatte und das unbedingt vom Dreimeterbrett hatte springen wollte, noch bevor es richtig schwimmen konnte.

»Ja?«, fragte sie, plötzlich wirklich interessiert.

»Wir haben nie etwas Schönes gemacht«, sagte Roberta langsam. Sie deutete auf Gertruds Kleid. »So etwas. Oder richtige Mode. Es war eben eine Fabrik. Wir … na ja. Es ist eh vorbei.«

Tatsächlich hatten sie nur graue Kleider aus grauen Stoffen genäht. Selbst wenn sie blau oder rot oder weiß gewesen waren – am Ende sahen sie doch immer so aus, als hätte man sie falsch gewaschen, und es lag ein Grauschleier im Gewebe so wie auf den Fenstern der ewige Textilstaub. Strahlen konnten solche Kleider nie.

»Ich schau mal nach dem Wilhelm«, sagte sie.

Gertrud nickte und schloss die Tür.

Roberta ging rechts um das Haus herum. Dort, wo der Gemüsegarten war. Oder sein sollte. Sie lächelte, als sie zwischen den verwilderten Beeten durchging. Man konnte sehen, dass die Frau Pfarrer lieber las, als im Garten zu arbeiten. Sie schaute zu den offenen Fenstern im ersten Stock hoch. Sie hatte ein offenes Buch in der Hand gehalten, als sie ihr die Tür geöffnet hatte. Jetzt saß sie wahrscheinlich wieder da oben und las. Einen Moment stieg es in ihr hoch wie etwas zwischen Neid und Sehnsucht. Ja, der war es einfach egal, was die anderen dachten. Die konnte an einem Werktagnachmittag daheimsitzen und nichts anderes tun als lesen.

Es war kühler geworden seit dem Vormittag, und ein Wind war aufgekommen. Die Wolken am Himmel, als hätten sie es eilig, irgendwo hinzukommen. So wie sie … hoffentlich war Wilhelm da.

Der Garten war weitläufig, wie alle Gärten hier. Nur dass es noch eine Terrasse gab, auf die gleich zwei Glastüren führten. Auf dieser Seite sah das Pfarrhaus fast aus wie ein kleines Schloss. Aber hier war Wilhelm auch nicht. Blieb die Scheune.

Sie ging durch das kniehohe Gras hinüber. Hier mähte keiner, aber es gab auch kein Vieh zu versorgen.

Das Tor war angelehnt, sie zog es auf. Da stand er an der Werkbank.

»Hallo, Wilhelm«, sagte sie, »komme ich ungelegen?«

Er hatte ein Brillengestell in den Schraubstock geklemmt und war anscheinend dabei, es zu löten. Er drehte sich zu ihr und breitete etwas hilflos die Hände aus. Lächelte.

»Ich versuche, Papas Brille zu löten. Funktioniert aber nicht. Der Bügel fällt immer wieder ab.«

Sie kam näher und warf einen Blick auf die Bruchstelle. Sah die erstarrten Zinntropfen daneben.

»Hast du Lötfett genommen?«, fragte sie.

So fragend, wie er sie ansah, wusste sie die Antwort schon, bevor er den Kopf schüttelte, und musste lachen.

»Wenn du kein Lötfett nimmst, kannst du schmelzen, bis du schwarz wirst. Das Zinn bleibt nicht hängen.«

Das Durcheinander auf der Werkbank war groß, aber die Lötsachen waren alle in einer Spanschachtel, auch das Döschen mit dem Fett. Sie reichte es ihm.

»Woher weißt du das?«, fragte er, während sie ihm zeigte, wo das Fett hinmusste. Hier, in der Scheune und mit Wilhelm, war es so wie mit allen anderen. Wenn man jemanden besuchen wollte oder ein Anliegen hatte, dann ging man ins Haus und klopfte an der Küchentür. Keiner klingelte. Die meisten Häuser hatten eh keine Glocke, außer denen in der Siedlung, aber die waren ja alle neu. Mit Wilhelm war es wie mit allen Leuten im Dorf. Mit dem Herrn und der Frau Pfarrer nicht. Da wäre sie nie ums Haus gegangen und durch die Hintertür hineingegangen. Aber zu denen sagte man auch nicht Du wie zu allen anderen im Dorf.

Eine sehr kleine Rauchwolke stieg von der Lötstelle auf, dann floss das Zinn richtig in die Bruchstelle.

»Nicht bewegen!«, warnte sie Wilhelm, der den Lötkolben beiseitelegte und die Brille aus dem Stock nehmen wollte. »Der Vater sagt, es gibt sonst eine kalte Stelle, die bald wieder bricht.«

Wilhelm lachte. Es hörte sich frei an und leicht, so wie er als Kind immer gelacht hatte. Seit er auf die Oberschule gegangen war, hatten sie nicht mehr viel miteinander zu tun gehabt. Auf der Kirchweih vielleicht und beim Einkaufen und am Sonntag natürlich. Dann redete man miteinander, wie man miteinander redete. Nicht wie damals, als sie geschworen hatten. Sie und der Wolfgang und der Wilhelm. Freunde auf Ehre. Das war lange her. Sie waren später zusammen konfirmiert worden, aber da hatte er so fremd ausgesehen in seinem Anzug, und gelacht hatte er auch nicht. Aber jetzt war das Lachen wieder da.

»Du hast mir früher schon immer Sachen beigebracht!«

»Wirklich?«

Das hatte sie nie so empfunden. Er hatte vieles, was es bei ihr zu Hause nicht gab. Anderes Spielzeug und vor allem so viele Bücher. Noch mehr als in der Bibliothek unten. Aber sie war schon lange nicht mehr bei ihm im Haus gewesen.

Er wischte sich die Hände an einem Lumpen ab und deutete auf das Brillengestell.

»Darf ich's jetzt anfassen?« Sie nickte. Er schraubte den Stock auf. »Ich glaub, du hast mir mal das Leben gerettet. Mit den Pilzen, weißt du noch?«

Sie schüttelte langsam den Kopf. Sie konnte sich tatsächlich nicht erinnern.

»Ich wollte Champignons mitnehmen. Für zu Hause. Dann

hast du mir den Unterschied gezeigt zwischen Knollenblätterpilzen und Champignons.« Er lächelte. »Ich hätte die ganze Familie umgebracht.«

Sie erinnerte sich immer noch nicht, aber es konnte gut stimmen. Er hatte am Anfang nicht einmal Weizen und Roggen unterscheiden können. Aber dass er an so etwas dachte … es war schön, dass er sich kaum verändert hatte. Sie war eigentlich nur deshalb zu ihm gekommen, weil das Pfarrhaus gleich gegenüber lag und sie wusste, dass er ein Motorrad hatte. Der nächste Weg eben. Jetzt hatte sie fast ein schlechtes Gewissen, weil er so unbefangen freundlich war.

»Weshalb bist du da?«

»Ich …«, begann sie, aber anders als sonst brauchte sie einen Augenblick, um das Richtige zu sagen. Plötzlich war es schwieriger, um einen Gefallen zu bitten. Weil es so wirkte, als würde sie seine Freundlichkeit ausnutzen, eine Freundlichkeit, die sie ihm gegenüber nicht so gehabt hatte.

»Ich müsste zum Bahnhof, meinen Koffer holen. Den habe ich gestern im Schließfach gelassen und heute fast vergessen. Du hast dein Motorrad noch, oder?«

Während sie ihn das fragte, fiel ihr ein, dass er gestern mit dem Bus gekommen war. Wilhelm hielt das Gestell hoch, lächelte und sagte: »Ich bringe ihm nur schnell die Brille, dann können wir fahren. Bin gleich wieder da.«

Es war gut, den Wind im Gesicht und in den Haaren zu spüren, wenn sie sich zur Seite beugte, um Wilhelm etwas ins Ohr zu rufen. Es sah lustig aus, dass auch seine Haare wehten; dabei sah man erst, dass sie länger waren als die der anderen im Dorf. Aber das war früher schon so gewesen. Sie erinnerte sich, dass die Lehrerin einmal eine Bemerkung gemacht hatte und dann Wilhelm gefragt hatte, ob er sich nicht mal die Haare schneiden lassen wolle. Da waren sie noch in der Grundschule gewesen. Meine Mama hat mich lieber so, hatte er geantwortet. Deswegen hatte er sich dann in der Pause mit dem Konrad schlagen müssen, weil der ihn »Mädchen« gerufen hatte.

Wilhelm nahm die Abkürzung über den Wirtschaftsweg im Wald. Es schleuderte sie ganz schön in die Höhe, wenn sie ein Schlagloch erwischten, sie hielt sich an ihm fest, und sie lachten. Die Luft hier war frisch, und fast fror es sie in ihrem dünnen Kleid. Sie hatte nicht einmal eine Jacke übergeworfen. Die Nachmittagssonne blitzte immer wieder zwischen den Stämmen hindurch, und manchmal fuhr Wilhelm mit Fleiß nah an den Holunder- und Schlehenbüschen vorbei, sodass sie ab und zu von den Zweigen gepeitscht wurden. Es roch nach jungem Fichtengrün, wie das nur im Frühjahr sein konnte; die Luft wie ein kühler grünseidener Stoff, der einem leicht übers Gesicht wehte.

Dann, zurück auf der Straße, rauschten sie den Berg hinunter.

»Ja!«, schrie Wilhelm. Nicht mehr, nur »Ja!«. Sie musste wieder lachen. Und weil es sich in den Mundwinkeln ungewohnt anfühlte, erkannte sie plötzlich: Oft hatte sie nicht gelacht im letzten Jahr.

Er stellte das Motorrad vor den Stufen zum Bahnhofsgebäude ab und ging mit ihr zu den Schließfächern. Sie musste nachzahlen, fünfzig Pfennige. Zum Glück hatte sie daran gedacht, Geld mitzunehmen. Woran sie nicht gedacht hatte, fiel ihr erst auf, als sie wieder vor Wilhelms Motorrad standen. Er lächelte. Als Kind hatte er schon so gelächelt, einfach freundlich und nie so wie manch andere, die sich klüger vorkamen oder stärker und daher von oben herab lächelten.

»Du wirst ihn in der Hand halten müssen. Ich habe auch keinen Strick dabei.«

»Na, besser, als damit heimzulaufen«, meinte sie.

Er wollte schon aufsteigen, hielt dann inne und drehte sich zu ihr um.

»Wenn wir eh schon in der Stadt sind, magst du ein Eis essen?«

Ja, dachte sie. Mag ich. Aber sie hatte nicht genug Geld dabei und sich schon herfahren lassen von ihm. Sie schüttelte den Kopf. Mit einem kleinen Zögern.

»Muss nicht sein.«

»Schade«, sagte er. Leichthin. Und dann rasch: »Du kannst es mir wiedergeben, wenn du kein Geld dabeihast.«

Es war wie in Erinnerung an ihre Kinderzeiten, als sie vor dem Dorfladen gestanden hatten, beim Brenner, und Pfennig-lutscher kaufen wollten und immer einer kein Geld hatte. So konnte nur einer sein, der auch im Dorf aufgewachsen war, dachte sie. Dass er nicht sagte: Ich lad dich ein, weil er wusste, dass man das nicht annehmen konnte, wenn einem gerade schon ein Gefallen getan worden war. Dass man nie zu viele davon aufhäufen durfte, weil man sonst mit dem Revanchieren nicht fertig wurde. Und dass alles ausgeglichen gehörte, ohne dass man darüber sprach. Dass man einen nicht erinnerte, wenn der einem Geld schuldete oder einen kleinen Dienst. In vielem war der Wilhelm als der Sohn vom Pfarrer schon immer anders gewesen, aber in dem nicht.

»Steig auf«, sagte er.

Sie setzte sich hinter ihn, den Koffer in der einen Hand. Mit der anderen hielt sie sich an ihm fest, während sie hinübertuckerten, über den Rathausplatz an der Apotheke vorbei und einem neuen Imbiss, den sie noch nicht kannte, zur Eisdiele.

Sie saßen auf dem Rand des Schweppermannsbrunnens, jeder eine Tüte Eis in der Hand. Himbeere sie und Schokolade er.

»Früher«, sagte sie, während sie ganz leicht die Beine baumeln ließ, sodass die Fersen ein wenig an die Mauer stießen, »früher, beim Brenner, da hat mir gefallen, dass auf dem Schild Kolonialwarenhandlung gestanden hat. Kolonialwaren, das war wie … das hat immer nach Reisen geklungen, oder?«

Wilhelm hatte ein Bein auf die Mauer hochgezogen, und das sah sehr lässig aus. Der Wolfgang hätte das nicht gekonnt. Samstagnachmittag. Es war nicht viel los auf der Straße. Die Geschäfte längst alle zu, und wie daheim bereitete sich auch hier alles auf den Sonntag vor. Noch schnell die Straße kehren. Links von ihnen, in dem Haus mit dem bröckligen Putz, standen die Fenster im ersten Stock offen, und eine Frau ging von Zimmer zu Zimmer, um die Blumen in den Kästen zu gießen. Als sie fertig war, fing sie wieder von vorne an. Roberta stieß Wilhelm an und zeigte nach oben. Sie mussten beide lachen. Wenn ein Windstoß kam, wehte es den feinen Wasserstaub in ihren Rücken und in ihr Haar, und es wurde angenehm kühl, dass ein Schauer sie überlief. Vielleicht lag es aber auch am Wilhelm.

»Ich weiß«, sagte er, und es dauerte einen Moment, bis sie begriff, dass er ihr auf die Frage von vorhin antwortete. »Dann haben wir Piraten gespielt oder Lederstrumpf oder was immer du gerade gelesen hast, damals. Wir haben immer spielen müssen, was du gesagt hast.«

»Ich?«

Roberta war überrascht. Daran erinnerte sie sich gar nicht. Oder wenigstens nicht so. »Du hast doch die Ideen gehabt.«

Wilhelm war ernst geworden, als er sich zu ihr drehte und den Kopf leicht schüttelte.

»Ich hab immer nur etwas dazuerfunden. Die Ideen hattest du. Einmal haben wir uns bei euch im Garten einen Mastkorb in der Walnuss bauen müssen, hast du das vergessen? Als Schiffsausguck. Und eine Fahne hast du gemacht.«

Ja, er hatte recht. Die Fahne! Sie hatte von der Mutter nicht oft Schläge gekriegt, aber dafür schon. Weil sie eins von den guten Laken auseinandergeschnitten hatte. Das Tuch hatte sie versteckt, in der Speis ganz unten zwischen den Geschirrtüchern. Da hätte es eigentlich nicht auffallen dürfen, aber die Mutter hatte es irgendwann doch gefunden, im Herbst, da war die Fahne längst schon zerschlissen vom Wind.

»In der Südsee waren wir damals. Jack London habe ich gelesen und du dann auch.«

Das Eis war fast gegessen. Sie knabberte an der Waffel. Ganz unten, in der Spitze, war immer noch ein Rest halb flüssiges Eis, der war fast das Beste.

Wilhelm stand auf, um das Papierchen wegzuwerfen. Kam zurück und stand vor ihr, den Blick an ihr vorbei auf das leise plätschernde Wasser gerichtet. Als ob er ein wenig Angst hätte, sie anzusehen.

»Hat es dir gefallen in der Schneiderei? Wir haben uns so lange nicht gesehen.«

Sie biss die Spitze der Waffel ab und sog das restliche Eis heraus.

»Es war nicht so, wie ich gedacht habe«, sagte sie langsam. Es war noch neu, wieder heraußen zu sein. »Ich hab mir das gedacht wie …«, begann sie, unterbrach sich kurz und wusste dann, was es eigentlich war. »Ich wollte das Schneidern eigentlich nur lernen, damit ich die Kleider machen kann, die ich im Kopf habe. Ein bisschen wie die in den Zeitschriften, aber dann doch wieder ganz anders. Elegante Kleider oder solche, die einen reisen lassen können im Kopf, wenn man schon nicht hinkann. Nach Frankreich vielleicht oder nach Amerika, ans Meer oder in die Berge. So wie wir als Kind gespielt haben, dass wir in der Südsee sind, genau so.«

Er sagte nichts. Sie lächelte unmerklich; er sollte es nicht sehen, denn das war auch schon immer so gewesen bei ihm. Dass er erst nachdachte, bevor er etwas sagte. Die Lehrerin hatte ihn am Anfang für langsam gehalten, aber das war er nicht. Er wollte einfach das Richtige sagen.

»Und jetzt bist du wieder daheim.«

Sie wusste, was er meinte. In die Südsee hatte sie es nicht geschafft. Aber das allein war es nicht.

»Mir hat das Dorf gefehlt.«

Sie fuhr mit einer Hand durch das Wasser. Es fühlte sich schön an, und schon wieder war da der Gedanke an einen Stoff, der auch so kühl und flüssig sein musste und dabei ein bisschen schwer. Ein Hemd müsste man daraus machen, das so fiel. Für einen Mann, nicht für eine Frau. Wilhelm hätte so eines tragen können.

»Es ist … ich will beides zugleich, denke ich manchmal. Es ist gut, auf dem Feld zu arbeiten und auf dem Hof. Das haben die hier alle nicht mehr.« Sie machte eine abfällige Handbewegung über die Straße und den Platz hinweg. »Ich bin gern daheim. Aber gleichzeitig …«

Er nickte.

»Gleichzeitig träumt man nachts davon, wegzugehen, oder? Nach Amerika oder nach Paris oder in die Südsee.«

Sie sprang vom Brunnenrand.

»Du wirst eh weggehen. Du wirst studieren, und irgendwann bist du fort. Dich hält ja nichts in Salach.«

»Doch«, antwortete er. Schneller als sonst. Er sah dem Wassernebel nach, der von einem Windstoß aus dem Brunnen geweht wurde. »Schon. Ich weiß noch nicht, was wird. Und ehrlich gesagt«, er sah sie jetzt doch an und lächelte, »ich glaube, dass du es bist, die irgendwann weggeht.«

Sie schüttelte den Kopf.

»Wie soll das gehen? Ich bin das einzige Kind. Auf wen soll der Vater den Hof übergeben?«

»Ja«, sagte Wilhelm langsam, »das stimmt. Auf wen?«

Er schob das Motorrad vor, der Ständer klappte hoch.

»Steig auf, Roberta.«

Dann fuhren sie durch den späten Nachmittag heim ins Dorf. Mit einer Hand hielt sie den Koffer ein Stück vom Rad weg. Mit der anderen hielt sie sich an Wilhelms Gürtel fest. Es war ein schönes Gefühl.

8

»Kannst du die Wäsche abhängen?«

Gertrud schob die angelehnte Tür zu Wilhelms Zimmer ein Stück auf. Angelehnt hieß, dass sie nicht klopfen musste. Er saß auf dem breiten Fensterbrett und las. Obwohl es in den letzten Tagen wieder sehr kühl und feucht geworden war, hatte er einen Fensterflügel weit offen und den rechten Fuß dagegengesetzt. Im ganzen Raum roch es sanft nach dem Regen, der bald fallen musste. Sein linkes Bein hatte er auf die Lehne des Stuhls unter dem Fenster gestellt. Die hohen, breiten Fenster und die tiefen Fensterbretter – eines der wenigen Dinge in diesem Haus, die sie immer noch mochte.

Wilhelm sah vom Buch auf und aus dem Fenster.

»Es regnet noch lange nicht.«

»Nicht deswegen«, antwortete Gertrud. Fast automatisch hob sie die Hose auf, die er achtlos auf den Boden hatte fallen lassen. Aus seinem Transistorradio pulsierte eine hektische Musik, mit der sie nichts anfangen konnte. War sie auch so gewesen? Sie musste plötzlich lächeln. Na ja, solche Musik hätte sie im Radio auch nicht hören können, damals. Solche Musik brachten sie damals im Radio noch nicht.

»Nicht wegen des Regens. Heute Nacht ist Walpurgisnacht.«

Wilhelm lachte und schwang sich vom Fensterbrett.

»Ach so. Du willst nicht noch mal riskieren, deine Kleider vom Dorfplatz holen zu müssen.«

»Es sind auch welche von dir dabei«, sagte Gertrud heiter. »Und ich habe mehr Auswahl im Kleiderschrank als du mit deinen drei Jeanshosen.«

»Man sagt nicht mehr Jeanshosen, Mama.«

Er ging an ihr vorbei und küsste sie flüchtig auf die Wange. Wie zur Entschuldigung für die kleine unbedachte Bemerkung, die ihr zu verstehen gab: Du bist nicht mehr modern. Du bist aus einer anderen Generation. Du bist nicht mehr jung. Dabei fühlte sie sich nicht … vergangen. Noch nicht.

»Eigentlich«, rief sie ihm hinterher, »eigentlich seid ihr alt. Ihr seid die Unmodernen. Und du bist wie die Jungs aus dem Dorf. Wir sind im Jahr 1971 – in zwanzig Jahren fahren wir Atomautos. Ihr und diese uralten Spiele … in der Walpurgisnacht die vergessene Wäsche aus den Gärten stehlen. Oder untreuen Mädchen Mist vor die Tür kippen … so was haben wir schon vor hundert Jahren nicht mehr gemacht.«

Er musste schon aus dem Haus sein, denn sie hörte seine Antwort durch das offene Fenster aus dem Garten. Da stand er, raffte die Wäsche von der Leine und warf sie in den Korb.

»Man muss mit den Wölfen heulen, Mama«, rief er vergnügt zu ihr hoch. »Und außerdem ist es lustig!«

Er verschwand mit dem Korb durch die Hintertür ins Haus. Sie hörte ihn in der Waschküche. Es waren so friedliche Geräusche. Manchmal, für wenige Augenblicke, konnte es schön sein hier. Trotzdem blieb immer dieser Gedanke, wie es woanders geworden wäre, in der Stadt. Ihre Mutter lebte ein aufregenderes Leben als sie! Manchmal verstand sie nicht, wie Wilhelm es hier aushielt. Als sie so jung gewesen war, da war der Wunsch nach dem vollen Leben wie ein reißender Hunger gewesen. Schlimmer als der echte Hunger in den ersten zwei Jahren nach dem Krieg.

Sie drehte Wilhelms Radio aus und ging aus dem Zimmer, als Hermann auf den Gang trat.

»Hast du die Autoschlüssel gesehen?«

Es war egal, ob sie sich das letzte Mal vor zehn Minuten oder vor acht Stunden gesehen hatten. Immer hörte er sich so an, als würde er ein Gespräch fortsetzen, als hätte er nur eine kurze Pause gemacht.

»Ich glaube, sie lagen in der Zuckerdose im Esszimmer«, antwortete sie ernsthaft.

»Ah«, sagte er zerstreut und ging tatsächlich auf das Esszimmer zu. Sie sah ihm eine Sekunde nach. Es war manchmal unglaublich, wie weltfern er sein konnte, wenn er sich in seinen Studien vergrub. Er passte womöglich noch weniger nach Salach als sie. Ein Mönch. Ein Prediger in der Wüste. Ein Gelehrter in Athen. Alles, aber kein Dorfpfarrer, wie man ihn aus den alten Geschichten kannte: trinkfest und heiter und voll im Leben stehend.

»Hermann?«

»Ja?«

Er drehte sich um. Lächelte so schüchtern wie vor zwanzig Jahren.

»Der Schlüssel ist nicht in der Zuckerdose. Außer du hast ihn dort hineingelegt. Er hängt am Schlüsselbrett, wo ich ihn hingehängt habe, nachdem ich ihn in der Wäsche gefunden hatte. Gott allein weiß, wie er dort hingeraten ist.«

»Vermutlich hat sein Stellvertreter auf Erden ihn in der Hosentasche vergessen«, antwortete Hermann trocken. »Danke!«

Manchmal konnte er witzig sein; auf seine selbstvergessene, zerstreute Art.

Sie sah ihn an. Er wirkte auf einmal viel älter als sie. Er war immer leicht gebeugt gegangen, obwohl er gerne wanderte und nicht völlig unsportlich war. Aber jetzt – anders als bei so vielen Männern – wirkte er vor allem durch seine Gestalt alt. Wenn man genau hinsah, war sein Gesicht viel jünger, aber das tat man nur, wenn man ihn kannte.

»Ist es dir hier nicht zu eng?«, fragte sie spontan und ohne nachzudenken. »Geht es dir nicht genauso? Hier ist es immer, als müsste man frösteln, geht es dir nicht so?«

Er blieb in der Tür zum Esszimmer stehen. Dachte nach.

Das hat Wilhelm von ihm, dass er lange nachdenkt, bevor er spricht.

»Manchmal«, sagte Hermann ruhig. Er wandte sich ihr ganz zu. »Nicht so wie dir. Dir … im Frühling ist es am schlimmsten, oder? Dass dir alles fehlt.«

Sie hob die Schultern. Sah für eine Sekunde aus dem Gangfenster hinüber zur Kirche. Sechsundvierzig Schritte von der Haustür bis zum Altar. Sie hatte sie einmal gezählt.

»Ja. Sieh mal, Wilhelm … nach dem Dienst wird er studieren. Und das kann er hier ja wirklich nicht«, sagte sie bitter. »Was ist dann mit uns? Ich will hier nicht bleiben, bis …«

Sie sprach nicht zu Ende. Hermann nickte bedächtig.

»Ich denke darüber nach«, sagte er dann.

Sie fühlte eine plötzliche, hitzige Wut in sich aufsteigen.

»Das wird nicht reichen, Hermann!«

Sie klang schneidender, als sie es wollte. Oder nein … eigentlich musste es so sein. Immer wenn sie dachte, dass er sie verstand, kam das Gegenteil heraus. Darüber nachdenken!

»Oder tu es einmal wirklich, bitte. Denk richtig nach. Ich … so geht es nicht weiter mit uns.«

Es war wie einfach dahingesagt. Das, was sie schon lange dachte.

»Was meinst du?«

Hermann stand verunsichert da. Natürlich, es kam unerwartet. Aber jetzt war das Wort in der Welt. Sie machte einen Schritt auf ihn zu.

»Hermann. Am Anfang haben wir von fünf Jahren gesprochen, und das kam mir damals schon lang vor. Sieh mal, überall sonst ist das Leben, nur hier nicht. Ich meine … die Holzgasse haben sie jetzt geteert. Jetzt. Und sind noch stolz darauf. Die Bauern kommen zu uns zum Telefonieren. Hier ist es manchmal wie in Russland. Wir fahren jedes Jahr an denselben Strand in Italien. Seit fünfzehn Jahren zelten wir dort. Wir sind nicht mehr richtig gereist, seit … ach, ich weiß auch nicht, wie lang. Ich …«

Es gab zu viel, was sie hätte aufzählen können. Es war nicht einmal so sehr die Enge. Es war vor allem die Gleichförmigkeit; die ewige Wiederholung, ohne dass sich etwas änderte. In Paris und in London und in München gingen sie auf die Straße für eine neue und buntere Welt. Hier? Hier wussten sie wahrscheinlich nicht einmal, was eine Demonstration war. Und wenn … was hätte man hier schon bewegen können?

Hermann sah sie an.

»Aber das sind doch nur Äußerlichkeiten. Das ist doch nichts … was wirklich zählt. Du kannst doch jederzeit in die Stadt fahren. Oder zu deiner Mutter. Ich … was erwartest du denn?«

Ja. Was erwartete sie denn? Damals hatte sie nicht gedacht, dass einmal alles so vorgezeichnet sein würde. Hermann war ihr wie ein Ausweg in eine größere Welt erschienen. Das Elternhaus in Hamburg zerbombt. Nach dem Krieg hatten sie fast zwei Jahre in der Laube im Schrebergarten gewohnt. In der Laube. Es hatte ihr gar nicht so viel ausgemacht. Sechzehn oder siebzehn war sie gewesen und hatte gewusst: Da würde sie nicht mehr lange bleiben. Sie würde hinausgehen in die Welt. Was die Eltern und die anderen Alten als Zerstörung gesehen hatten, das war für sie wie ein Versprechen gewesen. Alles lag in Ruinen – es konnte ja nur neu werden und besser. Und im Süden waren die Amerikaner, da war sowieso alles besser als bei ihnen in Hamburg, wo die Engländer ihnen weniger zu essen gaben, als sie im Krieg gehabt hatten.

»Ich muss los«, sagte Hermann. Es klang fast wie eine Bitte.

»Ja«, antwortete sie. »Wir reden ein andermal darüber.«

Sie stand am Wohnzimmerfenster und sah, wie er sorgfältig das Auto aufschloss, einstieg, wendete und unter dem noch fast kahlen Walnussbaum hinausfuhr. Dann drehte sie sich um und schaltete das Radio an. Als die Röhren warm wurden, klang die Musik auf. Gut, dass sie in Hamburg Englisch in der Schule gehabt hatten. Dass sie meistens verstand, was gesungen wurde, das brachte sie Wilhelm vielleicht manchmal näher.

Draußen setzte ein feiner Regen ein, der nicht mehr tat, als alles feucht zu überstäuben.

Sie hörte den treibenden Rhythmus des Schlagzeugs und die junge, kraftvolle Stimme des Sängers. Er sang von einem Mädchen und vom Reisen; so viel verstand sie.

Manche Lieder sind wie Fenster für mich, dachte sie. Wie Fenster in ein Leben, das ich nicht führe, und ich stehe in der Öffnung, lehne mich an den Rahmen und sehe sehnsüchtig hinaus.

9

Es war eine der hässlichen Arbeiten. Sie stand am Schlepper und kuppelte die Pumpe an die Welle. Odelpumpen. Egal, was man anhatte und wie schnell man danach unter die Brause ging – man roch zwei Tage lang danach.

Der Vater hakte den Deckel zur Grube mit einer langen Stange auf und zog ihn schurrend zur Seite. Die betonierte Grube hatten sie erst seit ein paar Jahren. Davor hatten sie den Mist ausgefahren wie vor hundert Jahren, nur von einem Bulldog gezogen und nicht von Gäulen.

Der Mistkran stand immer noch, halb verrostet, auf dem kleinen Mauervorsprung an der Seite des Misthaufens. Oder was von ihm übrig war. Bei den Hühnern misteten sie noch aus und bei den paar Schweinen, die sie hatten. Im Kuhstall lief alles längst von allein in die Grube.

Der Mist hat weniger gestunken, dachte sie, als sie den Schlauch in den Odel senkte und am Schlepper die Welle anschaltete. Der Schlauch ruckelte, als die Pumpe anzog, und sie hörte, wie es im Güllewagen zu plätschern begann.

Sie wischte sich die Hände am blauen Tuch der Hose ab. An den Gülletagen konnte sie immer nur frühstücken. Essen, bevor es an die Arbeit ging, weil sie die Hände den ganzen Tag nicht mehr richtig sauber bekam, egal, wie oft sie sie wusch.

Die meiste Zeit im Jahr riecht es gut auf einem Bauernhof, dachte sie mit einem freudlosen Lächeln, während die Pumpe neben ihr tuckerte. Heu im Juni und der milchig grüne Geruch von unreifen Maiskörnern. Äpfel im August. Birnen. Der bittere Duft von Walnuss im frühen Herbst. Frisch gemolkene Milch. Das Staubaroma von gedroschenem Weizen und das ganz fein würzige von Stroh, wenn man nah genug dran war. Aber wir sind stinkende Bauern, weil wir zwei Wochen im Jahr Mist oder Odel fahren.

Sie sah hoch. Der Himmel hing grau und tief. Es würde bald Regen geben, und das war gut, sonst würde der Dünger nicht eingewaschen. Eigentlich war es im Juni schon zu spät, aber anders als der April war der Mai in diesem Jahr so kühl gewesen, dass es die Kopfdüngung für den Mais erst jetzt brauchte.

Sie sah hinüber zum Pfarrhaus. Wie jeden Tag. Sie konnte nichts dagegen tun, wenn sie über den Hof ging, sah sie nach dem Pfarrhaus. Es hätte ihr gefallen, Wilhelm zu sehen. Aber es war wie verdreht: Seit sie zusammen mit dem Motorrad in die Stadt gefahren waren, hatten sie sich mal über den Zaun grüßen können oder auf der Straße im Vorbeigehen, weil sie auf dem Bulldog saß und nicht anhalten konnte oder er auf dem Weg zu seinem Dienst war. Und zu ihm hinüberzugehen wie vor ein paar Wochen, davor hatte sie eine ganz neue, merkwürdige Scheu.

Der Vater kam aus dem Haus und sagte etwas. Sie deutete auf ihre Ohren, weil sie ihn nicht verstand. Der Lärm der Pumpe war zu groß. Er zog sie ein Stück zur Seite und rief ihr ins Ohr: »Schaust du zum Opa in die Stube? Dem geht's gar nicht gut, heute.«

Sie nickte, erschrocken, weil der Vater sie nicht gefragt hätte, wenn es nicht arg gewesen wäre. Normalerweise wäre die Mutter gekommen und hätte sie gebeten. Es war schon eine ganze Zeit lang so, dass der Opa nicht mehr in die Küche zum Essen kam, sondern die Suppe in die Stube gebracht haben wollte. Schon bei der Heimkunft hatte sie gesehen, dass er älter geworden war, der Opa. Vorher war er überall auf dem Hof gewesen und kaum im Haus. Langsam zwar, aber immer draußen. In der Stallküche genauso wie hinten im Garten bei den Bienen oder im Lagerhaus. Zu tun hatte er immer etwas gefunden. Aber vielleicht kam er auch nur nicht aus der Stube, weil er lieber für sich war.

Der Vater übernahm die Pumpe. Sie ging hinten hinein, weil es dort neben der Tür ein Waschbecken gab. Kernseife und ein Schälchen mit Sand. Das gab es nirgends sonst. In der Stadt wuschen sie sich die Hände, ohne dass sie schmutzig waren, hatte sie manchmal gedacht und dabei doch gewusst, dass es auch Dreck gab, den man nicht sehen konnte.

Sie seifte sich zweimal hintereinander die Hände ein, gab Sand dazu. Es war ein gutes, raues Gefühl. Ganz ging der Geruch nicht weg, aber es war zum Aushalten. In dem kühlen Gang roch es ein wenig nach Ruß und Holzfeuer, weil sie beim Opa immer noch anschürten, aber jetzt im Frühsommer die Sonne schon oft auf den Schornstein schien und es deshalb den Rauch ins Zimmer drückte.

Sie klinkte die Tür auf. Der Opa saß im Bett, den Rücken am Kachelofen. Eigentlich hatten sie im ganzen Haus die neue Heizung, die sie zentral vom alten Stall aus schürten, aber der Opa hatte den Kachelofen behalten wollen.

»Der Vater sagt, dir geht's nicht gut, Opa.«

Er atmete kurz und schnell, aber er lächelte sie an. Wie fast immer, wenn er sie sah.

»Sel, die Roberta. Was macht ihr?«

Wenn er nicht hinauskonnte, dann wollte er immer wissen,

was auf dem Hof vor sich ging. Er kannte nichts anderes als die Arbeit.

»Bist du eigentlich mal fort gewesen, Opa? Ich meine, außer im Krieg?«

Er setzte sich ein wenig gerader. Es waren zwei Zimmer, die der Opa und die Oma hatten. Aber seit die Oma gestorben war, hatte der Opa sich das Bett in die Stube gestellt und benutzte die Schlafstube nur noch selten. Unter dem Fenster stand der kleine Holztisch, der für zwei reichte und für einen fast zu groß war. Darüber die alten Fotos. Auf einem war er als Soldat zu sehen, neben einem Pferd, das er am Halfter hielt. Der Tag war so trüb, dass die Bilder fast in die Wand übergingen.

»Ich meine, das hätte ich erzählt«, sagte er und hustete ein wenig, aber es hörte sich nicht so schlimm an. »Es war schon auch im Krieg, aber nicht mehr für uns. Nach Amerika haben sie uns gebracht.«

Sie war völlig verblüfft. Dass er in Gefangenschaft gewesen war, das hatte sie gewusst. Aber in Amerika?

Er klopfte aufs Bett.

»Setz dich her. Die Zeit wird einem lang, wenn man nicht aufstehen kann.«

»Wir odeln gerade«, sagte sie entschuldigend, als sie sich an den unteren Rand des Betts setzte. Der Opa zuckte die Schultern.

»Muss auch getan sein«, sagte er. Lächelte wieder. Wie lange fehlte ihm der eine Schneidezahn schon?

»Du hast doch immer gesagt, dass du in Frankreich in Gefangenschaft warst!«

»Das stimmt schon auch. Am Schluss, als sie uns aus Amerika wieder zurück nach Europa gebracht haben, da sind wir nicht gleich heimgekommen. Schau«, sagte er, »eigentlich hab ich mein ganzes Leben lang Glück gehabt.«

Er sah aus dem Fenster. Draußen war nichts als der alte Baum, an dem sich die Kirschen gerade röteten. Sanft farbige Tupfer in der grauen Regenluft. Dann sah er sie wieder an. »Ich hab nicht an die Ostfront gemusst. Ich war immer dort, wo es warm war. Und als sie uns in Tunesien gefangen genommen haben, da sind wir nach Amerika gebracht worden. Zweieinhalbtausend von uns auf einem Schiff.«

»Und New York? Hast du New York gesehen?«

Es war, als hätte sie auf einmal einen kleinen Schatz entdeckt. Unversehens, wie wenn man ein Beet umgräbt, und plötzlich leuchtet da etwas, und dann ist es wirklich eine Goldmünze. Wieso hatte er nie davon erzählt?

Er musste wieder husten. Diesmal vor Lachen. Der harte, dünne Körper schütterte.

»New York! Uns haben sie gleich tief in den Süden gefahren. Da war es so heiß, das kannst du keinem erzählen, so heiß war es da. Schlimmer als bei uns im Juli. Mit den Schwarzen haben wir auf den Farmen gearbeitet, das war …«

Jetzt stieg ihm eine Röte in die Wangen, und er schlug die Decke zurück. Anscheinend tat es ihm wohl, zu erzählen. Sie hatte den Opa immer gemocht. Er war immer lustig gewesen. Aber viel mit ihr geredet hatte er nie und mit dem Vater immer nur über die Arbeit. Manchmal hatte er von der eigenen Kindheit erzählt, als der Hof noch viel kleiner gewesen war. Vielleicht kam das mit dem Alter und weil er nicht mehr so viel arbeiten konnte.

»Die haben schon ganz andere Maschinen gehabt, da unten. Kartoffeln hast du da keine anbauen können. Es war zu heiß dafür, und Rüben auch nicht. Kattun haben sie angebaut und

Mais, der wächst dort noch einen Meter höher als bei uns, und du kannst ihn essen. Und manchmal haben die Schwarzen am Abend gesungen, wenn wir länger auf dem Feld haben sein müssen. Die haben keinen Radio gehabt wie die Weißen. Einen Haufen Lieder habe ich gelernt von denen.«

»Opa!«

Sie hatte Tom Sawyer gelesen. Gelesen! Der Opa war dort gewesen, und sie hatte es nicht gewusst.

»Wieso hast du … niemals hast du richtig erzählt davon! Immer nur von Frankreich und wie du heimgekommen bist.«

Der Opa schwieg einen Augenblick. Zeigte auf das Salbendöschen, das am Fensterbrett stand.

»Kannst du mir den Rücken einreiben? Der Husten lässt nicht nach.«

Sie stand auf und öffnete es. Der Geruch war stark und gut. Kampfer und scharf wie Pfefferminz, und nach Thymian roch es auch. Als ob man Winter und Sommer in einen Duft zusammengeworfen hätte. Der Opa hatte das Hemd gehoben, und sie rieb die Salbe auf die papierene alte Haut.

»Wenn man Glück hat, dann erzählt man das besser nicht. Schau, die anderen … da sind so viele in Russland geblieben oder erst nach fünf oder zehn Jahren heimgekommen. Da saßen dann andere Männer am Tisch, als sie heimgekommen sind. Oder es hat ein Kind mehr gegeben, das nicht von ihnen war. Da will keiner wissen, dass du eigentlich die beste Zeit gehabt hast in deinem Leben.«

Er wurde still. Sie rieb weiter über seinen Rücken, damit die Salbe einzog. Die Haut fühlte sich warm an und glatt. Sie stellte sich vor, wie er, noch kein alter Mann, am Mississippi auf den Baumwollfeldern arbeitete. Vielleicht auf einem amerikanischen Bulldog saß oder abends mit den anderen Arbeitern vor deren Haus mit einer weißen Veranda. Bestimmt hatten die meisten Schwarzen kein solches Haus, aber sie konnte nichts gegen das Bild machen.

Der Alte lachte leise, spöttisch. Es klang auch papieren.

»Der Siegfried hätte mich nicht wieder gebraucht. Der war noch keine achtzehn und hätte sich trotzdem gewünscht, den Hof gleich selber zu führen. Aber da war ich dann doch wieder da, und er hat noch einmal warten müssen, fast fünfzehn Jahre.«

»Warst du denn schon zurück, als ich auf die Welt gekommen bin?«

Der Opa machte eine rasche Handbewegung.

»Längst. Schau, wann bist du geboren? Einundfünfzig, oder? Da war ich schon bald fünf Jahre wieder da. Und wie es ihn gefuchst hat, dass du ein Mädchen geworden bist.«

Fast kicherte er. Aber ja, das wusste sie selbst.

»Robert hätte ich heißen sollen, oder?«

Sie gab den Deckel auf das Döschen. Stellte es zurück auf die Fensterbank. Er ließ sein Hemd herunter und legte sich, wieder erschöpft, zurück ins Bett.

»Am Mississippi«, sagte er müde, aber immer noch mit dieser Heiterkeit in der Stimme, »da hätten sie dich Bobbie genannt. Lässt mich ein wenig schlafen jetzt, ja, sei so gut.«

»Ist recht.«

In der Tür drehte sie sich noch einmal zu ihm um:

»Aber von Amerika erzählst du mir wieder, Opa.«

Es war keine Bitte. Er nickte, und sie schloss die Tür.

10

Es hatte zu nieseln begonnen, als sie mit dem Odeln fertig war. Ein Rest schwankte noch im Güllewagen, das konnte sie spüren, weil es am Schlepper ruckelte, wenn sie Gas gab. Der Acker im Eichental lag am weitesten entfernt von daheim; eigentlich schon fast in Raitenbühl. Der Opa hatte ihn einmal getauscht gegen ein Stück Wald, das er wieder von einer Tante geerbt hatte, die noch weiter weg geheiratet hatte. So war alles hier. In das Land waren die Familiengeschichten eingeschrieben, und es konnte sie nur lesen, wer hier aufgewachsen war.

Sie zog den Kragen ihrer Jacke hoch. Dass sie noch immer einen offenen Bulldog fuhren! Die meisten anderen im Dorf hatten schon neue, aber der Vater … na ja. Sie verzog den Mund zu einem kleinen Lächeln: Der alte Heuberger spannte noch jeden Tag an. Die Amerikaner waren auf den Mond geflogen, aber der Heuberger spannte an und pflügte sein Handtuch von einem Acker mit der Hand.

Amerika. Es ging ihr immer noch im Kopf herum, was der Opa erzählt hatte. Dass er tief im Süden gewesen war, da, wo sie Baumwolle pflückten und es keinen Winter gab. Jetzt verstand sie auch, warum der Opa damals auf einem Feld Tabak angebaut hatte. Da musste sie noch klein gewesen sein, vier oder fünf. So hoch wie Mais war der Tabak gewachsen, daran konnte sie sich erinnern, und an die Blüten. Wie kleine, ganz zarte Vasen, weiß-rosa und wunderschön. Aber wenn man sie anfasste, waren sie klebrig, und sie hatten fast keinen Duft. Solche hatte es im Dorf bis dahin nicht gegeben. Sie lächelte, während sie über den Feldweg und durch die graue Regenluft auf die Straße zufuhr. Das konnte sie sich gut vorstellen beim Opa, dass er aus Amerika gekommen war und sich etwas hatte mitbringen wollen. Eine Erinnerung.

An der Einbiegung zur Landstraße hielt sie an und wartete den Milchlaster ab, der aus dem Dorf kam. Er fuhr zischend vorbei – der Regen wurde allmählich stärker, und die Straße war nass. Es klang lustig, wie die Tropfen auf dem Blech des Güllewagens spielten. Sie wollte Gas geben, aber in der Ferne, auf der Kuppe bei der Teufelsmauer, war ein Motorradfahrer aufgetaucht. Neuerdings war es jedes Mal ein kleines Erschrecken, wenn sie glaubte, Wilhelm zu sehen. Und es war wie verhext, denn in den letzten vier Wochen hatten sie kein einziges Mal miteinander reden können. Aber sie war auch blöd. Wenn er etwas von ihr gewollt hätte, dann wäre er schon einmal vorbeigekommen. Der Weg quer über die Straße war ja kurz genug.

Der Gedanke traf sie stärker, als sie gedacht hatte, und unvermutet. Als ob sie ihn nicht schon vorher hätte denken können. Aber sie hatte wohl nicht gewollt. Er wollte einfach nichts von ihr. Das war alles.

Auf einmal war der Tag wirklich regengrau. Fluch über alles, dachte sie düster und rammte den Gang rein. Am Straßenrand im Regen stehen und auf einen Mopedfahrer warten, weil es Wilhelm sein könnte. Und wenn er es gewesen wäre, dachte sie, als sie wütend aufs Gaspedal trat, dass der Bulldog einen kleinen Hüpfer machte und der Wagen hart in die Kupplung stieß, was dann? Sie saß nass und nach Gülle stinkend auf dem offenen Schlepper. Die Bauerstochter … sie waren keine Kinder mehr, die miteinander spielten … was sollte Wilhelm mit einer wie ihr? Und sie mit ihm?

Noch lange vor dem Friedhof überholte das Motorrad, und sie sah gleich: Er war es nicht. Das ärgerte sie gerade noch mehr. Vor ihr radelte der Satzinger mühsam vom Friedhof heim. Sie schwenkte weit aus, als sie ihn überholte, und er hob die Hand zum Gruß. Sie tat, als hätte sie es nicht gesehen, und ärgerte sich erneut über sich. Der konnte am wenigsten dafür. Aber es war, als ob alles ungerecht wäre. Der Opa, der in Amerika gewesen war, und was hatte sie gesehen? Drei Jahre lang die Ziegelwand einer Fabrikschneiderei. Der Opa hatte wenigstens die Tabakblüten mitgebracht. Sie hatte gar nichts, und dass sie irgendwann mal nach Paris … es musste ja nicht mal Amerika sein, Frankreich würde ihr reichen … dass sie da irgendwann mal hinkäme, danach sah es nicht aus. Es müsste gar nicht für immer sein. Aber was hatte der Opa gesagt? Die beste Zeit im Leben. Eine beste Zeit im Leben wollte sie auch. Ihr wurde trotz des Regens heiß, und sie knöpfte mit einer Hand die Jacke auf. Sie trat erneut aufs Gas, dass der Diesel aufröhrte. Wenn sie schon nicht schreien konnte, dann sollte es wenigstens laut sein. Erst als sie am Dorfplatz war und zum Hof abbiegen musste, wurde sie langsamer. Umso überraschender war es, dass plötzlich einer nach der eisernen Lehne am Nebensitz griff, sich festhielt und aufsprang.

»Ich habe gedacht, du hältst vielleicht für mich an, aber du siehst einen ja nicht!«, sagte er lachend. »Ich hab dich gerade überholt.«

»Mit dem Motorrad?«, fragte sie zurück, verwirrt, und ärgerte sich schon wieder, dass sie sich so unbeholfen anhörte.

Er nickte und hielt einen Helm hoch, wie zum Beweis. Deshalb hatte sie ihn nicht erkannt.

»Ich hab gar nicht gewusst, dass du einen Helm hast«, sagte sie und bremste. Sie stand halb in der Kurve, aber das machte nichts. Den Güllewagen konnte man schwer übersehen.

Er hob die Schultern, wie zur Entschuldigung. Der Regen schien ihm nichts auszumachen; er war fröhlich.

»Wenn es regnet, ist er praktisch. Ich habe ihn noch nicht lange. Sag, willst du mit ins Kino heute Abend? Wolfgang und ich fahren. Kommst du mit?«

Ja, dachte sie, ja. Wollte schon lächeln und zusagen, aber dann fiel ihr wieder ein, was sie gerade tat. Güllefahren. Sie konnte nicht neben Wilhelm im Kino sitzen und nach Odel riechen. Sie schüttelte den Kopf. Deutete über die Schulter nach hinten.

»Ich hab geodelt. Du kannst mich nicht mitnehmen.«

Wilhelm lachte. Sprang vom Traktor und rief: »Ist mir egal, wie du riechst. Ich komm um halb sieben. Nur in dem Sack da nehm ich dich nicht mit.«

Er deutete auf ihr Arbeitshemd. Es war ein altes vom Vater. Ihre eigenen Sachen hatte sie zum Güllefahren nicht anziehen wollen.

»Mal schauen«, sagte sie. Seine Fröhlichkeit war wie ein Kinderlachen an diesem Regentag. Man hörte es und konnte nicht mehr schlecht gelaunt sein.

»Halb sieben!«, rief er im Weggehen.

Als sie auf den Hof fuhr, prasselte der Regen richtig auf das Blech, und sie fing an zu triefen. Erste Dusche, dachte sie und lächelte dabei.

II

Als Gertrud ausstieg, war da schon der lebendige, lebensfrohe Lärm der Großstadt um sie herum. Der Bahnhof voller Menschen; hoch in der Halle flogen Tauben. Eine einzelne Dampflok neben all den elektrischen D-Zugmaschinen nahm sich fast rührend altmodisch aus, und sie sagte sich, dass sie nicht so enden wollte: alt und langsam und rührend auf einem Rangiergleis, von dem man nicht mehr in die Ferne fuhr, sondern nur noch schnaufend Waggons hin- und herschob. Wenn sie ihre Eltern in der Stadt besuchte, war es, als ob sie erst in dem Moment richtig wach wurde, alles fühlen, sehen, riechen konnte.

Sie hob ihren schmalen Koffer auf einen der Gepäckwagen. Damals, als sie auf das Dorf zogen, hatte sie nicht gedacht, dass es ihr einmal so gehen würde. Dass sie sich so nach der Stadt sehnen würde. Aber da hatte sie noch romantische Vorstellungen vom ländlichen Leben gehabt. So was wie stolze Bauern, die im Abendrot hinter ihrem Pflug einhergingen, oder so. Pferde. Maifeiern und schmucke Trachten. Was man sich eben so vorstellte, wenn man Dörfer nur aus Bilderbüchern kannte, dachte sie spöttisch. Wie entsetzt ihre Mutter gewesen war, als sie Hermann und sie das erste Mal besuchen kam. So kann man doch nicht leben, Mädchen! Wie kalt es hier ist! Dabei hatten sie das Gästezimmer schon vom Morgen angeheizt. So gut es sich eben heizen ließ mit einem elektrischen Öfchen.

Doch, Mama, so kann man leben. Musste sie ja auch. Eine andere Wahl hatte sie nicht gehabt. Dabei war Hermann am Anfang auch nicht glücklich gewesen, aber er hatte das mehr als Prüfung gesehen. Etwas, das man als junger Pfarrer auszuhalten hatte. Andere waren in die Mission gegangen.

Ach, Mama, dachte Gertrud und musste fast lächeln, als sie aus der Bahnhofshalle in die Junihelligkeit trat, irgendwie hast du doch recht gehabt. So kann man nicht leben.

Die Tram war voll, und sie musste stehen, aber das machte gar nichts. Wenn andere anfingen, für sie aufzustehen, war es aus. Die jungen Frauen um sie herum in kurzen Röcken und Stiefeln – immer noch. In London war das bestimmt längst durch, aber dort jagte die Mode auch schneller von einem Trend zum nächsten als hier in Deutschland. Trotzdem – es sah hübsch aus. So etwas konnte sie wahrscheinlich nicht mehr tragen, aber Lust dazu … Lust dazu hätte sie schon gehabt. Sie hatte sich schick gemacht für die Stadt und war froh darüber. Manchmal hatte sie Angst, dass das Dorfleben abfärbte. Dass man irgendwann sehen konnte, dass sie aus einem gottverlassenen Flecken kam.

Gottverlassen. Beinahe hätte sie geprustet, so komisch war der Gedanke, sobald sie an Hermann dachte, der ja Gott immer und immer wieder dorthin bringen wollte. Das hier war die Stadt – hier konnte man auch lachen, ohne dass es schon am Nachmittag ein Thema in der Dorfwirtschaft war: Die Frau Pfarrer hat heute auf einmal so laut gelacht … aber immer noch besser, als wenn sie über anderes sprachen. Mit wem man spazieren ging, zum Beispiel. Man war eben immer unter Beobachtung, immer.

Am großen Stadttor vorbei und Station für Station allmählich in die Vorstadt, wo ihre Eltern wohnten. Es war keine richtige Villengegend, aber hier standen die besseren Häuser, die fast alle nach dem Krieg gebaut worden waren. Ihre Eltern hatten Glück gehabt: Das Grundstück in Hamburg war trotz des zerstörten Hauses bald so viel wert gewesen, dass sie es verkaufen und hier im Süden neu anfangen konnten.

Sie ging durch den kleinen Garten zur Haustür, aber bevor sie aufschließen konnte, öffnete ihr Vater schon die Tür.

»Gertrude!«

Das tat nur er und nur, wenn er gut gelaunt war: Noch ein *e* an ihren Namen anhängen. Es klang weicher als ihr eigentlicher Name, und sie hatte es gern, wenn er das tat.

Im Haus duftete es nach Kaffee. Ihr gelang nie, dass es in ihrem Haus in Salach so wunderbar roch. Vielleicht war es zu zugig, als dass sich ein Aroma so lange in der Luft halten konnte. Oder es war der falsche Kaffee.

Ihre Mutter hatte auf der Terrasse gedeckt. Die im Übrigen nach Süden lag, dachte sie spöttisch, als sie durch die schmale Glastür nach draußen trat. Der Garten war viel kleiner als ihrer; es gab nur einen Apfelbaum und ein paar Sträucher, aber trotzdem sah er viel freundlicher aus.

Was tue ich dort noch?

Der Gedanke traf sie mit Wucht, während ihre Mutter ihr einschenkte und es einen Johannisbeerkuchen gab und alles so gutbürgerlich vornehm und freundlich war. Genau davor war sie damals weggelaufen. So konnte man nach dem Krieg doch nicht mehr leben, hatte sie damals gedacht. Dass alles neu werden müsste, hatte sie gedacht, als sie Hermann kennengelernt hatte, in dem der Glaube so tief innen brannte. Der Glaube an Gott und an das Neue und dass er etwas bewegen würde und dass eine Berufung schwer sein musste. Das … es überlief sie trotz der Sonne ein wenig … das war mitreißend gewesen. Auf eine besondere Art. Aber dieses Feuer – sie wusste nicht, ob es in ihm schon ausgebrannt war –, es konnte sie nicht mehr wärmen. Schon lange nicht mehr.

Ihre Eltern plauderten mit ihr über halb vergessene Verwandte aus Hamburg. Über ihren Bruder Georg, der leider wieder nicht hatte kommen können. Über die letzte Opernaufführung, die sie beide viel zu modern gefunden hatten. Über die Italienreise, die sie für den späten August planten. Und sie saß da, trank Kaffee, aß Johannisbeerkuchen mit Schlagsahne und dachte: Wenn Wilhelm nicht wäre – ich ginge heute noch. Mich hält nichts mehr außer ihm.

»Mädchen!«, rief ihre Mutter erschrocken. »Du weinst ja!«

»Nur die Sonne, Mama«, sagte sie und tupfte mit der Serviette unter die Augen. Hier gab es selbst auf der Terrasse Servietten.

12

In dem Sack nehme ich dich nicht mit.

Was Wilhelm so nebenbei im Spaß gesagt hatte, das war hängen geblieben. In dem Sack …

Sie stand in der Scheune. Neben ihr die schmale Stiege, die auf den Heuboden führte. Das Geländer ein schmaler Fichtenstamm, der über die Jahrzehnte von rauen Händen so glatt geworden war, dass es schön war, ihn anzufassen; über die leichten Unebenheiten der Äste zu fahren, die sich womöglich noch kühler und glatter anfühlten als der Rest, weil das Holz dort dichter war. Es war noch früh am Nachmittag. Durch die Spalten der Dielen über ihr fiel ein staubiges Licht auf die Kartoffelsäcke, die dort hingen. Grober, dicht gewebter Rupfen. Braun. Sackleinen eben.

Du wirst schon sehen, dachte sie, als sie einen der Säcke aussuchte. In dem Sack nimmst du mich doch mit.

Oben in ihrem Zimmer trennte sie den Sack auf. Aus ihrem Koffer nahm sie die Stoffproben, die sie aus der Schneiderei hatte mitbringen dürfen. Gebrochen weißer Satin. Eine kleine Rolle taubenblauer Seide. Dann riss sie das Muster auf dem Rupfen an. Es war nicht schwer. Solche Jäckchen hatten sie zu Hunderten in der Firma genäht. Aber jetzt konnte sie den Schnitt ändern, wie sie wollte, damit er nicht mehr so langweilig gerade war. Eng sollte es anliegen, die Ärmel nur dreiviertellang, sich aber dann aufweiten vor den Handgelenken. Den Aufschlag vielleicht aus dem Satin. Das gebrochene Weiß passte wunderbar zu dem Braun des Sackleinens. Dann steckte sie die Seide fest. Ein blauseidenes Innenfutter.

Sie wechselte das Garn an der Nähmaschine, setzte einen neuen Unterfaden ein. Obwohl die Maschine nicht elektrisch war, sondern Fußbetrieb hatte – sie kannte sich damit aus. An der hatte sie schon mit sieben die ersten Flicken zusammengenäht. Sie mochte das Gefühl in den Füßen, wenn das Pedal an Schwung gewann; genau zu wissen, wann sie den Fuß heben, wann ihn senken musste. Es war ein bisschen wie Tanzen auf der Stelle.

Das Fenster stand offen. Ab und zu, wenn sie die Naht versäuberte oder den Stoff drehte, sah sie durch den Regen hinüber zum Pfarrhaus. Die Luft war kühl und gut, und nachdem sie fast eine halbe Stunde in der Wanne gewesen war, konnte sie sich auch wieder selbst riechen. Ein seltsames Hochgefühl war auf einmal in ihr. Das erste Mal, seit sie zurückgekommen war. Das erste Mal, dass sie etwas schneidern konnte, was nicht vorgegeben war. Etwas Eigenes, und es gelang fast genau so, wie sie es sich vorgestellt hatte.

Vom Kirchturm klang die Stundenglocke durch das Rauschen des Regens gedämpft weich zu ihr herüber. Fünf Uhr. Die Ärmel noch. Der Rupfen eng geschnitten und nur bis zum halben Unterarm, so modisch, wie sie es auf dem Titel der *Vogue* mochte, das Taubenblau des Seidenfutters einen halben Zentimeter umgeschlagen, sodass es am Stoß einen ganz feinen Streifen gab. Und daran, in drei, vier großzügigen Falten angesetzt, eine Glocke aus dem cremeweißen Satin, die fast bis auf das Handgelenk fallen musste.

In Sack gehe ich, dachte sie, als sie in die Jacke geschlüpft war und vor dem halb blinden, schmalen Schrankspiegel stand, in Sack, aber nicht in Asche. Sie war barfuß. Das passende Kleid dazu war einfach und hell, nichts als ein Malgrund für das Jäckchen. Der Gegensatz zwischen dem groben Sackleinen und dem glatten Satin so spannend, wie sie ihn sich gedacht hatte, und aus dem Spiegel sah überrascht eine Frau, wo vorher ein Bauernmädchen gestanden hatte.

Sie kam barfuß in die Küche. Das Jäckchen lag oben, aber das Kleid hatte sie anbehalten. Die Mutter schaffte am Herd; hatte angeschürt und die letzten Kartoffeln vom Vorjahr fürs Nachtmahl aufgesetzt. Die Schalen im Blecheimer für die Schweine daneben. Als die Mutter die Tür hörte, drehte sie sich um. Ein wenig überrascht.

»Hast dich fein gemacht für den Stall?«, fragte sie.

»Ich kann heute nicht Melken helfen«, antwortete sie. Irgendwann hatte sie gelernt, dass Fragen nichts brachte. Man musste ansagen, was man wollte. Fragen hieß immer, dass es auch ein Nein geben konnte. Dass es irgendwie anders ging. Dass die Arbeit vorging. »Der Wolfgang und der Wilhelm nehmen mich mit ins Kino.«

»Sel«, sagte die Mutter kurz. Nickte aber dann. »Schau, dass sie nicht so viel trinken, die Buben. Letzte Woche erst hat sich der Sellerer Thomas totgefahren. Aus Kaltenbuch der«, setzte sie hinzu.

Sie war für einen Augenblick erschrocken, als sie den Namen hörte, denn einen Sellerer gab es auch hier im Dorf.

»Einfach an eine Linde, gleich hinter Hochstett in der Kurve. Mit seinem Motorrad. Dass sie alle Motorrad fahren müssen! Es ist bald jedes Jahr einer«, sagte sie mit einem leichten Kopfschütteln.

Ja, dachte Roberta fast spöttisch, wir haben noch nicht einmal ein Auto. Mit dem Schlepper wird man sich schwer totfahren können in der Kurve hinter Hochstett. Außer man ist so besoffen, dass man vom Sitz fällt. Beinahe hätte sie gelacht. Ihre Mutter sah das.

»Zum Lachen ist es nicht.«

»Nein. Aber selbst schuld war er doch, oder?«

Die Mutter zuckte die Schultern. Ging zum Spültisch und holte den Putzlumpen, um den Tisch abzuwischen. In der warmen Luft summten die Fliegen und dachten nicht daran, durch das offene Fenster in den Regen zu verschwinden. Sie lehnte sich an den Türrahmen und sah der Mutter zu. Die Bewegungen sicher und schnell und genau, und dann war der Tisch sauber und glänzte feucht. Ob die Mutter als Mädchen schon so streng ausgeschaut hatte, so hart? Aber sie wusste – die Strenge hatte sie selbst auch schon im Gesicht. So war es eben.

»Mach halt die Kannen noch fertig, bevor sie kommen«, sagte die Mutter jetzt, »das kannst im Kleid auch tun.«

Sie schob den Topf kurz auf die Seite, angelte mit dem Haken rasch zwei Herdringe und ließ sie in die Feueröffnung gleiten. Kleinere Flamme – das Essen musste erst in einer Stunde fertig sein.

Roberta nickte und ging hinüber in die Melkkammer. Die beiden Hundertliterkannen waren schon gespült und standen kopfüber auf dem Rost. Sie holte die Siebe, sah nach, ob sie sauber waren, und setzte sie auf die Kannen. Aus der offenen Tür zum Stall wehte ab und zu warm und schwer der Geruch der Kühe herüber. Die großen Papierfilter faltete sie an der Seite und klammerte sie im Trichter fest. Fertig.

Als sie über den Hof ging, sah sie, dass der Himmel aufriss und der Regen allmählich aufhörte. Weit im Westen stand die

Sonne, aber noch nicht sehr tief, und brannte rot die Ränder der Wolkenfetzen an. Der Abend konnte kommen.

Schon bevor sie eintrafen, Wolfgang und Wilhelm, stand sie vor dem Haus. Lehnte sich an den Stamm der Walnuss, weil sie sich mit dem Kleid nicht hinsetzen wollte. Die Bank war noch feucht. Morgen würde es heiß werden, auch wenn davon in der abendlichen Kühle nach dem Regen noch nichts zu spüren war. Die Luft war rein.

Sie hörte das Stubenfenster klappern. Der Opa musste aufgestanden sein. Sie ging ein paar Schritte vom Haus weg, um über den kleinen Vorgarten hinsehen zu können. Die Mutter baute dort, zur Straße hin, nichts an. Da stand nur der kleine Sauerkirschbaum, um den herum sie Bauernrosen gesetzt hatte. Auf den Blüten standen Regentropfen dicht bei dicht, und sie griff über das Zäunchen und schüttelte eine von ihnen. Glitzernder Wasserstaub. Der Opa im Fenster lachte.

»Du schaust aus wie eine Königin. Fährst zum Tanzen in die Stadt?«

Sie schüttelte den Kopf. »Ins Kino, Opa. Geht's dir besser?«

Er stützte die Ellbogen auf das schmale, verwitterte Fensterbrett.

»Das Schnaufen geht so viel besser nach dem Regen«, sagte er. Dann musterte er ihr Jäckchen. In den tausend Fältchen um seine Augen saß immer ein verstecktes Lächeln, das jetzt deutlich zu sehen war.

»Hast du die Joppen aus der Schneiderei mitgebracht? Die schaut …« Ihm fehlten die Worte, und Roberta sah an sich hinunter. Sie fühlte sich schön in dieser Jacke. Niemand sonst hatte so eine. Natürlich nicht. Der schmale blaue Seidenstreifen am Aufschlag leuchtete in der späten Sonne.

»Wie am Mississippi schaust du aus«, sagte der Opa in einem Ton, den sie nicht kannte von ihm. Mit dem Vater sprach er anders. Wenn die beiden am Arbeiten waren, im Wald, im Stall oder auch nur im Garten, dann schaffte immer der eine dem anderen etwas an. Der Opa dem Vater, weil er der Alte war, der Vater dem Opa, weil er nur noch der Austrägler war und nicht mehr der Bauer am Hof. Zu ihr war der Opa schon immer anders gewesen, aber seit sie zurück war, noch einmal mehr.

»Schon, oder?«

Sie drehte sich. Der Rock wehte ein wenig auf, und das Jäckchen lag eng und schön an; es fühlte sich an, wie sich Hände auf ihrer Taille anfühlen müssten. Leicht. Und gut.

»Am Samstag, am Abend, da haben sie sich auch immer schön gemacht, die Frauen und die Mädchen. Es nachtet im Sommer früher dort als bei uns; dafür sind im Winter die Tage nicht so kurz. Daran gewöhnt man sich nicht, wenn man von hier ist. Zum Tanzen sind sie dann gegangen, das war schön anzuschauen. So viele hübsche Mädchen … ich hab mich jeden Samstag neu verliebt.«

Sie musste lachen.

»Opa! Und die Oma daheim?«

Sie sah überrascht, dass er auf einmal ernst wurde. Er hustete kurz, aber es hörte sich längst nicht mehr so schlimm an wie noch vor ein paar Stunden. Dann lachte er mit seiner hohen Altmännerstimme.

»Geh! Jetzt hört sie's eh nicht mehr.«

Sie hörte Wilhelms Moped, bevor er um die Kurve bog. Der Opa richtete sich im Fenster auf und winkte ihr zu.

»Habt es schön heut Abend. Man ist nur einmal jung, Roberta. Habt es schön.«

Er schloss das Fenster, bevor Wilhelm zum Halten kam.

Neben ihm, auf seinem Mofa, der Wolfgang. Den hatte sie lange nicht mehr gesehen. Er hatte eine lange, braune Lederjacke an und gebügelte Jeans. Fast hätte sie gelacht, als sie ein zweites Mal hinschaute. Gebügelt. Aber er trug die Haare länger, nicht mehr den Bürstenschnitt, den er als kleiner Junge immer hatte haben müssen. Sie deutete auf sein Mofa.

»Der Film fängt um acht an. Vielleicht schaffen wir es bis zum Abspann, wenn wir gleich losfahren.«

Früher wäre der Wolfgang gleich beleidigt gewesen, aber jetzt lachte er bloß.

»Ich halt mich bei euch fest. Und reinwärts geht's ja eh bergab.«

Wilhelm sagte nichts. Er sah sie bloß an.

»Ist was?«, fragte sie lächelnd. Sie wusste ja, dass etwas war. »Nimmst du mich jetzt mit in dem Sack?«

Er legte den Kopf schief. Das mochte sie.

»Wie hast du es an einem Nachmittag nach Paris und zurück geschafft?«, fragte er nur.

Sie spürte eine plötzliche Wärme in den Wangen. Nicht, dachte sie. Das muss er nicht sehen. Mit einem schnellen Schritt trat sie neben ihn und stieg auf. Wolfgang deutete auf den kleinen Gepäckträger hinter dem Mofasattel.

»Hättest auch bei mir mitfahren können!«, rief er, drehte am Griff und ließ den kleinen Motor knattern.

»Schau du zu, dass du nicht zurückbleibst«, rief Wilhelm und ließ die Kupplung kommen. Wolfgang griff schnell nach der Sitzstange und ließ sich mitziehen. Als sie schneller wurden, begann sein Vorderreifen ein wenig zu schlackern, aber das machte ihm nichts aus.

»Schneller!«, schrie er in den Fahrtwind; vergnügt und befreit für diesen Abend, dachte sie, und sie lachte, während sie sich mit dem einen Arm an Wilhelm festhielt und die Wärme seines Rückens durch den dünnen Stoff ihres Kleids spürte.

Sie standen vor dem Kino. Über dem Asphalt des kleinen Platzes stieg noch ein wenig die Wärme der letzten beiden Sonnenstunden auf. Die Abende waren mittlerweile wirklich lang. Sie dachte für einen Moment an den Opa und was er von den Tagen in Amerika erzählt hatte. Wolfgang betrachtete die Plakate. Seine Wangen waren noch rot vom Fahrtwind. Er sah frisch aus – und lustig. Es war oft er gewesen, der die besten Ideen gehabt und sich dann immer nicht getraut hatte. Wilhelm stand neben ihm, ruhig und gelassen, und es war bald wie früher, wenn sie zu dritt losgezogen waren.

»Bud Spencer, oder?«

Wolfgang deutete auf das Plakat. *Die rechte und die linke Hand des Teufels*. Der Film versprach witzig zu sein, aber der Abend war … es war ein leiser Tag gewesen, dachte sie. Trotz der Motorradfahrt mit Wolfgang im Schlepp. Der Regen und sie an der Nähmaschine und schließlich das Gespräch mit dem Opa, bevor die beiden gekommen waren. Bevor Wilhelm sie in ihrer Jacke gesehen hatte.

»Was ist damit?«

Sie deutete auf das andere Plakat. Nur ein Paar, Rücken an Rücken. *Love Story*. Sie hätte es niemals zugeben wollen, aber es sah aus wie … als ob es richtig war zwischen den beiden. Ganz richtig.

»Gerne.«

Wilhelm nickte. Dann bockte er das Moped auf und zog den Schlüssel ab. Wolfgang stöhnte wie im Theater.

»Eine Liebesgeschichte! Im Ernst? Dafür habe ich mich an euch drangehängt?«

»An mein Moped oder an uns?«

Wilhelm lächelte ihn an. Ob der Wolfgang es so doppeldeutig gemeint hatte? Auf jeden Fall hatte Wilhelm es auch gehört.

»Also gut.« Wolfgang holte seinen Geldbeutel heraus. »Der andere hat eh Überlänge, und wenn ich noch ein Bier will, reicht es nur für die Liebe.«

Sie musste lachen. Der Wolfgang war heute gut gelaunt.

Sie kauften sich alle ein Bier, und dann saßen sie im Saal und sahen die Werbung und die Vorfilme. Wolfgang und Wilhelm hatten sie in die Mitte genommen. Viel war nicht los, der Saal nicht einmal zur Hälfte voll. Es war schön, mit den beiden zusammen zu sein. Während der Zeit in der Schneiderei war sie auch ein paarmal im Kino gewesen, meistens mit den anderen Lehrmädchen, aber das war anders gewesen.

Als der Film anfing, lehnte sie sich zurück. Amerika. Amerika im Winter. Ihr gefiel, wie die Frau angezogen war. Nichts, was sie hätte tragen wollen, aber zu ihr passte es. Und wie sie redete! Sie war frech. Und offen. Sie sagte alles, was sie dachte.

Wir sind nicht so, dachte Roberta. Keiner von uns. Um den Wolfgang hing ein ganz leichter Geruch wie von Leder und Rauch. Früher, als Kind, da hatte er manchmal diesen Armeleutegeruch gehabt, nach billiger Seife und alten Kleidern. Aber jetzt war es ein guter Geruch. Sie neigte sich ein wenig zu Wilhelm hinüber. Der hatte die Arme auf die Lehne vor sich gelegt und das Kinn darauf gestützt. So war alles an ihm. Schon immer gewesen. Bei allem, was er tat, war er ganz dabei. Und wenn er bloß einen Film anschaute. Sein Geruch war viel leichter, aber um einen Hauch bitterer als der von Wolfgang. Wie von Nussblättern. Hasel vielleicht oder Walnuss oder Kastanie im Herbst. Sie sah wieder auf die Leinwand. Armes Mädchen.

Reicher Junge. Sie passten nicht zusammen, und es war jetzt schon klar, dass es auf Dauer nichts werden konnte mit den beiden. Und trotzdem hoffte man. Das konnten sie nur in Büchern und im Film, dachte sie. Die Geschichten so erzählen, als könnten sie doch geschehen. Als gäbe es all die unsichtbaren Grenzen und Mauern nicht. Im Film konnte sie sagen: Du hast dich in mich verliebt. Die im Film sah noch schön aus, wenn sie mit dem Freund im Bett lag, wenn sie weinte und als sie starb. Nichts davon stimmte. Wenn man weinte, sah man verheult aus, und sie hatte noch keinen schönen Toten gesehen. Die Oma war gelb und faltig gewesen und ganz eingefallen. Nicht einmal die Inge, die damals in der Volksschule an Scharlach gestorben war. An Scharlach! Keiner starb mehr an Scharlach, aber die Inge war trotzdem nicht zurückgekommen. Auch sie hatte nicht schön ausgesehen, sondern ein bisschen blau unter der Haut und sehr tot. Aber auf der Leinwand stand die Frau todkrank und wunderschön in der Küche und redete mit ihrem Freund darüber, dass sie es nicht mehr nach Paris schaffen würde. Und obwohl es alles nicht sein konnte, fühlte Roberta den Kloß im Hals, und sie wollte nicht, dass sie starb, die schöne junge Frau. Weil es eine so besondere Liebe war zwischen den beiden. Sogar der Wolfgang war still geworden und machte keine halblauten Bemerkungen mehr. Wilhelm saß jetzt nicht mehr so aufrecht, sondern so wie sie tief im Sessel versunken. Ihre Arme berührten sich auf der Lehne, und sie fragte sich, ob er das auch so bemerkte wie sie.

Wilhelm und Roberta. Das klang nicht so gut zusammen wie Olli und Jenny. Plötzlich wurde ihr heiß in ihrem Jäckchen, das so schick und elegant und städtisch war. Das Jäckchen war wie der Film: Es versprach etwas, das sie nicht halten konnte. Sie war ein Bauernmädchen. Bestenfalls eine Schneiderin.

Keine amerikanische Studentin, die den ganzen Tag las und Klavier spielen konnte. Sie zog ihren linken Arm an sich und sah, wie auch Wilhelm seinen Arm von der Lehne nahm. Vorne auf der Leinwand starb Jenny in den Armen ihres Mannes und sah immer noch unfassbar schön aus.

»Ich hätte es nicht geglaubt«, sagte der Wolfgang, als sie auf den Platz traten. Ganz weit im Westen war der Himmel immer noch hell, und die Luft war immer noch ein bisschen warm und es fühlte sich gut an, dass Sommer war. »Ich hätte es nicht geglaubt, aber der Film hat mir gefallen.«

»Schon«, sagte Wilhelm still und sah zu ihr herüber. Ohne zu lächeln. »Dir auch, oder?«

Sie nickte.

»Nur, dass man halt in einem Film nicht leben kann«, sagte sie leichthin. Sie hätte die Jacke jetzt gerne ausgezogen, denn sie war ihr auf einmal eng und schwer, aber dazu war es doch zu frisch. Wilhelm sah sie immer noch an. Mit ganz leicht schief gelegtem Kopf.

»Das ist doch gut«, sagte er mit einem kleinen Lächeln, während er mit seiner bedächtigen Art den Schlüssel aus der Tasche fischte, »wenn du nämlich im Film leben würdest, wärst du jetzt tot.«

Wolfgang lachte, und ihr wurde es ein wenig leichter.

Der Weg zurück nahm ihr die Schwere, mit der sie aus dem Kino gekommen war. Der Weg die Straße hinauf durch den nächtlichen Wald, das immer langsamer werdende Moped, weil das Mofa vom Wolfgang schon arg bremste und sie alle drei immer wieder lachen mussten. Wolfgang, der anbot, einen nach dem anderen hochzufahren, als sie fast nur noch

Schrittgeschwindigkeit hatten. Sie, als sie absprang und nebenher rannte, während Wilhelm Wolfgang im Schlepp hatte und der beinahe vom Mofa fiel, weil er so darüber lachen musste, dass sie schneller rannte, als die beiden fuhren. Und dann, als sie oben waren und tauschten und Wilhelm hinter ihr saß, mit einer Hand den Wolfgang mitzog und den anderen Arm fest um sie legte; mit einem kleinen, besonderen Druck auf den Bauch, den es eigentlich nicht brauchte – da konnte sie der schönen Geschichte aus dem Film fast glauben.

Die Straße war eben und die Nacht hell. Gestern war Vollmond gewesen. Sie knatterten durch das stille Oberndorf und, weil es kürzer war, über die Feldwege an der Teufelsmauer entlang. Wilhelms Arm um ihre Taille. So leicht sollte es immer sein.

»Das müssen wir öfter machen«, sagte Wilhelm, als sie vor der Hofeinfahrt anhielt und abstieg. In einer plötzlichen, unvermuteten Geste strich er mit der Hand über das grobe Sackleinen ihrer Jacke. »Das ist ein schönes Gefühl«, sagte er leise und fast verlegen.

Ja, dachte sie und nickte.

13

Der fast weiße Kalkbewurf an der Hauswand fühlte sich in der Julihitze angenehm kühl an. Gertrud lehnte sich mit dem Rücken an die Wand. Den Spatzen schien die Hitze nichts auszumachen, sie lärmten in den zwei großen Haselbüschen, die neben der zugeschütteten Zisterne wuchsen. Da war der Boden immer feucht, egal, wie trocken es sonst im Garten sein konnte. In den ersten Jahren hatte sie Rosen gepflanzt. In ihrer Erinnerung war der Garten in Hamburg voll blühender Rosen gewesen. Wahrscheinlich stimmte das gar nicht, aber so erschien ihr der elterliche Garten immer, wenn sie zurückdachte. Sie und Georg abwechselnd auf dem Holländer, mit dem sie die gepflasterten Gartenwege entlangrollten. So hatte sie sich das hier auch vorgestellt. Aber vermutlich hatte sie irgendwas falsch gemacht – die Rosen kümmerten vor sich hin und blühten nie ordentlich. Nach ein paar Jahren hatte sie an einem frühen Herbsttag alle Stöcke wütend ausgerissen. Dabei gab es im Dorf Gärten, in denen Rosen wuchsen. Nur im Pfarrgarten nicht. Sie hatte einfach keinen grünen Daumen. Nur für sich lächelnd, hob sie ihre Hände und sah sie an. Noch ohne Altersflecke und mit straffer Haut. Tja, die Hände waren nicht für den Garten gemacht.

Die Spatzen flogen auf, als sie sich mit ihrem Buch in den Liegestuhl setzte. Zumindest konnte man sie hier hinten nicht sehen. Die Mauer zur Gasse war hoch genug. Das war etwas, das sie immer noch mochte, zumindest im Sommer: Der Pfarrgarten hatte eine Mauer, keinen Zaun. Wie ein Park.

Es war nachmittagsstill. Da war nur das Summen der großen Ventilatoren in der Luft, die aus den Getreidesilos und den Kuhställen die Hitze bliesen. Ein stilles, friedliches Geräusch.

»Hallo, Mama!«

Wilhelm kam um die Ecke. Warf seine Tasche genau und mit Schwung, sodass sie bis zur Schwelle der Terrassentür schlitterte. Er war gut gelaunt.

»Heute sind es noch genau sechs Monate. Am 15. Januar bin ich frei. Frei, frei, frei!«

Sie lachte. Manchmal war er noch wie ein kleiner Junge.

»Genieße es. Das kommt nie wieder.«

Er setzte sich auf den Steinboden neben ihre Liege.

»Mama, du siehst schön aus, so im Liegestuhl.«

Er nahm ihr das Glas aus der Hand und trank einen Schluck. Wenn sie einen Gefrierschrank hätte, dachte sie, könnten sie Eiswürfel haben. Wie im Restaurant. Sie lächelte ihn an.

»Schön wie ein Vogel im Käfig.«

Wie hübsch es war, mit Wilhelm so reden zu können. Er war schon so erwachsen, aber manchmal immer noch so zutraulich wie der kleine Junge von damals. Aber vielleicht war es doch zu unbedacht gewesen. Sie sah, wie er ernst wurde.

»Ist es ein Käfig für dich, Mama?«

Sie sah für einen Moment in den Himmel. Hohes Sommerblau. Am Meer gäbe es jetzt ein wenig Wind, dann würde das Wetter stimmen.

»Manchmal ist es mir zu eng hier im Dorf. Als du klein warst, in der zweiten Klasse, weißt du das noch? Da ist irgendwann die Lehrerin herübergekommen und hat mich gefragt, warum ich dir die Haare nicht schneiden lasse. Weil sie fast so lang wie bei einem Mädchen wären.«

»Wirklich? Ich kann mich nicht erinnern … zu mir hat sie nie was gesagt.«

Er sah amüsiert aus. Ja, im Rückblick war es auch eine lustige Geschichte. Damals nicht. Der Sohn vom Pfarrer … lange Haare.

»Und du wolltest lieber in Handarbeit gehen als in Werken«, fiel ihr wieder ein. »Die Oma hatte dir gezeigt, wie Stricken geht, und dann wolltest du lieber in Handarbeit. Aber …«

»Ich weiß noch«, sagte Wilhelm. »Stimmt. Ich weiß es noch. Ich durfte nicht, weil Jungen Werken hatten und Mädchen Handarbeit.« Er lachte. »Manchmal sind wir schon sehr altmodisch hier.«

Wir, dachte sie. Das meinte nicht sie beide. Das meinte Wilhelm und das Dorf. Wir.

Das Telefon klingelte. Wilhelm sprang auf.

»Ich gehe schon. Bleib du liegen.«

Sie lächelte. Er konnte so unverhofft charmant sein, so jungenhaft. Von Hermann hatte er das nicht. Sie sah nach oben, als sich das Esszimmerfenster öffnete.

»Onkel Georg«, rief Wilhelm herunter, »kommst du hoch oder soll er nachher noch mal anrufen?«

»Ich komme«, rief sie zurück.

»Acht Wochen?«

Ihr war bewusst, dass Georg ungewöhnlich jung eine Professorenstelle bekommen hatte. Aber dass er mittlerweile so bekannt war …

»Ja«, sagte Georg. Bei ihm im Hintergrund war es laut; vielleicht rief er aus einer Telefonzelle an und nicht aus dem Büro.

»Und es sind all die großen Städte dabei, von denen wir früher geträumt haben, weißt du noch? Im Gartenhäuschen?«

»Wunderbar!«, sagte Gertrud boshaft. »Du hältst also acht Wochen lang Vorträge von Paris bis Kopenhagen. Warum erzählst du mir das? Aus geschwisterlichem Hass? Danke schön.«

Georg lachte. Sie konnten sich vortrefflich streiten, und wenn er zu Besuch kam, dann krachte es immer schon am ersten Abend. Aber das Wunderbare bei ihnen beiden war: Sie nahmen es dem anderen nie übel. Beim Frühstück am nächsten Tag war alles vergessen.

»Das, Trude, ist ja das Schöne«, sagte Georg vergnügt am anderen Ende, »ich kann nämlich jemanden mitnehmen. Die ganzen acht Wochen. Es sind überall Doppelzimmer gebucht. Und da ich keine weiteren Schwestern habe als meine eine große …«

Gertrud verstummte für einen Moment. Damit … nein, damit hatte sie wirklich nicht gerechnet.

»Wie viel … was würde das denn kosten?«

Georg lachte wieder.

»Dich gar nichts, Schwester. Nichts, außer dass du mich natürlich jeden Tag zum Kaffee einladen musst. Aber du bräuchtest einen Pass, falls du noch keinen hast. Wir haben immer ein Hotel mit Frühstück, und den Rest … na, du isst ja sowieso nicht so viel.«

Sie spürte Aufregung in sich aufsteigen, langsam, wie die Flut an der See. Kaum sichtbar, aber deutlich zu spüren.

»Ich müsste mit Hermann reden … und mit Wilhelm natürlich. Ist das denn sicher? Ginge das wirklich, Georg?«

Es war, als hätte sie in ihrem Haus eine Tür gefunden, die sie seit fünfzehn Jahren übersehen hatte. Georg wurde ernst.

»Du hast bis Freitag Zeit, dann musst du dich entschieden

haben. Wenn du Ja sagst, dann bist du dabei. Acht Wochen wir beide …«, er lachte wieder, »wir werden uns für unser ganzes Leben verkrachen.«

Als sie aufgelegt hatte, sah sie sich im Wohnzimmer wie aus einem ganz neuen Winkel um. Der Ölofen in der Ecke, den sie im Winter an jedem Morgen mit einem Fidibus erst entzünden musste. Das Sofa, das sie von ihren Eltern hatte und dessen Bezug sie längst nicht mehr sehen konnte. Aber ein neues konnten sie sich nicht leisten; sie zahlten noch das Auto ab. Die Regale mit den Hunderten von Büchern. Jedes einzelne wie eine Bühnentür in eine unechte Welt. Sie halfen, wenn man eingesperrt war. Aber wenn man sich zu lange in solchen Welten bewegte, begann man, die Büchergefühle mit den eigenen zu verwechseln. Ja. Sie wollte reisen. Einmal in Europa unterwegs sein und nicht nur bis zu einem italienischen Campingplatz fahren, wo das Meer meist müde an den Strand plätscherte, wo die dick gewordenen Deutschen lagen und rot wurden. Sie wollte die glitzernden Städte sehen. Die Cafés und die Parks. Und vor allem andere Menschen. Sie hatte keine Ahnung, was Hermann dazu sagen würde. Und vor allem … sie wusste gar nicht, ob sie seine Erlaubnis brauchte. Als sie die halbe Stelle in der Stadt angenommen hatte, da hatte sie eine Erlaubnis vorlegen müssen. Ob das auch fürs Reisen galt? Es war lächerlich, aber das musste sie wissen, bevor sie mit Hermann sprach.

Sie ging nachdenklich die Treppe hinunter und sah wohl ungewöhnlich ernst aus, denn Wilhelm fragte erschrocken: »Mama! Ist was passiert?«

Sie schüttelte den Kopf. Lächelte auf einmal befreit.

»Kann ich euch Männer zwei Monate allein lassen?«

14

Es gefiel ihr, wie die ungeheuren Staubwolken langsam, schwer und gelb unter einem unglaublich hohen Augusthimmel über die Felder geweht wurden. Bestimmt sah es in Amerika auch so aus, auf den riesigen Feldern, von denen der Opa jetzt immer öfter erzählte, wenn sie beieinander waren. Er hatte sich von seinem Husten erholt und saß auf dem Schlepper, mit dem er den Ladewagen neben dem Mähdrescher hielt. Sie saß mit Wolfgang auf dem anderen. Er hätte nicht mitkommen müssen, aber der Vater vom Wolfgang borgte ihnen den Bulldog für die Weizenernte zwar, weil man es eben so tat, schickte aber doch den Wolfgang mit, damit ihm nichts passierte. Dem Bulldog, nicht dem Wolfgang, dachte sie und lächelte boshaft in sich hinein. Den Adi konnte im Dorf kaum einer leiden. Nicht, weil er bloß ein Häusler war. Der spann einfach. Frömmer als der Pfarrer und dabei eigentlich eine Sau. Sie sah hinüber zum Wolfgang, der den leeren Hänger langsam über die Stoppeln hin zum Mähdrescher lenkte. Dafür, dass er aus so einem Stall kam, war er nicht schlecht geraten. Damals, als Kinder, waren sie nicht gerne zum Wolfgang gegangen. Es roch nicht gut bei denen, und keiner mochte, was die Landauerin kochte. Sogar Wilhelm hatte heimlich die Augen verdreht, als sie einmal zum Essen dort waren und das Beten gar nicht mehr aufhörte. Sie hatte lachen müssen und Wolfgang auch, und sie sah dem Adi schon an, dass er den Wolfgang nachher dafür verdreschen würde, und so waren sie gleich nach dem Essen zusammen wieder abgehauen, und am Schluss hatte Wilhelm es irgendwie geschafft, dass die Frau Pfarrer Wolfgang spät am Abend absetzte und irgendwas von der Präparandengruppe erzählte, die länger gedauert hatte; so jedenfalls, dass der Adi den Wolfgang nicht mehr schlagen konnte.

Es war heiß, aber es ging ein Wind. Der Staub, der in der Nachmittagssonne in gelben Wolken vom Mähdrescher aufstieg, roch ein wenig nach trockenem Gras, nach Stroh natürlich, aber mit einem feinen Hauch von Brot, das der Weizen einmal sein würde. Das war es, was sie in der Stadt am meisten vermisst hatte. Die tausend Düfte, die es im Lauf eines Jahres auf dem Dorf gab. Als sie mit Wilhelm nachts vom Kino zurückgefahren war, auf den Feldwegen am grünen Roggen vorbei ... dieser nächtliche, starke Duft voll wilder Würze, ganz anders als der Weizen jetzt, den kannte wohl niemand dort. Und so war es mit den Farben auch. Das Gelb des Weizenstaubs, dieses besondere Gelb, nicht wie Stroh und nicht wie Weizen; durchsichtiger und dabei so sonnensatt, so einen Stoff hätte sie finden wollen, um Wilhelm ein Hemd daraus zu nähen.

»Kommst du heute Abend?«

Wolfgang holte sie aus ihren Gedanken zurück. Sie nickte. Lächelte dabei.

»Sicher. Ich kann ja nicht anders, die Kirchweih ist praktisch auf unserem Hof.«

Das stimmte. Natürlich waren die Stände auf dem Dorfplatz um die Linde herum und den alten Brunnen, der nicht mehr benutzt wurde, aufgebaut. Aber die Wohnwagen der Schausteller standen immer bei ihnen auf dem Hof, vom Opa her noch. Das war schon seit nach dem Krieg so gewesen. Und einer von den Verkaufsständen war über den niedrigen Zaun gebaut, damit der Gehsteig nicht blockiert war.

Kirchweih und Weizenernte – das gehörte zusammen. August.

»Kommt Wilhelm auch?«

Sie fragte es so dahin, als würde es nichts bedeuten. Einfach so eben. Und hatte doch eine Minute darüber nachgedacht, ob sie es Wolfgang fragen konnte. Der nickte nur.

»Glaub schon.«

Es war aber auch wie verdreht! So klein das Dorf war, sie verpassten sich immer. Ob es ihm auch so ging, dass er sich scheute, direkt herüberzukommen, um sie zu sehen? Oder ging das nur ihr so?

»Ihr seid oft zusammen in letzter Zeit, oder? Hat er recht viel zu tun im Krankenhaus?«

Wolfgang zuckte die Schultern.

»Der war zwei Wochen weg, auf Fortbildung. Ist gestern erst wiedergekommen. Das ist ein Blödsinn, dieser Zivildienst. Dreimal so lang wie bei uns. Niemals hätte ich das gemacht. Ich hab sogar den Lasterschein machen können beim Bund. Und was hat er? Nichts.«

Der Mähdrescher stoppte. Der andere Ladewagen war voll, der Opa lenkte vom Feld weg auf die Straße, und sie gab Gas, damit es weitergehen konnte. Wolfgang stellte sich auf die Bordwand des Hängers, als sie neben dem Drescher waren, und schwenkte das Blasrohr in die Mitte über den Wagen. Schon ruckte er an, und sie sah zu, dass sie Schritt hielt, damit nichts von dem Weizen verloren ging, der jetzt hinter ihr auf den Wagen rauschte. Vor ihnen fielen die Halme, der Drusch machte einen ungeheuren Lärm, der Staub wirbelte über ihnen, und hinten fielen die zusammengepressten Strohblöcke heraus.

Wie viel Arbeit das früher gewesen sein musste! Alles mit der Hand mähen, die Garben aufstellen, heimfahren und schließlich dreschen. Und jetzt schaffte man alles an einem Tag. Sie musste husten und unterm Husten lachen … vorhin hatte sie den Staub noch schön gefunden. Jetzt konnte sie kaum noch atmen. Sie drehte sich um. Wolfgang hatte sich an das Rohr gehängt, und der Weizenstrom umspülte seine Beine, dann ließ er sich fallen und tat, als ob er ertrinken würde in der rasch wachsenden Woge aus Weizen. Sie musste wieder lachen. Ein Spinner, der Wolfgang!

Sie begegneten dem Vater mit dem anderen Gespann erst wieder im Dorf. Er nickte nur kurz, als sie aneinander vorbeirauschten. Die Lohndrescher wurden nach Stunden bezahlt, und es war nicht gut, wenn sie zu lange auf dem Feld warten mussten. Als sie am Hof waren, fuhr sie in einem großen Bogen ein, um gut am Kirchweihstand vorbeizukommen. Hinten am Silo merkte sie dann, was den Vater aufgehalten hatte. Das Reinigungsgebläse arbeitete viel zu langsam. Wolfgang stand hinten am Auslass des Ladewagens; sie hatte ihn schon angehoben, als er rief: »Stopp! Hör auf. Noch mal runter!«

Sie senkte den Wagen und sprang vom Bulldog. Unter der Schütte des Gebläses häufte der Weizen sich schon kniehoch. Wunderbar. Der Vater hätte anhalten können, um ihr das zu sagen. Jetzt musste sie selbst zusehen, dass sie vorankam. Woran lag es? Der Dieselantrieb lief ruhig, das konnte es nicht sein. Sie gab Wolfgang ein Zeichen.

»Aus! Schalt ab!«

Ob er sie in dem Lärm verstand, war nicht klar, aber er tat das Richtige. Der Diesel stoppte, und sie hörte schon am Auslaufen des Gebläses, dass da etwas ratterte. Sie ließ die Spannverschlüsse aufschnappen, Wolfgang nahm die Abdeckung ab.

Er weiß, wo er hinlangen muss, stellte sie fest. Es brauchte nicht viele Worte. Ob Wilhelm auch so war? Sie dachte an das Brillengestell, das er hatte löten wollen. Nicht, dass er ungeschickt war, das nicht. Aber er wusste so viele Sachen einfach nicht.

»Da!«

Wolfgang griff zwischen den Ventilatorenblättern hindurch und holte einen fast apfelgroßen Stein heraus, der schon ganz rund geschlagen war. Und er hatte ein paar der Flügel so verbogen, dass es kein Wunder war, dass sie keinen Zug mehr herbrachten. Dass der Vater das nicht gemerkt hatte! Aber so halbwegs war es ja anscheinend noch gegangen vorhin.

»Wir schrauben das Rad ab«, schlug Wolfgang vor. »Die Blätter muss man in der Werkstatt richten.«

Sie drehte den Stein in der Hand. Das hätte gar nicht passieren dürfen. So ein großer Stein kam nie durch den Drescher durch, der musste auf dem anderen Ladewagen gewesen sein. Gut, dass der Vater den sauber gemacht hatte und nicht sie. Sie dachte kurz nach, dann sah sie Wolfgang an und schüttelte den Kopf.

»Keine Zeit. Wir biegen die jetzt mit der Zange so hin, wie es halt geht, und richtig machen wir das nach der Ernte. Wir bringen sonst das Korn nicht ins Silo, und kühlen können wir es auch nicht ordentlich.«

Es war schwierig, mit der Zange an die Flügel zu kommen, aber als Wolfgang mit dem Zugeisen, das er sich aus der Garage geholt hatte, dagegenhielt, konnten sie die Blätter so einigermaßen wieder zurückbiegen. Wolfgang warf den Diesel an, noch bevor sie die Abdeckung wieder aufspannten. Die Flügel drehten sich sauber; nichts schlug, auch wenn man sie später wirklich noch einmal ordentlich richten musste. Sie setzten die Abdeckung auf und spürten sofort, wie es im Trichter anfing zu saugen. Jetzt passte es wieder.

Wolfgang fing an, das verschüttete Getreide einzuschaufeln, während sie wieder auf den Bulldog stieg, um den Kipper hochzufahren. Es war ein gutes Gefühl, etwas in Ordnung gebracht zu haben. Hand in Hand zu arbeiten. Aber so war es mit dem Wolfgang immer gewesen, sonst wären sie drei keine Freunde geblieben.

Der Weizen rauschte ins Silo, der Ladewagen leerte sich. Gute Arbeit. Zusammen sahen sie zu, dass nichts neben der Schütte liegen blieb, als sie fertig waren. Der Vater sollte sehen, dass sie beide es hingebracht hatten, schneller als er.

»Danke«, sagte sie, als Wolfgang wieder über die Deichsel auf den Schlepper stieg. Er lachte und schlug sich auf die Brust wie Tarzan.

»Dafür gibst du mir heute Abend ein Bier aus!«

Sie nickte.

Kirchweih. Sie hatte sich mit dem Melken beeilt, und es war noch nicht richtig Abend, als sie aus dem Stall kam, aber bis sie mit Waschen und Umziehen fertig war, leuchteten die Lichter am Karussell schon stärker, und der Himmel über dem Wirtshausdach gegenüber wurde schon dunkler. Mit dem Karussell fuhr keiner mehr von ihnen, aber man stand doch immer dort herum. Vielleicht, weil es gleich neben dem alten Dorfbrunnen aufgebaut war; genau in der Mitte unter der Linde und vor dem Eingang des Wirtshauses. Sie trug das Kleid, das sie sich genäht hatte, noch bevor sie in die Lehre gegangen war. Sie mochte es immer noch. Ein sehr, sehr helles Grün, das sie damals so schön gefunden hatte. Wie milchreifer Roggen.

Über dem kleinen Feuerwehrwagen, der Kutsche, dem gelben Postomnibus und dem Rennauto, das immer alle hatten fahren wollen, klangen die Schlager in den frühen Abend. Nichts, was sie wirklich gerne hörte, aber sie war damit aufgewachsen. Obwohl, manches berührte einen dann doch, wenn man sich den Text wegdachte. *Schöner fremder Mann* … vielleicht würde das gar nicht so schlecht klingen, wenn sie's auf Englisch singen würden. Oder auf Französisch. So, dass man nicht gleich verstand, wie albern es war. Aber auf der Dorfkirchweih mussten es deutsche Lieder sein … na ja. Vielleicht ab und zu mal eines von den neuesten aus Amerika. *Rose Garden* oder *Mrs. Robinson.* Ihr Englisch war nicht so gut; sie verstand selten ein ganzes Lied. Eigentlich musste sie das meiste erraten, aber sie mochte die Melodien viel mehr als bei den deutschen Schlagern. Als könnten die Töne, mit ein paar Takten nur, ganze Bilder schaffen. Einen einsamen Wintertag vielleicht oder eine Wüste oder eine leuchtende Stadt wie Paris.

Der süße Duft von gebrannten Mandeln wehte herüber. Die Kinder auf den Fahrzeugen des Karussells klingelten und hupten. Das Lachen der Mädchen am Schießstand und das kleine Knallen der Luftgewehre, die hellen Stimmen der kleinen Buben, die am Stand um Zuckerwatte bettelten. So klang Kirchweih. Es war selten, dass das ganze Dorf am Abend zusammenkam. Sonst waren die Männer im Schützenhaus oder im Wirtshaus, die Frauen im Kirchenchor oder bei den neuen Landfrauenabenden in der Schule, und die Kinder spielten sowieso für sich. Aber alle zusammen – das gab es nicht oft.

Sie warf einen Blick zurück zum Haus und sah den Opa im Fenster sitzen. Ja, das gefällt ihm, dachte sie.

»Was ist mit meinem Bier?« Wolfgang stand auf einmal neben ihr. »Hübsch hast du dich gemacht. Sehr hübsch!«

Sie hatte wieder das Jäckchen angezogen. Weil es Wilhelm gefallen hatte. Und an so einem Sommerabend ... sie wollte anders aussehen als die anderen Mädchen. Nicht hübscher, aber eleganter.

»Hübsch können alle sein«, antwortete sie spöttisch. »Ist Wilhelm noch nicht da?«

Es war ihr herausgerutscht. Sie hatte eigentlich nicht fragen wollen. Aber Wolfgang merkte es gar nicht.

»Doch!« Er deutete auf die Schießbude. »Komm, wir holen ihn. Der braucht auch ein Bier.«

Es war eine so kleine Kirchweih. Ein Fahrgeschäft. Vier Verkaufsbuden. Eine Schießbude und ein Stand mit all den Süßigkeiten, die es nur auf der Kirchweih gab. Aber die Burschen hatten einen Baum aufgestellt; eine Fichte, entastet bis auf die Krone, die so hoch war wie seit Jahren nicht.

»Hallo, Wilhelm.«

Sie war ganz nahe hinter ihn getreten. Er hatte das Luftgewehr an der Schulter und war so konzentriert aufs Zielen, dass sie nicht anders konnte, als es genau neben seinem Ohr zu flüstern, als er abdrückte. Der Schuss ging grandios daneben.

»Gott im Himmel, hast du mich erschreckt!«

Er senkte das Gewehr und drehte sich lachend zu ihnen.

»Aha. Das Duo infernale.« Und zu ihr: »Wo hast du dich versteckt?«

»Ich?« Sie zog die Augenbraue hoch. Das hatte sie schon als Kind gekonnt. »Ich bin doch immer hier. Du weißt doch, wo du mich findest.«

Es war, als löste die fröhliche, laute Atmosphäre des kleinen Fests die Zungen. Heute ist nicht wie alle Tage, dachte sie.

»Du bist es doch, der immer weg ist, oder? Hast du nicht gerade einen Lehrgang gehabt?«

Wilhelm hob theatralisch beide Hände und seufzte.

»Es ist gerade, als ob sie einen bestrafen wollen dafür, dass man nicht zum Bund gehen will. Ständig schicken sie einen zu irgendwelchen Lehrgängen, und der letzte war wirklich blödsinnig. Staatsbürgerkunde …, wenn du da die Vorträge gehört hast, willst du eh gleich auswandern. Was macht ihr?«

Wolfgang zog ihn am Ärmel vom Stand weg.

»Die Roberta schuldet mir ein Bier, und du musst auch mit.«

»Mit euch immer!«

Er war so fröhlich, so gut gelaunt. Wie einer, an dem aller Ärger abperlte wie an jungen Tulpenblättern der Regen. Sie gingen hinüber zum Wirtshaus. Normalerweise war der Gassenausschank direkt aus dem Fensterchen schon seit Jahren nicht mehr geöffnet. Es holte sich kaum einer mehr das Bier aus dem Wirtshaus, seit es mit dem Laster ins Haus geliefert wurde. Aber zur Kirchweih und bei Hochzeiten wurde der hölzerne Laden aufgetan und das Bier um fünfzig Pfennige billiger über die Straße verkauft.

Sie standen zu dritt am Brunnen und stießen an. Wilhelm sah zu ihr herüber. Sie merkte, wie sein Blick über die Jacke glitt und über das Kleid, das sie darunter trug, und ihr wurde warm. Er hob sein Glas.

»Auf die Roberta. Und auf uns drei!«

Das setzte er nach, rasch, als wäre er zu weit gegangen.

»Wollt ihr schnell mit hinüberkommen? Die Mutter hat Knieküchlein gemacht.«

Sie wäre gerne allein mit ihm gewesen, aber sie konnte nicht ihn einladen und Wolfgang nicht.

Ja, immer findet alles unter aller Augen statt. Es gibt nicht viel, was man geheim halten kann in meinem Dorf. Sie wusste selbst nicht, warum sie nicht wollte, dass die anderen wussten, was sie fühlte. Aber so war es schon immer gewesen. Die innere und die äußere Roberta, hatte der Opa einmal gesagt, die passen nicht recht zusammen. Warum?, hatte sie damals gefragt. Der Opa hatte lächelnd die Schultern gehoben. Wenn du es selber nicht merkst. Aber dann hatte er gesagt, dass es kein anderes Mädchen im Dorf gab, für das der Himmel nicht einfach blau war. Dass sie sehen konnte, dass er an jedem Tag ein anderes Blau hatte und sie die richtigen Wörter dafür fand. Veilchenblau und Gewitterblau und Lavendelblau und Kirchenblau und Augenblau.

Dabei war es doch nur seltsam, dass die anderen nicht sahen, dass der Himmel wirklich jeden Tag ein bisschen anders blau war.

Und ja, so war es. Die innere Roberta wollte Wilhelm. Und die äußere sagte es nicht.

Ausnahmsweise gingen sie durch die Haustür. An so einem Tag stand sie weit offen, weil jeder einmal, wenn er auf der Kirchweih war, auch bei ihnen vorbeischaute. Offenes Haus.

»Ich liebe diesen Geruch!«, sagte Wilhelm, als sie durch den düsteren Gang zur Küche gingen. Tatsächlich duftete es fast bis auf die Straße nach Schmalzgebackenem. Das konnte die Mutter besser als alle anderen. In der Küche saßen auch schon die Tante aus Raitenbühl und der Helmut vom Gläsleinshof und die Kuni und eine Alte, die sie nicht kannte. Die Mutter auf der Bank, die große Emailleschüssel mit dem Hefeteig neben sich. Ein Griff hinein, eine halbe Handvoll Teig. Mit beiden Händen so schnell zu einem dünnen Fladen geformt; immer im Kreis drehend, fast wirbelnd, dass man es kaum sah, dann über das bloße Knie ausgezogen, und aus dem Handgelenk segelte das Küchlein in den Kessel mit dem siedenden Schmalz. Die Ränder gingen im schäumenden Fett braun auf; das Innere – hauchdünn wie das Fell einer Trommel – wurde durchsichtig.

»Das kann keine besser wie du, Frieda!«, seufzte Wolfgang anerkennend, als die Mutter ihm als Ersten eines reichte; eben aus dem Schmalz geholt und mit Puderzucker überstäubt.

Sie standen eng nebeneinander, die Küche war auf einmal klein. Es war heiß, und durch das allgegenwärtige süße Aroma des Gebäcks drang ein Hauch von Wilhelms Geruch zu ihr, wie die feine Bitterkeit von jungen Walnussblättern. Verlockend bitter.

Ich wäre gern allein mit ihm.

»Ich muss kurz in den Stall, nach der Bunten sehen. Die kalbt bald.«

Gut, dass die Mutter es nicht hörte, die hätte sich gewundert. Die Bunte würde in zwei Wochen kalben, frühestens. Es war ein Versuch; vielleicht begriff er schnell. Tat er aber nicht. Sie zögerte, aber jetzt musste sie gehen. Halb in der Tür drehte sie sich noch einmal zu ihm um.

»Hast du Lust, dir das anzuschauen?«

Früher war er so oft mit im Stall gewesen. Wenn sie hatte helfen müssen, dann war er dabei gewesen. Hatte den Mist aufgegabelt und herausgefahren wie sie. Damit sie schneller fertig war und sie wieder spielen konnten oder durch das abendliche Dorf ziehen oder zu ihm hinübergehen und dort noch lesen. Oder manchmal sich vorlesen lassen von seiner Mutter. Niemand im Dorf hätte das je gemacht, das gab es nur im Pfarrhaus.

»Ich komme.«

Endlich hatte er verstanden. Wolfgang achtete gar nicht auf sie, der war in ein Gespräch mit der Mutter geraten.

Sie gingen hinten durch den alten Stall, dann quer über den Hof. Der Lärm der Kirchweih war hier nur gedämpft zu hören. Vom Kirchturm schlug es Viertel vor neun. Sie hörte ihn leise lachen.

»Was ist?«, fragte sie, als sie die Stalltür aufriegelte.

»Es ist so ein kleines Dorf«, sagte er, »und trotzdem bist du immer so schwer zu finden.«

Sie war überrascht. Für sie war es genau andersherum gewesen in den letzten Wochen. Sie drehte das Licht im Stall an, schloss den Türflügel wieder und überlegte kurz. Die schwache Birne leuchtete freundlich gelb.

»Ich doch nicht. Ich bin immer hier. Du bist doch der, der immer …«, sie unterbrach sich, holte tief Luft und setzte neu an. »Früher war das alles einfacher, oder? Als wir klein waren.«

Manche der Kühe drehten den Kopf nach ihnen. Die Ketten klirrten leise. Er nickte nachdenklich. Das Licht machte sein Gesicht weich. Er sah sie an.

»Aber früher war auch … es ist anders jetzt. Oder nicht?«

Dann sah er die Bunte und grinste breit.

»Wie lange bleiben wir hier? Zehn Tage? Die kalbt noch lange nicht!«

Auf einmal war die ganze Kindheitsnähe wieder da. Und mehr. Sie schubste ihn.

»Woher willst du das wissen, Pfarrersbub? Keine Ahnung hast du.«

Er fuhr der Bunten mit der Hand über den Rist und dann über die Seite.

»Meiner Ansicht nach muss dieses Kalb erst noch gemacht werden. Du hast mich ausgetrickst!«

»Na und?«

Er wurde wieder ernst. Und fast verlegen.

»Ich musste … als ich jetzt weg war, hab ich viel an das Jäckchen denken müssen. Sehr viel.«

Er berührte mit dem Handrücken den Rupfen des Ärmels an ihrem Handgelenk; da, wo er von dem glatten Stoff gesäumt wurde.

»Nur an das Jäckchen?«

Sie war auf einmal fast übermütig. Als ob das Glück zu schnell in ihr aufstieg. Noch nicht, dachte sie flüchtig; nicht zu schnell, sonst ist es vielleicht gleich wieder vorbei.

Es war sehr friedlich hier im Stall.

»Weil es so ist wie du«, sagte Wilhelm leise, ohne auf ihre Frage zu achten. »So rau und manchmal grob, und du denkst, der Stoff scheuert dir die Haut weg, aber dann … dann kannst du doch nicht anders, weil da dieses glatte Blau ist, das du unbedingt berühren willst, und all das Schöne …«

»Und das sagst du mir im Stall?«

Sie hätte fast gelacht, aber nur, weil es so schön, nicht weil es komisch war.

»Darf ich nicht?«

Der Schweif von der Bunten fuhr hoch und ihm übers Gesicht. Jetzt lachte auch er. Sie wischte ihm einen Strohhalm von der Stirn, in einer raschen Handbewegung, ohne nachzudenken, wie damals. Er fasste nach ihrer Hand.

Es war ein langer Kuss, weil sie so lange auf ihn gewartet hatte. Sehr lang. Ab und zu fuhr ihnen der Schweif der Bunten wieder sanft wie ein schwerer Pinsel über die Hüften, aber sie wichen nicht aus. Standen da in Küssen versunken, während sich um sie herum alles Vertraute aus der Kindheit verwandelte und neu wurde. Der Stall und der Hof und das ganze

Dorf. Und flüchtig, ganz flüchtig musste sie an den Opa denken und dass es für ihn nach Amerika wahrscheinlich genauso gewesen war wie für sie heute. Dass danach nichts mehr so war wie vorher.

Der ganze Abend danach war überstrahlt von diesem Gefühl. Sie waren keine Sekunde mehr allein, aber das tat nichts. Am Schießstand versuchte er, ihr eine Papierrose zu schießen, aber sie drückte sich heimlich an ihn, sodass er immer wieder lachen musste und überhaupt nichts traf. Wolfgang holte ihnen Bier, und mit den anderen jungen Leuten aus dem Dorf überredeten sie den Karussellbesitzer, noch eine Extrarunde für sie zu fahren, und Wilhelm und sie zwängten sich ins Feuerwehrauto, saßen dort gebückt und lachend während der Fahrt und hatten sogar Gelegenheit für einen schnellen Kuss, den die anderen nicht sahen.

»Als ob man Teil von allem wäre«, flüsterte er ihr ins Ohr, »von etwas Großem, oder?«

Ja, dachte sie. Auf einmal.

Als die Buden zumachten und der Besitzer des Karussells die Planen herabließ, halfen sie ihm alle. Das Wirtshaus blieb noch offen, aber sie standen draußen am alten Brunnen, tranken und rauchten und redeten. Im Laub der Linde über ihnen zirpten die Grillen. Der nächtliche Augusthimmel mondlos und dunkel, warm und hoch. Der Wolfgang wurde immer betrunkener. Und ihr war jede zufällig-absichtliche Berührung mit Wilhelm wie ein besonderes Glück – sie bekam nicht genug davon. Das Streifen der Finger, wenn der Bierkrug zwischen ihnen wechselte. Wenn sie ein Bein vorstellte, damit sich ihre Schuhe berührten. Ihre Hüften, als sie beide nebeneinander gegen den Brunnen gelehnt standen. Im übrigen Dorf wurde es still, und es war schon sehr spät, als die ersten aus der Gruppe gingen. Sie konnte nicht, weil sie hoffte, dass irgendwann alle gegangen und sie beide übrig geblieben wären. Aber der Wolfgang und zwei von den Mädchen blieben und blieben.

»Ich gehe heim«, sagte sie schließlich und stellte den Krug auf den Brunnenrand. Sie hatte nicht zu viel getrunken, aber ein klein wenig leicht war ihr doch im Kopf. Sie ging langsam über die Straße und hoffte dabei, dass er merkte: Sie würde auf ihn warten im Hof. Für einen letzten Kuss heute Abend. Einen noch. An der Stalltür natürlich.

Es dauerte, bis der letzte Lärm verebbte. Allmählich hörte man wieder das Summen der vielen Ventilatoren im Dorf. Das Getreide musste gekühlt werden. Bei ihnen hörte er sich lauter an, aber das kam noch von den verbogenen Flügeln. Sie ging zum Silo und dem Gebläse; immer mit einem Blick hinüber zum Dorfplatz, ob er noch kam. Aber allmählich war es so ruhig, dass er wahrscheinlich nach Hause gegangen war. Sie legte die Hand auf das Gehäuse des Ventilators, um zu sehen, ob er heiß lief, aber alles passte. Dann hörte sie ihn, und es fühlte sich an, als ob alles in ihr mit einem Ruck straff gezogen wurde vor Freude.

»Findest auch das Bett noch nicht?«

Leises Lachen, aber es war nur der Wolfgang, der etwas unsicher durch den Hof zu ihr kam. Er deutete auf das Gebläse. »Wir haben es gut wieder hingebracht, wir beide, oder?«

»Ja.« Sie nickte kurz und enttäuscht und fast ein wenig wütend, dass Wilhelm so dumm war und nicht gemerkt hatte, dass sie auf ihn wartete. »Geh heim jetzt, Wolfgang, es ist Zeit.«

Sie hätte nicht so barsch sein müssen, aber sie hatte keine Lust mehr, mit jemand anderem als Wilhelm zu reden.

»Ich mag dich gern«, sagte der Wolfgang, »immer schaust du so schön aus.«

Er stand nur ganz leicht schwankend neben dem Gebläse, und auch er legte seine Hand darauf. Neben ihre. Sie nahm sie weg.

»Wolfgang, ich mag dich auch gern, aber jetzt ist Zeit. Ich bin müde.«

»Es ist doch Kirchweih!« Er lachte plötzlich laut auf. »Geh her!«

Er beugte sich vor, und jetzt erst verstand sie, dass er sie küssen wollte. Grob stieß sie ihn vor die Brust.

»Wolfgang, du bist blau. Geh heim.«

»Ich will gar nichts!«, verteidigte er sich halblaut. »Einen Kuss halt. Einen nur, ja? Ich hab noch nie … keine hat mich geküsst! Ich bin ja bloß der Häuslers Wolfgang, welche küsst so einen? Nicht einmal an der Kirchweih!«

»Ja«, sagte sie jetzt laut. So sollte der Abend nicht enden. Er war so besonders gewesen, und Wolfgang machte ihn klein und gewöhnlich, und das wollte sie nicht.

»Du gehst jetzt heim, Wolfgang«, zischte sie wütend.

»Einen Kuss bloß«, sagte er und versuchte, sie an den Schultern zu sich zu ziehen. Sie griff nach dem Gehäuse, um sich zu halten, und da war der Stein von heute Mittag. Wieder stieß sie den Wolfgang weg. Es war nicht schwer, so betrunken, wie er war.

»Wolfgang!«, drohte sie. Sie war jetzt wütend. »Geh jetzt heim oder ich geb's dir. Du bist blau, und morgen tut's dir leid. Also hau jetzt ab!«

Es war, als machte ihn das erst richtig wild. Er drängte sich an sie, versuchte, ihre Arme zu halten, aber sie hob die Faust mit dem Stein und schlug ihn kurz und hart vor die Stirn, damit er zu sich kam. Er stolperte etwas zurück, und sie sah, dass sie härter zugeschlagen haben musste als beabsichtigt. Das Blut sprang ihm aus der Stirn, als hätte sie eine Leitung geöffnet.

»Herrgott«, flüsterte sie voll ohnmächtiger Wut, »hat es das gebraucht, du dumme Sau?«

Er setzte sich mit offenem Mund auf den Boden und sah plötzlich wieder aus wie der Junge von damals. Verständnislos wischte er sich übers Gesicht und betrachtete seine Hand, die voller Blut war.

»Scheiße!«, stöhnte er.

Sie sah sich nach einem Tuch um, mit dem sie das Blut hätte stillen können, aber natürlich: Hier im Hof war nichts.

»Warte«, befahl sie leise, »ich bin gleich wieder da. Bleib sitzen!«

»Du hast mir den Schädel gespalten!«, sagte er laut. »Du blöde …« Er vollendete den Satz nicht.

Sie lief schnell hinüber zur Melkkammer. Da lagen Tücher. Sie feuchtete zwei an und nahm noch zwei trockene mit. Sie konnte nur eine Minute gebraucht haben, aber als sie zum Silo zurückkam, war er fort. Er musste gelaufen sein, sie konnte ihn nirgends mehr sehen. Auf dem Pflaster vor dem Gebläse war eine kleine dunkle Pfütze.

»Fein. Wirklich fein!«, murmelte sie wütend. Das musste sie noch wegspülen, sonst gab es morgen einen Haufen blöder Fragen. Als sie den Eimer in der Melkkammer mit Wasser füllte, fluchte sie laut. Diese dumme Sau! Dass er nie wusste, wann Schluss war. Dass er sie erst zwingen musste, ihm eine reinzuhauen. Dass er ihr diesen wunderbaren Abend kaputt machen musste! Dafür war es ihm nur recht geschehen …

Sie wusch das Blut weg und brauchte vier Eimer dafür. Dazwischen – weil es so lang dauerte – kam noch einmal die leise Hoffnung in ihr auf, dass Wilhelm doch noch vom Pfarrhaus herübergeschlichen kam, um sie zu sehen. Aber dann schlug es halb zwei vom Kirchturm, und das Dorf schlief, und sie ging, wieder wütend, ins Haus.

Erst als sie schon eine ganze Zeit lang im Bett lag und nicht schlafen konnte, hörte sie durch die laue Augustnacht leise, wie die Bunte im Stall muhte. Da musste sie doch lächeln und schlief dann ein.

15

Die sandigen Wege auf dem halb leeren Zeltplatz waren noch feucht von Tau, als Gertrud vom Bäcker zurück zur Hütte ging. Sie mochte diese Stimmung. Das erste Mal in all den Jahren hatten sie den Urlaub nicht in den Schulferien nehmen müssen, und sie hatte das gar nicht gekannt, diese besondere Atmosphäre, wenn die Saison eigentlich schon vorbei war. Sie ging einen kleinen Bogen, um einen Blick auf das Meer zu werfen. Sie hatte es nicht eilig, Hermann schlief noch. Sie war immer eine Frühaufsteherin gewesen. Im Juni konnte das ein Fluch sein, denn dann war sie schon um vier mit der Dämmerung wach und konnte nicht mehr einschlafen. Ob sie schnell schwimmen ging? Es war noch niemand am Strand; der Sand sehr kühl und feucht. Sie fröstelte ein wenig, aber das Meer lag so ruhig. Sie legte die Tüte mit den Brötchen auf ihre Kleider und watete hinein. Es kam ihr nicht so kalt vor, wie sie erwartet hatte, aber das lag sicher an der kühlen Luft. Sobald es halbwegs tief genug war, warf sie sich vor und begann zu schwimmen; in langen Zügen. Als junges Mädchen war sie in einer Mannschaft gewesen. Sie streckte die Füße, wie sie es damals gelernt hatte, nahm den Kopf nach unten und machte sich lang, sodass jeder Zug sie weit durchs Wasser gleiten ließ. Schwimmen war etwas Wunderbares, und wie zur Hölle konnte es sein, dass sie in einem Dorf gelandet war, in dem es in einem Umkreis von fünfzehn, zwanzig Kilometern kein einziges Gewässer gab, in dem man hätte schwimmen können? Sie kam von der Küste!

Fast keine Wellen heute. Sie wechselte zum Kraulen. Dreierschlag. Gleichmäßiges Ausatmen unter Wasser. Ihre Hände stachen fast ohne Spritzer ein, und es war großartig, die eigene Kraft zu spüren, wenn sie bis zur Hüfte durchzog und dabei Geschwindigkeit gewann. Auf den richtigen Winkel kam es an. Beim Eintauchen wie beim Ziehen. Den Kopf zur Seite, einatmen, das Gesicht wieder ins Wasser. Sie hatte keine Schwimmbrille dabei, aber trotzdem öffnete sie die Augen. Hier, an diesem sandigen Strand, war es nie klar, aber an diesem windstillen Tag konnte sie doch immerhin vage den Grund unter sich erkennen. Es schwamm sich gut. Heute würde sie endlich mit ihm sprechen. Es hatte bisher nie die Gelegenheit dazu gegeben, und natürlich, sie hatte sich auch davor gescheut. Aber heute würden sie sprechen.

Als sie aus dem Wasser kam, war die Sonne schon ein Stück höher gestiegen, aber sie wärmte noch nicht richtig. Ihr ganzer Körper war kalt, aber die Muskeln so warm, dass sie nicht fror – sie mochte diesen Zustand. In den letzten Jahren hatte sie das viel zu selten erlebt, viel zu selten.

Sie warf das Kleid über und ging zur Hütte. Die standen alle in einer losen Reihe direkt hinter der lächerlich niedrigen Düne auf Stelzen. In den letzten Jahren hatte sich der Campingplatz dahinter immer mehr verändert. Es gab jetzt Parzellen für Wohnwagen und andere für Zelte, und außerdem hatten sie Hunderte von Bäumen um die Plätze gepflanzt. Irgendwann würden sie groß genug sein, um ordentlich Schatten zu geben. Und dann würde sie hoffentlich nicht mehr hier sein. Es war sowieso nur so etwas wie eine eingeschliffene Gewohnheit gewesen, und sie hatte auch nicht diskutieren wollen. Der erste Urlaub ohne Wilhelm. Und weil sie nicht in den Ferien buchen mussten, war es so viel billiger und dazu auch einfach bequem – nicht ins Reisebüro zu müssen, sondern einfach den üblichen Brief mit der Reservierung zu schicken. Hier in Ca' Savio kannten sie einen ja schon. Es wäre schön, an Orte zu kommen, wo niemand sie kannte.

Leise öffnete sie die Tür zur Hütte, um Hermann nicht zu wecken. Deckte den Tisch auf der kleinen Veranda mit Blick aufs Meer. Dort drüben lag Venedig. Manchmal sah man die Kreuzfahrtschiffe auf dem Weg dorthin. Der Anblick gefiel ihr.

Sie machte den Tisch hübsch. Die Brötchen aus der Tüte in ein Körbchen; die Marmelade aus dem Glas in eine kleine Schüssel, die Butter aus dem Papier auf einen Teller. Eigentlich für sich. Es gab ihr ein sicheres Gefühl, wenn das Äußere in Ordnung war. Kaffee kochen. Tee kochen.

Es war ja nicht so, dass er etwas dagegengehabt hätte, dass sie fuhr. Ihre Sorge galt ihm, wie er zurechtkommen würde. Ob überhaupt. Denn dann würde sie ihn nicht für zwei Monate verlassen können.

Jetzt lebe ich seit zwanzig Jahren mit diesem Mann, dachte sie, und weiß nicht einmal, ob er es alleine schafft.

Ein leichter Wind war aufgekommen. Die Sonne stand jetzt höher, und wo sie einen erreichte, da hatte sie Kraft. Dieses Spiel zwischen Kühle und Wärme erinnerte sie an die Tage ihrer Kindheit an einem anderen Meer.

Sie saßen sich an dem Tischchen gegenüber. Das leise Klacken der Tassen, die zurückgestellt wurden, das Klingen der Messer auf den Tellern, die kaum hörbare Musik aus dem Transistorradio – das alles klang friedlich.

Hermann las, während er seinen Kaffee trank. Ab und zu hob er den Kopf und sah übers Meer oder schenkte sich nach. Dann blieb sein Blick an ihrem Haar hängen.

»Warst du schon schwimmen?«

Sie nickte.

»Ganz früh ist es am schönsten. Hast du nicht Lust, morgen mal mitzukommen?«

Er lächelte.

»Wenn Gott gewollt hätte, dass ich morgens schwimmen gehe, hätte er mich als Tauchsieder erschaffen. Wieso bist du nicht erfroren?«

Sie lächelte zurück. Manchmal blitzte der Humor noch auf, den sie damals so überraschend gefunden hatte.

»Manche Leute werden warm, wenn sie sich bewegen.«

»Dazu fehlt mir die Erfahrung«, gab er in leiser Selbstverspottung zurück und deutete auf sein Buch, »ich bin Leser, kein Sportler.«

Es war der richtige Zeitpunkt.

»Georg hat mich eingeladen, ihn auf einer Vortragsreise zu begleiten.«

Hermann sah von den Seiten auf.

»Was für eine Vortragsreise?«

»Durch ganz Europa. Er hat Vorlesungen an einer Reihe großer Unis … und er hat gefragt, ob ich mitkommen möchte.«

Er sah sie an.

»Und du möchtest.« Es war keine Frage. »Wann wäre das denn?«

Er wirkte nicht, als würde es ihn sehr überraschen.

»Nach Neujahr. Zwei Monate allerdings. Ich habe mir das schon überlegt, wir könnten Martha bitten, dass sie immer mal kommt, um sich ein bisschen um den Haushalt zu kümmern. Oder wir …«

»Ihr werdet euch zwei Monate lang streiten. Das hältst du doch gar nicht aus mit ihm.«

Es war nur halb im Scherz gesagt. Er brauchte ein wenig Zeit, das sah sie. Und sie wusste, es war nicht gut, gleich weiterzureden. Er brauchte immer länger, um sich an einen neuen Gedanken zu gewöhnen. Aber sie konnte nicht anders. Sie hatte alles wieder und wieder durchdacht.

»Es würde uns nichts kosten«, fuhr sie hastig fort, »es ist alles bezahlt. Und ich bin ja nicht die ganze Zeit … wir gehen jeder unserer Wege. Aber Georg weiß, wie gern ich reise … reisen würde«, korrigierte sie sich schnell.

Er schwieg. Dann schlug er das Buch zu und legte es neben sich.

»Es ist gar nicht so sehr das Reisen, oder?«, fragte er nachdenklich. »Es geht nicht darum, an anderen Orten zu sein. Es geht darum, nicht hier zu sein.«

Er meinte nicht Italien. Er meinte Salach.

»Oder ist es … weil … kannst du nicht mehr mit mir sein?«

Sie sah, wie schwer es ihm fiel, das zu fragen. Sie zögerte einen Moment, aber es war schwer, jetzt nicht die Wahrheit zu sagen.

»Ja«, sagte sie knapp, plötzlich mit dickem Hals, »es fällt mir gerade schwer. Wilhelm ist fast erwachsen. Ich bin nicht glücklich in Salach. Nein«, verbesserte sie sich selbst, »es ist ja nicht, dass man immer glücklich sein müsste. Aber dieses Dorf ist wie … als ob es dort nie richtig hell und warm würde. Für mich zumindest. Ich weiß, das stimmt nicht. Es gibt auch schöne Tage, aber die … es genügt nicht, Hermann. Es genügt einfach nicht.«

Er dachte nach. Das Schweigen war auf einmal viel dichter als vorhin. Sie stand auf und goss ihm Kaffee nach. Eine Geste, die zeigen sollte, dass er ihr nicht gleichgültig war.

»Hast du schon mit Wilhelm gesprochen?«

Sie hob eine Schulter.

»Noch nicht richtig. Er war dabei, als Georg angerufen hat. Ich glaube, es würde ihm nichts ausmachen.«

»So eine Gelegenheit wird nicht wiederkommen«, sagte Hermann wie zu sich selbst.

»Kämst du denn zurecht?«, fragte sie nervös.

Jetzt hob er, wie in einer komischen Wiederholung, die Schultern.

»Wie soll ich das wissen?«

Es war so lakonisch gesagt, dass sie lachen musste.

»Aber vielleicht ist es auch mal ganz gut. Vielleicht hilft es uns allen dreien. Falls du zurückkommst.«

Es war so leicht dahingesagt, aber für sie war es wie ein Gedanke, den zu denken sie sich bisher nicht erlaubt hatte. Falls du zurückkommst …

»Dazu«, sagte sie zu ihrem Mann, »muss ich ja erst einmal weg. Danke, Hermann.«

Spontan stand sie auf und umarmte ihn.

»Vielleicht«, sagte er fast verlegen, »sollte ich doch mal zum Schwimmen mitkommen.«

16

Im Hof hing ein feiner Morgennebel, der sich auch nach dem Melken noch nicht ganz aufgelöst hatte, obwohl man darüber das Blau des Oktoberhimmels erkennen konnte. Aber hier unten war es noch diesig und kühl. Als sie mit der Mistkarre aus dem Hühnerstall kam, rollte der Opa einen Schubkarren voller Holzscheite vor.

»Rechts vor links«, scherzte er und ließ ihr den Vortritt.

»Holz vor Mist«, antwortete sie lächelnd. Es war wirklich anders geworden mit dem Opa, seit sie zurück war. »Auf dem Hof gelten die Verkehrsregeln nicht. Haben sie drüben in Amerika auch Hühner, Opa?«

Der Alte stellte die Karre ab.

»Viel mehr als bei uns. Bei den Schwarzen haben sie alle Hühner gehabt. Das ist eh ganz anders mit dem Vieh dort drüben. Die halten die Kühe auch nicht in Ställen wie bei uns. Als ich das denen erzählt habe, die haben das nicht geglaubt. Dass wir die Kühe im Stall haben, Tag und Nacht.«

Jetzt stellte sie ihre Karre ebenfalls ab. Der Mist dampfte ein wenig, so kühl war es.

»Ist das schon wie im Film, dann? Dass sie auf der Weide stehen? Und wie wird gemolken?«

»Sie treiben sie in die Ställe. Oder besser … die kommen fast von allein«, sagte er lachend, ganz in der Erinnerung versunken. »Manche gehen ganz von allein an ihren Platz. Und die haben damals schon Vakuumkannen gehabt. Da hat keiner mehr mit der Hand gemolken.«

Sie dachte kurz darüber nach. Es war schwer, sich das vorzustellen.

»Was für ein Aufwand! Morgens und abends eintreiben!«

Sie hörten beide den Schlepper schon, bevor der Vater auf den Hof einbog, und schoben die Karren aus dem Weg. Auf dem kleinen Hänger stand wie ein zu großer Schrank ein leerer Kaninchenstall mit acht Abteilungen. Der Vater nickte, als er zwischen ihnen hindurch am Silo vorbeifuhr und dort abkuppelte. Der Alte lehnte sich gegen die hölzerne Wand des Hühnerstalls und sah ihm kurz nach, bevor er sich wieder ihr zuwandte. Er kann nicht anders, dachte sie innerlich lächelnd, immer muss er schauen, ob der Vater es richtig macht.

»Sie haben immer gefragt, wie unsere Milch gut sein kann, wenn die Viecher nie die Sonne sehen. Aber das ist nicht wie bei uns, wo die Weiden zwei Kilometer vom Dorf entfernt liegen. Bei denen stehen die Höfe mitten auf dem eigenen Land. Als ich zurückgekommen bin«, sagte der Opa nach einer kleinen Pause nachdenklich, »da hat mir die Milch hier zuerst wirklich nicht mehr geschmeckt.«

Hinter dem Silo klirrte eine Kette. Der Vater hatte den Traktor laufen lassen, aber man konnte ihn nicht sehen.

»Was macht denn der jetzt wieder?«

Der Opa stieß sich von der Stallwand ab und ging, um nachzuschauen. Roberta folgte ihm. Manchmal gefiel ihr, zuzusehen, wie die beiden aneinandergerieten, und irgendetwas fand einer der beiden immer am anderen, das falsch war. Als sie um das Silo herumgingen, sah sie, dass der Vater eine Kette um den Holunderbusch gelegt hatte und sie eben vorne am Bulldog einhängte.

»Jesus!«, fluchte der Opa plötzlich in einem Ton, den sie noch nicht oft gehört hatte, aber rennen konnte er nicht, deshalb war er erst am Schlepper, als der Vater wieder aufgestiegen war.

»Was machst denn du da?«, schrie der Alte hoch zu ihm. Der Vater deutete auf seine Ohren und gab Gas. Ob er wirklich nicht hörte oder ob er nicht hören wollte, man wusste es nicht. Die Kette spannte sich, der Opa schrie seinen Sohn an, und dann kam der große Busch mitsamt dem Wurzelballen aus der Erde, der Traktor machte einen Satz nach hinten, und der Vater stellte den Motor ab. Sie war jetzt neben dem Opa und erschrak. Sie hatte ihn so noch nie gesehen. Die roten Flecken im Gesicht waren schlimmer, als wenn der Husten kam.

»Wie …«, schrie er, »was machst denn du? Haben sie dir ins Gehirn geschissen? Du darfst doch den Hollerbusch nicht heraustun! Den einzigen Holler, den wir haben!«

Der Vater lehnte sich auf seinem Sitz vor.

»Was machst denn du für ein Geschrei? Wo soll ich denn den Stall hintun? Zu deinen Bienen vielleicht? Es ist ja kein Platz da!«

Seine Stimme gellte hoch und zornig durch den Morgen.

»Den Hollerbusch! Wenn du den Holler heraustust, dann, übers Jahr, stirbt doch einer am Hof!«

Sie hatte nicht gewusst, dass der Opa so abergläubisch war. Aber er zitterte vor ohnmächtiger Wut, sie war sicher, er hätte den Vater schlagen wollen, wenn er noch gekonnt hätte, und die Altmännerstimme überschlug sich.

Für einen Moment sah der Vater betreten aus und fast, als wollte er sich entschuldigen, aber dann streckte er sich wieder.

»Irgendwann stirbt ein jeder«, sagte er laut in dieser sturen Stimme, die sie kannte. Dann ließ er den Diesel wieder an.

»Ja!«, schrie der Alte durch den Lärm. »Das täte dir passen, oder? Das täte dir passen!«

Er drehte sich um und stakste fort. Sie sah zum Vater hoch, der fast hilflos die Schultern hob und eine Handbewegung machte, dass sie dem Opa hinterhergehen sollte.

Der hatte den Holzkarren gepackt, aber viel zu wütend, er kam ins Kippen und schlug um.

»Verreck!«, schrie er wütend und trat nach der Karre. Sie kam dazu, richtete sie wieder auf und warf die Scheite hinein.

»Opa!«, versuchte sie ihn zu beruhigen. »Er wird es nicht gewusst haben. Er hat es nicht mit Fleiß getan.«

»Mit Fleiß!« Er schrie immer noch. »Mit Fleiß! Blöd ist er wie ein Eimer Sand!«

Roberta musste lachen. So etwas hatte sie ihn noch nie sagen hören. Ihr Lachen beruhigte ihn etwas. Immer noch laut, aber jetzt nur noch mürrisch, fragte er: »Was muss er auch noch einen Kaninchenstall haben? Als ob es nicht Arbeit genug gibt!«

»Es gibt einen anderen am Hof, der hat Bienen«, sagte sie spöttisch.

Sein Gesicht wurde weicher.

»Der hat so ein Glück mit dir«, sagte er, »das verdient er gar nicht. Na ja, der dümmste Bauer hat die größten Kartoffeln.«

»Opa!«

Sie hatte die Scheite wieder hineingeschichtet, und er packte die Griffe. Diesmal wackelte nichts.

»Ach«, sagte er im Schieben und drehte sich noch einmal um, »jetzt habe ich es fast vergessen über all dem Geschwätz.

Der Wilhelm lässt fragen, ob du um zwei am Lagerhaus sein kannst.«

Und zwinkerte ihr zu, der alte hagere Mann.

Sie war zu früh, aber er wartete schon. Der Morgendunst war längst fort, der Tag war so heiß und klar geworden, wie er sich heute Morgen in dem zarten Blau angekündigt hatte. Mitten im Herbst noch einmal eine Erinnerung an den Sommer. Sie dachte an den Regentag im Frühsommer zurück. Der Regentag, an dem sie alle zusammen im Kino gewesen waren. Seit dem Tag träumte ihr anders als früher. Fremder, dachte sie, anders konnte man es nicht nennen. Vom Meer, manchmal, und von Städten irgendwo hoch in der Luft.

Er saß auf seinem Moped, das an die Wand des Lagerhauses gelehnt war. Weite Jeans und ein buntes Hemd. Kein anderer im Dorf hätte so etwas tragen können. Und wie immer, wenn sie ihn jetzt sah, schoss es ihr durch den ganzen Körper; als ob für einen Herzschlag das Blut kalt und frisch wäre; durch den Magen und bis in die Fingerspitzen und in die Wangen und durch die Beine. Sie konnte nicht anders, sie zog ihn vom Sitz, um die Ecke hinter das Lagerhaus, wo keiner sie sehen konnte, und sie küsste ihn, und er nahm ihr Gesicht in die Hände, was überhaupt noch nie jemand außer ihm getan hatte und was sich so besonders anfühlte, dass sie es gar nicht sagen konnte.

»Noch einmal schwimmen gehen in dem Jahr? Ein letztes Mal? Das Wetter ist so wunderbar.«

Sie lachte.

»Keine Schwimmsachen dabei.«

Er ließ sie nicht los.

»Darauf hatte ich gehofft!«, flüsterte er in ihr Haar.

Diesmal war der Blutstoß durch ihren Körper heiß.

»Anschauen ist erlaubt«, sagte sie ein wenig spöttisch, »anfassen nicht.«

»Anschauen ist sehr gut«, sagte er. »Magst du fahren?«

Obwohl es Samstagnachmittag war – die Wiese war leer. Aber es war auch Herbst, und keiner dachte mehr daran, schwimmen zu gehen. Überhaupt gab es ja keine Seen oder Weiher in der Gegend. Nur diese kleine Stelle, wo die Anlauter sich ein wenig verbreiterte und man zur Not ein paar Schwimmzüge tun konnte, obwohl einem das Wasser nur bis zur Brust reichte. Dafür war es klar und niemals zu warm, selbst im Hochsommer nicht.

Sie standen nebeneinander am Rand. Am anderen Ufer wehte der Wind durch die schon ein wenig lichten Kronen der Erlen, und ein kleiner Schauer sonnengelber Blätter ging auf das Wasser nieder und trieb rasch davon wie eine Wolke. Sie knöpfte ihre Bluse auf, dann, ungeduldig, streifte sie alles ab und war auf einmal nackt, als er sich ins Gras setzte und fast ein wenig unbeholfen aus der Hose schlüpfte.

»Komm!«, sagte sie und stieg schon vom Ufer ins Wasser. Hier am Rand war der Grund weich und ein wenig schlammig, aber in der Mitte des Bettes war es steinig. Deswegen war das Wasser so klar.

»Jesus, ist das kalt!«, sagte sie und lachte. Bückte sich und warf ihm eine Handvoll Wasser entgegen. Sehr schlank stand er da, nackt auch er. Sie sah schnell weg, obwohl sie ihn gerne betrachtet hätte, und warf sich hinein. Es war kalt. Richtig kalt. Sie schwamm gegen die Strömung und konnte sich gerade so am Fleck halten. Im nächsten Augenblick war er neben ihr.

»Oh Gott! Ich erfriere! Ich habe gedacht, es ist sonnig heute!«

Seine Beine berührten die ihren, manchmal die Hüften, während sie lachend und prustend kämpften, um nicht weggetragen zu werden, und dann schließlich aufgaben und sich treiben ließen, was ein wunderbares Gefühl war. Die Ufer traten näher zueinander, und es wurde noch einmal schneller; sie hielten sich aneinander fest und gingen dabei fast unter.

»Nicht zu weit!« Sie spuckte Wasser, lachend. »Wir müssen das alles nackt zurücklaufen!«

Das Ufer war hier ein wenig steiler, aber auf der Gegenseite so dicht bewachsen, dass sie sich gut herausziehen konnten. Außerdem waren sie durch die Bäume ein wenig vor Blicken geschützt. Aber abgesehen von einem Vollernter, der ein paar Hundert Meter entfernt die staubige Straße hügelan fuhr, war sowieso alles verlassen. Von Kreuzberg hörte man es drei Uhr schlagen, und dann folgte ein langes Geläut – es war Samstag, da heirateten wahrscheinlich welche.

»Schön schaust du aus«, sagte Wilhelm, der hinter ihr ging. Es gab keinen Pfad auf dieser Seite, sie mussten sich den Weg zwischen den Sträuchern suchen. Und dann spürte sie auf einmal, wie er ihr mit kühler Hand über den Rücken strich. Sie blieb stehen und drehte sich zu ihm um. Für einen Kuss nur, aber sie drückten sich aneinander, immer noch nass und kühl. Dieses Gefühl, dachte sie, von ihm und dem Wind, der durch die Bäume und um sie herumstrich und seine Haut in einem kleinen Frösteln so schön rau machte, das werde ich nicht vergessen. Nie.

Später saßen sie am Fuß der Turmruine auf der steinigen Anhöhe über dem Fluss. Hier oben war der Wind noch einmal stärker, aber sie waren wieder trocken, und die Sonne wärmte. Von hier aus konnte man weit über beide Täler sehen. Karger

Boden. Aus dem Grund wuchsen die Felsen; viel mehr als Schafe weiden lassen konnte man dort nicht.

»Ein schönes Land«, sagte er still. Sie saßen eng beieinander. Er hatte seinen Arm hinter ihr aufgestützt; er war wie eine schräge Lehne für ihren Rücken.

»Ein armes Land«, sagte sie. »Jedes Jahr pflügst du die Steine hoch, die dir dann die Egge zerschlagen. Aber ja … es ist schön, wenn man es nur so anschaut.«

Er lachte leise.

»Ich vergesse immer, wie tief du denkst. Du denkst immer alles gleich mit. Das lerne ich nie, auch wenn ich hier groß geworden bin.«

Sie legte sich auf den Rücken, zog ihn mit sich. Sie sahen in das herbstliche Blau, das sich noch einmal in einem so weiten Bogen spannte wie sonst nie im Jahr. Hochblau hieß es in ihrem Kopf. Einmal noch, bevor der Himmel sich mit dem Winter grau auf das Land senkte.

»Ja«, sagte sie langsam, »das ist anders bei dir. Wir sind schwer von all den Geschichten, von all dem, was vor uns gekommen ist. Manchmal denke ich, wir schleppen das ganze Land mit und mit jeder Generation werden wir noch schwerer und langsamer. Und es wird immer härter, es abzuschütteln. Deswegen … das mag ich so an dir. Du bist viel leichter.«

»Ich?«

Er war erstaunt, das hörte sie.

»Ja. Du bist irgendetwas dazwischen. Du bist bei uns aufgewachsen, aber nicht wie wir.«

»Ich denke schon, oder?«

Sie lachte.

»Wer ist der Gläslein, hm?«

Er zuckte die Schultern.

»Der Gläslein, du weißt schon, der Hof neben dem Schmied, das ist eigentlich der Schneider Martin. Aber so nennt ihn keiner. Weil der Hausname Gläslein ist, und keiner weiß mehr, wo sich das herschreibt, aber so ist es halt. Deswegen ist er nicht der Schneider, sondern der Gläslein. Und alles andere ist auch so. Wer mit wem verwandt ist und wem welches Land gehört und was wer wem schuldet … das ist wie ein dichtes, schweres Leintuch, in dem ist alles mit allem verwoben. Man sieht es nicht gleich, weil es nicht mehr so ist wie früher. Wir haben Bulldogs und Fernseher und Telefon, aber darunter ist es immer noch so. Alt.«

Er drehte sich auf den Bauch, stützte das Kinn in die Hände und sah sie an.

»Aber wenn du an mir das Leichte magst … ich sehe das selbst gar nicht … dann mag ich an dir genau diese Schwere, diese Tiefe. Dabei bewegst du dich so leicht. Wenn es so was gäbe wie einen tanzenden Baum, dann wärst du das. Biegsam im Wind und voller Bewegung und dabei mit den Wurzeln tief im Boden.«

»Spinner!«

Sie lachte wieder, aber diesmal lachte sie nicht, weil irgendetwas komisch war, sondern weil sie ihn nicht die ganze Zeit küssen konnte. Er hörte das wohl.

»Ich hätte nie gedacht, dass du einmal … dass du …«

Er stockte, aber sie wartete einfach. Hoch oben im Blau zog lautlos ein V nach Süden. Wildgänse. Der Herbst war da.

»Du warst immer schon in meinem Kopf«, sagte er halblaut. »Aber immer so wild und so bestimmt … wir waren beide sicher, dass du dich nicht für uns … dass wir immer nur deine Freunde sein würden. Bestenfalls.«

»Ihr habt über mich gesprochen, du und der Wolfgang?«

Das hätte sie nie gedacht. So war sie sich nie vorgekommen. Begehrenswert. Es prickelte durch ihren ganzen Körper wie etwas ganz Neues.

Er nickte. Lächelte in den Himmel.

»Oft. Einmal haben wir uns sogar richtig gestritten, mit vierzehn oder so, haben wochenlang nicht mehr miteinander geredet.«

Jetzt, da er es sagte, erinnerte sie sich.

»Jetzt redet er nicht mehr mit mir, der Wolfgang.«

»Wieso?«

Die Gänse verschwanden hinter der Bergkuppe im flimmernden Weiß des Horizonts.

»Er war besoffen, an der Kirchweih, da hat er versucht, mich zu küssen. An dem Tag, du weißt schon. Gerade an dem Tag.«

»Wirklich?«

Er richtete sich auf. Sie war überrascht, wie sehr es ihn traf. Sie selbst ... für sie wäre es gar nicht so wichtig gewesen, wenn es nicht so dumm gelaufen wäre mit dem Stein und seiner Stirn.

»Ich habe ihm vor die Stirn geschlagen, und dann hat er geblutet und ist weg. Und seitdem haben wir uns nicht mehr gesehen und auch nicht mehr geredet.«

»Sehr gut!«, sagte Wilhelm scharf und böse. »Sehr gut!«

Wieder wehte ein Glockenton von der Kreuzberger Kirche herüber. Sie schwiegen.

Wie seltsam, dachte sie. Ich will gerade nirgendwo anders sein als hier mit ihm. Und gleichzeitig war es, als ob in dem leichten Herbstwind Töne wären; unhörbar für alle anderen. Sehnsüchtige Töne, die sie forttragen wollten. In die stillen Straßen einer sehr großen Stadt vielleicht, wo sie mit ihm sein konnte, ohne all die Schwere. Vielleicht können sie tanzen, dachte sie, aber fliegen können Bäume nicht.

»Weißt du noch«, unterbrach er ihre Gedanken, »als wir den schönen Bernd gefunden haben?«

»Klar! Wieso kommst du da jetzt drauf?«

Er fasste zart, fast ängstlich ihr Kinn und drehte es zu sich.

»Weil ich an dem Abend danach gedacht habe, dass wir drei für immer verbunden sein würden. Wolfgang und du und ich. Hast du das nicht gehabt?«

Sie nickte langsam. Doch. So war es. Ein Förster hatte ihn gefunden, aber erst zwei Wochen später. Und bis heute wusste keiner, dass sie drei ihn damals zuerst entdeckt hatten.

»Weißt du noch? Bei der Beerdigung?«

Es war auf einmal alles wieder da. Ihre scheuen Blicke untereinander, wie sie alle bei ihren Eltern standen und nicht beisammen. Diese Blicke, mit denen sie sich vergewisserten: Sagst du nichts, sag ich auch nichts. Diese Angst, dass es herauskommen könnte. Dabei – was sollte schon sein? Sie hatten ihn ja nicht umgebracht. Aber bis heute war es dieses seltsame Gefühl, als hätten sie etwas Falsches getan.

»Man hat es nie herausgefunden, oder? Warum er sich umgebracht hat. Der Papa jedenfalls hat es nicht gewusst und die Familie vom Bernd auch nicht, als er mit ihnen gesprochen hat für die Predigt. Keiner hat es gewusst.«

Sie waren sich so nahe. Tranken sich den Atem von den Lippen weg, ohne sich zu küssen.

»Ich hab einen Zettel mitgenommen, damals«, sagte sie leise.

Jetzt küsste er sie doch. Wie zum Dank für unerwartetes Vertrauen. Sie hatte nicht gewusst, dass Küssen so sein konnte, und sie dachte, dass sie diesen Oktobertag, diesen letzten leichten Tag im Jahr zu den anderen Erinnerungen geben würde, die vom Kuss im Stall und vom Kino und von eben im Wasser. Zu denen, die nicht vergessen werden konnten.

Viel später fragte er: »Was hat er geschrieben?«

Als ob es gestern gewesen wäre und nicht bereits mehr als ein Jahrzehnt zurücklag. Sie zögerte. Sie hatte den Zettel so oft angesehen, aber jetzt schon seit Langem nicht mehr. Er lag bei den Modeheften. Nun aber hatte sie davon gesprochen, und er war … doch, Wilhelm war der, dem sie geben wollte, was sie hatte. Alle Geheimnisse.

»Man kann nicht alles lesen. Anscheinend war er sehr unglücklich, aber das versteht sich ja eh. Sonst hätte er sich nicht umbringen müssen, oder? Nur hört er irgendwann auf. Als ob er nicht fertig hat schreiben wollen. Oder als ob er nicht mehr gewusst hätte, was er noch schreiben kann. Viel ist verwischt vom Schnee damals.«

»Zeigst du ihn mir mal?«

Er legte die Hand auf ihren Bauch. Wieder ein Prickeln und ihr wurde heiß.

»Vielleicht«, sagte sie boshaft. »Du wirst es dir verdienen müssen.«

Es war ein so sonniger Nachmittag gewesen, aber man merkte doch, dass es Oktober war. Auf einmal stand die Sonne tief, es wurde kühl, und es wehte zwischen dem schönen Geruch der Lindenblätter auch der Duft eines Kartoffelfeuers von einem der Felder jenseits der Hügel herüber.

»Das mag ich im Herbst fast am meisten«, sagte Wilhelm, als sie den Pfad hinunter zur Anlauter nahmen, wo das Moped stand. »Diesen Geruch, wenn das Kartoffelkraut verbrannt wird.«

Sie sah zu ihm hinüber. Wie es in ihr zog, wenn er so etwas sagte!

»Ein Feld haben wir noch. Ich nehme dich gerne mit zum

Ernten. Dann musst du dir den schönen Duft erst erarbeiten und die Kartoffeln auch. Nichts ist umsonst.«

Er stieg auf das Moped und kickte es an.

»Wollen wir … ich würde da gerne vorbeifahren auf dem Rückweg. Beim Sommerkeller. Ich hab mich da nie wieder hingetraut.«

Sie hielt beim Aufsteigen überrascht inne.

»Nicht? Nie wieder? Ich … bei mir ist es andersherum. Ich war schon oft da. Immer wieder. Ich weiß nicht, warum es mich da immer hinzieht, aber … doch, fahren wir hin. Gerne.«

Sie fuhren durch das Tal am Flüsschen entlang. Ihr war nie aufgefallen, dass beide Mühlen leer stehen mussten, sie begannen schon zu verfallen. Löcher in den Dächern, wo ein Balken gefault war und nachgegeben hatte. Mannshohes Unkraut auf den Zufahrtswegen und in den Höfen. Der Fahrtwind wehte ihr Haar durcheinander, sie hielt Wilhelm noch fester, und er nahm die linke Hand vom Lenker und berührte die ihre, tröstlich, als hätte er den Gedanken verstanden, der sie gerade angeflogen hatte. Dass sie irgendwann wie diese Mühlen sein würde: nicht mehr gebraucht und einsam und wie aus einer anderen Zeit.

Die Landstraße war verlassen. Sie kurvten durch Niederndorf und dann aus dem Tal heraus den Berg hoch und zwischen abgeernteten Feldern durch, auf denen die Stoppeln in der sinkenden Sonne rotgolden aufglänzten, leer, aber schön. Wilhelm wurde langsamer, als sie Salach näher kamen; er war sich wohl unsicher, wo er abbiegen musste. Sie stieß ihn an und wies dann auf die Eiche, die grün und voll an der Einmündung stand. Die Eiche sah noch nach Sommer aus, sie verlor immer als letzte die Blätter. Dafür kamen sie im Frühjahr als letzte.

Sie holperten über Schlaglöcher, und in der Kurve schlitterten sie etwas über den Splitt, aber dann kam schon der Steinbruch, und er stellte den Motor ab.

»Ich habe vergessen, wie schön es hier ist«, sagte er, als sie über das abgeerntete Maisfeld zum Rand des Wäldchens gingen, das damals schon den älteren Teil des Steinbruchs überwachsen hatte. Die Bäume waren fast alle Linden, und es gab nahezu kein Unterholz wie in den Fichtenwäldern. Die Blätter fielen in Schauern bei jeder kleinen Brise herab, und wenn sie durch das späte Sonnenlicht gaukelten, dann leuchteten sie gelbgolden auf. Sie gingen Hand in Hand. Das erste Mal, dachte sie fast ein wenig überrascht. Wir halten uns.

Wie schön es war, nirgends sein zu müssen. Einen Nachmittag ganz für sich zu haben, ohne dass irgendjemand wusste, wo sie war. Mit wem sie war. Es war so selten, dass einem die Zeit allein gehörte.

Sie stiegen zwischen ungeheuren, schräg gewachsenen Ästen hügelab; leise, als wollte der Wald es so. Nur das sanfte Rauschen der stetig fallenden Blätter und ihre Schritte im trockenen Laub. Es war kein weiter Abstieg, dann konnten sie schon durch die Bäume den verfallenen Biergarten sehen. Wilhelm blieb stehen.

»War das damals schon so zugewachsen? Es sieht ein bisschen aus wie das Wirtshaus im Spessart.«

Sie brauchte einen Augenblick, um sich zu erinnern. Aber ja – den Film hatten sie damals zusammen im Pfarrhaus gesehen.

»Es gibt dort keine Räuber mehr, Herr Hauptmann«, lachte sie. »Nur mich.«

Mit ihm war alles anders. Als ob er und nur er eine Tür in eine Welt öffnen konnte, die direkt neben ihrer lag, aber in die sie nur ab und zu einen Blick hatte werfen können. Die ihr sonst versperrt war. So, wie sie beim Lesen manchmal in andere Welten sehen konnte, nur eben in Wirklichkeit. Und wieder fühlte es sich so an, als würde Küssen nicht genügen, um ihm zu zeigen, was er alles in ihr bewegte.

»Oh«, sagte Wilhelm und blieb wieder stehen, »da ist schon jemand im Haus.«

Sie sah nach unten. Ja. Es stimmte. Einer der uralten Vorhänge hatte sich bewegt, und jetzt wurde die Tür zum Wirtshausgarten aufgeschoben. Wilhelm war so überrascht, dass er einen Augenblick nur schaute. Es war sie, die schneller war und sich eigentlich selbst halblaut fragte: »Was macht die Frau Pfarrer im Sommerkeller?«

Wilhelm hob die Schultern.

»Keine Ahnung.«

Sie sahen zu, wie sie um das Wirtshaus herum nach unten ging und aus ihrem Blickfeld verschwand, bis irgendwann auf dem Weg aus dem Steinbruch noch einmal kurz der irische Setter sichtbar wurde, der so unverkennbar zum Pfarrhaus gehörte.

»Normalerweise geht sie mit dem Hund nicht so weit.«

Wilhelm stieg den Abhang weiter hinunter bis zum Eingang des Biergartens. Sie folgte ihm.

»Ob sie öfter hier ist?«

»Würde mich wundern«, sagte Wilhelm, schon wieder viel leichter im Ton, »sie ist ja nicht so, dass sie sich sehr für die Gegend interessiert. Vielleicht ist der Hund mal wieder abgehauen, und sie hat nur beim Suchen hergefunden. Ich werde sie fragen.«

»Lass«, sagte sie nur. »Es ist ja nicht wichtig.«

Vielleicht fand sie es so seltsam, weil der Sommerkeller nur für sie, Wolfgang und Wilhelm so eine besondere Bedeutung hatte. Weil er für sie drei ein Geheimnis war. Für alle anderen war es nur ein verfallenes Haus. Eine Ruine; ein bisschen was zum Anschauen, wenn man zufällig daran vorbeikam.

»Kommst du?«

Wilhelm zog die Tür wieder auf, die seine Mutter eben geschlossen hatte. Sie trat ein. Es war ein bisschen dunkler als das letzte Mal, als sie hier gewesen war. Der Frühling lag schon so weit zurück. Und es kam ihr vor, als führte von diesem Tag im Mai ein direkter Weg zu Wilhelm und diesem Oktobertag. Es hatte nicht anders kommen können. So fühlte es sich an.

»Wo war das damals? Oben? Ich hab das Zimmer nicht vergessen«, sagte er, als sie im Schankraum standen, »aber ich weiß nicht mehr, ob es unten oder oben war.«

»Oben«, sagte sie. »Komm.«

Sie standen in dem Raum, in dem sie den schönen Bernd damals gefunden hatten. Der umgestoßene Stuhl von damals war ordentlich an die Wand gerückt. Ob da mal ein Strick gehangen hatte an dem Balken über ihnen – man hätte es heute nicht mehr sagen können. Und die Birke war noch ein Stück weiter durch das glaslose Fenster hereingewachsen. Wilhelm fasste nach ihrer Hand.

»Eigentlich ist es furchtbar traurig, sich an einem so schönen Ort umzubringen«, sagte er still.

Ja, dachte sie, das war, was sie hier auch immer empfand, aber nicht so hätte sagen können. Denn das Haus war in seiner ganzen Verfallenheit mitten in einem Lindenwäldchen so schön wie ein vergessenes Schloss.

»Vielleicht war er sehr verliebt«, sagte Wilhelm nachdenklich, aber dabei mit einem unvermutet heiteren Ton, »so sehr, dass er sich hat aufhängen müssen, weil sie ihn nicht erhört hat.«

Meint er mich? Er meint mich.

Sie wandte sich ihm zu, so, dass sie ihm voll ins Gesicht sehen konnte.

»Wegen mir wirst du dich nicht umbringen müssen. Mich hast du.«

17

Den ganzen Abend und die halbe Nacht waren die Panzer durch das Dorf und über die Landstraßen ringsumher gerasselt. Wenn der November kam und die Felder leer waren, begannen die Herbstmanöver der Amis. Dann waren die angrenzenden Wälder voll mit Jeeps und Lastwagen und den Panzern; voll von falschem Gefechtslärm, Maschinenlärm und dunkelblauen Dieselwolken, die sich nur langsam auflösten. Wie jedes Jahr. Sie war sehr früh aufgewacht, weil eine Hubschrauberformation direkt über das Haus in Richtung Wald geflogen war. Sehr niedrig. Ob sie hier für Vietnam übten? In einem deutschen Wald für den tropischen Dschungel? Man wusste es nicht.

Gertrud stand in der Küche und kochte Tee. Im November wurde es sonst immer schwer für sie. Im Sommer war das Haus erträglich, weil es noch an den heißesten Tagen angenehm kühl war. Aber es war nicht so, als würden die fast meterdicken Mauern die Sommerwärme aufnehmen und das Haus dann im Herbst angenehm machen. Sie blieben einfach immer kalt. Deshalb war der November für sie stets mit dieser kleinen Furcht vor dem Winter verbunden. Vor einem langen Winter, wie es ihn weder früher in Hamburg gegeben hatte noch jetzt bei ihren Eltern. Hier oben im Jura lag der Schnee manchmal wirklich fast hüfthoch.

Sonst. In diesem Jahr war es anders. Es waren noch fast

zwei Monate, bis sie reisen würde, aber trotzdem lief alles, was sie tat und dachte, auf die große Fahrt zu. In die Stadt fahren, um den Reisepass zu beantragen. Zum Arzt, um Impfungen auffrischen zu lassen. Wieder in die Stadt, um Visa zu beantragen. In der einzigen Buchhandlung des Städtchens Reiseführer bestellen. Für Italien und Österreich und Frankreich und Jugoslawien … es fühlte sich großartig an.

Ich bereite meine Flucht vor, dachte sie. Akribisch und genau, als müsste ich aus der DDR abhauen und dürfte auf keinen Fall erwischt werden. Und tatsächlich war es so, dass sie bei unerwarteter Post erschrak oder wenn Hermann dringend etwas mit ihr besprechen wollte. Weil nichts, wirklich nichts mehr dazwischenkommen durfte. Die Reise wurde mehr und mehr zum zentralen Thema ihrer Gedanken. Sie schlief mit Vorstellungen davon ein und wachte damit auf. Wie bei einer Verliebtheit, dachte sie und lächelte, obwohl sie sich die Lippen an dem heißen Tee verbrannte, ich habe mich in die Freiheit verliebt.

Es klingelte. Die Post. Sie ging die Treppe hinunter, die Tasse mit dem Tee in der Hand, über die Steinplatten des Gangs, deren Kälte sie durch die dünnen Sohlen spürte, und öffnete die Tür.

»Guten Tag, Madam«, sagte der amerikanische Soldat in sehr stark akzentgefärbtem Deutsch. »Is der Herr Priest im Hause?«

Gertrud nickte und öffnete die Tür ein Stück weiter.

»Please do come in«, sagte sie. Er musste ein Offizier sein. Er hatte zwei Silberstreifen am Ärmel.

Er zögerte kurz, dann nahm er die Mütze ab und trat in den Gang. Er wirkte fast schüchtern; gar nicht so wie die englischen Soldaten, an die sie sich von Hamburg erinnern konnte. Anscheinend war er erleichtert, dass er Englisch sprechen konnte.

»I would have to speak to your husband, Ma'am«, sagte er. »There has been an accident.«

Es schoss heiß in ihr hoch.

»Anything with my son? Wilhelm? Is he involved? Is there anything …«

Der Offizier war von ihrer heftigen Reaktion fast so erschrocken wie sie. Er hob die Arme in einer Geste der Beruhigung.

»Ma'am! Not at all. There … it is not about your son. We … there has been an accident on the street this night. A family. Would you please be so kind as to call your husband for me? Please?«

Sie rannte die Treppen nach oben. Mehr aus Erleichterung als aus Eile. Der Schock saß tief. Sie klopfte nur kurz, dann öffnete sie gleich die Tür. Hermann sah überrascht vom Schreibtisch hoch.

»Es ist ein amerikanischer Offizier da, der dich sprechen muss. Anscheinend hat es einen Unfall gegeben.«

Hermann stand auf.

»Ich komme. Kann er Deutsch?«

»Ein bisschen«, antwortete sie. »Soll ich mitkommen? Zum Übersetzen?«

»Bitte«, sagte Hermann schon im Hinausgehen.

Es war ein Unfall mit einem der amerikanischen Panzer geschehen. Der Panzer, unbeleuchtet natürlich, sie waren im Manöver, hatte die Landstraße nach Hochstett gekreuzt. In der Kurve, wo der Wald begann. Das Auto hatte der Panzerfahrer nicht rechtzeitig sehen können; die Sehschlitze waren nicht weit genug. Eine Familie aus Salach. Die Eltern und die beiden Töchter.

Sie saßen in der Gemeindebibliothek zwischen den Bücherregalen an dem kleinen Tisch, den Hermann manchmal auch für Besprechungen nutzte. Sie konnte dem Offizier ansehen, dass ihn das Ganze mitgenommen hatte. Hermann schien seltsam unberührt, aber so musste er wohl sein, wenn ihm eine Todesnachricht überbracht wurde.

»Frag ihn bitte, wieso genau er zu mir kommt. Gibt es …«, nun zögerte Hermann doch. »Gibt es überhaupt keine Angehörigen mehr?«

Gertrud übersetzte, und der Amerikaner drehte fast verlegen seine Mütze in den Händen, als er antwortete.

»Es war nicht ganz klar, wer bei dem Unfall jetzt zuständig ist, die deutsche Polizei oder die amerikanische Militärpolizei. Die machen das jetzt anscheinend zusammen, aber sie brauchen jemanden, der die Familie identifiziert.«

Jetzt war Hermann doch getroffen, das sah sie. In diesem Augenblick taten sie ihr beide leid, der Offizier genauso wie ihr Mann.

Hermann nickte zögernd.

»Sag ihm … du kannst ihm sagen, dass ich gleich fertig bin. Wo hat man sie denn hingebracht?«

»Ich komme mit«, sagte sie, noch bevor sie übersetzte. »Ich komme mit.«

»Ja«, sagte Hermann, »das ist vielleicht … Danke.«

Als sie nach oben gingen, um ihre Mäntel zu holen, sprachen sie kaum. Gertrud versuchte, sich an die Familie zu erinnern. Sie konnte sich Namen nicht gut merken, aber Hermann hatte gleich gewusst, wer sie waren. Die Eltern jedenfalls. Aber auch die Kinder mussten sie schon gesehen haben. Im Gottesdienst oder vielleicht in der Schule – es gab außer Hermann niemanden, der Religion unterrichtete.

Der amerikanische Offizier hatte neben seinem Jeep gewartet und öffnete ihr die Tür. Eine seltsam höfliche Geste in so einer Situation. Sie saß hinten, Hermann neben dem Offizier. So musste sie sich immer wieder zu den beiden vorbeugen, wenn sie übersetzen sollte. Es regnete, und der Scheibenwischer des Jeeps bekam die Scheibe nicht richtig klar. Trotzdem fuhr der Amerikaner ziemlich schnell. Als sie zum Kreiskrankenhaus abbogen und in den Hof fuhren, überlegte sie kurz, ob sie nicht im Wagen warten sollte. Aber dann sah sie, wie blass Hermann war. Der Panzer hatte den Kleinwagen einfach überrollt. Keiner der vier hatte überlebt. Sie hatte keine Ahnung, wie … ob man sie überhaupt noch erkennen konnte. In ihren Magen kroch eine Mischung aus Angst und Übelkeit.

Wilhelm arbeitet hier irgendwo, dachte sie flüchtig und sah an der Fassade hoch, als ob er dort hinter einem der Fenster stünde. Mein Kind. Und der Gedanke flog sie an, dass es gut war, dass die ganze Familie tot war. Weil man es als Eltern vielleicht nicht aushielt, wenn einem beide Kinder in so einem Unfall starben. Dann wollte man nicht überleben. Das könnte keiner ertragen.

Es war ein Seiteneingang, durch den sie der Offizier führte. Drinnen wartete ein Polizist. Er begrüßte sie beide mit Namen, und sie fragte sich, ob Hermann und er sich schon öfter gesehen hatten. Vielleicht hatte er so etwas schon einmal tun müssen, und sie wusste es gar nicht. Sie nahm wenig Anteil an all dem, was im Dorf geschah und den Pfarrer anging. Der Polizist sah übernächtigt aus und ein wenig fahl.

Sie gingen den Gang hinunter bis zum Paternoster, dessen Kabinen mit einem sanften, merkwürdig beruhigenden Schnurren nach oben und unten glitten. Sie passten den Moment ab und stiegen zu, um in den Keller zu fahren. Unter dem Keller, dachte sie, als sie in den hell beleuchteten Gang hinaustraten, musste es noch einen Keller geben, durch den die Kabine fuhr, um auf der anderen Seite wieder nach oben zu steigen. Die Unterwelt unter der Unterwelt. Es war heute ein besonders trauriger Gedanke.

In der Leichenhalle waren die meisten Bahren leer, aber am Rand standen die vier der Familie eng beieinander. Hermann zögerte nicht, obwohl er jetzt wirklich sehr blass war, bis auf zwei kleine rote Stellen auf den Wangen, die er immer hatte, wenn ihn etwas sehr bewegte. Er ging zu den Liegen und hob die Laken selbst ab. Gertrud atmete fast erleichtert auf. Die Gesichter waren weitgehend unverletzt. Als ob das irgendetwas an ihrem Tod änderte. Die Mutter hatte Schnitte an der Stirn und der Vater ebenfalls an der Stirn eine tiefe Delle, die aber nicht schrecklich aussah. Die Kinder … sie konnte nicht lange hinsehen, ihre Gesichter waren kaum verletzt, aber sie sahen so schrecklich tot aus.

Was ist das für ein Scheißberuf, dachte sie auf einmal wütend. Nein, korrigierte sie sich innerlich, als Hermann die Laken in einer zärtlichen Geste wieder über die Gesichter deckte, was ist das für ein Scheißleben, aus dem man einfach so herausgerissen werden kann? Dabei hatte sie am Ende des Krieges so viele Tote gesehen. Trotzdem, das war anders gewesen. Das war sie nichts angegangen, damals. Der Tod war überall gewesen. Aber das hier war eine Familie aus dem Dorf. Dennoch – sie hätte sie nicht identifizieren können. Hermann schon. Er war trotz allem immer näher an den Menschen als sie.

»Ja«, sagte er zu dem Polizisten. »Das ist die Familie Pfeifer.«

Der machte eine Notiz und nickte ihnen beiden kurz zu. Sie war dankbar dafür, dass er kein Lächeln versuchte.

Der amerikanische Offizier fuhr sie zurück. Aus dem Regen wurde allmählich Schneegriesel. Der Amerikaner wirkte sehr erleichtert und bot ihnen beim Aussteigen Zigaretten an. Gertrud war überrascht zu sehen, dass Hermann eine annahm. Er hatte früher ab und zu geraucht, aber seit vielen Jahren nicht mehr. Da nahm sie auch eine, und so standen sie zu dritt um den Jeep im fallenden Schnee, rauchten und schwiegen. In diesem Moment fiel es ihr schwer, sich vorzustellen, dass sie Hermann bald für zwei Monate allein lassen würde.

18

Sie schob den Milchkarren zum Milchhäuschen. Die Hundertliterkannen klirrten metallisch aneinander; es klang satt und voll. Die Wege blieben sich gleich, ob man oben oder unten am Pfarrhaus entlangging, aber von hier unten, über die uralte Mauer aus schwerem Jurastein, konnte sie zu Wilhelms Fenster hochsehen. Kein anderer Garten im Dorf hatte eine Mauer. Der Friedhof. Der Kirchhof. Das Pfarrhaus. Alle anderen Häuser hatten Zäune. Sie blieb stehen. Der Kirchturm war nur schemenhaft zu erkennen, sein sonst so warmes Gelb fahl im Novembernebel. Allerfeinste Tröpfchen auf ihrer Strickjoppe. Es sah hübsch aus, und sie überlegte eine Sekunde, ob es wohl so winzige Glasperlen gab, die man auf ein Kleid nähen konnte. So, dass es auch an einem Sommertag aussähe, als käme es eben aus dem kühlen Nebel. Sie musste über sich selbst lächeln. Solche Gedanken … die kamen nicht aus ihr. Oder vielleicht doch, aber erst seit Wilhelm.

Als ob das Leben sich aufteilen ließe in eine Zeit vor und nach Wilhelm. Dabei war er doch immer da gewesen. Aber es war anders jetzt. Richtig anders. Als ob es sie herausgerissen hätte aus dem normalen Leben. Sie tat alles wie immer, nur fühlte sich alles anders an. Sie wachte auf und dachte an ihn. Ging in den Stall zum Melken. Aufs Feld zum Rübenernten. In den Wald. Er war immer dabei, anders konnte sie es nicht sagen. Als ob sie plötzlich … als ob es mehr Farben gäbe und sich Holz und Stein und Stoff neu anfühlen könnten und nicht mehr so wie früher.

Sie hörte die Turmuhr schlagen. Es war noch früh, vielleicht war er noch nicht fort. Sie ließ den Milchkarren stehen, sah sich um, ob keiner auf der Gasse war, und schwang sich auf die Mauer. Kleine Steinchen gab es dort überall. Sie ging auf der Mauer bis zum Wiegehäuschen, das direkt an den Pfarrgarten gebaut war und sie zur Gasse hin verdeckte. Dort stand sie fast genau unter seinem Fenster. Sie warf Steinchen. Die ersten klickten einfach gegen den Putz, dann traf sie besser. Als das Fenster geöffnet wurde, hatte sie sich schon fast wieder umdrehen wollen; nicht einmal enttäuscht, sondern froh über sich selbst, dass sie so etwas überhaupt tun konnte.

Aber da erschien sein Kopf. Sein Gesicht hell, als er sie erkannte. Die Haare durcheinander.

Leise und froh sein Lachen.

»Roberta!«

»Wilhelm! Hab ich dich geweckt, Schlafratz?«

»Bin schon fast weg. Du hast Glück gehabt; ich bin gerade noch einmal zurück ins Zimmer.«

Sie, lachend, spöttisch: »Dann hast du Glück gehabt, Pfarrersbub.«

Er warf den Kopf hoch; in dieser schönen Geste, die er nur zeigte, wenn sie beide allein waren. Gespielter Stolz.

»Warte eine Sekunde. Ich komme runter!«

Er kam durch die Waschküche; die einzige Hintertür, die das Pfarrhaus hatte. Rannte die paar Schritte durch das hohe, welke und nasse Gras zu ihr. Sie hatte sich auf die Mauer gesetzt. Er stand vor ihr und langte hoch, nach ihren Händen, versuchte, sie zu sich herunterzuziehen. Sie wehrte sich lachend.

»Lass dich küssen!«

Er war stürmisch. Sie stemmte sich gegen ihn. Spielerisch. Als ob sie noch Kinder wären.

»Musst schon hochkommen, wenn du mich küssen willst.«

Auf der Gartenseite war der Grund viel tiefer als zur Gasse hin. Er musste richtig springen; ließ sich von ihr hochziehen. Dann standen sie beide auf der leicht schrägen Mauerkrone im Morgennebel. Die Geräusche des erwachenden Dorfes klangen nur gedämpft zu ihnen.

»Du!«, flüsterte er in ihr Haar.

»Ich hab einen Mund«, erinnerte sie ihn. Seine Wärme … als ob er eben aus dem Bett gekommen wäre. Er küsste sie jetzt auf den Mund, und ihr wurde heiß.

»Heute Abend am Lagerhaus?«, fragte er atemlos.

Sie nickte.

»Geh auf die Arbeit jetzt, Pfarrersbub«, sagte sie und sprang von der Mauer, »ich werd sonst nie fertig bis heute Abend!«

Er salutierte, sein Hemd lässig über der Hose, barfuß mit nassen Füßen auf der Mauer stehend.

»Jawohl, Fräulein Strasser.«

Warf ihr eine Kusshand zu und sprang in den Garten.

Sie packte die Griffe der Milchkarre und hob an. Noch immer zog es ihr heiß durch den Bauch bis in den Schoß. Es war ein großartiges Gefühl.

Der Opa aß wieder auf der Stube. Sie brachte ihm den angerichteten Teller. Die Mutter hatte Krautflecken gemacht und eine Brotsuppe.

»Bist du wieder krank?«, fragte sie besorgt, als sie ihm das Tablett auf den Tisch stellte. Er stellte das Radio leise und winkte ab. Mit einem kleinen Lächeln.

»Ich muss nicht immer bei denen am Tisch sitzen. Und die sind auch froh, wenn der Alte nicht dabei ist.«

»Ich nicht«, sagte sie und setzte sich zu ihm, während er aß.

»Sag, Opa, der alte Webstuhl von der Oma, tätest du mir helfen, den aufzubauen?«

Der Alte hörte auf zu essen und sah hoch.

»Der ist nicht von der Oma. Das ist meiner. Vom Uropa her noch. Weben ist immer Männerarbeit gewesen. Was willst denn damit?«

»Weben«, sagte sie trocken.

Der Opa lachte.

»Manchmal hörst dich an wie der Siegfried. Nur schaust du besser aus. Also?«

Sie spielte mit der Scheibe Brot, die neben dem Teller lag.

»Ich will dem Wilhelm ein Hemd schneidern. Zu Weihnachten. Und den Stoff dazu …«

»… magst selber weben.«

Der Opa warf klappernd den Löffel hin, stand auf und ging hinüber in die Schlafstube. Wenn er so etwas tat, dann konnte man sich schon denken, dass er einmal schnell gewesen war und stark. Er konnte heute noch die Kartoffelsäcke tragen, wenn er den Husten nicht hatte.

Er kam mit einer kleinen Ledertasche zurück. Das Schwarz war an manchen Stellen schon so rissig geworden, dass es grau wirkte.

»Meine Kartentasche«, sagte der Opa. »Aus dem Krieg. Die war mit in Afrika und dann in Amerika.«

Irgendwie kam ihr erst jetzt, dass der Opa auf drei Kontinenten gewesen war. Auf drei. Sie hatte es noch nicht mal nach Österreich zum Skifahren geschafft oder nach Italien oder an irgendein Meer.

Er setzte sich wieder auf seine Bank, schob die Teller beiseite, schlug die Lederklappe zurück und holte einen Packen Papiere, Briefe und Fotos heraus. Manche von den Fotos hatten diese wellig geschnittenen Ränder, die sie von alten Bildern kannte, andere waren glatt. Der Opa breitete sie aus.

»Sind die aus Amerika?«

Der Alte nickte. Sie war … sie wusste nicht genau, was sie fühlte. Sie hatte gar nicht gewusst, dass es diese Bilder gab. Es war, als ob sie plötzlich ein Band zwischen ihm und ihr entdeckte, von dem sie gar nicht gewusst hatte, dass es da war. Als ob auch er ein Geheimnis gehabt hätte, wie sie. Auf einem Foto sah man Soldaten in einer Reihe in einem Lager stehen. Nur die englische Aufschrift auf dem Wachhäuschen zeigte, dass es kein deutsches war. Auf einem anderen waren sie in Unterhemden oder mit nacktem Oberkörper in einem Schlafsaal. Sie sahen fröhlich aus. Es gab Pritschen, auf denen die Decken ordentlich gefaltet lagen, und die Fenster standen offen. Der Opa deutete auf eine Figur rechts hinten, die sich gerade das Hemd überwarf.

»Das bin ich.«

Sie hätte ihn nicht erkannt, so jung und strahlend sah er aus. Aber die anderen waren noch viel jünger. Wie Buben. Der Opa erriet ihre Gedanken.

»Ich war einer von den ältesten. Und weißt du was? Sie haben alle nach ihrem Beruf gefragt, als wir ins Lager gekommen sind. Und dann habe ich einfach ›Koch‹ gesagt. Weil, als Bauer hast du ja draußen arbeiten müssen, und damals habe ich noch gedacht, du kriegst besseres Essen, wenn du in der Küche bist.«

Sie musste lachen.

»Koch? Du? Ich hab dich noch nie kochen sehen!«

Der Alte lächelte.

»Hätte auch nicht nötig getan. Wir haben alle dasselbe Essen gekriegt, und es war ordentlich. Nicht wie daheim, aber besser, als was es in der Wehrmacht gegeben hat.«

Sie ging die Fotos durch. Ließ sich erzählen, wie die Gefangenen das Mississippibecken in klein hatten nachbauen müssen. In amerikanisch klein: auf einem Quadratkilometer Wald, den sie vorher hatten roden müssen. Ein Riesenmodell für das Ingenieurskorps.

»Habt ihr die Uniformen anbehalten dürfen?«, fragte sie erstaunt, als sie auf einem der Bilder Soldaten in Wehrmachtsuniform sah, wie sie einem Sarg nachgingen, der in eine Hakenkreuzflagge gehüllt war.

Der Opa nickte. In seine Wangen war eine Röte gestiegen, die er sonst nur hatte, wenn er wütend auf seinen Sohn war. Sein Essen hatte er längst vergessen.

»Das war den Amis egal. Man hat uns eh als Gefangene erkannt. Entweder hast du ihre Kleider getragen, mit dem PW hinten drauf, oder die deutsche Uniform.«

»Und das? Wer ist das?«

Es war das einzige Foto, auf dem eine Frau zu sehen war. Eine Krankenschwester anscheinend. Eine Schwarze.

Der Opa nahm ihr das Foto aus der Hand. Sah es an.

»Elly. So hat sie geheißen. Elly.«

Mehr sagte er nicht. Und es brauchte ein paar Sekunden, bis sie verstand. Weil es in ihr nachklang und sie erst dann begriff, dass er ihren Namen so gesagt hatte, wie sie heute Morgen »Wilhelm« gesagt hatte. Genau so.

Es war eine große Stille in der Austragsstube. Der Opa hatte das Foto zurückgelegt und sah an ihr vorbei aus dem Fenster. Sie begriff, was das bedeutete. Wahrscheinlich war es sowieso verboten gewesen, dass Kriegsgefangene und amerikanische Frauen … Aber selbst wenn es damals keiner gemerkt hatte – irgendwann war der Krieg vorbei gewesen. Und dann waren die Deutschen zurückgebracht worden. So oder so hatte es für die beiden keine Zukunft gegeben. Und das alles zu einer Zeit … ja, da war der Opa schon längst verheiratet gewesen, und einen Sohn hatte er auch gehabt. Plötzlich sah sie vieles in einem anderen Licht.

»Habt ihr euch … weißt du, was aus ihr geworden ist?«

Er schüttelte langsam den Kopf.

»Ihre Adresse hat sie mir am Schluss gegeben. Als wir heimgeschafft worden sind. Aber was hätte ich schreiben sollen von hier aus?«

Er sah weiter aus dem Fenster, aber trotzdem wurden ihm, fast vierzig Jahre später, die Augen nass, und sie wusste, dass er nicht wollte, dass sie das sah. Dann straffte er den mageren Rücken und drehte sich wieder zu ihr.

»Zweieinhalb Jahre«, sagte er heiser. »Die beste Zeit meines Lebens. Ja. Ich helf dir gern mit dem Webstuhl, Roberta.«

Das Haus war groß, und es gab mehr Räume, als sie heute brauchten. Knechte hatte es auf dem Hof längst keine mehr, und deshalb konnten sie den Webstuhl in einer der Dachstuben aufschlagen. Das Zusammenbauen war nicht schwer. Es war eine stille Lust, dem Opa zuzusehen; seine sicheren Handgriffe, wie er den Baum einsetzte, das grobe hölzerne Zahnrad auf den Zapfen des Baums steckte und es mit wenigen genauen Hammerschlägen verkeilte. Sie tat, was er ihr anschaffte; hielt hier ein Brett, holte dort eine Haselnussgerte, die es für die Kette brauchte. Der Alte in seiner blauen Tuchjacke mit der ebenso blauen Kappe sah hier oben aus wie aus der Zeit gefallen. Da draußen gab es Mädchen in Miniröcken und Jungs mit langen Haaren und bunten Hosen, es gab Fernseher und Raumschiffe, die zum Mond flogen, und die Düsenjäger, die manchmal tief über das Dorf schossen. Hier drin war nichts davon. Aber dann musste sie lächeln. Der Opa hatte in Amerika wahrscheinlich Musik zu hören bekommen, die hier erst nach zwanzig Jahren angekommen war. Da drüben hatte er wahrscheinlich seine Cola schon aus gekühlten Automaten geholt, als sie hier noch das Eis in Stangen aus dem Sommerkeller herbringen mussten.

»Ich hätte gemeint, dass es noch einen Zopf Leingarn hat, hier irgendwo«, sagte der Alte. Er ging in die Kammer nebenan; sie folgte ihm. Da stand ein sehr einfacher Schrank; eigentlich bloß ein hoher Kasten, in dem tatsächlich auf einer Stange ein dicker Strang Leinengarn hing. Er nahm ihn herunter und strich ihn glatt, während sie wieder zum Webstuhl gingen.

»Du willst doch Leintuch weben, oder?«

Er fragte, während er schon den Haselstecken durch die Schlaufe am Ende des Zopfes steckte. Sie nickte.

»Die Kette soll Leinen sein.«

Er reichte ihr das andere Ende des Zopfes.

»Halt ihn gespannt ab jetzt. Ganz gleichmäßig. Und der Schuss?«

Sie zögerte etwas. Sie wusste, dass es ungewöhnlich war.

»Seide«, sagte sie dann. »Grob und fein soll das Tuch werden. Wie …«

Sie vollendete den Satz nicht. Der Opa sah auf.

»Sel«, sagte er, »so wie ihr? Na, die Seide wirst nicht du sein, oder?«

Sie lachte. Seltsam – wieso war das früher nie so gewesen mit ihm? Aber ja, da hatte die Oma noch gelebt, und überhaupt hatte sich immer alles um die Arbeit gedreht. Viel geredet wurde am Tisch nicht, außer eben, was morgens anstand, und vielleicht über das eine oder andere aus der Zeitung.

Er reichte ihr ein langes Scheit, das aussah wie ein Rechen, nur mit einer doppelten Reihe hölzerner Zähne.

»Was ist das?«

»Der Lesekamm«, antwortete der Opa kurz. »Wenn wir jetzt die Kette aufbäumen, dann müssen die Gänge gleichmäßig auf dem Baum verteilt sein. Die Garnfäden dürfen nicht überkreuz liegen, sonst hast du nachher Webfehler im Tuch. Das willst du nicht, oder?«

Er sah hinüber zu ihr und zwinkerte. Wie damals, als er ihr gesagt hatte, wo Wilhelm auf sie wartete.

»Opa, du bist ein alter Kuppler«, sagte sie. Da lachte er.

Sie hielt den Lesekamm, während er die Gänge anordnete. Immer vierzig Garnfäden in einem Gang. So richtig war ihr nicht klar gewesen, wie aufwendig das war. Draußen dämmerte der Nachmittag schon in einen frühen Abend hinein, und es fing an zu nieseln. Sie würde bald zum Melken hinunter in den Stall gehen müssen. Aber der Alte arbeitete rasch und dabei sehr genau. Als die Garnstränge im Lesekamm angeordnet waren, setzte er noch ein Scheit darauf und verkeilte es wieder, damit die Fäden nicht herausspringen konnten. Sie hatten in der Lehre einmal eine Weberei besucht, aber da ging alles wie von allein. Sie hatte nicht gewusst, dass allein das Aufbäumen so eine Arbeit war.

»Halt stramm jetzt«, befahl der Opa wieder und begann den Baum zu drehen. Die Rücklaufsperre, eigentlich auch nur ein Stock, fiel mit regelmäßigem Klacken zwischen die Zähne des hölzernen Zahnrads. Sie ließ das Leingarn straff durch ihre Hände gleiten, es war ein gutes Gefühl. Ein besonderes Hemd würde es werden. Niemand sonst würde so eines haben, nur er.

Schließlich war das Garn aufgewickelt. Der Opa fixierte den Baum, dass er nicht zurücklaufen konnte, kam zu ihr nach vorne und nahm ihr das Ende des Leinzopfs ab.

»Jetzt kommt das Langweiligste«, sagte er, während er mit seinem Taschenmesser die Schlaufe durchschnitt. »Die Kameraden müssen angeknüpft werden.«

Sie verstand nicht gleich. Das sah er.

»Kameraden«, sagte er, »das sind immer zwei Fäden. Oben und unten. Ein einzelner heißt einfach Kamerad. Keiner weiß, warum. Ist schon immer so gewesen.«

Er nahm sich ein Brett und legte es so in den Stuhl, dass er darauf sitzen konnte.

»Du kannst noch ein wenig anschüren, bevor du gehst. Zu warm darf es nicht sein, aber auch nicht zu kalt, sonst verzieht sich das Leinen. Und das Anknüpfen mache ich für dich. Das dauert heut und morgen den ganzen Tag.«

Er lächelte sie an.

»Die richtige Arbeit für einen alten Mann.«

Einen Tag! Sie nahm sich den Korb, lief nach unten und holte rasch ein paar Scheite und Zeitung zum Anzünden. Oben kniete sie sich vor den Ofen und schürte an. Der Opa hatte schon angefangen, die Fäden anzuknoten. Er sah ganz versunken aus. Sie warf die Ofenklappe zu, stand auf und ging zu ihm hinüber.

»Danke, Opa!« Und dann, einfach ohne nachzudenken, gab sie ihm einen leichten Kuss auf die Wange. Sie konnte sich nicht erinnern, ihn jemals vorher geküsst zu haben.

»Geh!«, sagte er und machte eine abwehrende Handbewegung. »Stör mich nicht.«

Aber sie sah, dass ihm eine flüchtige Röte ins Gesicht stieg, und er lächelte ein wenig, als sie die Tür hinter sich schloß.

19

Es war die Glocke mit der höchsten Stimmung, die einsam durch den Novembernachmittag läutete. Der Zug zum Friedhof kam ihr viel größer vor als sonst, aber es waren ja auch vier Särge auf einmal zu tragen, und so brauchte es schon allein dafür zwölf Männer. Roberta sah, dass Wilhelm unter ihnen war und der Wolfgang auch. Sie trugen zusammen einen der Kindersärge. Als sie das letzte Mal über Wolfgang geredet hatten, da war Wilhelm nicht gut auf ihn zu sprechen gewesen. Aber der Tod veränderte immer alles, und vielleicht hatte es sich auch einfach so ergeben. Es gab nur eine Totenkrone in der Gemeinde, und die lag auf dem Sarg, den die beiden trugen. In der Kirche hatte sie noch auf dem anderen Sarg gelegen. Es kam sehr selten vor, dass gleich zwei Kinder beerdigt werden mussten.

Wenn ich jetzt sterben würde, dachte sie unwillkürlich, dann hätte ich auch eine auf dem Sarg. Lediges Mädchen.

Weil sie mit den Eltern so spät in die Kirche gekommen war, gingen sie fast am Ende des Zuges, und sie konnte Wilhelm nur in der Kurve sehen, als sie an ihrem Hof vorbei auf die Hauptstraße zum Friedhof abbogen. Der Herr Pfarrer lief ganz vorne. Neben ihm zwei Konfirmanden; die trugen die beiden Kreuze, um die schwarzer Flor gewunden war. Die Frau Pfarrer war diesmal auch dabei. Sie ging gleich hinter ihrem Mann. Roberta hörte, wie die Mutter es leise zum Vater sagte. Dass die Frau Pfarrer doch manchmal wusste, was sich gehörte. Der Vater, ungewohnt in dem schwarzen Anzug, nickte nur.

Kein Tupfen Farbe in dem ganzen schwarzen Zug außer dort, wo die kleine Gruppe der Amis ging. Sie trugen keine Feldkleidung wie sonst, sondern ihre festlichen Uniformen, manche mit Trauerbinden am Ärmel. Ob sie abgeordnet waren?, fragte sie sich im Stillen. Oder waren nur die dabei, die auch in den Unfall verwickelt gewesen waren? Sie mochte sich nicht vorstellen, wie es war, den Panzer gefahren zu haben. Was wohl mit dem geschah?

Der Zug war so lang, dass sie am Ende erst beim Schmied waren, während sie vorne schon in den Friedhof gingen. Der feine Regen war kalt. Es fehlte nicht viel zum Schnee.

Seltsam, dass nur der Tod ein Dorf so zusammenbringt. Nicht einmal bei einer Hochzeit kommen wir zu so vielen zusammen. Dabei haben wir sie gar nicht richtig gekannt. Es waren keine von uns, eigentlich. Erst jetzt, im Tod, gehören sie dazu. Bleiben für immer auf unserem Friedhof.

Die vier Gräber lagen nebeneinander direkt an der Friedhofsmauer. Es waren Bretter über die Kopfenden gelegt, damit die Sargträger dort stehen konnten. Zu sechst standen sie dort und achteten darauf, dass sie sich mit den schwarzen Anzügen nicht an die gekalkte Mauer lehnten. Diesmal stand sie ein Stück weiter vorne; ohne die Eltern. Sie wollte Wilhelm näher sein. Sehr schmal sah er aus in dem Schwarz, wie er da auf den zwei schmalen Brettern stand. Schmal und ernst und schön. Einmal trafen sich ihre Blicke, und sein Gesicht leuchtete für einen kurzen Moment auf, ohne dass er lächelte. Als ob das Grau über ihnen einen Moment aufgerissen wäre.

Es war, nach der langen Predigt in der Kirche, nur eine kurze

Ansprache am Grab. Aber sie alle hörten erstaunt, dass dem Herrn Pfarrer bei dem »Von der Erde bist du genommen, zu Erde sollst du werden« die Stimme wegbrach, sodass er zweimal neu ansetzen musste.

Gertrud blickte hoch, als sie das unterdrückte Schluchzen in Hermanns Stimme hörte. Wilhelm stand hinter ihm auf den Brettern und sah aus, als träumte er und als berührte ihn das alles gar nicht. Dabei wusste sie, dass es so sicher nicht war. Sie selbst hatte ein ganz und gar fremdes und seltsames Gefühl. Seit damals war sie auf keiner Beerdigung mehr gewesen.

Hermann beendete die Ansprache. Die Amerikaner nahmen ihre Mützen ab, als die Särge einer nach dem anderen in die Grube hinabgelassen wurden. Als er begann, das Vaterunser zu beten, fielen alle mit ein. Eine Woge dunkles Gemurmel, die über den Friedhof ging und in den offenen Gräbern versickerte. Dann kam der Moment, wo die Angehörigen vortraten und eine kleine Schaufel Erde auf die Särge warfen. Aber es gab keine. Und aus dem Dorf traute sich niemand, der Erste zu sein. Da trat sie vor und warf eine Handvoll Erde in die Grube. Alle anderen folgten, und währenddessen stand Gertrud daneben und betrachtete Wilhelm. Er war so sehr ein Teil des Dorfes, wie sie es nie sein würde.

Am Schluss folgten die Soldaten. Auch jeder von ihnen warf ein Schäufelchen Erde hinein. Der Offizier, der zu ihnen ins Pfarrhaus gekommen war, blieb länger am Grab stehen. Schloss die Augen und sagte ein Gebet auf Englisch. Dann hätte sich die Gemeinde auflösen sollen, so wie sonst, aber irgendwie standen alle in merkwürdiger Stimmung auf dem Friedhof herum. Gertrud bemerkte Roberta in der Nähe und fragte sie: »Warum gehen die nicht?«

Die schrak ein wenig zusammen, als ob sie in Gedanken gewesen wäre. Wieder einmal fiel ihr auf, was für ein ungewöhnliches Gesicht die Tochter der Strassers hatte.

»Weil es keinen Leichenschmaus gibt, denke ich. Das ist keiner gewohnt. Da fehlt halt etwas.«

Sie wäre nie selbst darauf gekommen. Natürlich. Gewöhnlich gab es einen Leichenschmaus. Sie hatte diesen Brauch sonst immer schrecklich gefunden, aber jetzt verstand sie das erste Mal, wozu er gut sein konnte.

»Es ist furchtbar, wenn keiner um einen trauert, oder?«

Es war ihr einfach so herausgerutscht. Roberta sah sie überrascht an, nickte aber dann langsam.

»Ja. Vergessen werden will keiner.«

Sie sagte das so ernst. Roberta war immer ein besonderes Mädchen gewesen. Konnte so ernst sein und dann wieder so selbstvergessen lachen. Sie verstand schon, warum Wilhelm so gerne mit ihr gespielt hatte, als sie klein waren.

Jetzt gingen die Leute doch allmählich auseinander. Sie sah kurz in den grauen Himmel und dachte, dass es wirklich, wirklich, wirklich Zeit wurde, dass sie hier fortkam. Und wenn es nur acht Wochen waren. Sie bemerkte, dass Roberta immer noch höflich neben ihr wartete.

»Auf Wiedersehen, Roberta«, sagte sie hastig.

»Auf Wiedersehen, Frau Pfarrer«, antwortete Roberta und ging rasch fort. Gertrud sah hinüber zu den Gräbern, aber Wilhelm war auch schon gegangen. Man konnte es ihm nicht verdenken. Zu viel Tod hier, dachte sie, viel zu viel Tod.

20

Der Opa hatte nur gewusst, wo er früher die Leinenstränge hatte kaufen können.

»Seide?«, hatte er gelacht. »Seide! Da musst du selbst zusehen, wie du sie herschaffst.«

Der Webstuhl war aufgeschlagen, die Kette gespannt. Fehlte nur die Seide, die sie sich vorstellte. Sie hatte keine Ahnung, wo man Garn fürs Weben kaufte, also war sie schließlich in die Fabrik gefahren.

Der November war fast vorbei. Bei der Rübenernte hatte Wilhelm geholfen. Sie beide nebeneinander in den Furchen. Der Geruch der Rübenblätter in der kalten Luft. Erst fror man immer ein bisschen, aber sie arbeiteten sich warm, während sie die Rüben auf den Hänger warfen, die der Roder nicht gegriffen hatte. Die Hände wurden dabei kalt, dann, nach und nach, kribbelte eine Wärme hinein, die nicht aufhören wollte. Lag aber vielleicht auch am Wilhelm, lächelte sie innerlich bei dem Gedanken.

Auf jeden Fall war es jetzt ruhiger am Hof. Um in den Wald zu gehen, war es noch zu nass und zu warm. Außer dem, was immer war, Melken und Füttern und Schüren, gab es weniger Arbeit.

Die Fabrik sah noch trauriger aus als sonst. Als ob die Ziegelwände jedes Jahr dunkler würden. Sie ging durch das Tor und nickte dem Pförtner in seinem Kabuff zu wie früher. Er nickte zurück, fast ohne aufzuschauen, und sie warf einen Blick auf die Uhr. Es war gleich Vormittagspause, da konnte sie Eva sehen, mit der sie gelernt hatte. Die war in der Fabrik geblieben, aber sie kam auch nicht von einem Hof. Im Treppenhaus stieg sie hoch in den vierten Stock, wo die Schneiderei war. Das musste schrecklich sein: nach einer Lehre weiterhin Jahr um Jahr in dieser Fabrik, ohne draußen sein zu können, auf dem Feld. Bei den Tieren. Im Wald. Bei Regen oder im Herbstwind oder in der Julisonne. Alles immer nur durch die staubigen Scheiben sehen zu können. Sie war froh, dass sie wieder daheim war. Auch wenn sie sich manchmal nach Paris sehnte oder nach Amerika. Aber es war tausendmal besser, sich von daheim wegzusehnen als aus dieser Fabrik. Weil man hier alle Hoffnung verlieren konnte. Sie erinnerte sich daran, als sie ihnen den Fernseher aufgebaut hatten. Das war im ersten Lehrjahr gewesen. Auf den großen Zuschneidetisch hatten sie einen kleinen Klapptisch gestellt und darauf den Fernseher. Wegen der Mondlandung. Dass sie bei der Arbeit zuschauen konnten – eine Pause nur dafür, dass die ersten Menschen auf dem Mond landeten, hätte viel zu lange gedauert. Aber trotzdem – sie hatten alle Gänsehaut gehabt, und dann hatte doch keine von ihnen weitergearbeitet, und die Müller hatte es gar nicht gemerkt, weil sie so vor dem Bildschirm klebte.

Sie wartete vor der Doppeltür, bis Kaffeepause war und die Mädchen alle in die Kantine zum Kaffee oder ins Treppenhaus gingen, um dort zu rauchen.

»Schau her! Die Roberta!«

Die Eva freute sich sehr, das konnte sie sehen. Sie war ein bisschen älter als sie, und wenn die Lehrmädchen in den Pausen über Männer geschwätzt hatten, dann wussten alle, dass Eva am besten Bescheid wusste, auch wenn sie nichts sagte.

»Na, wie geht's euch im Kleidergefängnis?«, fragte Roberta spöttisch. »Vermisst du mich wenigstens ab und zu?«

Eva lehnte sich an die Wand und schüttelte eine Zigarette aus der Packung.

»Von den Neuen traut sich keine mehr zu lachen. Mit dir war's lustiger. Magst auch eine?«

Sie hielt ihr die Packung hin. Roberta schüttelte den Kopf.

»Mir schmecken sie nicht. Sag mal, Eva, wo kriege ich Seidengarn zum Weben her? Es darf nicht so fein sein wie zum Nähen.«

Eva atmete Rauch aus. Es roch nicht so gut wie der Tabak aus der Pfeife vom Vater, aber auch nicht schlecht. Es war halt ein Geruch aus der Fabrik.

»Es hat ja hier eine Weberei auch gegeben. Unten. Ich glaube, da ist noch ein Lager. Wir können mal schauen, ob das offen ist. Komm.«

Sie liefen die Treppen hinunter. Eva war langsamer als sonst. Ging vorsichtiger. Roberta stieß sie an.

»Was ist denn mit dir?«, fragte sie. »Kommst du in die Jahre?«

Eva winkte ab. Sah auf einmal ein wenig verlegen aus, als sie sich vorbeugte und leiser sprach, obwohl kein Mensch im Treppenhaus war. Sie deutete auf ihren Bauch.

»Ich hab … na, du weißt schon, mich hat's erwischt. Passiert ja mal. Aber von dem hab ich gewiss kein Kind gewollt. Und er auch nicht. Deshalb …«

Sie sprach nicht weiter. Roberta verstand auch so.

»Wann denn?«

»Na ja«, sagte Eva und nahm sich noch eine Zigarette aus der Packung, »am Freitag. Das zieht noch arg. Und krankschreiben lassen kann ich mich ja schwer, oder?«

Sie lachte wieder, etwas unsicher diesmal. Roberta legte ihr kurz die Hand auf den Arm.

»Ich sag nichts. Mach dir keine Gedanken. Tut's arg weh?«

Eva zuckte die Schultern und ging weiter.

»Schön ist es nicht«, sagte sie. »Schön ist was anderes.«

Die Weberei war tatsächlich offen. Und war ein einziges Durcheinander. Man merkte, dass hier seit zwanzig Jahren keiner mehr irgendetwas aufgeräumt hatte; wenn hier einer etwas gebraucht hatte, dann war es einfach herausgezogen und die anderen Sachen nie zurückgelegt worden. Die Maschinen waren irgendwann abmontiert worden; man sah nur noch die Löcher für die Schrauben im Betonboden und darüber die eisernen Läufer. Metergroße Rollen mit Resten von schmutzigem Baumwollgarn lagen herum, die Schachteln in den Regalen mit Haken und Eisen und allen möglichen Ersatzteilen waren offen, manche sogar herausgefallen, und die Werkzeuge auf dem Boden verstreut. Beim Vater in der Werkstatt dürfte es nicht so aussehen, dachte sie.

»Hier finde ich nie was!«

Aber Eva gab nicht so schnell auf. Schob Schachteln aus dem Weg, guckte hierhin und dorthin und öffnete Türen. Dabei musste die Pause schon fast vorbei sein.

»Schau!«, rief sie.

Roberta kam zu ihr. An der Wand standen Eisenstäbe in langen Reihen heraus, auf die waren Tausende von Garnrollen gesteckt.

»Sie sind nach Farbe sortiert«, sagte Eva zufrieden, als hätte sie das persönlich gemacht.

»Das«, sagte Roberta trocken, »sieht man auch so. Ich brauche aber Seide, keine Baumwolle.«

Eva lachte.

»So wie du bist, findest nie einen Mann. Dich kriegt man nie zufrieden. Seide ist da drüben.«

Sie hatte sich schneller zurechtgefunden als Roberta. Tatsächlich gab es auch große Rollen Seide. Das Seidengarn war viel dicker als Nähgarn und schon sehr verstaubt. Aber das machte nichts.

»Welche Farbe?«

Eva ging die Reihen entlang und war womöglich begeisterter als sie selbst. Und das wiederum steckte sie an.

»Blau oder ein helles Grün«, sagte sie bestimmt. Das würde zu Wilhelms Augen passen.

»Hier.«

Eva rückte einen Rollwagen an die Wand, damit sie hochsteigen und die Rollen von den Stäben nehmen konnte. Jede war fast so lang wie ihr Unterarm, und sie waren schwer.

»Was denkst du, kann ich die Müller fragen, oder muss ich die bezahlen?«

Eva lachte wieder.

»Die Müller! Spinnst du? Fragen? Das Zeug braucht doch eh keiner mehr. Du packst die Rollen in eine Tasche. Aber so, dass man sie gut sieht, wenn du am Pförtner vorbeikommst. Der kennt dich doch. Der denkt, du bist damit irgendwohin geschickt worden. Und wenn er dich fragt, sagst du ›Muster‹. Das geht immer.«

Sie packten sechs Rollen zusammen, vier verschiedene Blau- und zwei Grüntöne. Eine Tasche fanden sie nicht. Roberta sah sich um und riss einfach einen langen Baumwollstreifen von einem Rest Tuch. Damit banden sie sie zusammen, und jetzt sahen sie noch mehr wie Muster aus.

»Ich muss wieder hoch«, sagte Eva. »Komm mich auch einmal besuchen, wenn du nichts zu stehlen hast, ja?«

»Ich danke dir schön, Eva«, sagte sie. Eva war die Einzige gewesen, die ihr die Lehre leichter gemacht hatte. »Wenn ich wieder einmal in die Stadt muss, schau ich bestimmt vorbei.«

Mit den Garnrollen ging sie rasch über den Hof der Fabrik und am Pförtner vorbei, der wieder kaum aufblickte, obwohl sie vor Aufregung plötzlich schneller atmen musste.

Im Zug zurück sah sie durch die beschlagenen Fenster hinaus in den Nieselregen und dachte an das, was Eva gesagt hatte. Dass sie von dem gewiss kein Kind gewollt hätte. Dann sah sie auf die Seide, die auf dem Platz ihr gegenüber lag. Und dachte, dass Wilhelm der Richtige war.

21

»Und wie habt ihr euch überhaupt kennengelernt, Opa?«

Sie standen in der Dachkammer. Zusammen mit dem Alten hatte sie ein Querbrett über dem Webstuhl angebracht, auf dem vier der Garnrollen aus der Fabrik auf Rundstäben standen. Der Webstuhl war eigentlich nur für einfaches Leintuch und für nur einen Schussfaden gemacht. Zuerst hatte sie auch nur an einen gedacht, aber als der Opa die Garnrollen gesehen hatte, da hatte er gefragt: Warum nur ein Blau?

»Reich mir die Wasserwaage«, befahl er jetzt, ohne auf ihre Frage zu antworten. Er kniete hinter dem Stuhl auf der Seite; ein paar dünne Brettchen in der Hand.

»Wozu braucht es eine Wasserwaage?«

Ihr kam es vor, als machte der Opa gerade eine Wissenschaft aus der Weberei, aber sie reichte sie ihm hinüber. Er legte sie auf den Rahmen.

»Heb hier einmal an!«, sagte er und schob eins seiner Brettchen unter.

»Weil«, antwortete er dann, als er mühsam aufstand, »du ein verzogenes Tuch webst, wenn der Stuhl nicht in der Waage steht. Jetzt kannst anfangen.«

Er klopfte auf die schmale Bank und reichte ihr das Schiffchen, an dem er schon das erste Blau angeknüpft hatte. Durch die Fenster schien eine freundliche Nachmittagssonne. Für Anfang Dezember war es zu warm, aber ihr passte das gut.

»Wirst dich ranhalten müssen, wenn du genug Tuch für ein Hemd weben willst«, sagte er dann.

Sie schoss das Schiffchen das erste Mal durch.

Ich webe ihm ein Tuch, dachte sie. Meinem Wilhelm. Und fragte sich, ob es sich für den Opa damals auch so angefühlt hatte.

»Sag, wie war das mit dir und der Elly?«

»Du lässt einen nicht aus, oder?«

Obwohl sie so bohrte, war der Opa nicht ungehalten. Mit ihr fast nie. Er klappte die Tür des Öfchens auf und warf ein Scheit nach. Sie zog den Webkamm vor, dann schoss sie das Schiffchen wieder durch. Allmählich bekam sie ein Gefühl dafür. Der Opa kam und schob sie auf der Bank ein wenig zur Seite, sodass er sich zu ihr setzen konnte.

»Wie soll es gewesen sein? Wie es eben so geht. Die Elly war Krankenschwester. Wir haben ein Hospital gehabt im Lager. Und geimpft haben sie uns auch gegen alles Mögliche. Da hat es ein paar Nurses gebraucht. Und die waren alle schwarz, weil die Army sich gedacht hat, dass wir deutschen, blonden, arischen Soldaten dann mit denen nichts anfangen.«

Sie arbeitete weiter, gleichmäßig und schweigend, weil sie ihn nicht unterbrechen wollte. Der Opa war immer mal lustig gewesen, aber so spöttisch hatte sie ihn noch nicht oft gehört.

»Und die amerikanischen Soldaten an der Front haben auch nicht unbedingt schwarze Krankenschwestern gewollt. So haben eben viele bei uns gearbeitet. Na ja. Und weil die in der Küche haben essen müssen; die haben nicht zusammen mit den weißen Wachen essen dürfen, da waren die ganz streng, da haben wir uns halt kennengelernt. So war das.«

Er sagte nichts mehr, sondern holte sein Kästchen heraus,

in dem er die dünnen Zigarren aufbewahrte. Er riss ein Streichholz am Webstuhl an und rauchte.

So war das! Manchmal war es sehr schwer, dass bei ihnen nie geredet wurde. Mit Wilhelm war das ganz anders. Der redete über alles. Über seine Familie und über das, was er gelesen hatte und was er mochte und was nicht. Warum war das bei ihnen nicht so?

»Opa«, drängte sie ungeduldig, »das kann es doch nicht gewesen sein! Erzähl!«

Statt einer Antwort langte er hinüber und zog den Webkamm straff heran.

»Nicht hudeln!«, sagte er. »Sonst weht es deinem Wilhelm durchs Hemd, später.«

Sie musste lachen.

»Erzähl!«

Der Opa sah aus dem Fenster ins Leere.

»Ich hab sie schon sehr gemocht, die Elly. Du weißt eh, wie's bei uns ist, oder? Na ja, bei dir vielleicht nicht mehr, aber damals … ich war so jung, als ich hab heiraten müssen. Und dann ist es doch auch so gewesen: Es heiraten mehr die Höfe, als die Menschen zueinander passen. Ist ja nichts Schlechtes, es muss ja alles passen.«

»Aber als du weg warst, in Amerika, da …«

Sie brachte den Satz nicht zu Ende. Er wusste, was sie sagen wollte.

»Ja«, sagte er langsam und hustete ein wenig. »Da bist du das erste Mal weg von daheim, und alles ist sehr weit weg. Und dann schaut sich das alles anders an, so von außen. Die Elly und ich … wir haben zueinander gepasst wie …«, er deutete auf das Gewebe, »…wie Schuss und Kette. Sie ist auch von einem Hof gekommen, so wie ich. Vom Land. Sie hat gewusst, wie es ist. Mit ihr hat alles … das war halt einfach das Richtige.« Er machte eine kurze Pause. Zog an seiner Zigarre und blies den blauen Rauch über den Stuhl. »Als die Kameraden uns einmal zusammen gesehen haben, da haben sie mich danach nachts aus dem Bett geholt und verprügelt. War auch schön«, setzte er trocken hinzu.

Roberta hörte auf zu weben.

»Was? Wieso?«

»Weil sie schwarz war. Deutscher Soldat.« Er drehte sich zu ihr, und sie dachte, dass sie seinen Geruch mochte, diesen trockenen, warmen Geruch von Tabak und der groben Wolljoppe und von ihm; immer ein bisschen wie von Stroh.

»Weißt du was? Ein Jahr vorher wär ich auch noch dabei gewesen bei denen, die mich aus dem Bett gehauen haben. Aber dann … dann verliebst du dich, und dann schaut die Welt auf einmal anders aus.«

Er stand auf, als ob er es auf einmal eilig hätte, hinunterzukommen.

»Web zu«, sagte er im Gehen, »und wenn du zum Melken musst, kann ich schon ein paar Reihen für dich weben, wenn du magst.«

Er ging schwer die Stiegen hinunter.

Sie sagte nichts und sah auf die ersten wenigen Zentimeter, die sie gewebt hatte. Weißes Leinen. Blaue Seide.

Ja. Wenn du liebst, schaut die Welt auf einmal anders aus.

22

Gertrud trug die Schale mit der Bowle nach oben. Wilhelm hatte sich Bowle gewünscht. Manchmal musste sie über ihn lächeln. Bowle zu Silvester. Das war so altmodisch … und so typisch für ihn. Wahrscheinlich hatte er das in irgendeinem Buch gelesen und fand es schick. Bowle – das waren eigentlich ihre Großeltern. Vielleicht hatte man die noch zwischen den Kriegen getrunken, aber heute? Auf jeden Fall war es anrührend. Empfand sie das so, weil sie bald für lange Zeit fort sein würde?

Sie stieß die Tür zum Wohnzimmer mit dem Fuß auf. Wilhelm hatte den Plattenspieler aus seinem Zimmer geholt und hier angeschlossen.

»Ich brauche noch ein paar Stühle«, sagte er.

Sie deutete nach unten.

»Hol doch die aus der Bibliothek. Wen hast du denn eingeladen? Kommt Wolfgang?«

Er sieht so hübsch aus, dachte sie, so freundlich. Das Haar verwuschelt wie immer. Und außerdem … gerade sah er auch dem jungen Hermann ähnlich.

»Von wem ist denn eigentlich das Hemd?«, fragte sie. »Von der Oma?«

Im Wohnzimmer war es warm, und er hatte den Pullover ausgezogen. Das Hemd war sehr ungewöhnlich geschnitten. Ein sehr schmaler Kragen nur – der sah fast ein wenig russisch aus. Der Stoff spielte zwischen hellem Blau und Blaugrün, und Wilhelms Augen wirkten viel intensiver. Die Knopfleiste war verdeckt; die Ärmel elegant geschnitten und die Manschetten mit einem feinen blauseidenen Streifen abgesetzt. Es sah sehr teuer aus.

»Der Wolfgang kann nicht«, sagte Wilhelm.

»Das ist ein sehr schöner Stoff«, sagte sie. »Woher ist das?«

»Ein Geschenk«, antwortete er fast verlegen und verschwand rasch, um die Stühle zu holen. Er wollte nicht darüber sprechen, das merkte sie jetzt. Sie stellte die Bowle auf den Tisch und nahm die schweren Gläser aus dem Schrank. Wer würde Wilhelm ein so teures Hemd schenken außer den Großeltern? Aber dann würde er es doch sagen. Oder kam es aus der Klinik, über die Arbeit? Sie würde ihn später noch einmal fragen.

»Wann geht ihr, Mama?«

Er stellte die Stühle an den Couchtisch. Sie lachte.

»Ich sehe schon, du willst uns rechtzeitig loshaben. Wer kommt denn jetzt?«

»Na ja«, sagte er nachlässig, »ein paar von den Jungs aus dem Dorf. Und zwei Mädchen. Und dann noch drei von den Schwestern aus der Arbeit. Der Freund von der einen fährt sie zu uns.«

»Sieh zu, dass der dann nicht zu viel trinkt«, sagte sie fast automatisch. Silvester. Es lag Schnee, und seit dem Unfall war sie ängstlicher als vorher.

»Wir bleiben über Nacht bei den Großeltern. Lass sie lieber bei uns übernachten als betrunken fahren, ja?«

»Alles klar, Mama. Danke! Auch für die Bowle.«

Er gab ihr einen raschen Kuss auf die Wange. Es freute sie, dass er das immer noch tat. Es war ein so schönes Gefühl des Vertrauens.

»Ich habe noch gefüllte Eier gemacht. Die sind unten. Und ein paar Schnittchen. Alles in der Speisekammer.«

Sie sah sich noch einmal um. Mit dem großen Christbaum unter dem Stuckbogen, den Kerzen in den tiefen Fensternischen und dem Couchtisch, auf den Wilhelm sogar einen Zigarettenspender gestellt hatte, wirkte das Zimmer sehr heimelig.

»Guten Rutsch, mein Sohn«, sagte sie, »und viel Spaß mit deiner ersten Silvesterparty allein.«

»Dir auch, Mama!«

Hermann sah herein.

»Da bist du. Ich bin fertig.« Und zu Wilhelm: »Ich hoffe, ihr seid alle noch wach, wenn wir morgen zum Katerfrühstück zurückkommen. Feiert schön!«

Wilhelm lachte.

»Danke, Papa. Kommt gut rüber.«

Als sie unten aus der Haustür traten, kam gerade ein Grüppchen in den Hof des Pfarrhauses. Gut gelaunt, lachend.

Gertrud erkannte die Gesichter, aber die Namen fehlten ihr, außer bei Roberta. Sie sahen alle so frisch und jugendlich aus, und ihr Herz machte einen raschen Doppelschlag, als sie daran dachte, dass sie in einer Woche aufbrechen würde zu einer Reise in all die Städte, in denen es diese Stimmung an jedem Abend geben konnte, nicht nur einmal im Jahr.

»Feiert schön!«, rief Hermann, der ein wenig umständlich das zugefrorene Türschloss aufzutauen suchte. »Und einen guten Rutsch.«

Sie stieg ein und sah im Wegfahren noch, wie Wilhelm den jungen Leuten die Türe öffnete. Mit dem Licht aus der offenen

Tür, dem Schnee auf dem Dach und den warm leuchtenden Fenstern sah das Haus für heute einmal einladend und freundlich aus.

Roberta war lange nicht mehr im Pfarrhaus gewesen. Das Wohnzimmer sah noch fast genauso aus wie damals. Und sie erinnerte sich: Der Christbaum war niemals bunt gewesen. Lametta und silberne und weiße Kugeln und sogar die Kerzen immer weiß. Er sah sehr vornehm aus; ein bisschen, wie sie sich das in den großen Häusern in Paris vorstellte. Die Frau Pfarrer kam ja auch aus Hamburg, da hatte man das vielleicht so.

»Du bist da!«

Wilhelm freute sich sehr, und sie atmete auf. Sie hatten sich nur in der Christmette gesehen und gerade so lange, dass sie ihm das Päckchen hatte reichen können. Über eine Woche, in der sie manchmal schon dachte, dass er vielleicht … er hatte kein Geschenk für sie gehabt. Aber jetzt trug er ihr Hemd. Und es sah so aus, wie sie es sich vorgestellt hatte. Alles stimmte. Sein Gesicht über diesen leichten Farben – es war eigentlich ein Sommerhemd. Eines, das man am Flussufer tragen konnte oder auf einer weiten Wiese. Eines, in dessen ganz feines dunstiges Weiß am Morgen eines Frühsommertags Gras gewoben war und der blaue, hohe Himmel, der später über ihm gespannt sein würde. Das Gewebe ein Versprechen von Sommer mitten im Winter.

Es herrschte schnell ein fröhlicher Trubel. Keiner von ihnen hatte je zuvor Bowle getrunken; es prickelte schön. Ihr gefiel, wie Wilhelm sich um alles kümmerte; die Musik lauter machte und nachschenkte und mit allen über den Christbaum lachen konnte, der so höflich herumstand. Am Anfang war es für alle ein wenig seltsam, im Wohnzimmer des Herrn Pfarrers zu feiern, aber das gab sich schnell. Uwe, einer aus dem Krankenhaus, in dem Wilhelm arbeitete, mit richtig langen Haaren, der wollte gern fernsehen, aber dann hörten sie doch lieber Musik. Als Wilhelm hinausging, um unten aus der Küche die Schnittchen zu holen, sprang sie auf.

»Ich helfe dir.«

Sie hielt es nicht aus: Im Gang schon küsste sie ihn und hielt ihn fest, und auf der Treppe wären sie beinahe gestolpert und hinuntergefallen, weil sie sich nicht loslassen konnten. Im kalten Gang unten standen sie lange, seine Wange an ihrer, sein Mund an ihrem Ohr, und er flüsterte so schöne Dinge. Dass er das Hemd an Heiligabend mit ins Bett genommen hatte. Wie sehr er sich geärgert hatte, nicht mit ihr sprechen zu können. Wie er vor zwei Tagen sogar am Stallfenster gewesen war und sie kurz beim Melken gesehen, sie ihn aber nicht gehört hatte. Es war, als ob es sie innerlich vor Glück schüttelte. Anders konnte sie es nicht sagen.

»Wir müssen wieder zu den anderen«, flüsterte sie und ließ sich doch festhalten, und wieder wurde ihr so heiß, dass sie sich an ihn drängen musste, mit den Beinen und dem Bauch und überall seine Wärme spürte.

Als sie, beide die Hände voll mit Tellern von Schnittchen und Schälchen mit eingelegten Kirschen und Ananas, wieder die Wohnzimmertür aufstießen, sah sie, dass sie auch länger unten hätten bleiben können. Keiner vermisste sie. Es wurde gewürfelt, und der langhaarige Uwe hatte Blei mitgebracht, damit sie später Bleigießen konnten. Die Inge, mit der sie gekommen war, fasste Wilhelm oft an; nur für Sekunden, seine Hand, wenn er ihr Feuer gab, oder sie legte kurz die Hand auf sein Knie, wenn sie sich vorbeugte, um sich ein Brot zu nehmen. Sie spürte einen kleinen, wütenden Zug im Bauch, weil er es sich gefallen ließ und sie anlachte. Aber dann wieder sah er zu ihr herüber, und dann war da das Lächeln, das ihr allein gehörte.

Später machten sie doch den Fernseher an, weil nicht jeder einen zu Hause hatte. Kabarett gab es, aber wirklich lustig war es nicht, weil es nur über Politik ging, und Wilhelm drehte den Fernseher einfach wieder ab. Uwe suchte im Radio den amerikanischen Sender, und dann wurde es erst richtig lustig. Die spielten am Silvesterabend die besten Hits, von den Beatles und Rolling Stones, aber dann auch viele, die sie überhaupt nicht kannte. Bei manchen dachte sie, dass das eigentlich bloß Lärm war, aber einen Rhythmus hatten die Hits alle, und das war gut zum Tanzen. Sie begannen zu tanzen, als sie alle schon leicht im Kopf waren. Irgendwann hatten sie die Bowle ausgetrunken, und die Inge stellte den Zwetschgenbrand auf den Tisch, den sie von daheim mitgebracht hatte.

Auf einmal war es nur noch eine Viertelstunde auf Mitternacht, und sie gingen hinaus in den Schnee, der den ganzen Abend gefallen war.

»Gehen wir auf den Feuerwehrplatz?«

Inge hatte den Schnaps mit hinuntergenommen. Aber Wilhelm drückte Robertas Arm wie damals, als sie Kinder waren und der eine dem anderen still ein Zeichen gab, dass er nichts sagen sollte.

»Nein. Wir machen was ganz anderes.«

Sie sah ihn fragend an, aber er drückte nur ein weiteres Mal ganz leicht ihren Arm und hielt einen großen Schlüssel hoch. »Kommt.«

Es waren schon einige Leute draußen. Roberta sah kurz hinüber zu ihrem Hof, aber die Fenster waren dunkel, auch beim

Opa. Ja, ob Silvester war oder nicht, morgen früh mussten sie wieder in den Stall.

Wilhelm ging voran über die Straße, durch das eiserne Kirchtor und dann durch den knöchelhohen Schnee um die Kirche herum zur Sakristeitür.

»In der Kirche sehen wir doch nichts vom Feuerwerk«, meinte Uwe.

»Wir sehen schon was«, sagte Wilhelm und lachte leise. Das gefiel ihr. Sie wusste auch nicht, was er vorhatte, aber dass es etwas Besonderes sein würde, das war klar. Für einen Augenblick wünschte sie sich den Wolfgang dazu. Der hätte dabei sein müssen.

»Kein Licht!«, zischte Wilhelm, als Inge in dem stockdunklen Raum nach dem Schalter an der Wand tastete. »Hier geht's lang.«

Sie hörten ihn eine Tür öffnen, die nicht in den Chor führte; das hätten sie gesehen, denn in der Kirche selbst musste es heller sein; wahrscheinlich waren sie in der Sakristei, in der es keine Fenster gab.

»Nehmt euch an den Händen.«

Wilhelm tastete nach ihrer, und dann spürte sie plötzlich seine Lippen auf ihren, und sie küssten sich ganz kurz. Inge bekam ihre Hand zu fassen, und sie folgten Wilhelm in den Turm. Sie mussten sich bald wieder loslassen, sonst wären sie die Stiegen nicht hochgekommen, denn ganz nüchtern waren sie nicht mehr. Sie kamen auf einen Absatz. Dort war es ein wenig heller, und sie sah schemenhaft die Leiter, die zu den Glocken hinaufführte. Aber Wilhelm wollte gar nicht dort hoch.

»Hat einer Feuer?«

Uwe schnickte das Feuerzeug an, und Roberta sah, dass sie

vor dem Uhrenkasten standen. Er war mit zwei Glastüren verschlossen. Dahinter hingen an Drahtseilen zwei große Metallröhren, die mit Steinen gefüllt waren. Die Uhrengewichte. Inge beschwerte sich.

»Hier sehen wir doch auch nichts!«

»Wie viel Uhr ist jetzt?«

Wilhelm öffnete die Glastüren, und Roberta sah auf ihre Uhr.

»Sechs Minuten noch.«

Und dann sah sie, wie Wilhelm den Minutenzeiger auf die Zwölf vorschob. Es klackte laut, eines der Gewichte begann sich zu senken, und dann schlug schwer und voll und unglaublich laut die Stundenglocke.

»Frohes neues Jahr!«, schrie Wilhelm vergnügt. »Runter, schnell! Wir kriegen unser Feuerwerk fünf Minuten eher als der Rest der Welt!«

Ein paar Sekunden brauchte es, bis sie alle verstanden hatten, aber dann rannten sie lachend die dunkle Stiege hinunter, fielen bald aufeinander, so schnell wollten sie sein, hasteten durch die Sakristei und aus der Kirche und halfen sich gegenseitig vor dem Haupttor auf die Mauer. Der letzte Schlag der Stundenglocke, dann begann das Festgeläut. Vier Minuten vor Mitternacht, überall gingen die Raketen hoch, und im Schneehimmel blühten rote und gelbe und lilafarbene Sterne auf, und Wilhelm suchte lachend ihre Hand; während sie so eng aneinandergedrückt auf der Mauer standen, dass die anderen es nicht sehen konnten. Und dann, als die Glocken ausschwangen, erst dann hörten sie aus Niederndorf und Hochstett, wie dort das Geläut begann, und sie mussten noch mehr lachen, weil sie sich vorstellten, wie sie drüben auf dem Festplatz auf ihre Uhren schauten und sich fragten, was los war.

»Frohes neues Jahr«, flüsterte sie ihm glücklich ins Ohr, mit einer Hand auf seiner Brust; auf dem Stoff seines Hemdes. »Heute schlafe ich nicht daheim.«

23

Sie stand neben Georg auf der Rolltreppe und filmte mit der neuen Super-8-Kamera, wie sie aus der Métrostation nach oben schwebten.

»Du kannst nicht alles filmen«, sagte Georg, »du wirst all deine zehn Filme bereits in der ersten Woche verbraucht haben.«

»Dann kaufe ich neue«, antwortete sie, ohne die Kamera zu senken. »Ich will das alles hier nicht vergessen. Hast du das für mich so geplant? Dass wir hier anfangen?«

Sie waren oben angekommen und traten auf die Straße. Es war so wie auf den Bildern. Der Eingang ein geschwungenes und luftiges Tor aus Glas und Eisen im Jugendstil. Das Grün der Streben und der Schrift ein sanfter Farbfleck im Nieselregen dieses Januartags. Die Platanen kahl, aber sie konnte sich vorstellen, wie es hier im Sommer aussehen musste. Und obwohl Georg viel mehr unterwegs war als sie, war auch er beeindruckt.

»Ich darf reisen«, sagte er mit einem spöttischen Lächeln, »doch ich kann mir nicht aussuchen, wohin. Ist Paris nicht ein großartiger Auftakt? Ich war auch noch nie hier.«

Sie entfalteten den Stadtplan auf einem der Mülleimer und fingen sofort an zu streiten, ob sie am Ost- oder am Westende der Métrostation ausgestiegen waren, ob das Hotel links oder rechts lag und warum Georg es mit dem Kugelschreiber markiert hatte, weswegen man den Straßennamen nicht mehr lesen konnte. Es war großartig.

Um sie herum das Treiben einer Großstadt. Was ihr als Erstes auffiel: Es waren nicht nur die jungen Frauen, die hier mehr auf ihre Kleidung achteten. Auch die alten Damen … es gab kaum eine, die nicht geschminkt war und nicht ihren Schmuck, ein Kostüm oder wenigstens ein Kleid mit passendem Mantel trug. Und die vielen kleinen Eckcafés. Die Bars. Die winzigen Ladengeschäfte, die sich eng aneinanderreihten. Hier eine Pferdemetzgerei. Dort eine Bäckerei und gleich daneben ein Fischgeschäft. Das alles gab es in Hamburg oder in München nur noch in ganz wenigen Stadtvierteln. Es wirkte altmodisch und weltstädtisch zugleich. Vor allem aber war es Leben. Tausend Augen gab es, und doch blieb man unbeobachtet. Hier war sie eine Fremde, und das fühlte sich wunderbar an.

Nachdem sie ihr Gepäck in ihr viel zu kleines Hotelzimmer gebracht hatten, zogen sie zusammen los.

»Ein bisschen Sightseeing müssen wir schon machen«, hatte Georg gesagt, »ab morgen bin ich ja den ganzen Tag auf dem Kongress.«

Sie kamen an Les Halles vorbei, und zuerst war sie ein bisschen enttäuscht. In jedem zweiten französischen Roman kamen die Hallen vor, der Bauch von Paris. Und jetzt waren sie geschlossen. Aber als sie später auf einen Kirchturm in der Nähe gestiegen waren, sah sie sie von oben. Und war froh, dass sie die Kamera mitgenommen hatte. Zwischen den fensterlosen, eleganten Eisenkonstruktionen, die in hohen Bögen nach oben stiegen, lagen unten kreuz und quer wie ein großes Mikadospiel die Balken der Dachkonstruktion. Es war ein wehmütiges Bild der Vergänglichkeit und dabei von anrührender Schönheit.

Ich trinke diese Bilder, dachte sie. Ich wusste gar nicht, wie durstig ich war.

Später saßen sie in einem Straßencafé, und sie nahm zum ersten Mal in ihrem Leben echten Café au Lait. Dann erschien auf einmal ein kleiner Kübel mit Eis vor ihr; eine halbe Flasche Champagner und zwei Gläser.

»Wir müssen den Beginn unserer Reise irgendwie feiern, Schwester. Bevor wir uns zerstreiten«, sagte Georg, als er ihr das Glas reichte. »Wie schön, dass du dabei bist.«

Sie hob ihr Glas. Es prickelte in ihr, als ob sie etwas Verbotenes tun würde. Obwohl es nicht das erste Mal war, dass sie am Nachmittag Sekt trank.

»Danke, dass ich dabei sein kann.«

Eine ganze Zeit lang schwiegen sie, tranken ab und zu einen Schluck und sahen durch die großen Fenster auf die Straßen von Paris. Und obwohl sie kurz an Wilhelm dachte, liebevoll, fast mit ein wenig Sehnsucht, hatte sie doch das Gefühl: Ja. Ich bin da, wo ich sein soll.

»Du bist so still«, sagte Georg. »Vermisst du dein Dorf?«

Sie schüttelte den Kopf.

»Ich bin still«, sagte sie ruhig, »weil ich das erste Mal seit langer Zeit wieder glücklich bin.«

»So schlimm?«, fragte Georg nach.

Obwohl er zwei Jahre jünger war als sie – oder vielleicht deshalb –, gab es dieses grundlegende Verstehen unter ihnen. Vielleicht war es die Kindheit und Jugend im Krieg, die sie so stark miteinander verband.

»Nicht schlimm«, sagte sie langsam. »Nur … nicht richtig. Es ist gut, auf Reisen zu sein.«

»Ja«, stimmte Georg gedankenvoll zu. Dann reichte er mit seinem Glas über den Tisch und ließ es an ihrem anklingen.

»Aufs Reisen, Schwester.«

24

Der Lärm der Motorsäge hallte zwischen den Fichten umso lauter, weil es ansonsten im winterlichen Wald sehr still war. Der späte Januar hatte ordentlichen Frost gebracht, und es war ein Glück, dass es in den Wochen nach Neujahr immer wieder geschneit hatte, sonst wäre auf den Feldern am Ende die Saat erfroren. Seit ein paar Tagen war es sonnig, aber gleichzeitig so eisig, dass sie heute Morgen den Schlepper hatten anwärmen müssen, damit er ansprang. Der Opa war nicht mitgekommen, die Frostluft war nicht gut für seinen Husten. Die Mutter schon; beim Holzmachen brauchte es jede Hand.

»Obacht!«

Der Vater hatte aus einer Fichte den Keil herausgeschnitten und setzte zum Fällschnitt an. Roberta sah hoch. Ganz sauber würde sie nicht fallen können, es war nicht genug Platz da. Hängen bleiben sollte sie nicht, das war immer schlecht, weil dann Spannung auf dem Holz war und es einem die Motorsäge einklemmen konnte. Oder, schlimmer, dass beim Sägen das eine Stück hochsprang und einen traf. Ihr war ein wenig leicht im Kopf. Schwirrend alle Gedanken wie Schneeflocken, die glitzernd von dem straff gespannten Drahtseil um den Stamm in alle Richtungen wegstäubten, wenn der Bulldog anzog. Sie dachte daran, wie Wilhelm sie gegen fünf in der Früh durch die Waschküche aus dem Pfarrhaus gelassen hatte.

Wie sie große Sätze gemacht hatte, dass man im Schnee ihre Spuren nicht sah, die zur Tür hin- und wieder wegführten. Wie sie durch den Garten vom Brenner gelaufen war, obwohl es doch auf dem geraden Weg zwischen dem Pfarrhaus und ihrem Hof nur vierzig, fünfzig Meter waren. Aber obwohl es in den letzten Tagen nicht mehr geschneit hatte – im hinteren Garten lag der Schnee unberührt, und da sah man alles.

Die Säge wurde laut, und der Baum begann zu kippen. Langsam erst und dann mit einem einzigen Rauschen durch die Kronen der umstehenden Fichten und mit einem Schauer an Schnee federnd auf den Boden. Er war gut heruntergekommen. Der Vater hatte einen Blick dafür. Und gleich roch es so wohltuend und umfassend nach frischem Holz. Die Zweige fielen einer nach dem anderen, dann war der Stamm frei, und sie konnten anfangen zu schepsen. Es war eine gute Arbeit. Einfach. Schwer. Die abgeschälte Rinde fiel in langen Streifen in den Schnee. Der Duft nach Fichtenholz mischte sich mit dem Tabakrauch aus der Pfeife des Vaters. Das gleichmäßige Stoßen des Schepseisens zwischen Holz und Rinde ließ das Armband, versteckt unter dem Ärmel, zwischen Handgelenk und Unterarm schwer hin- und hergleiten. Bei der Bewegung musste sie unwillkürlich an heute Nacht denken, und für einen Augenblick wurden ihr die Beine schwach vor Erinnerung an die Lust.

Das Armband. Lauter fremde Geldstücke; in Hälften und Viertel geschnitten und dann zu einem Reif zusammengelötet. Schwer. Metallisch bunt.

Weil du mir das Löten beigebracht hast, hatte er in der Silvesternacht geflüstert, als sie das erste Mal in seinem Bett lagen und er ihr das Päckchen gab. Und weil du reisen sollst. In jedes Land, aus dem die Münzen kommen.

Die Mutter schepste vom anderen Ende. Als sie sich in der Mitte trafen, mussten sie den Stamm drehen. Der Vater war schon ein Stück tiefer im Wald, wo der nächste Baum herausgenommen werden musste. Es war kein so schöner Wald wie der um den Sommerkeller. Keine Laubbäume; bloß Fichten und Kiefern. Nur an manchen Stellen, wo die Fichten freier standen und wirklich mächtig werden konnten, da mochte sie ihn. Aber sonst war er eher wie ein Feld, auf dem Bäume wuchsen statt Gerste.

Der Baum war gedreht, und sie gingen beide wieder an ihr Ende und fingen von Neuem an.

Reisen soll ich. Wie denkt er sich das? Und was kommt im Herbst, wenn er zum Studieren fortmuss?

Je mehr sie von ihm gefangen war, desto schwerer wurden solche Gedanken. Und sie war gefangen. Nicht einfach nur verliebt. Gefangen. Sie konnte nicht aus, auch wenn sie gewollt hätte. Jetzt, da seine Mutter weg war, ging sie nachts immer öfter zu ihm hinüber. Das Pfarrhaus war groß, und der Herr Pfarrer schlief auf der anderen Seite und hörte sie nicht.

Für vier oder fünf Stunden kam sie meist. Reden. Leise Musik hören. Wieder reden, von Büchern und Filmen und nie von dem, was sein würde. Ineinander einschlafen und hochschrecken, weil sie nicht wusste, wie spät es war, ob sie schon drüben sein musste. Dann hörten sie gemeinsam auf das Schlagen der Glocken. Und wenn es nur ein Schlag war, Viertel nach vier vielleicht, dann noch einmal eng aneinander liegen. Warm. Ineinander gefangen.

Die Mutter schichtete die Rindenstücke locker aufeinander. Sie knüllte von der mitgebrachten Zeitung ein paar Bögen zusammen und schob sie darunter. Dann brannte es. Erst langsam, dann knisternd und wieder mit dem feinen Wintergeruch vom Rauch der brennenden Borke. Es war schön, ein Feuer bei der Arbeit zu haben, auch wenn es nur dazu diente, die Larven des Borkenkäfers zu töten.

Wilhelm. Es waren seine letzten Tage im Krankenhaus, dann war er fertig. Ab Februar war er frei. Einen Augenblick stützte sie sich auf den Stiel des Schepseisens und sah in den Himmel über ihr. Eisklar. Ob sie jemals fliegen würde, so wie seine Mutter jetzt? Und frei sein? Der Opa war auch nur in den dreieinhalb Jahren frei gewesen, in denen er gefangen war. Sie war an all das hier gebunden. Nicht nur, weil es immer schon so gewesen war. Aber das Dorf und der Hof und die Eltern – das war ja auch alles, was sie hatte. Wenn man fortging, dann hatte man nur noch sich, und vor allem fehlte man den anderen auf dem Hof. Ich will hier sein, dachte sie, doch. Es ist nichts Falsches. Nur – dass es für immer sein soll, dass immer nur der Alltag wahr wird, und die Träume werden es nie, das ist schwer auszuhalten.

Die Mutter sah zu ihr herüber. Ja. Sie machte ja schon weiter. Stoß um Stoß schälte sie die Rinde ab. Es war wirklich eine gute Arbeit. Man wusste gleich, was man getan hatte, und das blanke helle Holz, feucht und glänzend, sah schön aus.

Dass die Träume nicht wahr werden können, weil ich vom Dorf komme und im Dorf bleibe, dachte sie dann, das ist nur mit Wilhelm auszuhalten. Nur mit ihm, und ich weiß nicht, wie es sein wird, wenn er fortgeht.

Es ging erst auf halb fünf zu, als sie aus dem Wald zurückkamen, aber es dunkelte schon. Nur weit im Westen, über dem Wald, da brannte noch ein Streifen Rot. Es würde wieder sehr kalt werden in dieser Nacht. Auf dem offenen Bulldog hatte sie schnell gefroren, wahrscheinlich, weil sie durch die Arbeit zuvor ins Schwitzen gekommen war. Als sie im Hof abstieg, fühlte sie den Tag in den Knochen, aber es musste noch gemolken werden. Es ging langsamer als sonst; die Mutter war in der Küche und der Vater müde. Am Schluss lehnte er in der Tür der Melkkammer, stopfte sich eine Pfeife und sah zu, wie sie den Filter auswusch.

»Hast gut gearbeitet heute. Wir wären nicht fertig geworden ohne dich.«

Sie zuckte die Schultern und sah hoch zu ihm. Mit einem halben Lächeln.

»Ich hätte ja auch ein Bub werden sollen, oder? Da muss ich auch arbeiten wie einer.«

Der Vater zündete die Pfeife an.

»Wer sagt das?«

Sie legte die Trichter zum Trocknen verkehrt herum ins Becken.

»Der Opa.«

Der Vater schnaubte Rauch aus der Nase.

»Der sagt viel. Hat ja nichts anderes zu tun als Radio hören und reden.«

Er machte eine kleine Pause. Sie wusch sich die Hände.

»Jeder will zuerst einen Sohn«, sagte der Vater dann, »das steckt einfach drin in einem Bauern.«

Es schlug sechs, und das Abendläuten setzte ein. Wie immer nahm der Vater die blaue Mütze ab und faltete die Hände. Sie sah still zu, wie er die Lippen zu einem gemurmelten Vaterunser bewegte. Noch so etwas, das in einem Bauern steckt, dachte sie. Wer weiß, ob er wirklich an etwas glaubt. Er setzte die Mütze wieder auf.

»Aber eins ist schon gewiss«, führte er seinen Satz einfach fort, »tauschen täte ich dich nicht mehr mögen, Roberta.«

Dann drehte er sich um und ging über den dunklen Hof hinein zum Essen.

25

Wilhelm saß auf ihrem Bett und blätterte sich durch die Magazine. Im Haus war es still. Selten genug, dass keiner da war und sie Zeit hatte, daheim zu sein. Die Mutter war mit dem Vater zum Zahnarzt in die Stadt gefahren, und der Opa schlief anscheinend. So hatte er einfach herüberkommen können.

»Wie ist das bei euch so ohne deine Mutter? Du schaust schon ganz dünn aus.«

Sie sah vom Nähmaschinentisch spöttisch zu ihm hinüber, ohne den Fuß vom Pedal zu nehmen. Sie arbeitete an ihrem Kostüm. Eine Katze würde sie sein. Und Wilhelm einer der Strohbären. Von der Dorfjugend war der Martin mit Wilhelm gekommen und hatte sie gefragt, ob sie dieses Jahr bei den Kostümen helfen könnte. Weil sie doch Schneiderin gelernt hätte. Das hatte ihr gefallen. Vor allem, weil es eine Möglichkeit mehr war, sich zu sehen.

»Wir kommen gut zurecht. Meine Mutter kocht eh nicht so gerne«, antwortete Wilhelm nach einer ganzen Weile etwas abwesend. Die Zeitschriften fesselten ihn. Wie alles Gedruckte. Das gefiel ihr an ihm. Er las alles, was er fand. Als ob er nicht anders konnte. Aber jetzt sah er auf und lächelte breit.

»Aus ein paar Häusern schicken sie manchmal Mittagessen zu uns herüber. Die kleine Schwester von der Magda ist neulich gekommen. Mit einem zugedeckten Tablett. Suppe und

Brot und Rindfleisch mit Klößen.« Er lachte jetzt richtig. »Als ob wir verhungern würden.«

Sie dachte daran, was sie neulich beim Beck gehört hatte.

»Manche sagen, dem Pfarrer ist die Frau weggelaufen.«

Wilhelm sah überrascht zu ihr.

»Wirklich?«

Sie nickte.

»Sie können es sich nicht anders vorstellen. Das gäbe es halt bei uns nicht, dass die Mutter für zwei Monate verreist. Einfach so, ohne dass jemand gestorben ist oder krank und Hilfe braucht. Aber einfach so?«

Er zuckte die Schultern.

»Würdest du nicht auch wegwollen?«, fragte er sie und deutete auf die glänzenden Bilder der Magazine, die aufgeschlagen um ihn herum lagen. »Wie willst du denn hier die Kleider machen, von denen du mir erzählst? So etwas wie mein Hemd? Oder die Jacke? Du hast so … in deinem Kopf sind so wunderbare Ideen.«

Sie hörte auf zu nähen und drehte sich ganz zu ihm. Auf einmal war sie fast zornig.

»Und wo gehe ich dann hin? In die Schneiderei zurück? Da ist es hier schöner. Nach Paris, oder was? Ich kann nicht mal Französisch. Die werden gerade auf mich gewartet haben. Ganz abgesehen davon …«, sie machte eine Handbewegung, die das Haus und den Hof umfasste, »was ist hiermit? Ich kann nicht so einfach weg wie deine Mutter. Tausend Sachen hängen an mir.«

Wilhelm setzte sich auf.

»Das ist es eben, oder? Du bist angebunden, aber doch nur, weil du dich nicht frei machst. Da gehören zwei dazu. Die einen, die anbinden, und die andere, die sich anbinden lässt.«

In ihr stieg es heiß hoch.

»Du redest dich leicht. Ihr habt keinen Hof. Du kannst gehen, wohin du willst, und das wirst du ja auch, oder? Wenn der Herbst kommt und du zu studieren anfängst, dann gehst du einfach. Lässt uns hinter dir. Du kannst das gar nicht verstehen. Das sind nicht die Eltern, die mich anbinden. Das kommt aus der Erde, aus dem Dorf. Das sind keine Stricke, das sind ja eigentlich …«, sie suchte einen Moment nach dem richtigen Wort. »Das sind Wurzeln. Die binden dich schon an, aber die halten dich auch. Ein Baum sucht sich nicht aus, wo er wächst.«

Sie stand jetzt vor ihm. Er sah zu ihr hoch.

»Du wirst ganz dunkel, wenn du wütend bist«, sagte er fast schüchtern. »Das sieht schön aus. Und …« jetzt zögerte er, bevor er schnell sagte: »Und du bist kein Baum, Bobbie. Du bist ein Mensch.«

Sie wusste nicht, was sie dazu sagen sollte. Weil es einerseits stimmte, aber andererseits nicht. Wenn man so aufgewachsen war wie sie, dann war man nicht nur ein einzelner Mensch, einfach irgendein Mädchen. Man war … Teil von etwas. Und ohne all das andere um einen herum war man irgendwie nicht ganz.

Wilhelm stand auf. Stand ganz nah vor ihr, als er sagte:

»Ich hab mich auch angebunden. Anders als du.« Er nahm ihre Hände und legte sie sich zu beiden Seiten an den Kopf. Sein Haar fühlte sich weich an. Leise, aber sehr eindringlich sagte er: »Anders als du. Aber ich kann auch nicht einfach weg.«

Das sagst du jetzt, dachte sie. Und wünschte sich doch gleichzeitig, dass es wirklich so wäre. Dass er genauso in ihr gefangen wäre wie sie in ihm. Ein paar Sekunden ließ sie ihre

Hände an seinen Schläfen, wo er sie hingelegt hatte. Als ob sie so die Wahrheit seiner Gedanken spüren könnte.

»Lies deine Hefte!«, befahl sie dann. »Ich muss unsere Kostüme fertig nähen.«

Sie ging an ihren Schneidetisch, und er warf sich wieder auf ihr Bett. Es war sehr still. Von draußen hörte man nur das stete Tropfen vom tauenden Schnee auf dem Dach. Das scharfe, leise Geräusch der Schere im Stoff. Das sanfte, steif raschelnde Geräusch der glänzenden Magazinseiten, wenn Wilhelm sie umschlug.

»Ist das der Zettel?«, fragte er plötzlich in die Stille.

Sie drehte sich um. Er hatte den Abschiedsbrief vom schönen Bernd in der Kiste gefunden und hielt ihn hoch. Sie nickte, stand auf und setzte sich zu ihm aufs Bett. Er strich das Papier glatt und legte es vor sie aufs Kopfkissen. Er war wohl mit Kopierstift geschrieben. An manchen Stellen, wo er nicht vom Schnee nass geworden war, sah die Schrift noch nach Bleistift aus. Der Rest der Schrift war blau und verlaufen, sodass sie wirklich schwer zu lesen war.

»Liebste Gertrud«, las Wilhelm murmelnd die Anrede, dann richtete er sich plötzlich auf.

»Wieso hast du mir das nie gesagt? Gertrud!«

Roberta verstand nicht.

»Was meinst du, wieso ich es dir nicht gesagt habe? Was denn?«

Er deutete auf den Zettel. Fast wütend sagte er laut:

»Gertrud! Da steht: Liebste Gertrud! Meine Mutter heißt Gertrud.«

Sie brauchte einen kleinen Moment, bis sie verstand. Und erschrak. Richtig erschrak, ohne dass sie genau wusste, warum. Aber der Tag im Oktober, als sie schwimmen gewesen waren …

als seine Mutter aus dem Sommerkeller gekommen war … der war auf einmal wieder da. Scharf und klar.

»Wilhelm«, versuchte sie ihm zu erklären, »ich habe das nicht gewusst. Dass deine Mutter Gertrud heißt. Wie kann ich das wissen? Für uns ist sie die Frau Pfarrer. Ich hab es nicht gewusst.«

Es half nicht. Es war, als würde er erst allmählich begreifen, was das hieß, und es machte ihn immer wütender.

»Du hast den Brief seit über zehn Jahren! Seit über zehn Jahren! Und ich … da steht: Liebste Gertrud! Wie kannst du … das ist doch wichtig. Wieso hast du nie …?«

Ihm blieb die Stimme weg. Sie sah, wie ihm die Tränen kamen, aber sie konnte nicht einmal sagen, ob vor Wut oder vor Trauer oder vor Hilflosigkeit. Sie berührte ihn am Arm, aber er zog ihn zurück. Starrte auf den Brief.

»Es gibt mehr als eine Gertrud im Dorf!«, sagte sie fest. »Das heißt gar nichts. Wirklich nichts.«

Er fuhr sie an.

»Warum war sie dann im Haus? Was glaubst du, warum war sie im Haus?«

Sie wurde jetzt auch laut, aber eigentlich nur, um ihn zu erreichen.

»Wilhelm! Wir wissen nichts darüber. Nicht mehr, als dass er an eine Gertrud geschrieben hat. Und überhaupt kann das ein blöder Zufall gewesen sein. Du hast selbst gesagt, dass euer Hund immer wieder abhaut. Und vielleicht ist sie einfach hingegangen, wie ich auch hingegangen bin. Weil … weil es … jetzt komm! Du hast ja noch gar nicht weitergelesen!«

Er warf den Brief aufs Bett. Sie sah, dass es ihn schüttelte, als ob er auf einmal fieberte. Weil der Gedanke in der Welt war.

Die Frau Pfarrer und der schöne Bernd. Noch einmal legte sie ihm die Hand auf den Arm. Diesmal ließ er es zu.

»Wilhelm! Komm, wir schauen uns den Brief noch einmal an.«

Das Papier lag auf dem Bett. Sie knieten beide davor und versuchten, die Schrift zu entziffern. Aber da war nicht mehr viel zu lesen als einzelne Wörter oder vielleicht ein halber Satz.

... dich erinnerst, als wir ... bei der Quelle und du gesagt ... mir nicht helfen ... so will ich und kann ich ... immer ...

Es konnte alles heißen und nichts.

Wilhelm sah vom Zettel auf und sie an. Schluckte, als müsste er gleich weinen.

»Denkst du ... meinst du, sie hat ...«

Er brachte den Satz nicht zu Ende. Sah aus dem Fenster durch den Regenvorhang des tauenden Schnees hinüber zum Kirchturm. Sie hob die Schultern.

»Ich weiß es nicht, Wilhelm«, sagte sie leise. »Aber wenn ... weißt du, wenn es sie und den Bernd so erwischt hat wie uns ... wenn es einfach passiert ist, was kann sie dann dafür? Was kannst du tun, wenn es dich so weghaut und du nicht anders kannst als immer nur ... an den anderen denken?«

»Es ist aber meine Mutter«, sagte er in einer Stimme, die so hoffnungslos und traurig klang wie die ewigen Tropfen auf dem Fenstersims.

Sie schwiegen beide. Ja, dachte Roberta, es ist seine Mutter. Aber es war auch die Frau Pfarrer, die allen immer ein wenig fremd blieb. Die Kleider trug, die im Dorf keine der Frauen hätte tragen können. Die Frau Pfarrer, die immer las und so ernst war und mehr mit dem Auto fuhr als ihr Mann und zu der man nie hätte Du sagen können und von der man deshalb auch nicht wusste, wie sie mit Vornamen hieß. Ja. Es konnte schon sein, dass sich einer in so eine Frau verliebte.

Sie lehnte sich an seine Schulter. Manchmal war eine Berührung besser als ein Wort. Aber als sie sah, wie es in seinem Gesicht arbeitete, musste sie doch etwas sagen.

»Wilhelm, was der Bernd geschrieben hat, das heißt doch nicht, dass wirklich etwas zwischen denen … dass da am Ende etwas geschehen ist. Nur, dass er sie geliebt haben muss. Vielleicht hat er sich genau deswegen aufhängen müssen. Weil es nicht hat sein können.«

Den Gedanken hatte er noch gar nicht gehabt, das konnte sie sehen, als er sich ihr zuwandte. Wie eine kleine Hoffnung im Blick.

»Ja. Vielleicht«, sagte er tonlos. »Aber ich weiß jetzt gar nicht … wie soll ich jetzt heimgehen und dem Papa ins Gesicht schauen?«

Sie nahm seine Hand. Kalt fühlte sie sich an. Er schloss die Finger fest um ihre.

»Eigentlich geht es uns nichts an«, sagte sie still. »Wir waren noch Kinder. Vielleicht haben sie miteinander darüber gesprochen. Dein Vater hat den Bernd ja beerdigt. Vielleicht auch nicht. Vielleicht war da auch nie etwas. Vielleicht ist es sowieso eine andere Gertrud. Wir wissen es nicht, und deshalb geht es uns auch nichts an. Mich nicht und dich auch nicht. Daran musst du denken, wenn du ihn siehst.«

Er nickte langsam.

»Ich versuch's.«

Dann stand er auf.

»Ich muss jetzt erst mal heimgehen, Roberta. Magst du vielleicht …« Er stockte, als ob er es plötzlich nicht mehr so aussprechen dürfte wie bisher immer. Aber sie wusste, was er meinte. Lächelte ihn an und sagte: »Ja. Lass dein Fenster offen, damit du mich hörst.«

Dann brachte sie ihn hinunter zur Tür und sah ihm nach, wie er durch den grauen Matsch und den schweren nassen Schnee in dem diesig grauen Februarlicht über die Straße zum Pfarrhaus hinüberging.

26

Das Fenster zum Hafen hin stand weit offen, als sie aufwachte, und sie konnte ein Stück blauen Morgenhimmel sehen. Blass zwar, aber blau. Es war erst Ende Februar, aber hier konnte sie bei offenem Fenster schlafen.

Sie blieb noch ein wenig liegen. Das war wahrscheinlich das schickste Hotel von allen. Auch wenn es schon so ein kleines bisschen heruntergekommen war – die alte Eleganz überstrahlte alles. Ihr Zimmer ging über zwei Stockwerke! Und es hatte einen kleinen eisernen Balkon; nicht mehr als ein Austritt mit einem der schmalen hohen Fenster, wie sie im Süden typisch waren. Die hölzernen Läden hatte sie gestern Abend noch geöffnet, bevor sie schlafen gegangen war. Weil sie von diesem lichten, schimmernden Blau geweckt werden wollte. Neapel. Der Himmel hier hatte nichts mit dem Italien zu tun, in das sie immer zum Zelten gefahren waren.

Von unten die Klänge einer erwachenden Stadt. Das zornige Lärmen einer Vespa. Hupen. Lachen und das unverständliche Gebrumm alter Männer, die auf der Hotelterrasse einen ersten schnellen Kaffee nahmen. Es hielt sie nicht mehr im Bett. Sie stand auf und trat auf den Balkon. Gestern, als sie spät angekommen waren, hatte es leicht geregnet und sie nicht viel mehr sehen können als die Lichter des Hafens und ihre schwankenden Spiegelungen im Wasser. Schön genug, um sich auf den nächsten Tag zu freuen. Aber heute! Es war klar, und das Meer lag so blau wie der Himmel. Im Februar. Sie musste sich das wieder und wieder sagen und daran denken, wie bedrückend das Ende des Winters im Pfarrhaus war. Der Himmel tief und grau über den ebenfalls grauen, schweren Steindächern. Sie fröstelte ein wenig und verschränkte die Arme über dem Hemd, in dem sie geschlafen hatte. Die Kühle hier war einfach nur frisch und strich einem über die Haut, ohne in die Knochen zu kriechen.

Sie atmete tief ein. Ein Hauch von heißem Kaffee wehte aus der Gasse unter ihr hoch. So roch Kaffee nur im Süden. Sie sah über das Meer in einen leichten, dunstigen Horizont. Da hinten lag Capri. Kein alberner Ort aus einem dummen Schlager. Das wirkliche Capri.

Wie schnell die Wochen vergangen waren! Es kam ihr noch nicht so lange her vor, dass sie in Paris im Café gesessen hatten und alles angefangen hatte. Sie war froh, dass sie die Super-8-Kamera mitgenommen und immer wieder gefilmt hatte. Manches verschwamm ihr jetzt schon. Die Universitäten in Roskilde und in Uppsala. Die Tagung in Prag. Eigentlich hatte sie immer ein bisschen Angst davor gehabt, in den Ostblock zu reisen, aber dann war es in Prag sehr spannend gewesen. Die heruntergekommenen Jugendstilhäuser. Die bunten Studentenwohnungen hinter dem sozialistischen Grau der Fassaden. Und all die kleinen Feiern und Treffen, zu denen Georg sie mitgenommen hatte. Mit so vielen Menschen wie in den letzten sieben Wochen hatte sie in sieben Jahren nicht gelacht und getrunken und gesprochen.

Sie warf noch einen Blick nach unten auf den Hafen. Der Wind war frisch und kräftig. Die Leinen an den Masten schlugen regelmäßig an Holz und Metall. Das war ein Klang, den sie aus der Kindheit kannte und den es nur am Meer geben konnte.

Georg kam die Treppe aus dem oberen Zimmer herunter. Er hatte sich einen Pullover übergezogen, aber sonst war er noch im Pyjama.

»Warum müssen Südländer am frühen Morgen so einen Lärm machen?«, beschwerte er sich halb ernst. »Und warum reißt du die Fenster auf und lässt ihn herein?«

»Sie machen Lärm, weil sie sich freuen, am Leben zu sein. Vermute ich. Ich zum Beispiel habe nur aus Rücksicht auf dich nicht gesungen.«

Georg trat zu ihr auf den kleinen Balkon. Sie musste leise lächeln. Manchmal roch er noch immer ein bisschen wild und ein bisschen verschlafen, so wie er als kleiner Junge gerochen hatte.

»Es gibt ein Essen heute Abend nach dem Vortrag. Willst du mit? Anscheinend gehen wir in ein kleines, typisches Restaurant. Damit wir Deutschen mal sehen, wie italienisches Essen außerhalb von Deutschland wirklich schmeckt.«

Sie nickte.

»Klar. Ich muss noch alles mitnehmen, bevor es nach Hause geht.« Sie machte eine kleine Pause. »Es war eine sehr schöne Reise, Georg. Nur …«

Er gähnte und fuhr sich durch die Haare. Noch so eine vertraute Geste aus Kindertagen. Gerade fiel ihr keine dieser kleinen Vertrautheiten bei Hermann ein.

»Was nur?«, fragte Georg.

Sie hob die Schultern. Aus der Ferne klang tief und mächtig das Horn eines auslaufenden Schiffes.

»Die Vorstellung, in vier Tagen wieder in meinem Dorf zu sitzen, wahrscheinlich bei Schnee und Matsch, die fällt mir gerade sehr schwer.«

»Dann stell's dir nicht vor«, antwortete Georg leicht. »Heute ist heute. Morgen fahren wir nach Capri. Zum Abschluss. Und jetzt gehen wir frühstücken, Schwester.«

Sie sah ihn spöttisch an.

»Wir sind in Italien, Bruder. Ich kann im Hemd runtergehen. Aber dich nehme ich nicht in Pullover und Pyjama mit.«

Von unten klang ein zufälliges, dunkles Lachen herauf, als hätte man sie auf der Straße verstanden. Georg sah sie überrascht an, und dann mussten sie beide mitlachen.

Sie strich durch die Straßen der Stadt. Der Nachmittag war frühlingshaft warm, und die Leute saßen auf den engen Gehsteigen an den winzigen Tischen vor den Bars, tranken Kaffee, lasen Zeitung, aber vor allem unterhielten sie sich. Ein luftig leichtes, buntes Gewebe von Geschwätz über all diesen Menschen – es war allgegenwärtig, bedeutete gar nicht viel und machte, dass sie sich nicht allein fühlte. Im Hotel hätten sie den Fahrplan auch gehabt, aber sie ging lieber zum Bahnhof, um dort nach den Abfahrtszeiten zu sehen. Es war ein modernes Gebäude aus Glas und Beton; sehr schick mit seinem Dach aus Pyramiden. Ihr gefiel, wie elegant dieser neue Bahnhof in der alten Stadt aussah. Auf dem Platz davor drängten sich die kleinen Taxen in einer langen Schlange; ständig scherte das eine hupend mit einem Fahrgast aus; ein anderes drängte in die Lücke, ein drittes hinderte alle am Weiterkommen, weil es – leer und mit offenen Türen – in der Schlange stand, sein Fahrer aber eben einen schnellen Espresso trinken war. Salach, das Pfarrhaus, Hermann, das alles war sehr weit weg.

Später traf sie sich mit Georg nach seinem Vortrag in einer kleinen Bar nahe der Universität. Man merkte auch hier, dass die Tage wieder länger wurden. Es war fünf Uhr nachmittags, aber in den letzten schrägen Strahlen der Sonne konnten sie noch draußen sitzen und einen Sbagliato trinken.

»Eigentlich heißt *sbagliato* falsch«, sagte Georg, als er das Glas ins Licht hob und der Drink dunkelrot aufleuchtete.

»Schmeckt aber richtig«, sagte sie, als sie probiert hatte. »Bist du eigentlich glücklich, Georg?«

Ihr Bruder lachte überrascht. Dann machte er eine kleine lässige Handbewegung, die die Straße, Bar und den sich färbenden Himmel umfasste.

»Ich bin auf fremde Kosten gerade zwei Monate durch Europa gereist, und jetzt sitze ich mit dir in einer Bar und trinke. Natürlich bin ich glücklich.«

Gertrud lächelte.

»Du weißt, was ich meine. Führst du das richtige Leben?«

Er sah sie an. Viel ernster jetzt. Dann öffnete er beide Hände in einer Geste des Zweifels.

»Woher soll ich das wissen? Wir zweifeln alle einmal, oder? Ich hätte manches gerne einfacher«, sagte er langsam und nahm einen Schluck.

»Die Männer, oder?«, fragte sie. »Das Problem haben wir beide, Bruder.«

Er musste lachen.

»Ja, vielleicht. Aber du fragst doch gar nicht mich. Du fragst dich selbst. In den letzten Tagen besonders, oder?«

Durch die Gasse hatte man einen Blick auf den dunstigen Horizont, den die untergehende Sonne eben berührte. Eine kühle Brise bewegte die Wäsche auf den Leinen zwischen den Häusern im ersten Stock. Sie nickte.

»Ich bin in Salach eigentlich immer fremd geblieben. Und Hermann und ich … wir geben uns keine Mühe mehr, die Fremdheit zwischen uns wieder zur Vertrautheit zu machen.

Beide nicht. Und dann, gerade jetzt, nachdem ich das alles gesehen habe mit dir, frage ich mich: Bin das eigentlich ich, die da mit diesem Mann wohnt, oder ist es auch nur noch eine Fremde?«

Sie schwieg. Aus einer der anderen Bars klang eine Geige herüber. Ein Volkslied. Einfach. Schön. Georg trank sein Glas aus. Die Eiswürfel klackten leise, als er es zurückstellte.

»Das ist keine Frage mehr, sondern eine Erkenntnis«, sagte er nachdenklich. »Ist nur die Frage, ob du danach handeln kannst.« Er stand auf. »Komm. Zeit für einen schönen Abend.«

»Woher kommen Sie? Ich habe das nicht genau verstanden.«

Kein Wunder. Das kleine Restaurant war voller heiterer, lauter Gespräche; italienisch, deutsch, englisch; da waren Rufe aus der Küche zu den Kellnern, da war Geschirrgeklapper und dann natürlich Musik.

»Salach. Ein kleines Dorf in Süddeutschland.«

Es war schwer zu sagen, wie alt er war. Aber man sah ihm an, dass er gerne lachte.

»Sie sind auch Jurist?«

Sie saßen nebeneinander. Auf dem Tisch ein gewaltiger Teller mit Pizzastücken. Keiner der italienischen Gastgeber benützte dazu Messer und Gabel. Sie falteten sie einfach und aßen sie aus der Hand. Dann die vielen kleinen Portionen Nudeln; die gegrillten Auberginen, Zucchini, der überraschend salzig-pikante Salat aus dicken Zitronen … es war schwer, sich auf ein ernsthaftes Gespräch zu konzentrieren, so fröhlich sah das Essen aus.

Ihr Tischnachbar lachte nun wirklich und schüttelte den Kopf.

»Ich? Nein, Gott bewahre die Welt davor. Ja, ein paar Semester habe ich studiert, aber ich bin Journalist. Wissenschaftsjournalist. Ich weiß gar nichts, aber schreibe über alles.«

Sie sah auf ihren Teller und lächelte kurz. Sie kannte nicht viele Männer, die über sich selbst spotten konnten, sich nicht so ernst nahmen.

»Und Sie, woher kommen Sie?«

Er schenkte ihr Wein nach, dann sich. Georg sah von der anderen Seite des langen Tisches kurz herüber zu ihr, zog eine Augenbraue um ein Winziges nach oben, das hieß: Oh. Du hast Spaß, Schwester. Das gefällt mir. Als Antwort hob sie kurz die linke Schulter: Ja.

»Ich bin Schweizer. Locarno. Deshalb haben sie mich geschickt. Weil ich Italienisch kann.«

»Locarno klingt schön«, sagte sie. »Ich kenne es nur aus dem Geschichtsunterricht. Wie so viele andere Städte auch.«

Er reichte ihr das Glas. Ließ es mit dem seinen kurz klingen. Und lächelte wieder.

»Lassen Sie sich nicht von Namen täuschen. Locarno ist todlangweilig. Sie wären furchtbar enttäuscht. Großartige Landschaft, Berge und See, aber eine Promenade, auf der man neun Monate im Jahr dieselben Gesichter sieht. Und das andere Vierteljahr dicke Touristen. Eigentlich kann man dort nicht wohnen.«

»In Salach auch nicht. Nur haben wir keine Touristen.«

Er lehnte sich in seinem Stuhl zurück und musterte sie. Das war nicht nur ansehen. Er betrachtete sie von oben bis unten.

»Sie sehen nicht aus, als ob Sie aus einem Bauerndorf kommen.«

»Und Sie nicht wie ein ordentlicher Schweizer.«

Er griff sich theatralisch ans Herz.

»Getroffen, meine Dame. Ich bin auch nur Schweizer, muss ich zugeben. Und nicht sehr typisch, sondern sehr unordentlich.«

Sie sah ihn an. Fast so lange, wie er sie betrachtet hatte. Ein Jungsgesicht; immer noch, obwohl er sicher schon Ende dreißig sein musste. Unbekümmert. Ein bisschen frech vielleicht, aber dabei immer so, als ob er das auch wüsste und sich mit einem Augenzwinkern dafür entschuldigte.

»In welcher Hinsicht?«, fragte sie und wusste dabei, dass diese Frage die kleine, unsichtbare Grenze zwischen einem Flirt und echtem Interesse eben überschritten hatte.

»In jeder«, antwortete er. Und dann, in spielerischem Schuldbewusstsein: »Leider.«

»Soso«, sagte sie leicht, nahm ihr Glas und hob es. »Auf die Unordnung.«

Er lachte. Es war ein schönes Gefühl, jemanden zum Lachen bringen zu können.

»Auf die Unordnung, schöne Salacher Frau!«

Obwohl es ziemlich früh war, als sie zum Frühstück in die Hotelhalle kam, saß Georg schon am Tisch, las Zeitung und trank Kaffee. Sie setzte sich zu ihm, und er sah auf.

»Wenn du ein Mann wärst«, sagte er wie nebenbei, »würde ich sagen: Du bist unrasiert. Ich nehme an, du warst heute Nacht nicht im Hotel.«

Sie setzte sich. Fast verlegen. Georg konnte sie nichts vormachen.

»Ich war schon im Hotel«, antwortete sie, nahm ihm das Glas Orangensaft aus der Hand und trank, »aber nicht in diesem, das ist wahr.«

Georg lächelte.

»Eigentlich bin ich für die juristischen Spitzfindigkeiten zuständig. Aber du hast recht. Hotel ist Hotel, oder? Hast du schon gefrühstückt?«

Sie schüttelte den Kopf.

»Ich weiß nicht, ob ich Hunger habe.«

Georg legte die Zeitung beiseite.

»Da das unser letztes italienisches Frühstück ist, kommt es nicht auf den Appetit an. Und«, fuhr er mit einem liebevoll spöttischen Blick auf sie fort, »du siehst aus, als müsstest du gestärkt werden. War es schön?«

Sie nickte zögernd. Sah an Georg vorbei aus den großen Fenstern zum Hafen.

»Ja.«

Georg winkte dem Kellner. Und wandte sich, noch bevor er da war, an sie.

»Ich glaube, wir brauchen auch zum Ende unserer Reise noch einmal eine halbe Flasche Champagner.«

27

Sie waren auf der Treppe so leise, wie es nur ging. Allerdings raschelte Wilhelm, was auch schwer anders ging. Er war einer der Strohbären und wirkte riesig neben ihr. Wolfgang war auch einer, aber der sprach nicht mit ihr, obwohl sie auch sein Kostüm genäht hatte. Tat aber nichts; es waren ja auch noch andere aus der Dorfjugend dabei. Sich selbst hatte sie ein Katzenkostüm geschneidert. Es lag sehr eng an, und Wilhelm hatte große Augen gemacht, als er sie darin sah, und nach ihrer Hand gefasst und sie schnell und hart gedrückt. Auf den Kopf war sie stolz. Er war aus einem alten Dachsfell, das sie vom Opa bekommen und schwarz gefärbt hatte. Die Ohren waren aus Ölpapier, das sie mit schwarzer Seide überzogen hatte, und sahen aus wie echt. Und die Schnurrhaare – dafür hatte sie Schweineborsten genommen.

»Du schaust so herrlich böse aus!«, wisperte Wilhelm. Sein Gesicht – zumindest das, was man noch sehen konnte – war schwarz gerußt. Es fühlte sich großartig an, jemand ganz anderes zu sein. Vielleicht liebte sie Mode deshalb so. Weil sie einem erlaubte, so vieles zu sein. Den anderen aus der Dorfjugend hatte sie Jaguare gemacht und einen Frosch und der Judith ein Kostüm aus lauter farbigen Flicken und Fetzen – sie sah in ihrer wilden Buntheit ein wenig gefährlich aus, weil man gar nicht wusste, was sie war.

Aus den Klassenzimmern kam das vielstimmige Gemurmel

der Kinder. Sie verteilten sich vor den beiden Türen – die Strohbären mussten immer als Erste hinein. Und dann, ohne Vorwarnung, rissen sie sie auf und stürmten mitten unter die Kinder. Das Geschrei war ungeheuer.

»Die Strohbären! Die Strohbären kommen!«

Und dann rannten sie. Es galt, sich nicht erwischen zu lassen. Es gab keine Süßigkeiten wie am Nikolaustag. Hier ging es nur um die Ehre. Man durfte sich nicht schwarz machen lassen.

Eine Lehrerin war neu. Sie versuchte in den ersten paar Augenblicken, die Klasse zurück auf die Stühle zu bringen, aber die Dorfkinder achteten nicht auf sie. Es hieß: rennen. Kreischend drängelten sie sich durch die Tür, während Judith und sie schon die ersten erwischten und ihnen mit der Schuhcreme aus den Dosen dicke schwarze Streifen ins Gesicht schmierten. Schuhcreme ging schwer ab, das wusste sie noch aus der eigenen Kindheit. Die Ringe um die Augen blieben den ganzen Tag.

Aber eine ganze Menge Kinder hatten es schon nach unten geschafft. Die Strohbären waren schwerfällig, die jagten einen zwar mit den Ruten, und es zündete ordentlich, wenn sie einen an den Beinen erwischten, aber denen kam man leicht aus. Es waren die Mädchen. Die Katze. Der Jaguar und der flatternde Fetzen, die so schnell hinterher waren, dass es nur half, wenn man auseinanderspritzte; sich überall verteilte. Auf dem angrenzenden Kirchhof. Im langen Hof vom Heuberger, der an den Schulhof grenzte. Die Mutigsten und Schnellsten rannten auf die Straße. Aber Roberta bekam sie alle. Sie war katzenschnell, weil sie eine Katze war. Egal, ob sie hinüber zum Pfarrhaus rannten oder bis zum Beck oder sogar bis zum Milchhäuschen. Roberta rannte und lachte, die Kinder schrien und lachten und strampelten, wenn sie ihnen mit zwei Fingern breite Striche über Stirn und Backen zog.

Als sie am Milchhaus vorbeilief, um die letzten Kinder zu finden, die sich vielleicht beim Laden versteckt hatten, rannte sie direkt in Wilhelm, und er fiel, weil er in dem riesigen Kostüm so langsam war. Lachend, atemlos zog sie ihn hoch, und er nahm ihr Katzengesicht in beide Hände und küsste sie schnell.

»So …«, sagte er außer Atem, »so sollte es immer sein. Wir beide. Alles sein können, was wir wollen, und immer in Bewegung!«

Er küsste sie noch einmal, und dann stieß sie ihn lachend, sehnsüchtig fort und rannte schon wieder, weil sie an der Kirchhofmauer noch eine Gruppe Buben mit reinen Gesichtern gesehen hatte. Erst als sie schon fast dort war, sah sie bei der Kuni am Eck den Wolfgang stehen. Ganz still, trotz der Kinder. Er blickte immer noch dorthin, wo Wilhelm sie eben geküsst hatte.

28

Es war kein so schlechter Tag, um zurückzukommen. Am Himmel leichte, eilige Wolken an diesem hellen, windigen Märztag. Als sie aus dem Zug stieg, wehte es ihr frisch um die Haare und ins Gesicht; ein ganz zarter Duft darin wie von frisch gepflügter Erde. Ein Frühlingsversprechen. Wenn sie es so sah, war es vielleicht leichter.

Sie sah Hermann und Wilhelm erst, als die anderen Reisenden sich zerstreuten. Am anderen Ende des Bahnsteigs hatten sie auf sie gewartet. Das Glück, Wilhelm zu sehen, irgendwie verändert und aus sich heraus strahlend, war wie ein Schwall klaren Wassers, der für einen Augenblick über alle Nervosität und Aufregung spülte.

Sie kamen ihr entgegen; Wilhelm umarmte sie stürmisch, lachend.

»Mama! Warst du auf einer Schönheitskur? Du siehst wunderhübsch aus!«

Ja, dachte sie, irgendwie war ich auf einer Kur.

Sie lächelte. Hermann und sie umarmten sich nach einem kleinen Zögern unsicher. Er hatte Blumen mitgebracht. Rosen. Ein sehr schöner Strauß; er hatte ihn nicht nur gekauft, sondern selbst ein paar Buchsbaumzweige dazugetan und etwas Fichtengrün. Niemand anderes hätte sich so eine unmögliche Kombination getraut, aber so war er eben. Sie musste tief einatmen, um die Enge in der Brust zu überwinden. Und das traurige Gefühl, das in ihr hochstieg und gleichzeitig in die Beine kroch und sie schwach machte.

Wilhelm nahm ihren Koffer und warf sich ihre Tasche über die Schulter. So unbeschwert.

»Mama, komm! Wir haben für dich gekocht.«

»Im Ernst?« Sie versuchte einen Scherz. »Wollen wir dann nicht lieber essen gehen?«

Hermann lächelte.

»Wenn dein Sohn ›wir‹ sagt, meint er das Dorf. Heute kommt unser Mittagessen vom Strasserhof, und wir wissen noch gar nicht, was wir gekocht haben.«

»Papa! Hatten wir nicht ausgemacht, dass wir nicht darüber sprechen?«

Wilhelm verstaute lachend das Gepäck im Kofferraum, dann richtete er sich wieder auf. War er noch einmal gewachsen? Natürlich nicht. Es lag an etwas anderem. Er hielt sich so gerade. Fast stolz. Hermann sah neben ihm auf einmal schmal aus. Und er hatte sich verändert. Erwachsener wirkte er.

Auf der Heimfahrt sprach sie nicht viel. Obwohl es kühl war, hatte sie die Scheibe ein wenig heruntergekurbelt und sah hinaus. In den Abzugsgräben neben den Feldern hielten sich im Schatten noch Schneeflecken. Manche Äcker waren schon gepflügt und glänzten dunkel und schwer. Aber der Waldrand war noch winterschwarz ohne jedes Grün. Hier kam alles immer drei, vier Wochen später. Als sie in den Pfarrhof einbogen, war auch die große Walnuss im Garten noch kahl und der Gang so kalt, wie sie ihn in Erinnerung hatte. Sie war wieder zu Hause. Oder nein, dachte sie, als sie hinter Hermann und Wilhelm die breite Treppe hochstieg, sie war wieder in dem Haus. Zu Hause war sie nicht.

Hermann oder Wilhelm oder beide hatten alles getan, damit sie sich wohl fühlte. Das Wohnzimmer war warm, im Esszimmer hatten sie hübsch gedeckt, und auch hier standen Blumen auf dem Tisch.

Du machst es mir schwer, dachte sie in einer Mischung aus Mitleid und Angst und Rührung, als sie Hermann zusah, wie er einen Sekt öffnete. Er, der so selten trank.

»Schön, dass du wieder hier bist«, sagte er leise, als er ihr einschenkte.

Sie nickte. Weil sie nicht sprechen konnte.

Es war ein Samstag, und deshalb verschwand Hermann gleich nach dem Essen im Arbeitszimmer, um seine Predigt zu schreiben. Wilhelm räumte den Tisch ab und war dann auch verschwunden, ohne dass er gesagt hätte, wohin. Sie legte den Koffer aufs Bett und begann auszupacken.

Wozu?

Und dann hielt sie es nicht mehr aus. Ging durch den langen Gang nach hinten zum Arbeitszimmer und klopfte.

»Komm rein«, hörte sie seine nachdenkliche Stimme.

Sie öffnete. Auf einmal war da ein tiefes Zittern in ihrem Magen, als sie die Tür hinter sich schloss. Er saß hinter dem Schreibtisch voller Bücher und Papiere, den Bleistift in der Hand, und sah fragend zu ihr hoch.

»Hermann«, sagte sie erstickt, »ich kann hier nicht bleiben.«

Sie waren weit außerhalb des Dorfes auf einem überwachsenen Wirtschaftsweg zwischen leeren Feldern. So war er schon immer gewesen: Wenn etwas in ihm arbeitete, wenn es schwere Entscheidungen gab oder große Erschütterungen, dann hielt es ihn nicht im Haus, dann musste er gehen; oft über Stunden.

»Es ist wie damals«, sagte er langsam. Er war stehen geblieben und sah über das Tal vor ihm, in dem man im späten Nachmittagslicht die Spitze des Kirchturms von Raitenbühl glänzen sah. Es war ein so schöner Tag. Noch immer windig, und die Luft klar. Ein Tag, in dem ein Versprechen der Zukunft liegen sollte und nicht die Schwere der Vergangenheit.

Sie wusste, was er meinte.

»Es ist schon so lange her«, sagte sie, aber er hatte recht. Dieses Gefühl von verzweifeltem Verlangen, einer kaum erträglichen Zerrissenheit, das war auch jetzt wieder da. Sie drehte sich zu ihm.

»Hermann, ich liebe dich immer noch. Nicht mehr so wie damals, glaube ich. Aber immer noch. Du bist Teil meines Lebens und …«

»Das hast du damals auch gesagt. Es ist manchmal schwer zu glauben.«

Sie sah, dass er auch bebte. Seltsam. Er wirkte oft so unberührt. Er sah noch immer in die Ferne. Als ob da irgendwo ein Trost sein konnte. Oder als ob er etwas sähe.

Über ihnen klang es einsam wie ein Trompetenstoß. Sie sah hoch. Ein Zug Kraniche flog durch, die Hälse lang gestreckt und großartig anzusehen. Vielleicht hätte sie sie gar nicht erkannt, wenn sie nicht aus dem Norden stammte. Hier im Süden gab es keine. Als sie ein kleines Mädchen gewesen war, da hatte der Ruf der Kraniche immer Frühling bedeutet. Es war wie ein Zeichen.

Sie hob hilflos die Schultern.

»Ich weiß. Damals … das war anders. Für mich war es wie eine Flucht aus einer … wie aus einer plötzlichen Enge. Ich war nicht … er war so sehr in mich verliebt, das war auch wie …«

»Ja«, sagte Hermann und ging wieder weiter. »Das zieht

einen an, oder? Diese unglaubliche Energie, mit der man plötzlich eingehüllt wird. Ich wollte … ach, es ist egal.«

Sie wollte seine Hand nehmen, aber er ließ sie nicht.

»Hermann, ich bin in niemanden verliebt. Es gibt da niemanden. Es ist nur … auf dieser Reise habe ich gemerkt, dass wir so nicht weiter … dass ich so nicht weiterleben will. Hier, das ist wie ein totes Ende.«

Hermann ging weiter. Sie neben ihm, schweigend. Man merkte hier deutlicher als im Süden, wie die Tage bereits länger wurden. Die Kraniche verschwanden am Horizont, die Sonne stand tief.

»Ich habe es eigentlich schon gewusst, als du weggefahren bist«, sagte er nachdenklich und sehr traurig.

»Damals, in dem Vorbereitungskurs für die Pfarrfrauen, weißt du noch?«, fragte sie. »Da haben sie uns gesagt, dass wir unsere Herzen prüfen sollen, weil wir sonst keinen Pfarrer heiraten dürfen. Das haben die damals wirklich gesagt.«

Er drehte den Kopf ein wenig. In bitterem Spott: »Ja. Hättest du mal …«

»Nein«, sagte sie heftig, »das meine ich nicht. Ich … damals war ich so sicher. Ich hatte mein Herz geprüft! Ich wollte mit dir sein. Ich wusste nicht, dass ich so bin … und … es tut mir so leid, Hermann. So sehr leid.«

Er sah sie an. Jetzt, in diesem tiefen Augenblick, hätte sie ihn wieder küssen können. Aber das ging nicht mehr.

»Es wird schwer sein, es Wilhelm zu sagen«, meinte er nur.

29

Sie standen vor dem Feld im Eichental, nicht sehr weit weg vom Sommerkeller. Eichen gab es hier nur noch wenige, aber der Name war nun einmal da.

»Hat es hier früher mehr Eichen gegeben, Opa?«

Der Alte lehnte am großen Hinterreifen des Bulldogs und hatte eines seiner Zigarillos angeraucht. Er hob die Schultern.

»Mein Vater hat hier noch welche geholt, aber da hat es auch schon nur noch ein kleines Wäldchen gehabt. Er hat nie nachgepflanzt. Kein guter Waldbauer ist er gewesen, der Vater.«

Sie hörte die Geringschätzung heraus und unterdrückte ein Lächeln, weil der Vater manchmal auch über den Opa so redete.

»Vor achtzig Jahren haben sie, heißt es, die Schweine noch zur Eichelmast hergetrieben. Aber dann war es einfacher, sie im Stall zu haben. Und, willst es jetzt wirklich machen?«

Sie lachte.

»Opa! Du hast doch gehört, wie schwer sich der Vater getan hat, mir den Acker zu lassen. Da werd ich doch nicht aufhören damit. Und außerdem bist du eh schuld.«

»Ich?« Der Opa zog die Brauen hoch und tat erstaunt. »Ich alter Mann?«

»Steig auf«, sagte sie, »ich habe noch nie Lein gesät. Du musst mir helfen.«

»Ist auch nicht anders wie Weizen«, murmelte der Alte.

Das stimmte nicht. Sie hatte wieder am Webstuhl gesessen, als der Opa hochgekommen war, um nach ihr zu schauen, wie er sagte. In Wirklichkeit stand er dann da, sah ihr zu und erzählte. Es war, als hätte sie letztes Jahr ein Tor in ihm geöffnet, als sie nach dem Webstuhl gefragt hatte. Wie zu einem vergessenen Garten. Ein seltsamer Paradiesgarten. Ein Garten aus der Neuen Welt, wie Amerika in den Büchern hieß. Und sie genoss es immer mehr, wie er ihr aus Amerika erzählte. Es war fast, als hätte er dort in dreieinhalb Jahren ein ganzes Leben gelebt, aus dem zu erzählen er nicht müde wurde. Und dabei hatte er auch erzählt, dass sie früher den Lein selbst angebaut hatten. Das war ihr dann nicht mehr aus ihrem Kopf gegangen. Den Lein selbst anbauen. Tuch für einen Anzug weben. Aus dem eigenen Leinen. In diesem Tuch würde alles von ihr sein, und er würde ihn tragen. Übers Jahr, in einem neuen Sommer. Es war ein wenig, als würde sie damit einen Zauber weben. Einen Zauber, der bewirkte, dass es nach diesem Sommer nicht vorbei sein würde mit ihnen.

»Es ist nicht wie Weizen«, sagte sie zum Opa, als er zu ihr auf den Bulldog stieg, »du hast extra eine neue Säscheibe kaufen müssen. Ich hab sie vorhin gesehen.«

Der Opa zuckte vergnügt die Schultern.

»Ich kann mit meinem Austragsgeld machen, was ich will. Und so teuer war sie eh nicht.«

Der Acker im Eichental war richtig, weil der Boden das Wasser hielt, aber es trotzdem keine Staunässe gab. Und außerdem hatte der Vater hier im Vorjahr Mais angebaut, das war gut für den Lein.

Sie gab Gas, und der Bulldog ruckte an. Hinter ihr zogen die Anreißer die feinen Furchen, fielen die Leinkörner in die Reihen und wurden gleich wieder überdeckt.

»Wart!«, rief der Opa durch den Lärm des Diesels, stieg ab, noch bevor sie ganz zum Stehen gekommen war. Der Alte stellte die Striegel höher ein, sodass sie kaum noch den Boden berührten. Dann stieg er wieder auf.

»Die Erdschicht darf zu dick nicht sein«, sagte er schwer atmend, »Lein keimt im Licht allein.«

Sie lachte.

»Siehst du, weshalb ich dich brauchen hab können?«

Der Opa lachte auch, hustete, lachte wieder. Gerade hätte sie nirgendwo anders sein mögen, an diesem Märzentag voll von Wind und den ersten Düften von Grün und der schweren Erde unter ihnen, als mit dem Alten hier draußen.

In allem spürte sie schon, dass das Frühjahr kam. Als sie vom Melken aus dem Stall gekommen war, da hatte der Himmel noch in roten Streifen geleuchtet; tief im Westen über dem Pfarrhaus, über dem Zimmer von Wilhelm. Ein Ziehen in ihr, wie immer, wenn der Winter vorbei war, nur um ein Vielfaches stärker, seit sie mit Wilhelm war. Dieses Ziehen – sie stellte sich vor, dass ein Vogel so fühlte, wenn die Zeit gekommen war, übers Meer zu ziehen; dorthin, wo es Bäume gab, die nie kahl wurden, die immer neu ergrünten. Im Herbst war es auch stark, das Ziehen, aber so wild wie in diesem Jahr hatte sie es noch nie gespürt.

Sie lagen nebeneinander. Neumond. Die Nacht so dicht wie ein Tuch über ihnen.

»Es ist dann«, wisperte sie, »als ob ich nur die Arme ausbreiten müsste, und dann würde es mich nach oben reißen, hoch in den Frühlingshimmel, und dann würde ich fortgewirbelt, und nichts hält mich mehr. So fühlt es sich an, dieses Ziehen.«

Er lag hinter ihr; an sie geschmiegt, so eng es eben ging. Haut an Haut.

»Sehnsucht nennt man das.« Leises Lachen. »Dabei bin ich doch hier.«

»Es ist etwas anderes«, flüsterte sie nach einer Weile, »du machst es noch stärker. Wie auf einer riesigen Schaukel, und du würdest mir den Schwung geben, dass es immer höher geht und noch höher.«

Das Bild war plötzlich in ihr. Eine Schaukel, die irgendwo in den Wolken aufgehängt war und so lang, dass man sie allein niemals zum Schwingen bringen könnte. Es brauchte einen anderen.

Wilhelm hatte das Fenster, durch das sie die Steinchen geworfen hatte, offen gelassen, als sie zusammen ins Bett geschlüpft waren. Im Dorf war eine so tiefe Stille wie selten. Kein Klirren der Ketten in den Ställen. Kein später Motorradfahrer.

»Meine Mutter ist ausgezogen«, hauchte Wilhelm so leise, dass sie es fast nicht gehört hatte, weil sie schon in dem weichen Feld zwischen Wachen und Schlaf gewesen war.

Er hat nicht Mama gesagt, war das Erste, das sie dachte.

»Wieso?«, fragte sie wispernd zurück.

Sie spürte, wie er die Schultern hob. Er drückte sein Gesicht zwischen ihre Schulterblätter.

»Sie hat es hier nicht mehr ausgehalten. Im Haus. Im Dorf.«

Sie spürte, dass er noch etwas sagen wollte. Drehte sich zu ihm. Sie lagen Stirn an Stirn. Eine tiefe Wärme ging von ihm aus.

»Ich habe sie nicht fragen können.«

Sie wusste, dass er den schönen Bernd meinte.

»Sie ist nicht für das Dorf gemacht. War sie nie. Deine Mutter war immer anders. Ich habe sie so bewundert als Kind.«

»Jetzt nicht mehr?«

Ihre Unterhaltung war so leise, dass sie kaum das Bett verließ. Sie dachte nach.

»Doch«, sagte sie. »Einen solchen Mut haben nicht viele.«

»Meinst du?«, fragte er unsicher.

»Es ist nicht wegen euch«, antwortete sie langsam. »Es ist wegen ihr. Sie schaut dich genauso an wie ich. Aber trotzdem hat sie gehen müssen. Vielleicht«, sagte sie schließlich, »ist das Ziehen in ihr noch stärker als in mir.«

Er umfasste sie. Zog sie an sich. Dann lag er auf dem Rücken und sie auf ihm, ganz, wie eine Decke, und das Ohr an seinem Mund, und er flüsterte von den Bildern, die er hatte, wenn er sie nicht sehen konnte, wenn er alleine im Bett lag und sie zu sich hersehnte. Bilder von ihr nur in dem Jäckchen, in dem sie mit zum Kino gekommen war. Bilder von ihr in den Kleidern, die sie sich zu schneidern erträumte. Er war verliebt in eine Stelle an ihrem Oberschenkel; eine kleine Narbe von einer Rübenhacke, und wenn er ihr davon wisperte, wurde sie schwach und stark vor Lust, weil er sie so sehr wollte und immer weiter davon sprach, Bild um Bild zauberte, wenn sie ineinander waren. Das war das Eigentliche. Diese Worte und Bilder machten, dass sie nicht aufhören wollte.

Das war der große Unterschied, oder? Bei den Tieren ging es immer schnell. Schweine. Katzen. Enten. Nur die Hunde hingen dann noch ein paar Minuten aneinander, aber es sah nicht aus, als wäre es schön. Manchmal gossen sie ihnen einen Eimer kaltes Wasser über, dass sie sich schneller trennten. Sie musste plötzlich lachen. Ein Eimer kaltes Wasser.

»Was?«, fragte Wilhelm. Es machte ihm nichts aus, dass sie dabei lachte. Er war so neugierig, dass es ihm nichts von der Lust nahm.

Sie sagte es ihm. Es zerriss ihn fast vor Lachen, er musste sich die Hand vor den Mund halten, damit man es nicht hörte. Sie spürte es tief in sich. Und musste deshalb selbst wieder lachen.

»So geht das nicht«, keuchte sie. »Das ist eine ernste Sache!«

Aber dann konnten sie erst recht nicht mehr und lagen noch lange nebeneinander, während das Bett wackelte.

Das ist es wohl, dachte sie. Dass wir sogar dabei zusammen lachen können.

30

Es war noch nicht ganz hell, als sie aufwachte, also musste es noch sehr früh sein. Erster Mai. Die Nächte waren nun schon sehr kurz und hell. Es war vielleicht gut, dass Wilhelm auf ein paar Tage zu seinen Großeltern gefahren war. Die Frau Pfarrer wohnte dort, jetzt. Wenn der Sommer kam, hatten viele einen leichteren Schlaf und waren eher heraußen als im Winter. Da hätte es leicht sein können, dass einer sie sah, wie sie aus dem Pfarrhaus schlich, am frühen Morgen. In letzter Zeit waren sie ein wenig unvorsichtig geworden. Von Anfang an hatten sie es geheim gehalten. Die Eltern hätten es sicher nicht verstanden, das wusste sie. Was willst du mit dem? Er wird ein Studierter. Das wird nichts. Der Pfarrersbub. Hältst dich für etwas Besseres? Du wirst schon sehen … vielleicht war es genau das, weshalb sie es bisher nicht hatte sagen wollen. Weil sie Angst davor hatte, dass sie recht haben könnten. Und Wilhelm? Er … sie wusste nicht genau, warum er es seinen Eltern nicht sagte. Es war nicht, als ob er sie versteckt hätte. Aber dem Herrn Pfarrer … sie wusste gar nicht, ob der es merken würde, wenn sie einmal mit am Tisch sitzen würde.

Durch das weit offene Fenster hörte sie die erste Lerche. Es gab keinen schöneren Gesang. Frühling, Frühsommer. Später im Jahr sangen sie nicht mehr. Geh aus, mein Herz, dachte sie und erinnerte sich, wie sie es geliebt hatte, das in der Schule zu singen.

Dabei ist es schon ausgegangen. Dort drüben ist es, im Pfarrhaus.

Fast ein Jahr war es her, dass sie zurückgekommen war. Dass sie Wilhelm gesehen hatte, an jenem Tag, als sie mit dem Rad zum Sommerkeller gefahren war, an jenem viel zu heißen Frühlingstag. Da hatte alles angefangen.

Die Vorhänge bauschten sich ein wenig. Eine Brise wehte herein. Erst nach ein paar Augenblicken dachte sie, dass sie doch im Hof gar keinen Misthaufen mehr hatten. Trotzdem. Es roch nach frischem Mist. Sie stand auf und ging zum Fenster, um es zu schließen, als sie sah, woher der Geruch kam. Sie hatten ihr einen Haufen vors Fenster gekippt. Natürlich. Es war Freinacht. Gestern hatte sie noch mit dem Opa alles in die Scheune geräumt und in die Maschinenhalle. Die Wäsche von der Leine genommen. Die Tore geschlossen.

Es stieg rot in ihr hoch. Ein Riesenhaufen war das. Von der Straße aus konnte jeder ihn sehen. Das … da hatte eine Schubkarre nicht gereicht. Das waren bestimmt acht oder zehn Fuhren. Und sie wusste, woher der Mist kam. So viele Höfe gab es im Dorf nicht mehr, die nicht umgestellt hatten. Aber der vom Wolfgang noch nicht.

Wolfgang. Das hatte er nicht aushalten können. Was für ein schiecher Schleicher! Dass er so … dass er das hatte tun können! Sie war doch nicht die Seine gewesen! Niemals. Er hatte kein Recht, ihr Mist vors Haus zu kippen. Gerade er nicht! Wer hatte denn versucht, sie zu küssen gegen ihren Willen?

Es fuhr ihr heiß durch den Magen. Hatte er auch eine Linie gezogen? Sie beugte sich weit vor. War da Farbe? Es war noch nicht hell genug. Sie warf sich ein Kleid über, hastig und aufgeregt. Wenn er den Strich aufs Pflaster gemalt hatte zwischen ihrem Hof und dem Pfarrhaus … dann … Sie lief die

Treppe hinunter, so leise und so schnell sie konnte. Das hatte er sich nicht getraut! Zum Pfarrhaus … aber sie war nicht sicher. Schon der Misthaufen … als ob sie eine wäre, die mit allen herumhaute. Sie!

Sie ging durch den hinteren Stall, der schon lange leer stand, hob die Tür an, die sonst immer schleifte, und trat in den Hof. Hier unten sah der Misthaufen noch größer aus, aber trotzdem atmete sie auf, als sie zur Vordertür gelaufen war und ein Stück die Straße entlang und dann wieder zurück. Kein Strich auf der Straße, der von Haus zu Haus führte und allen erzählt hätte, wie es um sie und Wilhelm stand. Herrgott! Der Wolfgang war so eine dumme Sau! Warum machte er so was?

Ihr war heiß. Die Glocke erklang zweimal. Halb sechs. Die Mutter stand in zwanzig Minuten auf. Wenn sie an den Bulldog die Schaufel hängte, hätte sie den Mist schnell weg. Aber wohin damit?

Sie lachte kurz und freudlos auf: Sie könnte ihm den Mist einfach zurückfahren. Aber das ging nicht, und die Eltern wären dann auch sicher wach. Aber nur mit der Mistgabel und dem Schubkarren schaffte sie den Haufen nie in einer halben Stunde … Und dann: Allein würde er es schon nicht gewesen sein, der Wolfgang. Also wussten es eh schon alle. Außer den Alten natürlich, die schon geschlafen hatten, aber das würde auch nicht lang dauern.

Sie spürte die Kühle des Pflasters deutlich unter den Fußsohlen. Für Schuhe war keine Zeit gewesen. Tief Luft holen. Ihre Wut wurde kalt und klar. Den Mist brachte sie nicht mehr weg. Dann sollten sie ihn ruhig sehen. Dann sollten sie ihn ruhig alle sehen!

Immer noch barfuß lief sie nach hinten zur Maschinenhalle,

wo die Bretter lagerten. Sie brauchte ein helles; vielleicht lagen da noch gekalkte herum.

Hier hinten im Garten war es nicht mehr still. Im Osten war der Himmel schon rot, und die Spatzen waren in den Bäumen und so laut, dass die Lerchen nicht mehr zu hören waren. Nur der klare, scharfe Pfiff eines frühen Falken klang von den Feldern herüber.

Sie hatte ein Brett gefunden und zog die Schiebetür zur Halle auf. Die Kreissäge würden sie da unten kaum hören, wenn sie die Tür wieder zuschob. Sie brauchte nur drei kurze Schnitte. Einmal das Brett gekürzt und dann zwei schräge, damit es einen Pfeil gab. Einen ordentlichen Wegweiser, den keiner übersehen konnte. Sie drehte den Schalter, die Säge sang. Eigentlich ein trauriges Wintergeräusch, aber jetzt hörte es sich gerade gut an: böse und schnell.

Von den alten Zaunlatten nahm sie drei und nagelte sie mit raschen Schlägen als Dreibein überkreuz an das Schild, sodass es stehen konnte. Sah gar nicht schlecht aus, dachte sie, als sie zurücktrat, um es zu begutachten. Jetzt brauchte es bloß noch Farbe. In der Werkstatt vom Vater musste es Rot geben; von neulich, als sie die Felgen vom Schlepper hatten neu lackieren müssen.

Vorne hörte sie die Kühe unruhig werden. Ketten klirrten. Muhen. Sie warteten aufs Melken. Sie rannte fast in die Werkstatt. Als sie mit der Schrift fertig war, reines Rot auf dem kalkigen Weiß, war sie noch nicht zufrieden. Es brauchte noch etwas anderes. Durch das Werkstattfenster schien das Licht in der Küche gegenüber auf. Die Mutter war wach. Sie zögerte, sah sich in der Werkstatt um, ob es etwas gab. Ihr Blick blieb an der gesprungenen Glocke hängen, die der Vater als Gegengewicht an der Blockrolle hängen hatte. Ja. Sie verzog den Mund.

Genau das brauchte es noch. Dann öffnete sie die Dose mit dem blauen Lack.

Die Mutter hatte sofort den Vater gerufen.

»Fahr ihn weg, bevor ihn einer sieht!«, hatte sie ihn angeraunzt. Und zu ihr: »Du! Ich hätte es mir denken können! Du! Ich will gar nicht wissen, wer es ist. Das können wir gerade gebrauchen. Mist vor dem Haus!«

Als Roberta etwas antworten wollte, fuhr sie ihr dazwischen.

»Von alleine wird es schon nicht geschehen sein. Zwei gehören immer dazu!«

Der Vater hatte noch nicht einmal Kaffee getrunken und war schlecht gelaunt. Man konnte nicht sagen, ob wegen ihr oder weil ihm so früh etwas angeschafft wurde. Das konnte er gar nicht leiden.

»Mein Mist ist es nicht!«

Sie spürte, wie ihr das Blut in die Wangen stieg. Die Mutter schaffte am Herd. Warf Scheite nach und zog Eisen schurrend die Ringe über die Fläche. An ihren Handbewegungen sah man, wie wütend auch sie war. Der Vater starrte aus dem Fenster über den Hof. Sie stand in der offenen Tür.

»Der Wolfgang hat mich küssen wollen bei der letzten Kirmes«, sagte sie kalt und zornig, weil die Eltern als Erstes dem Mist glaubten und nicht ihrer Tochter, »und ich hab ihn vor den Kopf geschlagen, weil er nicht aufhören hat wollen. Deshalb. Nur deshalb. Ich fahre ihn dann schon weg, später. Aber jetzt noch nicht. Jetzt bleibt er, wo er ist.«

Der Opa klopfte von außen an die Scheibe. Sie hatte gar nicht gemerkt, dass er schon auf war, aber er musste schon länger im Hof sein. Hatte ein Zigarillo im Mund. Lächelte trocken, als er erst auf den Mist deutete und dann in einer kleinen Wolke von blauem Rauch sagte: »Die neue Reklame, die wir am Hoftor haben, die gefällt mir recht gut.«

Der Vater schaute nur fragend. Die Mutter, scharf vom Herd her: »Was für eine Reklame?«

Der Opa warf den Zigarillostummel auf den Misthaufen unter ihrem Fenster. Zuckte vergnügt die Schultern.

»Ich täte sagen, ihr schaut sie selbst an.«

Dann verschwand er wieder. Roberta folgte den Eltern aus dem Haus. Da stand das Schild. Direkt an der Einfahrt. Ein großer Pfeil, der direkt auf den Haufen vor ihrem Fenster zeigte. Die Glocke hing von der Spitze herunter. Sie hatte noch einen Strick an den Klöppel geknüpft. In leuchtendem Rot die Schrift:

Daheim stinkt's? Dann Anlieferung hier! Wolfgang Häuslers Misthaufen, Außenstelle Strasserhof.

Die Mutter holte scharf und tief Atem. Drehte sich zu ihr, als würde sie gerissen.

»Sofort tust du das Schild weg! Hier, auf meinem Hof! Das ist ja wie …«

Ihr fehlten die Worte.

»Das Schild lass stehen!«

Der Opa war hinzugekommen.

»Und es täte nicht schlecht, sich vor die eigene Tochter zu stellen, oder?«

Der Vater sah nicht einmal hin zum Opa. Er betrachtete den Pfeil.

»Das sagt der Richtige«, bemerkte er nur. Aber dann nickte er ihr kurz zu. Ohne ein Lächeln.

»Lass es nur stehen. Hast du den Felgenlack genommen dafür? Na, es kommt nicht mehr darauf an. Geht ihr jetzt vielleicht melken? Die Viecher zerreißt es gleich.«

Das war fast schon ein Lob vom Vater, dachte sie, als sie zusah, wie die Mutter sich wortlos zum Stall wandte und er zurück in die Küche zu seinem Kaffee ging.

Der Opa hielt sie am Ärmel fest. Leise: »Einen Strich hat er nicht gemalt, oder?«

Sie schüttelte den Kopf. Der Opa sah noch einmal zum Schild. Die blauen Blumen um das Wort *Misthaufen* und um den Namen glänzten noch feucht. Sie hatten Augen und schauten verdutzt. Der Opa gluckste vor unterdrücktem Lachen.

»Das vergisst der so schnell nicht. Das nicht. Gut gemacht, Mädchen.«

Sie ging der Mutter hinterher in den Stall, und auf einmal waren ihre Augen nass.

31

Warum hatte sie es so spät gemerkt? Aber es war so viel gewesen, dass sie sich darüber keine Gedanken gemacht hatte. Es war anstrengend genug gewesen, ihre Sachen zu packen; nicht um zu verreisen, sondern um auszuziehen. Nach zwanzig gemeinsamen Jahren auszuziehen. Hermann hatte ihr sogar geholfen. Sie zu ihren Eltern gefahren. Dort noch Kaffee getrunken. Wilhelm dagegen war nicht mitgekommen. Anfangs hatte er gar nicht mit ihr geredet. Dabei hatte sie geglaubt, dass es umgekehrt sein würde.

Sie saß auf der Terrasse und sah in den Garten, den ihre Mutter immer noch in einer so genauen Ordnung hielt wie vor fünfunddreißig Jahren in Hamburg, als sie klein gewesen und mit dem Holländer über den Rasen gekurvt waren. Da musste schon Krieg gewesen sein, oder? Ihr war es nicht so vorgekommen. Die Rosenstöcke standen nicht anders als damals in einer Reihe im Beet. Das Grün ihrer Knospen und Blätter noch betaut – sie glitzerten fröhlich und frühlingshaft. Morgens war es noch zu kühl für die Terrasse, aber jetzt, am späten Vormittag, wenn die Sonne herumgekommen war, saß es sich hier wunderbar. Ein Maientag, wie er sein musste. Klar. Sonnig. Perfekt.

Bis auf die Kleinigkeit, dass sie schwanger war.

Wie hatte sie es nicht merken können? Im Rückblick war es so deutlich! Aber sie hatte gedacht, dass ihr wegen des Umzugs schlecht war. Wegen Wilhelms Schweigen und weil es so lächerlich war, wieder zu den Eltern zu ziehen. Und überhaupt! Vorher waren ihre Tage schon unregelmäßiger gekommen, und sie … na, sie hatte vermutet, es wäre schon vorbei. Dass sie nicht mehr schwanger werden konnte. Ja, es wäre ein bisschen früh gewesen.

Sie sah auf den Tisch. Noch immer alles so wie der Garten: hübsch ordentlich. Hanseatisch vornehm. Die Kaffeetassen im blauen Muster. Die Kaffeekanne im bestickten Wärmer. Mein Gott, was für einen Mist sie aus dem zerbombten Haus gerettet hatte! Den gesteppten Kaffeewärmer. Fast musste sie lachen.

Ein einziges Mal. Von diesem einzigen Mal. Das einzig Gute war, dass sie ausgezogen war, bevor sie es gemerkt hatte. Sie hatte keine Ahnung, wie sie es Hermann sagen sollte. Oder Wilhelm. Oder ihren Eltern.

Sie rechnete noch einmal. Mai. April. März. Ende Februar. Zehn oder elf Wochen. Zu spät, vermutlich. Aber sie hatte auch keine Ahnung, bis wann eine Abtreibung überhaupt möglich wäre. Und dann … sie wusste nicht einmal, ob sie das wollen würde.

Wie hatte sie das nicht merken können?

»Möchtest du noch Kaffee? Wunderbarer Tag, oder?« Ihre Mutter war herausgekommen und setzte sich zu ihr.

»Ich kann mir selbst nachschenken, Mama.«

Sie war zu heftig, aber ihr war nicht nach Gesprächen. Im Gästezimmer war Wilhelm und schlief noch. O Gott. Wie sollte sie es ihm sagen? Das war noch schlimmer als mit Hermann. Der wusste, wie sie war. Von manchen Dingen, tief in einem, wollte man aber nicht, dass die Kinder es wussten.

Sie sah ihre Mutter plötzlich mit anderen Augen an. Wie brav sie aussah. Wie bürgerlich und nun auch schon etwas alt.

Ob die jemals solche Gedanken gehabt hatte wie sie? Ob da jemals etwas außer der Reihe gewesen war? Sie konnte es sich nicht vorstellen. Aber vielleicht konnten das andere auch nicht, wenn sie sie ansahen. Verflucht … ihre Gedanken gingen völlig durcheinander.

Sie versuchte, sich zusammenzunehmen. Der Garten war ein Traum. Ein sehr bürgerlicher, aber trotzdem ein Traum. Es hatte einen Krieg gegeben, und hier sah es aus, als wäre nie etwas geschehen. Vielleicht, weil ihre Eltern eine innere Ordnung hatten, die nicht einmal ein Krieg hatte zerbrechen können. Eine innere Ordnung, die sie nie hatte und auch nicht haben wollte. Nur – jetzt war sie schwanger, und das nicht von ihrem Mann. Liebe Eltern, es wird noch ein Enkelkind geben. Ob die Ordnung das auch aushalten würde?

Es klingelte an der Tür. Sie stand auf und ging durch das Wohnzimmer nach vorne. Die Post. Es war gut, dass die Alltagsdinge weitergingen. Eine Unterschrift für ein Einschreiben an ihren Vater. Briefe von Hamburger Bekannten an ihre Mutter. Sie legte die Post auf das Telefontischchen und lehnte sich einen Moment an die Flurwand. Der Morgen im Hotel in Neapel … als sie in dem anderen Bett aufgewacht war, voller Lust und Gewissensbisse und gefangen zwischen dem Wunsch, sich sofort leise anzuziehen und zu gehen, und dem, das Abenteuer auszukosten, den letzten Schluck aus dem Glas von gestern Abend zu nehmen und sich noch einmal neben diesen Mann zu legen.

Sie hatten nicht einmal Adressen getauscht, aber sie würde ihn finden können. Er stand auf der Teilnehmerliste des Kongresses, und natürlich kannte Georg ihn flüchtig. Aber gleichzeitig wusste sie – er sollte es nicht wissen. Wie immer es ausging, er musste es nicht wissen. Aber Georg … sie musste mit Georg sprechen. Zuallererst musste sie mit Georg sprechen.

»Ich bin gleich wieder da«, rief sie. Ihre Mutter nickte nur. Sie war noch beleidigt wegen vorhin. Gertrud lächelte kurz. Wenn sie deswegen schon beleidigt war – das konnte sie später problemlos steigern.

Sie lief die drei Stufen hinunter und vor zur Telefonzelle. Sie konnte Georg nicht vom Haus ihrer Eltern aus anrufen. Hey, Bruder, ich bin schwanger. Was soll ich tun?

Hoffentlich war er da.

Sie mochte, wie er sich meldete. Es klang so vertrauenserweckend und so sicher.

»Ich bin's. Hast du kurz Zeit?«

»Ich habe nachher Vorlesung. Aber ja … ist was passiert?«

Anscheinend klang ihre Stimme nicht so ruhig, wie sie dachte.

»Wie man's nimmt.« Sie versuchte, in ihren üblichen Ton zu finden. »Ich bin schwanger.«

Kurzes Schweigen. Dann: »Ich dachte, ihr habt euch getrennt?«

Jetzt schwieg sie kurz. Plötzlich schlug ihr Herz doppelt so schnell. Dabei war es doch nur Georg.

»Nicht von Hermann. Erinnerst du dich an Neapel?«

»Oh.«

»Sag nicht ›oh‹! Sag etwas anderes. Ich … Georg, ich weiß nicht, was ich tun soll. Und warum sagst du nichts?«

»Ich rechne.«

Natürlich. Hatte sie auch.

»Georg, ich weiß noch nicht mal … ich weiß nicht, ob ich

das kann. Wenn es nicht sowieso schon zu spät ist. Ich bin mir … ich war immer sicher, dass ich auf keinen Fall abtreiben würde.«

Georgs Stimme klang auf einmal bitter und spöttisch: »Ja. Unsere Eltern haben ganze Arbeit geleistet. Keine Abtreibung, keine Hundertfünfundsiebziger. Wie vor dreißig Jahren. War schlimm genug, dass du dich getrennt hast, oder? Wie konntest du nur wieder bei ihnen einziehen!«

Sie wurde laut.

»Es ist nicht so, als hätte ich eine Wahl gehabt, oder? Streiten wir jetzt darüber, dass du homosexuell bist und ich schwanger und wir beide nicht wissen, wie wir's Mama und Papa sagen sollen?«

Er lachte. Zornig zwar, aber immerhin.

»Schwester! Verdammt noch mal, was machst du denn auch? Soll ich kommen?«

Sie dachte kurz nach. In der Leitung tutete es, und sie warf fünfzig Pfennige nach.

»Ich rufe dich heute Abend an. Ich weiß noch nicht. War schon gut, mit dir zu sprechen. Was meinst du denn … und wenn ich es behalte?«

»Noch mal Onkel … in meinem Alter!«, sagte Georg nach einer Sekunde nachdenklich. »Ich denke darüber nach. Bis heute Abend.«

»Bis heute Abend.«

Sie legte auf. Die Münze fiel klappernd durch. Die Tür schlug hart zu, als sie die Telefonzelle verließ.

Ja. Was sollte sie tun?

Als sie zurückkam, war Wilhelm aufgestanden und saß bei einem späten Kaffee auf der Terrasse. Ihre Mutter bediente ihn von hinten und vorn. So wie sie auch Hermann immer bedient hatte. Oder Georg. Die Männer im Haus eben.

Sie setzte sich zu ihm. Er sah zu ihr herüber; ein klein wenig unsicher. Wäre sie auch gewesen, mit zwanzig, wenn ihre Eltern sich plötzlich getrennt hätten.

Ihre Mutter tat, als wäre nichts. Als fehlte Hermann nur, weil er zu arbeiten hatte. Aber so war es nicht. Durch die offene Terrassentür klang es klassisch heraus. Irgendeine Sonate von Beethoven, die ihr Vater früher immer auf der Geige gespielt hatte. Sie sah für einen Augenblick resigniert nach unten. Als ob es keine Stones gäbe, keine Beatles und keine Hippies, keine Miniröcke und keinen Mondflug. An ihren Eltern ging die Zeit vorbei, ohne sie berühren zu können. Vielleicht konnte sie ihnen äußerlich mit feinen Fingern gerade noch ein paar Falten ins Gesicht ziehen, aber ihr Inneres berührte sie nicht.

»Wollen wir einen Spaziergang machen?«, fragte sie Wilhelm. Sie konnte sehen, dass er mit ihr reden wollte und nicht wusste, wie. Er nickte und stand sofort auf.

Es tat gut zu gehen. Sie nahmen den Weg zum Park. Es gab hier noch die eine oder andere Bombenlücke, aber im Grunde war das Viertel vom Krieg nicht sehr berührt worden, und die alten Villen mit ihren großen Gärten, das Frühlingslicht und das junge Grün in den Kronen der hohen Bäume – das alles war einfach schön. Plötzlich erinnerte sie sich, wie es sich angefühlt hatte, den kleinen Wilhelm an der Hand zu haben, vor fünfzehn Jahren, auf dem Weg in den Park zum Kastaniensammeln. Diese kleine, warme Hand und das ganze große, ungebrochene Vertrauen, das in diesem Gefühl lag.

»Ich …«, begann sie, aber Wilhelm hatte gleichzeitig zu sprechen begonnen.

»Warst du damals verliebt in den Bernd?«

Sie war vollkommen überrascht. Es war das Letzte, womit sie gerechnet hätte. Sie blieb stehen.

»Woher … ich meine, wieso? Wie kommst du darauf?«

Er hatte sich zu ihr gedreht. Wartete.

Wie jung er aussah. Und wie viel er von Hermann hatte, aber wie viel zugewandter er war. Nicht nur einer, von dem man gemocht werden wollte, sondern einer, der lieben wollte, weil er so viel Freude in sich hatte, so viel von allem.

»Ich weiß es nicht mehr genau«, sagte sie langsam. »Es war schon … er war so sehr in mich verliebt, das reißt einen mit. Vor allem, wenn du so allein bist und … ich habe mich nicht wohl gefühlt, damals. Eigentlich wollte ich fort … Du warst noch klein, und ich wollte längst, dass wir umziehen. Und dann kommt da einer und ist so verliebt in dich, dass er fliegt. Und nimmt dich mit dabei.«

Wilhelm schwieg. Sie gingen weiter, und sie konnte sehen, dass er nachdachte. Wie er es schon als kleiner Junge manchmal getan hatte, bevor er antwortete.

»Und für dich war es nicht so?«, fragte er dann.

Sie streifte mit den Fingern an einer Gartenmauer entlang. Die sonnenwarme Rauheit der Ziegelsteine fühlte sich gut an.

»Schon. Es ist so, wie ich sage. Wenn dich einer so liebt, dann bleibst du nicht kalt. Dann reicht das Feuer für beide. Aber wieso fragst du das eigentlich?«

»Weil wir ihn damals gefunden haben«, sagte er leise. »Wir haben es niemandem erzählt, weil wir gedacht haben … ich weiß gar nicht mehr, warum. Wir hatten Angst, weil wir ja nicht in den Sommerkeller durften. Und er hat einen Abschiedsbrief geschrieben, da steht dein Name.«

Sie blieb wieder stehen.

»Das … aber es hat doch gar keinen gegeben! Die haben sich damals alle gefragt …«

»Wir haben ihn genommen«, sagte Wilhelm. »Und dann haben wir uns später erst recht nicht mehr getraut …«

»Hast du ihn noch?«

Es war auf einmal wichtig, obwohl es doch schon so lange her war. Aber Wilhelm schüttelte den Kopf.

»Und jetzt?«, fragte er. »Weswegen bist du ausgezogen? Ist da wieder … hast du dich in jemanden …«

Sie schüttelte sofort den Kopf. Und so war es ja auch. Der Schweizer war bedeutungslos. Aber gleichzeitig war klar, dass sie Wilhelm jetzt nicht sagen konnte, dass sie schwanger war. Unmöglich. Er könnte ihr gar nicht glauben.

»Es ist nicht so, als ginge es nicht mehr zwischen uns, zwischen deinem Vater und mir«, sagte sie leise. »Aber ich kann einfach nicht mehr in Salach wohnen. Für dich ist es so anders«, setzte sie hinzu, fast staunend. »Du bist so daheim dort.«

»Ja«, sagte Wilhelm. Sie hatten den Park erreicht und gingen durch das Tor hinein. Er war früher ein Friedhof gewesen. Die alten Steine dort standen still überwuchert und so vergessen, dass es hier keine Trauer mehr gab, sondern nur noch eine leise Wehmut, die vielleicht ab und zu wie eine Brise durch das Laub ging.

»Weißt du«, sagte sie langsam, »ich liebe ihn immer noch. Aber in Salach … es ist so, als ob ich ihn dort nicht erreichen könnte. Er ist mir dort weiter weg als jetzt und hier.«

Wilhelm hörte zu. Und sie, in einer Mischung aus Liebe und einer plötzlichen Erinnerung, nahm seine Hand, wie damals, und er ließ es geschehen, und sie gingen schweigend durch den Park bis ans andere Tor, und es war wie ein langes, ungesagtes Gespräch.

Als er ihre Hand losließ, lachte er kurz.

»Ach, Mama. Irgendwann kommst du doch wieder heim.«

32

Sie war auf der Waldwiese mähen, als sie es merkte. Das einzige Feld, das sie mitten im Wald hatten; es gab nur die Forstwege, um dorthin zu kommen. Nicht weit davon entfernt waren sie dabei, das alte Römerlager wieder auszugraben. Sie hatte sie auf dem Hinweg zur Mahd gesehen; eine Gruppe Studenten auf der Ladefläche eines kleinen Lasters. Schaufeln, Rechen, sogar einen kleinen Betonmischer hatten sie dabei. Letztes Jahr im Sommer hatten sie damit angefangen, und zwischendurch war sie mit Wilhelm einmal dort gewesen. Man konnte da schon gut erkennen, wie es einmal ausgesehen haben musste. Die Grundmauern sagten einem, wo die Ställe, die Mannschaftsräume und der Brunnen gewesen waren. Achtzehnhundert Jahre, fast. Und immer hatten hier Bauern gelebt, zu allen Zeiten. In ihrer Familie wussten sie gar nicht, seit wann sie auf dem Strasserhof saßen. Wie ihre Gedanken plötzlich durcheinanderliefen!

Sie saß auf dem laufenden Bulldog mitten auf der Wiese. Hatte angehalten, als sich plötzlich alles zusammenfügte und sie es endlich kapierte. Wie ihre Brüste spannten, seit Tagen schon, aber die Regel nicht gekommen war. Das leichte Ziehen im Rücken. Gestern hatte sie noch gedacht, es käme vom Unkrautstechen. Dass sie keinen Appetit gehabt hatte beim Frühstück. Heute und gestern und den Tag davor auch schon nicht.

Das gleichmäßige Stuckern des Diesels vibrierte durch ihren ganzen Körper, als sie so saß und in ihn hineinhorchte.

Schwanger.

Der Duft des frisch gemähten Grases war um sie herum wie eine mächtige Wolke. Diese leichte, durchsichtige Süße, von der man nie genug einatmen konnte und die im Duft des Heus nur noch wie eine sehnsüchtige Erinnerung war. Das gab es nur hier.

Sie sah kurz nach oben in den späten Maienhimmel, während sie auf die Angst wartete. Ein einsamer Häher strich ein. Durch das Motorengeräusch hörte sie einen Kuckuck.

Kuckuck, Kuckuck, sag mir doch, wie viel Jahre leb ich noch?

Der Kinderreim war so tief in ihr, dass er von allein kam. Und jetzt stieg es doch in ihr hoch. Nicht nur Angst. Plötzliche Wut auf sich, weil sie so dumm war. Und die Ratlosigkeit wie ein plötzlich aufgewachsener Berg vor ihr, einfach aus der Wiese herausgewachsen, von dem sie nicht wusste, wie sie ihn angehen sollte.

Schwanger.

Natürlich. Sie hätte es sich denken können. In den letzten Monaten waren sie immer unvorsichtiger geworden. Sie hatten es auch immer öfter getan. Die Frau Pfarrer nicht da und er mit so viel Zeit wie nie. Und Frühling war auch … einmal sogar beim Sommerkeller.

Wenn sie daran dachte, spürte sie sofort diese Ahnung von Schwäche in den Beinen und dieses leise Prickeln in den Lenden. Mitten zwischen die Angst und die Wut stieg die Lust. Und weil sie genau so war, hatte sie jetzt ein Kind in sich.

Wie dumm sie war! Voller Zorn schob sie den Gang ein und fuhr an, nur um sofort wieder auf die Bremse zu treten. Der Motor ging aus, weil sie nicht gekuppelt hatte. Sie hatte es gerade noch gesehen. Ein Kitz vor dem Mähbalken. Sie atmete auf. Für einen Moment spülte die Erleichterung alles andere fort. Der Vater hatte ihr gesagt, sie sollte von innen nach außen mähen, aber sie hatte es einfach vergessen. Sie ließ den Schlepper wieder an und setzte ein Stück zurück, mähte um das Kitz herum und dann, langsam, von der Mitte her die ganze Wiese. Tatsächlich sprang noch einmal eine Ricke am Feldrand auf und floh; sie sah auch dort noch einmal nach und fand ein weiteres Kitz. Wieder mähte sie darum herum. Die Wiese sah eigenartig aus, als sie fertig war. Die ungemähten Stellen zwischen den sanften Wellen des gemähten Grases wie Inseln. Die Ricken würden die Kitze nachher holen, wenn sie fort war.

Schwanger.

Sie musste mit Wilhelm reden. Wieder ließ sie den Motor laufen, wieder das Vibrieren im ganzen Körper. Noch einmal blickte sie auf die Inseln zurück. Schonzeit. Die war jetzt vorbei für sie zwei. Sie hatten beide immer so getan, als gäbe es kein Später. Und es dabei doch immer gewusst. Sie fuhr langsam an.

So leben wir immer, hier auf dem Dorf. Wir entscheiden fast nichts selbst. Wir müssen mähen, wenn das Gras gewachsen ist, in die Kartoffeln, wenn der Herbst da ist. Wir tun alles, wie es kommt, und alles kommt von außen. Morgens melken und abends melken. Da kannst du nicht sagen, heute melke ich nicht, sondern geh ins Holz. Alles wird dir von außen angeschafft, und immer kannst du nur folgen.

Sie lachte kurz auf. Bitter wegen ihrer Dummheit.

Schwanger werden hätte ich nicht müssen. Das ist wahr. Aber jetzt war sie es, und jetzt musste etwas getan werden. So, wie gemäht werden musste, wenn es Mai war.

Sie hatte das Rad genommen und fuhr hinaus zum Sommerkeller. In der Kirchhofmauer gab es einen losen Stein, unter dem lagen ihre Nachrichten aneinander; schon seit ein paar Monaten. An der Mauer kamen sie beide am Tag mindestens zweimal vorbei, da fiel es nicht auf, wenn man kurz stehen blieb und ein Zettelchen unter den Stein legte. Eigentlich hatte sie ihm eine kurze Nachricht hineinlegen wollen, aber er war ihr zuvorgekommen. Sie hatten sich nicht gesehen – aber sie hatte auch zu viel Arbeit gehabt.

Sommerkeller heute Abend?

Ein wenig wunderte es sie, dass er es war, der zum Sommerkeller wollte. Aber ihr war es immer ein besonderer Ort gewesen und vielleicht deshalb.

Es war ein Maienabend, wie er sein sollte. Als sie unter der großen Kastanie an der Abbiegung vorbeikam, musste sie langsam fahren, weil so viele Maikäfer über den Weg krabbelten. Dann hielt sie doch kurz an und sammelte ein paar auf.

Kaminkehrer. Und ein paar Müller. Kaiser war keiner dabei, aber die waren wirklich selten. Mit einem Mal kam die Erinnerung wie ein starker Windstoß, der einen aus dem Gleichgewicht brachte. Wie sie drei, Wolfgang und Wilhelm und sie, an den Abenden die Maikäfer in Streichholzschachteln gesammelt hatten. Wie sie mit den anderen Kindern im Dorf getauscht hatten. Wie der Wolfgang einmal einen Kaiser hatte und wie stolz er gewesen war. Manchmal fehlte er ihr, egal, wie blöd er war. So war es immer gewesen. Wolfgang hatte immer mal wieder irgendeinen Blödsinn gemacht, aber sie hatten am Schluss immer darüber lachen können, weil er es irgendwann auch eingesehen hatte. Und sie hatten sich immer alles erzählt. Aber das ging nicht mehr.

Sie stieg wieder auf und trat an, da hörte sie ihn hinter sich. Sein Kettenblech war verbogen, und das regelmäßige Streifen der Pedale kannte sie mittlerweile gut. Wilhelm!

»Du weißt überhaupt nicht, wie schön du auf dem Rad ausschaust!«

Er atmete tief und hastig, so schnell musste er gefahren sein.

»Das ist nur, weil das Kleid beim Radfahren hochrutscht.«

Spöttisch ihre Antwort. Aber es war trotzdem schön, dass er es sagte.

»Seit wann bist du wieder da?«

»Gestern Abend. Aber der Papa hat mich vergessen, deshalb bin ich vom Bahnhof heimgelaufen.«

Sie lachte.

»Er hat dich wirklich vergessen? Ehrlich?«

Er lachte auch. Wie frei es aussah, wie schön. Wenn nicht in ihn, in sein Lachen hätte sie sich immer verlieben können. Manchmal kam es ihr vor, als wäre es die ganze Kindheit und Jugend so gewesen, und sie hatte es nur nicht gemerkt. Für einen Augenblick lastete es nicht auf ihr, worüber sie gleich reden musste. Für einen Augenblick sah es so aus, als könnte alles leicht ausgehen.

»Es war wie immer. Er hat gearbeitet, und dann irgendwann bin ich ihm eingefallen, und da war ich aber schon fast daheim. Weißt du noch, wie oft ich zu spät zur Schule gekommen bin, wenn die Mama bei den Großeltern war? Der Papa hat mich immer mal vergessen.«

Sie erinnerte sich. Es hatte kein anderes Kind gegeben, das in der Grundschule jemals zu spät gekommen war. Nur der Pfarrersbub.

Sie rollten von oben an den Steinbruch. Ließen die Räder

im Gras an der Böschung liegen und gingen durch den lichten Wald hinab zum Sommerkeller. Eine leichte Brise ging durch die frischen Blätter, und sie sah nach oben. Man wusste es nicht – vielleicht kam Regen über Nacht. Es lag etwas in der Luft, obwohl der Himmel jetzt noch klar und hell war. Die Sonne war noch nicht ganz untergegangen, obwohl es schon auf neun gehen musste.

»Ich muss dir etwas sagen.«

Auf einmal ging ihr der Atem schnell, und sie spürte den Puls im Bauch klopfen. Sie waren in dem alten Biergarten. Wilhelm war auf die Mauer gesprungen und hatte ein Bein hochgezogen, umschlang es mit dem Arm und stützte das Kinn auf. Er sah aus wie ein neugieriger Junge, so liebenswert. Es war schwer, das jetzt zu sagen.

»Ich bin schwanger«, platzte es aus ihr heraus.

»Oh«, sagte er. Sein Lächeln verschwand nicht. »Seit … wie lang weißt du das schon?«

Sie drehte sich halb um und sah hoch zum Zimmer, wo sie den schönen Bernd gefunden hatten.

»Seit heut Morgen. Ich bin auch blöd. Ich hätte es längst merken können. Wir haben … na, vorsichtig sind wir nicht mehr gewesen in letzter Zeit.«

Er hob die Schultern wie zur Entschuldigung.

»Ich … es tut mir leid … ich habe auch gar nicht mehr daran …«

Sie lächelte ihn kurz an.

»Es gehören zwei dazu«, sagte sie und holte tief Luft. »Aber die Sache ist die: Es muss weg. Und ich kenne mich nicht aus.«

»Was?«

Jetzt war das Lächeln fort. Er glitt langsam von der Mauer herab. In dem tief stehenden Sonnenlicht spielten unschuldig und leicht die Blätterschatten auf dem rissigen Putz des Sommerkellers.

»Was meinst du: Es muss weg?«

Sie hob die Hände. Musste auf einmal schlucken, bevor sie sagen konnte: »Es geht nicht anders. Wie denkst du dir das? Ich bekomme ein Kind von dir? Da passt gar nichts. Denk nach. Da passt gar nichts.«

Er schwieg. Sie kannte das an ihm, und eigentlich mochte sie das, aber gerade war es schwer auszuhalten.

»Schau, du gehst weg zum Studieren. Wie soll das werden mit uns? Ich bin hier und bekomme ein Kind und du bist nicht da?«

»Du könntest mitkommen«, sagte er langsam. »Wir könnten …«

Sie ließ ihn nicht ausreden.

»Manchmal ist es, als ob du nicht denken würdest!« Sie war auf einmal zornig. »Wovon täten wir denn leben? Denkst du, ich ginge noch einmal in eine Fabrik? Von meinen Eltern … die haben selbst nicht viel. Und deine? Du wärst Student und überhaupt: Ich will kein Kind. Nicht jetzt und nicht so. Ich weiß ja noch nicht einmal, wie es mit uns wird in einem Vierteljahr.«

»Was meinst du?«

Er wird richtig blass, dachte sie und nahm seine Hand.

»Wilhelm«, sagte sie eindringlich, »mach die Augen auf. Einmal nur. Ich meine … ich hab sie auch nicht aufgemacht. Wir haben einfach so gelebt, ohne nachzudenken.«

Er sah auf. Die Andeutung eines Lächelns nur in seinen Mundwinkeln, schüchtern fast.

»Das ist, wie man leben sollte, oder? Und lieben.«

»In den Büchern. Und in den Filmen.«

Sie war wütend. Auf sich selbst und auf ihn. Aber vor allem darauf, dass es wirklich so sein sollte, wie er sagte. Dass sie nicht darüber nachdenken wollte, wie sie leben musste und wen sie lieben durfte.

Es war immer noch warm. Und der Himmel so hell über ihnen, obwohl die Sonne am Untergehen war. Der Mond stand schon hoch; blass noch, aber gut zu sehen. Sie wollte sich nicht streiten. Sie wollte, dass er bei ihr war. Trotzdem musste sie es sagen.

»Ich kann kein Kind kriegen. Es gibt so schon keine Zukunft für uns, oder?«

Er schwieg. Sein Mund wurde schmal, und das hatte sie an ihm nicht mehr gesehen, seit sie ihm von Wolfgang erzählt hatte.

»Du könntest schon mit«, sagte er schließlich. »Aber du willst nicht. Du träumst immer nur davon, wenn du liest. Und das machst du auch kaum noch, oder?«

Es traf sie tief. Weil ein kleines Stück Wahrheit darin war. Aber es zeigte auch, wie wenig er verstand. Sie wurde immer lauter, wie um zu ihm durchzudringen.

»Du kapierst es nicht. Du kapierst es einfach nicht. Ich bin das einzige Kind. Ohne mich geht es längst nicht mehr auf dem Hof. Und du willst doch nicht unbedingt ein Bauer werden, oder? Du könntest es auch nicht. Du bist nicht dafür gemacht. Von so einem Hof – da gehst du nicht einfach fort.«

Er drehte sich weg und sah in den Wald.

»Was willst du mir eigentlich sagen, Bobbie?«

Es klang so zärtlich, wenn er sie so nannte. Nie am Tag. Nur in den allerstillsten Stunden zwischen ihnen. Aber jetzt konnte sie es nicht ertragen. Es war die falsche Zeit dafür.

»Ich kann jetzt kein Kind haben. Es geht nicht, und ich will, dass du mir dabei hilfst. Ich weiß nicht … ich habe keine Ahnung, wie man das macht.«

»Was macht?« Er drehte sich wieder zu ihr. »Es abtreibt? Es wegmacht?«

Sie wich seinem Blick nicht aus.

»Ja.«

»Ich will das aber nicht!«, brach es aus ihm heraus. »Ich … es ist nicht richtig. Es muss doch einen anderen Weg geben. Und wir haben's ja … ich meine, wir sind doch auch verantwortlich. Beide.«

Sie merkte, dass er seine Gedanken nicht richtig in Worte fassen konnte. Ganz anders als sonst. Aber es machte sie wütend, dass er immer noch nicht richtig verstand.

»Was heißt denn ›nicht richtig‹? Willst du es austragen für mich? Und jetzt ist doch eigentlich noch gar nichts da … Wilhelm, alles andere können wir irgendwie hinbekommen, aber das nicht.«

Das Licht wurde immer weicher. Die letzten Schatten der Blätter auf dem Mäuerchen schmolzen in den bröckelnden Putz hinein. Die Nacht begann. Er sah so hilflos aus und so verwirrt, dass sie ihn am liebsten in die Arme genommen hätte.

»Schau, ich kenn eine, die hat … bei der war das auch so. Die würde ich vielleicht fragen. Aber ich will … ach, ich hätte es dir gar nicht erzählen dürfen.«

»Und dann hättest du es einfach …«

Er sprach nicht weiter. Eine immer länger werdende Wortlosigkeit senkte sich zwischen sie wie die Abendkühle, die jetzt aus den Bäumen um sie herum herabwehte.

»Es ist einfach nicht richtig«, sagte er schließlich leise. »Es ist doch auch ein Leben, oder? Und auf einmal ist alles kaputt zwischen uns. Du sagst, du kannst nicht mit mir kommen. Du fragst mich gar nicht, was ich will oder was ich mir dabei denke. Du hast alles schon fertig gedacht. Im Herbst ist alles vorbei. Ist das … wie kannst du sagen … das ist doch eine kleine Liebe dann. Keine richtige.«

Wie konnte er so etwas sagen?

»Man kann nicht mit geschlossenen Augen lieben«, sagte sie in heißem Zorn, »dann rennt man irgendwann an. So wie wir jetzt. Wenn Liebe einen besoffen macht, dann ist sie keine richtige. Ich weiß auch noch nicht den richtigen Weg für uns, aber eins ist sicher: Mit einem Kind gibt es gar keinen. Aber ich sehe schon … mach dir keine Gedanken, ich kümmere mich allein darum.«

Sie wandte sich ab und ging. Voller Wut und voller Tränen, die auf einmal herauswollten. Sie hörte ihn nicht hinter sich, als sie zwischen den Linden zu den Rädern hochstieg. Dass er sie nicht verstand! Dass er ihr nicht hinterherkam! Sie drehte sich noch einmal um. Schrie hinunter: »Komm her zu mir jetzt!«

Aber er kam nicht. Sie riss ihr Rad hoch, warf seines um und stieg auf.

33

Sie war noch nicht oft beim Arzt gewesen. Das Wartezimmer war gesichtslos. Nicht nett, nicht unfreundlich. Es war gut, dass Eva dabei war. Wie kompliziert das alles war! Schon bis sie zu Eva hatte in die Stadt fahren können. Sogar der Opa hatte komisch geschaut, als sie etwas von der Schneiderei gesagt hatte. Nicht einmal ihm hatte sie es erzählen können. Nicht einmal ihm.

Aber Eva – die war gut. Die hatte gleich verstanden, was los war.

Es war leer in der Praxis. Die Sprechstundenhilfe war bereits gegangen. Zu normalen Zeiten kamen solche wie sie beide nicht her.

»Die ist ein Drache«, flüsterte Eva heiter. »Uralt und böse. Aber die macht das trotzdem gut. Viertelstunde, dann ist alles vorbei.«

Roberta fühlte nach dem Sparbuch, das sie in die Jacke gesteckt hatte und in das sie die Scheine eingelegt hatte. Zweihundert Mark – fast die Hälfte von dem, was sie in den Lehrjahren gespart hatte.

»Fast eine Woche!«, sagte sie zu Eva. »Kein einziges Mal hat er sich gemeldet.«

Sie konnte nicht anders. Mit irgendjemandem musste sie darüber sprechen. Eva zuckte nur die Schultern.

»Männer halt.«

»Eigentlich ist er nicht so.«

Aber sie dachte darüber nach. Es stimmte schon. Es war das erste Mal, dass es richtige Schwierigkeiten gab.

»Eigentlich sind sie alle nicht so«, sagte Eva, »aber wenn es drauf ankommt, dann doch. Warum ist er denn nicht dabei?«

»Er will es nicht.«

»Klar will er es nicht«, gab Eva zurück, »aber da kann er doch trotzdem …«

Roberta sah aus dem Fenster. Der Himmel war noch so hell, obwohl es doch schon gegen acht gehen musste. Ein seltsames Gefühl, hier drinnen zu sein.

»Nein«, klärte sie ungeduldig und nervös das Missverständnis auf, »er will nicht, dass ich es wegmachen lasse. Das ist so … vielleicht, weil er ein Pfarrerskind ist. Ich weiß es nicht. Jedenfalls will er es nicht.«

Er hat so einen Kinderglauben, dachte sie bitter. Eigentlich ist das wunderschön. Er glaubt so selbstverständlich, und er zweifelt an nichts. Unwillkürlich musste sie an den Vater denken, wie der im Stall beim Betläuten die Mütze abnahm, weil man es halt so tat. Da war Wilhelms Glaube ehrlicher. Nur zum Leben taugte so ein Glaube nichts.

Die Ärztin kam ins Wartezimmer. Sie sah so aus, wie Eva gesagt hatte. Mürrisch und schon ziemlich alt.

»Ah«, sagte sie trocken statt einer Begrüßung, »der junge Mann dazu hat sicher Spätschicht und konnte nicht mitkommen, oder?«

Roberta stand auf. Streckte etwas unsicher die Hand aus. Die Ärztin sah etwas überrascht aus, nahm sie dann aber kurz.

»Der braucht nicht dabei zu sein«, sagte Roberta nur. Die Ärztin betrachtete sie lange.

»Dann kommen Sie mit.«

Eva war auch aufgestanden, aber die Alte winkte ab.

»Sie warten. Es dauert ja nicht lang.«

Eva warf Roberta einen raschen Blick zu, der ihr Mut machen sollte. Sie hätte sie gerne dabeigehabt, aber die Frau Doktor war es anscheinend gewohnt, zu befehlen. Sie folgte ihr ins Behandlungszimmer. Da war der Stuhl, von dem Eva erzählt hatte. Dass alle diese Krankenmöbel immer in diesem furchtbaren Hellgelb lackiert sein mussten!

»Machen Sie sich frei, und dann setzen Sie sich auf den Stuhl. Wie lange schon?«

Die Ärztin wusch sich die Hände, dann streifte sie sich Gummihandschuhe über. Wie der Solnhofer. Der Tierarzt, der immer zu ihnen kam. Aber den mochte sie. Die Ärztin hier war schrecklich.

»Sieben Wochen. Vielleicht acht. Genau weiß ich's nicht zu sagen.«

Es gab eine Art Zange, die auf dem Metalltischchen neben dem Stuhl lag. Und so etwas wie eine Pumpe. Sie hatte keine Ahnung, wozu die gut sein sollte. Eva hatte nichts davon erzählt. Und sie kam sich schrecklich nackt vor, wie sie da mit gespreizten Beinen auf dem Stuhl lag. Gott sei Dank war Wilhelm nicht dabei.

Die Ärztin setzte sich auf den Hocker vor ihr.

»Es wird wehtun«, sagte sie. Diesmal klang es etwas freundlicher. »Sind Sie eine Heulsuse?«

Roberta schüttelte den Kopf.

»Gut«, sagte die Ärztin, und dann nahm sie die komische Spreizzange vom Tischchen.

Sie fühlte sich sehr wacklig, als sie zurück ins Wartezimmer kam und Eva von ihrer Zeitschrift aufsah.

»Ist ja wirklich schnell gegangen.«

»Mir ist es nicht so vorgekommen. Aber jetzt ist es vorbei.«

Sie gingen vor zum Empfang. Das Geld hatte sie der Ärztin vorhin im Behandlungszimmer gegeben. Jetzt stand die hinter dem Tresen und füllte ein Rezept aus, das sie ihr reichte.

»Das holen Sie sich morgen in der Apotheke. Davon nehmen Sie morgens und abends je eine. Vergessen Sie's nicht. Für die nächsten fünf Tage. Und es wird nachbluten. Ich habe hier eine Krankschreibung für Sie.«

»Ich geh nicht zur Arbeit«, sagte Roberta, »ich bin … mein Vater hat einen Bauernhof.«

Die Ärztin sah kurz hoch zu ihr.

»Im Bett brauchen Sie nicht zu bleiben, aber aufs Feld gehen Sie besser nicht die nächsten paar Tage.«

Roberta nickte, obwohl sie wusste, dass das nicht gehen würde. Sie legte die Krankschreibung zurück. Die Ärztin nahm sie und zerriss sie. Dann kam sie vor und schloss die Praxistür wieder auf.

»Seit fast vierzig Jahren mache ich das jetzt«, sagte sie, als die beiden an ihr vorbeigehen wollten. »Seit vierzig Jahren. Vor fünfzehn Jahren erst haben sie die Todesstrafe dafür aufgehoben. Vierzig Jahre und von den Männern war noch nie einer dabei.« Sie lächelte. Es sah nicht nach Lächeln aus. »Vielleicht sagen Sie das Ihrem Liebsten, wenn er das nächste Mal was von Ihnen will.«

Roberta wusste nichts zu sagen. Außerdem hatte sie Schmerzen und ans Bett mit Wilhelm … das war das Letzte, woran sie gerade denken wollte.

»Bestimmt«, sagte Eva fröhlich, nahm Robertas Arm und dann gingen sie die Treppe hinunter und zur Bushaltestelle.

Es war sehr spät, als sie endlich wieder daheim war. Der Nachtbus aus der Stadt hielt nicht im Dorf, sondern in Raitenbühl, und so hatte sie die letzten drei Kilometer laufen müssen. Das Haus war schon dunkel, aber als sie durch die Hintertür durch den leeren Stall in den Hausgang kam, stand die Tür zur Austragsstube offen und Licht fiel heraus. Sie hatte die Schuhe schon ausgezogen, aber auf der Treppe knarrten die Stufen, und das musste der Opa gehört haben.

»Wie schaust denn du aus! Bist du krank, Mädchen?«

Erschrocken war er, das konnte sie sehen. Sie nickte.

»Schon ein wenig, Opa. Ich geh schlafen.«

Sie drehte sich um, aber da war er schon neben der Treppe, trotz seines Alters, und legte ihr die Hand auf den Arm. Sah zu ihr hoch.

»Du passt auf dich auf, Mädchen. Weißt du, manchmal muss ich an den Hollerbusch denken, den er das letzte Jahr herausgetan hat. Und dann will ich lieber, dass es den Ältesten am Hof trifft und nicht mein Mädchen. Gute Nacht.«

»Danke, Opa. Gute Nacht«, sagte sie mit einem dicken Kloß im Hals.

Er ging zurück in die Stube und sie hinauf. Erst als sie in ihrem Bett lag, schwitzend und jetzt doch recht elend, dachte sie an den Hollerbusch und was der Opa damals gesagt hatte. Übers Jahr stirbt einer am Hof.

Das war wohl heute gewesen.

34

Sie saß mit Georg im Ruffini. Die Einrichtung war immer noch Fünfzigerjahre, aber auf die Terrasse hatten sie moderne, schicke Stühle gestellt. Sie wäre lieber dort gesessen, aber es hatte zu nieseln begonnen, und obwohl es die großen Sonnenschirme gab, wollte die Bedienung sie draußen nicht mehr bewirten.

»Vermutlich, weil sie dann zwei Meter durch den Regen laufen muss«, hatte Georg boshaft und nicht eben leise angemerkt.

Jetzt saßen sie drinnen neben den offenen Fenstern auf den Bänken. Die Luft war angenehm; in den letzten zwei Tagen war es schon sehr drückend gewesen.

»Schön, dass du gekommen bist.«

Sie berührte kurz seine Hand. Seit ihrer Reise hatte sich ihr Verhältnis zueinander verändert. Die alte Vertrautheit aus den Kindertagen war wieder da; auf andere Art, aber sie fühlte sich sogar stärker an als damals. Er hob die Schultern, lächelte.

»Irgendwie habe ich so ein vages Schuldgefühl. Ich meine – immerhin habe ich dich praktisch zu dieser Reise gezwungen. Und tatenlos zugesehen, als du in den Abgrund moralischer Verderbtheit gerutscht bist.«

Sie musste lachen.

»Es fühlte sich so schlecht nicht an – es war ein sehr intensiver Rutsch.«

Ihr Kaffee kam. Georg hatte einen Cappuccino bestellen

wollen, aber als die Bedienung ihn vollkommen verständnislos angesehen hatte, war er auch auf ein Kännchen Kaffee umgeschwenkt. Seufzend allerdings.

»Die Sache sieht so aus«, begann er, goss sich ein und betrachtete dann angewidert seine Tasse. »Da hätten wir auch gleich bei Mama Kaffee trinken können. Ich hätte mir einen Cognac bestellen sollen.«

Gertrud lächelte wieder. Er gab sich sehr viel Mühe, sie aufzuheitern.

»Du wirst es aushalten. Also, was jetzt?«

Er trank einen Schluck.

»Du hast Glück. Seit zwei Jahren sind Abtreibungen keine Straftat mehr. Also, sie sind schon noch verboten, aber nur noch ein Vergehen. Trotzdem … wir müssten erst einen Arzt finden, und ich kenne niemanden. Aber hier in München … es sollte nicht so schwer sein. Ich kann mal unter meinen Studentinnen nachfragen. Es wird allerdings zeitlich jetzt schon eng, oder?«

Sie nickte.

»Du weißt es ja. Eigentlich ist es schon fast zu spät.«

Georg machte eine nachlässige Handbewegung.

»Das weiß aber der Arzt nicht, welche Woche es genau ist. Und du musst ihm ja nicht sagen, dass es da nur ein Datum gibt.«

Sie spielte mit dem Kaffeelöffel. Der Regen hatte aufgehört, und der Himmel klarte auf. Hie und da gab es schon kurze Sonnenflecken zwischen dem Grau.

»Ich weiß einfach nicht, wie ich es Hermann und Wilhelm sagen könnte. Ich … es fühlt sich nicht falsch an, irgendwie. Und es wäre meine letzte Chance, noch einmal Mutter zu werden. Aber es geht nicht.«

Georg schob seine Tasse zurück.

»Dann könntest du jetzt auch einen Cognac mit mir trinken.«

Sie waren auf dem Hinweg mit der Tram gefahren, aber zurück gingen sie zu Fuß. Überall wurde gebaut. Hier spürte man, dass alles im Umbruch war. Hinzu kamen die vielen Studenten, die in den Cafés saßen oder mit dem Rad an ihnen vorbeifegten. Die bunten Kleider, die langen Haare – nicht alles gefiel ihr, aber das Ganze war wie ein Konzert aus Farben und Bildern, das Lebensfreude hieß. Und es war wie auf der Reise mit Georg: Sie wusste wieder, warum sie nicht mehr in Salach leben konnte. Weil es dort war, als säße man im dritten Rang im Theater und könnte alles Leben nur durch ein Opernglas betrachten; weit entfernt und niemals echt genug.

Sie überquerten die Isar und gingen durch den Englischen Garten ein Stück hügelan. Das Grün der Linden und Kastanien und Eichen war noch so hell und schön, dass sie plötzlich Sehnsucht hatte nach allem, nach dem großen Schönen, das es in ihrem Leben vielleicht noch geben konnte.

»Fragst du dich auch manchmal, ob das alles ist?«, fragte sie Georg spontan.

Er war von der Frage überrascht, das konnte sie sehen, obwohl er sich ihr nicht zuwandte, sondern einfach weiterging und eine Zeit lang nicht antwortete.

»Schon«, sagte er dann. »Manchmal. Es gibt da immer etwas … ein Gefühl, als ob …«

»Als ob es noch mehr geben müsste«, ergänzte sie.

»Ja«, sagte er. Und dann, lächelnd, während er ihren Arm nahm: »So sind wir wohl, Schwester.«

Dann waren sie am Haus. Noch bevor Georg den Schlüssel

einstecken konnte, den er immer noch hatte, obwohl er doch schon vor über zwanzig Jahren ausgezogen war, öffnete ihre Mutter die Tür. Sie sah so furchtbar blass und verstört aus, dass sie beide erschraken.

»Mama?«, fragte sie, und noch bevor sie mehr sagen konnte, kam ihre Mutter die Treppe hinunter.

»Es ist etwas passiert«, sagte sie in einer unnatürlich hohen Stimmlage. »Es ist etwas passiert.«

35

Es war der dritte Juni. Ein schläfriger, staubiger Sommertag schon fast vom Morgen an. Das Aufstehen war ihr nicht so leicht gefallen; die Beine waren schwer, und natürlich blutete sie immer noch. Aber sie war mit dem Gedanken aufgewacht, dass sie heute mit ihm reden würde. Dass jetzt genug Zeit vergangen war, und wenn er nicht zu ihr kam, dann musste sie eben zu ihm.

Es war später Vormittag, als sie zur Waldwiese fuhr, wo sie neulich gemäht hatte. Das Heu musste noch einmal gewendet werden, nachdem es gestern geregnet hatte. Auf dem Waldweg klirrte und schepperte der Heuwender jedes Mal, wenn sie über eine Wurzel fuhr. Und im Unterbauch spürte sie es auch. Sie hob sich ein wenig aus dem Sitz, dann war es besser, aber im Stehen konnte sie nicht fahren.

Auf der Lichtung glänzte das Heu in der bereits hochstehenden Sonne. Auch auf den Fichtenzweigen ringsum war der Tau längst getrocknet; es würde ein heißer, langer Sonnentag werden. Ihr war jetzt schon warm. Die Grasinseln, die sie der Kitze wegen hatte stehen lassen, nahmen sich eigenartig auf dem Feld aus, wenn eine Brise die hohen Halme beugte.

Sie senkte den Wender, und der Bulldog ruckte an. Mit dem aufwirbelnden Heu stieg auch der Duft um sie herum auf; leicht, aber trotzdem irgendwie betäubend. Er tat gut; es war, als atmete sie mit dem Duft eine Wärme in den Bauch, die ein wenig von dem Ziehen nahm.

Als sie fertig war, überlegte sie, ob sie gleich hinüber zum Lein fahren sollte. Der musste gehackt werden. Aber es war Mittag, und sie hatte heute nicht gefrühstückt, weil sie zu spät aufgestanden war, deshalb hatte sie richtig Hunger. Zum Lein könnte sie nach dem Essen auch mit dem Rad fahren.

Auf dem Rückweg durch den Wald überlegte sie, wann sie zu Wilhelm hinübergehen würde. Abends nach dem Melken am besten. Oder sie steckte ihm einen Zettel in die Mauer; nur wusste sie nicht, ob er dort hinging und nachsah. So wie sie jeden Tag.

Als sie auf den Hof einbog, kam der Vater aus der Maschinenhalle, nickte ihr kurz zu, bevor er in den alten Stall ging, um sich vor dem Mittag zu waschen. Sie fuhr den Wender zurück in die Scheune und koppelte ab. Dann ging sie ihm hinterher.

»Schuhe aus!«, rief die Mutter von der Küche aus. »Es ist nass gewischt.«

Sie schlüpfte aus den Schuhen und zog auch die Strümpfe aus, damit die nicht nass wurden. Der feuchte Fliesenboden fühlte sich gut und kühl unter ihren Füßen an. Der Opa saß schon auf der Bank; der Vater hatte sich ein Bier geholt. Aus dem Backofen roch es süß nach Apfelstrudel; die Vanillesoße stand in dem blauen Milchtopf zum Warmhalten auf dem Wasserschaff. Die Mutter trug eben auf. Letztjährige Kartoffeln. Endiviensalat. Butter. Ein Donnerstagsessen. Sie setzte sich, ohne die Schürze abzubinden.

»Gesegnete Mahlzeit.«

»Gesegnete Mahlzeit«, murmelte sie. Der Vater nickte bloß, ebenso wie der Opa.

»Habt ihr's schon gehört?«, fragte die Mutter beim Auftun. »Der Bub vom Pfarrer, der Wilhelm, hat sich totgefahren.«

Die Welt blieb stehen.

»In der Kurve hinter Hochstett wieder. Dass sie da nicht endlich einmal die Bäume fällen!«

Sie hörte alles. Sah alles. Den Dampf über den Kartoffeln. Den Tau auf dem Bierglas des Vaters. Wie der Opa langsam den Löffel ablegte. Die Fliege auf dem Fliegenfänger an der Lampe, deren Flügel noch hilflos schwirrten. Aber nichts davon kam noch bei ihr an.

»Die Buben fahren immer wie die Verrückten«, meinte der Vater und langte nach der Schüssel mit den Kartoffeln. »Jedes Jahr erwischt es einen. Weiß man schon, wann die Beerdigung ist?«

»Gestern hat er noch vorbeigeschaut«, sagte die Mutter, »die arme Frau Pfarrer. Das einzige Kind.«

Sie tat sich noch Endiviensalat auf. Vom Holzlöffel tropfte es auf die Tischdecke. Sie merkte es nicht.

Der Opa sah zu ihr herüber, aber sie konnte sich immer noch nicht bewegen. Sie konnte gar nichts tun. Sie spürte auch nichts mehr. Der Vater warf ihr einen kurzen Blick zu.

»Ihr habt doch früher immer miteinander gespielt«, sagte er und fuhr, zur Mutter gewandt, fort: »Der Straller will seinen Acker verkaufen, am niederen Weg den. Um die dreißig Ar hat er.«

Die Mutter richtete sich auf.

»Noch einen Acker! Als ob du nicht Arbeit genug hättest.«

Und zu ihr: »Hast du gar keinen Hunger, Mädchen? Den ganzen Vormittag stehe ich in der Küche, und du rührst nichts an.«

»Lass sie«, sagte der Opa rau.

Sie schob den Teller weg und stand auf.

»Ich muss aufs Feld«, sagte sie und ging aus der Küche.

36

Egal, was man tat, es war falsch. Nichts fühlte sich an, als dürfte man es noch tun. Georg saß neben ihr, während sie zurück nach Salach fuhren. Ihr Vater saß am Steuer. Er hatte den Wagen schon herausgefahren, als ihre Mutter sie an der Tür abgefangen hatte. Wahrscheinlich war er dankbar dafür, etwas tun zu können. Irgendetwas, nur um nicht sprechen zu müssen.

Nichts fühlte sich richtig an. Sie hatte mit Hermann telefoniert. Auch er hatte nicht sprechen können. Dass sie kommen würden, hatte sie ihm gesagt. Ja, hatte er geantwortet, und es klang so unendlich hoffnungslos, dass in ihr noch die Angst hinzukam, dass Hermann sich etwas antun würde. Dass er es nicht aushielt. Nur Ja. Nichts anderes. Ja.

Wie konnte sie in einem Auto sitzen und irgendwohin fahren? Wie konnte sie eine Jacke anziehen, eine Handtasche mitnehmen? Wie konnte sie aus dem Fenster sehen und Felder sehen, die Wilhelm nicht mehr sehen konnte?

Georg hielt ihre Hand. Er sah starr geradeaus, die Tränen liefen ihm übers Gesicht, und er wischte sie nicht ab. Sie liefen und liefen und tropften von seinem Kinn auf seinen Schoß, Träne für Träne. In ihr war gar nichts. Keine Träne und kein Gefühl und nichts, nichts, nichts. Nichts.

Sie konnte kaum atmen. Die Fenster waren heruntergekurbelt, weil irgendwo da draußen ein Sommertag war und die Sonne aus einem Himmel schien, der eben eingestürzt war.

Wilhelm.

Sie hatten sich an der Hand gehalten. Vor ein paar Tagen noch hatten sie sich an der Hand gehalten, als sie über den Friedhof gegangen waren. Jetzt, im Rückblick, wusste sie: Es war ein Fehler gewesen. Wie hatte sie mit ihm über einen Friedhof gehen können? Über einen Friedhof?

»Es ist meine Schuld«, sagte sie tonlos. »Ich hätte nicht fortgehen dürfen. Niemals.«

Georg schüttelte nur wortlos den Kopf. Plötzlich schluchzte er, und es war, als träfe dieser Ton das erste Mal in ihr Innerstes. Wie ein Hammer, der auf ihr Herz schlug, um es zum Stehen zu bringen, und es nicht schaffte.

Wilhelm.

Da war das Bild von ihm auf dem Wickeltisch, damals, in Salach, im eigentlich eiskalten Bad, wo sie die Wärmelampe über der Waschmaschine installiert hatte. Sie allein, weil das der Elektriker aus dem Dorf nicht hatte tun wollen. Wilhelm. Sein Babylachen auf dem Tisch unter der Wärme der Lampe.

Wilhelm.

Wie sie zusammen Musik gehört hatten in der Küche. Siebzehn Jahre, und sie wusste damals: Es würde bald vorbei sein. Vielleicht rollte er den Keksteig mit ihr zusammen nur noch aus lächelndem Mitleid mit ihr aus. Eigentlich schon viel zu alt, um noch mit der Mutter zu backen, er tat es aber trotzdem, weil er spürte, wie sehr sie an ihm hing, und er sie nicht enttäuschen wollte. Seine Mama. Wilhelm. Dass sie ihn nie wieder bei seinem Namen würde rufen können, und er nach dieser kleinen Pause, die er immer machte, antworten würde. Wilhelm. Wilhelm.

Etwas in ihr riss. Sie spürte, dass es riss und dass sie sich nie wieder würde aufrichten können.

Als sie in den Pfarrhof einbogen, sah das Haus so leer, so entsetzlich unbelebt aus, dass sie Angst hatte, hineinzugehen. Sie schloss auf, und Georg und ihre Eltern folgten ihr nach oben, wo Hermann am Tisch im Wohnzimmer saß. Bewegungslos. Eine unberührte Tasse vor sich; der Kaffee schon lange kalt, daneben ein Formular. Er stand nicht auf, als sie hereinkamen. Ließ sich von den Schwiegereltern die Hand schütteln, weil die nichts anderes zu tun wussten. Wie hielt man das aus? Sie setzte sich zu ihm.

»Hermann«, sagte sie nur. Mehr ging nicht.

Er drehte das Blatt in der Hand.

»So viele Totenscheine habe ich schon gesehen«, sagte er so leise, dass man ihn fast nicht verstand. »So viele. Und ich habe nie gewusst, was das bedeutet. Ich bin ihr Pfarrer und ich habe es nie gewusst. Vielleicht ist das die Strafe.«

»So darfst du nicht denken«, sagte Georg stockend. »Es gibt … das ist ein furchtbares Unglück. Aber es ist …«

»Du hast keine Kinder«, schnitt ihm Hermann das Wort ab. Immer noch leise, aber mit einer schrecklichen Endgültigkeit in der Stimme. Dann stand er auf.

»Wir müssen zum Satzinger«, sagte er. »Die Bestattung …«

Sie unterbrach ihn.

»Wo ist er? Ich muss ihn sehen. Ist er noch im Krankenhaus?«

Hermann schüttelte den Kopf.

»Der Satzinger hat ihn vorhin abgeholt. Deswegen … heute Abend, hat er gesagt.«

Ihre Mutter war in die Küche gegangen und setzte Kaffeewasser auf. Georg stand im Wohnzimmer vor den Regalen und nahm ab und zu ein Buch zur Hand, ohne das zu verstehen, was er las. Ihr Vater murmelte irgendetwas vom Auto und ging wieder hinaus. Er konnte es so wenig ertragen wie sie, aber es war egal, wo sie hinging: Es gab kein Hinaus mehr. Nirgends auf der ganzen Welt gab es Wilhem noch.

Er sah nicht einmal richtig tot aus.

Der Satzinger hat ihn aufgebahrt wie seinen eigenen Sohn, dachte sie, und es ist noch nicht einmal für die Aussegnung. Sie war allein in der kleinen Halle. Sie musste allein mit ihm sein, wenigstens für zehn Minuten. Sie hatte ihn … es war erst ein paar Tage her, dass er bei ihr in München gewesen war, aber Hermann hatte ihn gestern noch gesehen. Sie nicht. Sie musste allein mit ihm sein. Und jetzt auf einmal schüttelte es sie, und die Tränen kamen, und sie kniete sich neben ihren Sohn und weinte und weinte, und es nützte nichts, gar nichts.

37

Roberta ging und ging und ging und ging und ging und ging. Sie war längst über Raitenbühl hinaus und ging über fremde Felder, und dann kam der Wald. Sie konnte nicht stehen bleiben, weil sonst alles ganz wahr wurde.

Wie hatte er einen Unfall haben können? Er fuhr immer vorsichtig. Sogar mit Helm.

Wie hatte er mitten im Sommer an einem trockenen Tag in der Kurve sterben können?

Wie hatte er mit seinem Moped einen Unfall haben können, der ihn umbrachte? Es war noch nicht einmal ein richtiges Motorrad.

Sie ging und ging und ging immer weiter. Selbst im Wald war es heiß. Ihr Mund wurde immer trockener, aber sie verbot sich, irgendetwas zu spüren wie Durst oder Erschöpfung oder sonst irgendetwas.

Er konnte nicht tot sein. Sie hatten nicht mehr miteinander geredet seit ihrem Streit. Er konnte nicht tot sein. Nichts hatte sie mehr in Ordnung bringen können. Vielleicht war sie überhaupt schuld.

Nein. Nicht vielleicht.

Sie hatte nicht mehr an sie beide geglaubt. Sie war zu schwach gewesen und zu kleingläubig und zu ängstlich, und sie hatte zu wenig geliebt.

Hast du dich umgebracht, Wilhelm?

Jetzt blieb sie stehen. Bis jetzt hatte sie nur tot, tot, tot, tot gedacht, aber nicht das.

Es schoss ihr so hinein, dass sie sich an einem Baum stützen musste.

Nicht. Das nicht! Bitte!

Hast du dich umgebracht wegen mir?

Und jetzt fiel es ihr ein, was es bedeutet hatte, damals mit dem Hollerbusch. Es war nicht das Kind gewesen. Es war Wilhelm.

Übers Jahr stirbt einer.

Wilhelm.

Es war die Strafe dafür, dass sie es hatte wegmachen lassen. Sein Leben für das andere.

Ja. Es passte zusammen. Es war kein Unfall. Es war die Strafe.

Es war spät, als sie zurückkam, vollkommen verwüstet und immer noch nicht erschöpft genug. Sie musste am Pfarrhaus vorbei und sah dort zwei Autos stehen. Die Haustür war offen, und eben ging der Bürgermeister hinein; zusammen mit seiner Frau. Aber sie konnte noch nicht hingehen. Sie wusste nicht, ob sie überhaupt jemals wieder ins Pfarrhaus gehen konnte.

Sie stolperte, als sie in den Hof kam, und fast wäre sie hingefallen, so schwach war sie in den Beinen.

»Wo bist du gewesen?«

Sie hatte ihn nicht gesehen. Der Opa saß im Dunkeln auf einem Stuhl, den er an die Hauswand gestellt hatte. Seine Stimme klang furchtbar alt. Er stand auf. Zittrig auch er.

»Solche Angst hab ich um dich gehabt, Mädchen.«

Er nahm sie bei der Hand, und sie ließ sich zum Stuhl führen. Es war ganz gleich, wo sie sich hinsetzte. Und es war ganz gleich, ob sie saß oder stand. Alles ganz gleich.

»Opa«, konnte sie dann nur hilflos sagen. Weil es keine Hilfe gab. Und nichts, was man sagen konnte.

Er sagte auch nichts. Er stand einfach neben ihr, gebeugt und manchmal hustend in der warmen Juninacht. Nur seine Hand lag auf ihrem Kopf, den sie an seine Hüfte gelehnt hatte. Drüben im Pfarrhaus waren die Fenster immer noch hell.

»Ich halte es nicht aus, Opa«, sagte sie dann verzweifelt. Weil es nicht auszuhalten war. Weil besser sie tot wäre als er.

»Ich weiß«, sagte er nur. »Ich weiß, Roberta.«

»Was … was soll ich jetzt tun? Was … Opa, ich hab sein Kind weggemacht. Ich glaub, er hat sich umbringen müssen deswegen.«

Sie hörte, wie er scharf einatmete. Dann ging der alte Mann auf einmal neben ihrem Stuhl auf das harte Pflaster in die Knie, damit er in ihr Gesicht schauen konnte.

»Bobbie«, flüsterte er, »das hat er sicher nicht. Es ist ein Unfall gewesen, das sagen alle. Es hat einer Heu verloren in der Kurve, darauf ist er weggerutscht. Glaub das bloß nicht, Bobbie. Er hat sich nicht umgebracht.«

Plötzlich schüttelte sie ein Schluchzen von ganz tief innen.

»Aber tot ist er doch!«, schrie sie erstickt und sprang wieder auf. »Er ist tot! Nie wieder! Ich seh ihn nie wieder.«

Sie konnte nicht mehr schreien und nichts sagen, nur noch weinen, wie sie noch nie geweint hatte. Der Opa kam mühsam hoch. Dann nahm er sie in den Arm, mit all seiner alten Kraft, und hielt sie. Außer Wilhelm hatte sie noch nie einer umarmt, und sie musste noch mehr weinen, weil sie wusste, dass Wilhelm das nie wieder tun würde. Und sie würde nie wieder lachen können.

38

Es war nicht gut, das Haus für die Aufbahrung aufzuräumen, aber es war besser, irgendetwas zu tun, als nur dazusitzen und in eine Vergangenheit zu starren, die wertlos geworden war. Ihre Mutter half ihr, und sie putzten den unteren Gang und die Treppe und den oberen Flur. Und in allem war Wilhelm. Auf der Treppe sein Kinderkopf zwischen den Geländerstäben, von denen sie die eine fast herausgesägt hätte, bevor er mit Hermanns Hilfe und verschrammten Ohren dann doch wieder freigekommen war. Oben auf dem Flur die Erinnerung an eine Westernstadt aus bemalten Kartonhäusern und einem Wasserturm aus einer beklebten Persiltonne. Sie konnte nicht mehr weinen. Sie putzte und räumte, als würde sie sich selbst dabei zusehen, und es ging sie alles nichts mehr an. Hermann war im Arbeitszimmer und ließ niemanden zu sich. Georg war in Wilhelms Zimmer und räumte dort ein wenig auf. Es gab noch getragene Hemden von ihm und Wäsche, und sein Bett roch noch nach ihm, und es war unerträglich, dort hineinzugehen, und dann musste sie es doch wieder tun, weil wenigstens sein Geruch noch da war und weil sie entsetzliche Angst hatte, ihn womöglich irgendwann zu vergessen. Georg hatte auch die Sachen ausgesucht, mit denen er dann zum Satzinger gefahren war. Sie hatte das nicht gekonnt.

Im Wohnzimmer war der Tisch beiseitegeräumt worden, und sie hatten Sofa und Stühle umgestellt. Hermann und sie hatten beide nicht gewollt, dass er in seinem Zimmer aufgebahrt wurde. Dass die Leute aus dem Dorf in sein Zimmer kamen.

Ihre Mutter stellte Kerzen auf, und ihr Vater hatte Blumen gekauft, die in Vasen am Fenster standen. Wie für eine Feier.

Auf einmal stand Hermann im Zimmer.

»Ich habe den Müller gebeten, die Beerdigung zu machen«, sagte er leise. »Ich habe überlegt … ich dachte, dass … aber ich kann es nicht. Ich kann nicht mein Kind beerdigen.«

Er stand dort, und die Tränen liefen ihm übers Gesicht, und sie weinte ebenfalls und ging zu ihm, um ihn zu umarmen und zu halten, weil er so ohne jede Hoffnung war, wie sie ihn noch nie gesehen hatte.

Durch das offene Fenster hörte sie, wie ein Auto auf den Hof einbog, das sie nicht kannte. Der Satzinger mit dem Sarg. Sie löste sich von Hermann, der nach unten ging, um die Tür zu öffnen. Dann kamen sie nach oben, mit einem klappbaren Eisenrahmen, den sie im Wohnzimmer aufstellten und über den sie ein weißes Tuch breiteten. Dann ein zweites Mal mit dem Sarg, den sie sorgsam auf den Rahmen stellten und ihn geraderückten. Der Satzinger sah wieder so aus wie immer, wenn er zu Besprechungen mit Hermann ins Haus gekommen war.

»Sollen wir ihn gleich öffnen?«, fragte er sie höflich.

Sie nickte nur. Ja. Sie wollte ihn noch einmal sehen. Aber vor allem war der Gedanke so furchtbar, dass er da im kompletten Dunkel lag; eingesperrt in einer lichtlosen Kiste.

Der zweite Bestatter drehte die Schrauben auf und hob den Deckel ab. Als er ihn in der Hand hatte, sah er sich um, wo er ihn hinstellen konnte. Wie ein Möbel, das zu viel war.

»Wir stellen ihn unten in den Gang«, sagte der Satzinger rasch. Nahm dann überraschend ihre Hand und sagte leise: »Mein herzliches Beileid noch mal, Frau Pfarrer. Ich weiß, das ist schwer für Sie beide. Ich hab ihn gern gemocht, den Wilhelm.«

Wahrscheinlich tat er so etwas immer, aber vielleicht war es auch echt.

»Danke«, sagte sie.

Von unten hörte sie die Klingel durch den Flur schrillen. Die Leute aus dem Dorf kamen zum Kondolieren.

39

»Gehst nicht mit hinüber?«

Die Mutter sah sie an. Als ob es ihr nicht passte. Als ob sie alle zusammen gehen müssten. Als ob sie sonst alles zusammen täten, wenn es nicht gerade die Arbeit auf dem Hof verlangte. Sie lebten doch alle für sich, und keiner wusste wirklich etwas vom Inneren des anderen. Außer sie vielleicht und der Opa. Sie schüttelte den Kopf.

»Ich komm nach. Mit dem Opa.«

»Der Opa? Was will denn der da?«

Die Mutter stand im Gang und band das Kopftuch. Sie hatte das dunkelblaue Kleid angezogen und die schwarze Schürze dazu. Das schwarze Kleid war nur für die Beerdigung selbst. Der Vater kam aus dem Badezimmer und roch nach Seife. Er hatte den grauen Anzug an, den er auch auf Hochzeiten trug. Hochzeit. Taufe. Beerdigung. Es war gerade gleich, der Vater hatte nur den einen guten Anzug.

»Der Opa hat ihn ja auch gekannt. Darf er nicht mit, weil er zu alt ist, oder geniert er euch? Wir gehen ja eh nach euch.«

Eigentlich war es nicht deswegen. Aber den Wilhelm noch einmal zu sehen, mit den Eltern neben sich, das konnte sie nicht. Am liebsten wäre sie ganz allein mit ihm gewesen. Hätte eine Nachtwache bei ihm gehabt, wie sie es früher getan hatten. Aber das gab es nicht mehr, und wenn sie schon nicht allein hingehen konnte, dann wenigstens nur mit dem Opa.

»Was schaut ihr denn?«, schrie sie plötzlich, ohne es zu wollen. »Geht halt. Ich wart auf den Opa!«

Der Vater warf ihr einen warnenden Blick zu, die Mutter war so überrascht, dass sie gar nichts sagen konnte. Dann gingen sie beide. Durch die Haustür. Das war auch nur an den Sonntagen so.

Als sie mit dem Opa das Pfarrhaus betrat, kamen ihr die Eltern schon wieder entgegen. Sie nickten einander nur zu, als wären sie nicht verwandt. Vielleicht war es das Pfarrhaus, in dem sich alle aus dem Dorf immer ein wenig fremd fühlten, immer ein wenig befangen. Keins der Häuser, die man durch den Stall oder die Hintertür betrat wie sonst alle.

Außer ihr natürlich.

Als sie das letzte Mal mit Wilhelm im Wohnzimmer gewesen war, hatten sie Silvester gefeiert. Und jetzt stand da der Sarg. Die Frau Pfarrer war mit dem Beyerlein im Gespräch. Einer von den Kirchenvorstehern. Der Herr Pfarrer saß mit Wilhelms Onkel auf dem Kanapee. Der Opa ging zu ihnen, und sie trat an den Sarg. Es war wie damals, als im Garten vom Wolfgang das Schaukelseil gerissen und sie vom höchsten Schwung flach auf den Rücken gefallen war. Und nicht mehr atmen konnte. Es ging nicht.

Da lag Wilhelm. Tot. In dem Moment war noch schlimmer, dass sie ihm das Hemd angezogen hatten. Das Hemd, das sie ihm geschneidert und geschenkt hatte. Er sah darin aus, als ob er bei ihr sein wollte, und das war fast nicht auszuhalten, so sehr tat es in ihr weh.

Es schüttelte sie nicht, diesmal, aber gegen die Tränen konnte sie nichts machen. Sie sah sich im Zimmer um, ob man zu ihr hinüberschaute, aber der Opa redete mit der Frau Pfarrer, die aufgestanden war, und so konnte sie ihm noch einmal über die Wangen streichen. Über die Stirn und die geschlossenen Augen und für einen Moment die Hand auf die Brust legen, auf ihr gemeinsames Hemd, in dem er so schön aussah, so sehr schön, dass sie sich umdrehen und gehen musste, ohne Gruß und Beileid, weil es sie davonriss und sie nichts gegen den Laut tun konnte, der aus ihr hervorbrach wie aus einem Kitz, das man mit dem Mähbalken erwischt hatte. Sie rannte die Treppen hinunter und aus dem Haus.

Georg stellte sich zu Gertrud und sah zur Tür.

»Das war doch die, mit der Wilhelm früher immer gespielt hat, oder?«

»Roberta«, sagte Gertrud. »In letzter Zeit haben sie sich wieder öfter gesehen.«

Sie wies auf den alten Strasser.

»Das ist ihr Großvater, der Herr Strasser vom Hof gegenüber.«

Georg gab ihm die Hand. Gertrud sah, wie gerade der große, hagere alte Mann sich hielt.

»Der Wilhelm war ein Besonderer«, sagte er mit brüchiger Stimme. »Ein ganz Besonderer, Frau Pfarrer. Es hätte besser einen von uns Alten getroffen. Es sollten nicht die Kinder vor den Eltern sterben müssen.«

Ja, dachte sie. Kein Schmerz mehr und Wilhelm wäre am Leben. Mich hätte es treffen sollen. Mich und nicht ihn. Wortlos nahm sie die Hand des Alten. Nickte, weil sie nichts sagen konnte.

Es war schon Abend. Die Fenster immer noch offen. Ein Sommertag ging zu Ende. Die Abendglocken um acht Uhr, wie immer im Sommer. Der Himmel noch hell. Das sanfte Summen der Belüfter von den Höfen ringsum. Ein vorbeifahrender Traktor. Schwalben hoch, hoch oben. Auch morgen, zur Beerdigung, würde die Sonne scheinen, und auf einmal war sie voller Hass auf die Welt, die einfach so tat, als läge sie nicht für immer in Trümmern, in grauem Schutt wie nach dem Krieg. Nur dass es diesmal keinen Weg mehr aus den Trümmern gab, weil sie überall waren. Überall.

Unten klingelte es an der Tür, aber sie hatte keine Kraft mehr. Sie hörte Schritte auf der Treppe; Georg musste geöffnet haben. Es klopfte höflich an den Rahmen, obwohl die Tür offen stand. Sie drehte sich um. Erst wusste sie nicht, wer er war, aber an der linkischen Art, wie er die Hände bewegte, erkannte sie ihn schließlich doch.

»Guten Abend, Frau Pfarrer«, sagte Wolfgang stockend. »Ich habe nicht eher kommen können, es tut mir leid.«

Er stand immer noch in der Tür.

»Es ist schon gut«, sagte sie erschöpft. »Danke, dass du gekommen bist.«

Er war rot – er musste rasch gelaufen sein – und sah verstört aus, nicht nur oberflächlich betroffen wie viele von den anderen heute, die danach zurück aufs Feld gegangen waren oder in ihre Werkstatt. Die dann ein Huhn geschlachtet hatten oder ein Zimmer gestrichen.

Er war auch ein junger Mann geworden. Und wie bei Wilhelm sah man noch den ganzen Jungen in ihm, und das war schwer auszuhalten.

»Geh nur hin«, sagte sie mit schwerer Stimme. »Du … ihr seid ja immer Freunde gewesen.«

Er sagte nichts. Er hatte nur den Kopf gesenkt wie früher manchmal, und dann ging er zum Sarg, und sie sah, fast war sie überrascht, dass er sich mit dem Handrücken die Tränen vom Gesicht wischen musste.

»Gute Nacht, Frau Pfarrer«, sagte er rasch und vernuschelt und ging.

»Gute Nacht«, erwiderte sie tonlos, aber da war er schon fort.

40

Samstag, dachte sie, als sie in das Entsetzen hinein aufwachte. Wilhelm war tot, und sie würde nie wieder zu ihm hinübergehen; nachts. Ihn nie wieder neben sich spüren. Seine Hände auf ihrem Bauch, ihren Brüsten. Seinen Atem zwischen ihren Schulterblättern spüren, wenn er hinter ihr liegend eingeschlafen war und sie noch wach lag; voller Wärme und verebbender Lust … Nie wieder.

Samstag. Ein Tag für Hochzeiten. Heute wurde Wilhelm beerdigt, und sie wusste nicht, wie sie aufstehen sollte. Wie bei diesen Aufziehautos, die er als Kind gehabt hatte und die sie im langen, kalten Flur des Pfarrhauses hatten fahren lassen. Den roten Alfa Romeo – der war immer ihrer gewesen – hatte sie beim Aufziehen einmal überdreht. Die Feder war gebrochen, und von da an stand er nur noch auf der Stelle.

In ihr war es genauso. Es gab nichts mehr, das sie antrieb. Im letzten Jahr war Wilhelm die Feder in ihr geworden, und jetzt war er zerbrochen. An einem Baum in der Hochstetter Kurve.

Sie hörte die Mutter unten in der Küche, den Vater nebenan im Bad. Keiner rief nach ihr, obwohl es Zeit zum Melken war. Seltsam vorsichtig waren sie mit ihr geworden. Ob sie es wussten? Es war gleich. Ganz gleich. Nichts berührte sie mehr, und sie blieb einfach liegen, die Augen an die Decke gerichtet, wo nichts war, was sie an ihn erinnern konnte.

Viel später klopfte es an der Tür, dann kam der Opa herein, ohne eine Antwort abzuwarten. Sie hatte die Augen nicht geöffnet, sie erkannte ihn an seinem Schritt. Sein Geruch nach Strickwolle und Zigarrentabak folgte ihm, als er einen Stuhl heranzog und sich zu ihr ans Bett setzte.

Sie wartete, aber er schwieg lange. Als ob er darüber nachdenken müsste, was er sagen wollte, und das erinnerte sie schon wieder an Wilhelm, sodass sie schlucken musste. Da legte er seine alte Hand leicht auf die Decke über ihrer Brust.

»Ganz hört es nie auf«, sagte er mit einer vom Husten und Tabak tiefen Stimme, »es bleibt immer. Aber irgendwann hört es auf zu bluten, und dann wird der Schmerz weniger. Die Narbe bleibt dir immer und …«

Sie blieb liegen, als sie mit flacher Stimme sagte: »Ich glaube nicht, dass es weggeht. Dazu müsste ich tot sein, innen, dass ich das nicht mehr spüre.«

Der Opa nahm seine Hand nicht weg. Er sah aus dem Fenster, als er weitersprach.

»Doch. Irgendwann, auch wenn du es jetzt nicht glaubst, wirst du sogar wieder lachen können. Beim ersten Mal wird es sich anfühlen wie ein Verrat. Aber das ist es nicht.« Er machte eine lange Pause, als er zögernd, fast suchend weitersprach. »Weißt du … er ist tot. Da ist kein Schmerz mehr. Du bist da und musst ihn aushalten, den ganzen Schmerz. Aber du lebst. Und wenn er dich geliebt hat, der Wilhelm, und das hat er, das weiß ich, dann hätte er wollen, dass du weiterlebst. Ein ganzes Leben und kein halbes.«

Das Letzte hatte er mit einem seltsamen Zittern in der Stimme gesagt. Als müsste er auch weinen, und das hatte sie überhaupt noch nie bei ihm gehört. Sie richtete sich auf.

»Hast du ein halbes Leben geführt, Opa? Nach der Elly?«

Als ob es ein Trost wäre, wenn es dem Opa auch so gegangen war. Aber die Elly hatte immerhin noch gelebt, als er wegmusste von ihr.

Er nickte langsam.

»Ja. So hat es sich angefühlt. Und ganz ist es auch nie weggegangen, das Gefühl. Ich bin nie wieder richtig daheim gewesen hier.«

Ja, so fühlte es sich auf einmal an. Zu spät. Sie hätte mit ihm gehen sollen. Wilhelm hatte mehr an ihre eigenen Träume geglaubt als sie selbst. Der Alte nahm die Hand von der Decke und stand auf. Mühsam.

»Roberta«, sagte er, »du musst dich jetzt anziehen. Du hast ihn liebgehabt, den Wilhelm, und deswegen musst du hin. Das schuldest du ihm. Du bist sein Mädchen gewesen, und du bist die, die ihn auf seinem letzten Weg begleiten muss. So gehört es sich.«

Er nahm ihre Hand und zog sie hoch. Sie ließ es geschehen.

Sie stand vor dem Schrank. Eigentlich gab es nichts zum Überlegen. Das Sonntagskleid war das Richtige, weil es eh dunkel war. Und normalerweise würde sie heute ein schwarzes Umschlagtuch über die Bluse nehmen. Aber sie hatten ihn in ihrem Hemd in den Sarg gelegt.

Du bist sein Mädchen gewesen, Roberta. Die letzte Ehre schuldest du ihm, Mädchen.

Und so zog sie das Kleid an. Und dann, statt des schwarzen Schultertuchs, das Jäckchen von damals. Sie würden es alle sehen. Und reden würden sie auch. Aber es war ihr gleich. Weil sie jetzt erst wusste, was wirklich wichtig war und was nicht.

Das Jäckchen. Für ihn.

41

Sie ging zwischen Georg und Hermann gleich hinter dem Sarg, als sie ihn aus der Kirche zum Friedhof trugen. Die Totenglocke, dünn und einsam, läutete in einen makellosen Himmel hinein. Hinter ihr die Eltern. Und das ganze Dorf. Sonst, bei Beerdigungen im Sommer, fuhr immer einer aufs Feld oder arbeitete am Hof. Aber nicht heute. Als ob das Schicksal härter zugeschlagen hätte, wenn es ihren Pfarrer traf, als ob es auch die Leute im Dorf stärker getroffen hätte als sonst.

Sechs junge Männer aus der Dorfjugend trugen den Sarg. Sie kannte nicht alle, aber Wolfgang war dabei. Georg hatte ihren Arm genommen, weil sie manchmal schwankte. Sie wusste nicht, ob es Schwäche war oder einfach die ungeheure Leere, die in ihr war und die machte, dass sie alles wie aus einer weiten Ferne sah. Überscharf und aus weiter Ferne. Und Hermann neben ihr wirkte so schmal und verloren, dass sie ihm am liebsten Halt gegeben hätte, wäre sie nicht selbst so unsicher auf den Beinen gewesen.

Sie ging mit dem Opa und den Eltern weit am Ende des Zuges. Vorne bogen sie schon auf den Friedhof ein, da waren sie eben erst aus der Kurve heraus und beim Schmied vorbei. Die Glockenjungen am Straßenrand hatten sich auf die gemauerten Zaunpfosten gestellt, damit sie einander besser winken sahen, wenn das Zeichen vom Friedhof kam, dass geläutet werden musste. Vor zehn, zwölf Jahren waren Wilhelm und Wolfgang auch Glockenjungen gewesen, und sie hatte sich so geärgert, weil sie als Mädchen nicht dabei sein und fünfzig Pfennig verdienen durfte.

Die Eltern hatten nichts gesagt, als sie im Jäckchen über dem guten Kleid hinuntergekommen war. Vielleicht ahnten sie langsam, dass ihr Wilhelm nicht nur ein Kinderfreund gewesen war. Ob sie es wussten oder nicht – er war tot. Und sie hatte Schuld. Alle sagten, es sei ein Unfall gewesen, aber sie hatte Schuld. Wenn sie nicht gestritten hätten … wenn sie ihm mehr vertraut hätte … seiner Liebe. Aber hatte sie nicht. Sie hatte an sich gedacht. An die Eltern und wie sie dastehen würde im Dorf. Nicht an ihn. Und jetzt war es zu spät, an ihn zu denken, weil er es nicht mehr spürte.

Die Morgenkühle war längst vergangen. Es war ein Junitag wie aus dem Malbuch. In den Vorgärten blühten die Pfingstrosen. Wie zum Spott lebte es um sie herum aufgeräumt und bunt und lachend, sobald man sich umdrehte und nicht mehr hinsah.

In der Friedhofskapelle war der Sarg geöffnet, als sie hereinkamen und einen Platz fanden. Sie blieb nicht hinten. Sie konnte nicht. Einmal musste sie ihn noch sehen, und so drängte sie sich durch, und es war ihr egal, dass die Bergers Rosi zischte, weil sie sie beiseiteschob. Einmal noch!

Die Frau Pfarrer stand neben dem Sarg mit dem Herrn Pfarrer und Wilhelms Onkel Georg. Und Wilhelm lag still und tot im Sarg. Er sah anders aus, als er im Pfarrhaus ausgesehen hatte. Friedlicher vielleicht. Als ob er gleich lächeln würde, und für einen winzigen Moment, gegen alle Vernunft, brauste in ihr die wilde Hoffnung hoch, eine Sekunde nur, dass er doch noch lebte, dass sie es nicht gemerkt hatten, dass er …

Aber er war einfach tot.

Der Müller machte es, so gut er konnte. Er hatte Wilhelm gekannt, als Bub zumindest, und ihn auch später ab und zu gesehen. Vor allem aber war er Hermanns Freund. Die Leute würden später sagen: Schön hat er's gemacht.

Es war aber nicht schön. Und dann, als der Sarg im Boden war, kurz bevor der Müller den Segen sprach, da dachte sie: Wie soll ich hier weggehen? Wie soll ich in ein Haus gehen, in das Wilhelm nie wieder kommt? Wie soll ich schlafen und essen und trinken und leben und … Sie wusste es nicht.

Erde auf den Sarg. Hermann war der Erste, dann trat sie ans Grab. Ein Schäufelchen von der steinigen, armen Erde, die es hier hatte. Wahrscheinlich wurde man hart, wenn man aus so einer Erde wuchs, dachte sie, als die aus dem Dorf einer nach dem anderen kamen, um es ihr nachzutun. Eine Handvoll Erde nach der anderen. Die Frauen mit ihren abgearbeiteten Gesichtern unter den schwarzen Kopftüchern und die Männer, noch gar nicht so alt, aber schon nicht mehr ganz aufrecht von den vielen Säcken, die sie in ihrem Leben getragen hatten. Für einen Moment kam ihr, dass sie von all denen kaum etwas wusste. Auf einmal fiel ihr das Mädchen aus Wilhelms Klasse ein. Dreizehn Jahre musste es her sein oder so. Die war an Scharlach gestorben und sie … ja, sie erinnerte sich. Ein flüchtiges Bedauern. Ein schnelles Erschrecken, das gleich wieder fort war. Hermann hatte das Mädchen beerdigt, und sie wusste noch, wie ungeduldig sie gewesen war, damals. Und jetzt mussten diese Eltern hier sein, und sie erkannte sie nicht einmal. Ja. Aber damals hatte sie noch nicht gewusst, wie sich das anfühlte.

Es dauerte lange. Jeder gab ihr die Hand. Manche murmelten nur etwas, andere sagten Dinge über Wilhelm, von denen sie gar nichts gewusst hatte. Wolfgang konnte gar nichts sagen, als er ihr die Hand gab. Sein Gesicht war nass, und er schüttelte nur den Kopf, ein-, zweimal, weil er kein Wort herausbrachte.

Dann kam Roberta. Ihr Großvater hinter ihr. Sie war … Für einen Augenblick stieg plötzlich Wut in ihr hoch: Das Mädchen hatte sich hübsch gemacht wie für ein Fest. Dann sah sie ihr Gesicht. Anders als alle anderen vor ihr. Verstört. Verloren.

»Mein Beileid, Frau Pfarrer«, sagte sie langsam mit schwerer Stimme.

»Danke«, sagte seine Mutter, und einen Augenblick dachte Roberta, dass sie selbst dort stehen müsste. Ihr war er weggestorben, und eigentlich müssten sie alle ihr Beileid sagen.

Nicht einmal diesen Trost hatte sie. Aber … es gab sowieso keinen. Sie trat zur Seite und wollte auf den Opa warten, der auch noch einmal kondolierte. Aber sie hielt es nicht mehr aus. Noch bevor die letzten ans Grab getreten waren, ging sie zum Törchen. Ging die Straße entlang, wo die Glockenjungen beieinanderstanden und auf ihre fünfzig Pfennige warteten, sobald der alte Satzinger die Friedhofskapelle abgeschlossen hatte und herauskam. Ging bis zum leeren Hof und dort in die Scheune, wo der Bulldog stand. Ließ ihn an und fuhr hinter in den Garten zur Maschinenhalle. Der Motor lief weiter, als sie abstieg und das Tor aufzog. Der Pflug stand ganz hinten – den brauchte es ja zu dieser Jahreszeit nicht –, und sie musste erst den Heuwender anhängen und herausziehen. Sie ließ ihn einfach draußen stehen und kuppelte den Pflug an. Dann stieg sie wieder auf und gab so wütend Gas, dass der Schlepper einen Moment lang stieg, bevor er wieder schwer auf die Vorderräder fiel und sie durch den Hof auf die Straße brach, ohne sich umzusehen. Es war ihr alles gleich.

Auf der Straße nach Raitenbühl fuhr sie im höchsten Gang und so schnell sie konnte. Hinter ihr der Pflug klirrte und sprang bei jeder kleinen Unebenheit im Asphalt. Zusammen mit dem Lärm des Diesels war es gerade gut. Nichts mehr hören.

Fast ohne zu bremsen, bog sie in den Feldweg zum Eichental ein. Die Sonne stand jetzt mittagshoch, und es war heiß, und hinter ihr stiegen Wolken von Staub auf, die sich nur ganz allmählich wieder legten. Sie hätte langsamer werden müssen, als die Büsche kamen, die weit bis auf den Weg hineinwuchsen, aber es waren Hollerbüsche. In voller Blüte. Gerade die!

Rechts und links peitschten die Zweige beim Vorbeifahren das Blech, und von den weißen Dolden stieg der betäubend schwere Duft hoch, und sie hasste ihn.

Sie hielt nicht an, als sie das Leinfeld erreicht hatte. Der Flachs stand hoch und so wie der Holunder in voller Blüte. Ein blassblaues Meer, wenn der Wind darüberging. Sie ließ den Pflug im Fahren hinab, und wieder hob es den Bulldog vorne, als die Scharen sich einsenkten in den Boden. Aber sie hielt nicht an. Er war für ihn gewesen, der Flachs, nur für ihn. Leinen für Wilhelm. Niemand sollte ihn haben außer ihm. Wenn er unter der Erde lag, dann auch der Lein. Sie pflügte die erste Bahn unter. Hob den Pflug und wendete. Und senkte ihn schon, bevor sie wieder ganz auf dem Acker war. Keine Pflanze sollte stehen bleiben, keine einzige. Und während sie pflügte, schrie sie. Schrie wieder und wieder wie ein Tier seinen Namen in den Lärm hinein und wusste doch, dass er sie nicht mehr hören konnte.

42

Georg war am Tag nach der Beerdigung mit den Eltern gefahren. Sie hatte nicht mitkommen können. Hermann jetzt allein lassen, das konnte sie nicht. Genauso wenig, wie sie einfach wieder mit den Eltern nach München hätte fahren können. Sie wusste gar nichts mehr, und es gab ja sowieso keinen Boden mehr, auf dem sie sicher stehen konnte.

Ich bin nächstes Wochenende wieder da, hatte er versprochen. Sie hatte nur genickt. Dann waren sie gefahren. Sie konnte ihrer Mutter ansehen, wie erleichtert sie war, ihrer Trauer zu entkommen.

Sich im Haus zu bewegen war, als wäre ihre Haut am ganzen Körper verbrannt. Es gab keinen Ort, an dem es nicht wehtat. Dazu waren die Tage sonnig und schön, wie zum Hohn. Wenn sie auf die Terrasse trat, dann musste sie an letztes Jahr denken und wie sie mit Wilhelm gescherzt hatte. Wenn sie in der Küche war, dann daran, wie sie Kekse gebacken hatten im Advent. Er war oft so bemüht um sie gewesen. Als wäre ihm immer bewusst gewesen, dass er der Einzige war, und als hätte er ihr die Zeit, bis er das Haus verließ, leicht und schön machen wollen. Sie stand vor dem kalten Herd und dachte daran, dass ihr das so sehr gefallen hatte. Dass sie schon damals, wenn sie zusammen waren, manchmal ein plötzliches kleines Sehnsuchtsgefühl gehabt hatte, weil sie wusste, dass es irgendwann vorbei sein würde. Aber es war immer auch ein schönes Gefühl gewesen, weil er ja bei ihr war.

Dieses Gefühl würde es nicht mehr geben.

Die Tage waren sehr schwer. Sie schlief wieder in ihrem Zimmer, aber Hermann und sie frühstückten zusammen. Aßen zusammen zu Mittag und zu Abend. Dazwischen tat er, was er immer getan hatte. War viel in seinem Arbeitszimmer, besuchte Leute aus der Gemeinde, die krank lagen, ging viel spazieren. Wie immer. Manchmal sprachen sie über Wilhelm, und sie wunderte sich, an wie viele Dinge er sich erinnerte, von denen sie nichts wusste. Dass Wilhelm ihm einmal die Brille gelötet hatte, obwohl er doch handwerklich gar nicht so begabt war. Was Wilhelm gekocht hatte, als sie mit Georg auf Reisen gewesen war, und wie er einmal den Nudelauflauf zu Mittag im Ofen vergessen und sie ihn erst am Abend zu Kohle zusammengeschmort aus dem Ofen gezogen hatten.

Die Fenster im Wohnzimmer standen offen. Die Möbel waren wieder zurückgerückt. Sie lehnte an der Laibung und sah hinaus. Das hell verblichene Gelb des Kirchturms gegen das Blau des Junihimmels. Die goldene Kugel auf der Spitze leuchtete. Schwalben sehr hoch darüber. Im Dorf eine Vormittagsstille, in der man das friedliche Geräusch der Hühner vom Strasserhof hören konnte, weil die meisten Bauern auf den Feldern waren. Ihr hatte das nie viel bedeutet. Aber Wilhelm, das kam ihr immer mehr zu Bewusstsein, Wilhelm war hier zu Hause gewesen. Und er hatte es geliebt. So, wie er sie geliebt hatte, unten in der Küche beim Backen. Mit einem Lächeln und vielleicht in dem Bewusstsein, dass er irgendwann von hier weggehen würde, aber doch immer mit dem warmen Gefühl, dass er hier aufgehoben war. Zu Hause.

Sie spürte, wie es in ihrem Hals wieder dick wurde, aber sie wollte nicht mehr weinen.

Nimm dich zusammen.

Sie holte zitternd Luft und versuchte, sich zu straffen. Irgendwann musste es sein. Sie ging aus dem Raum und über den Gang nach hinten in Wilhelms Zimmer. Irgendjemand, vielleicht Georg, hatte auch hier die Fenster geöffnet, und weil weder Hermann noch sie seit der Beerdigung hier gewesen waren, hatte sie keiner geschlossen. Sie sah sich um. Der Sperrholzschrank, den sie schon längst hatte austauschen wollen. Sein Schreibtisch, auf dem Hermanns ausrangierte Schreibmaschine stand. Das ungemachte Bett. Wie seltsam das war! Als er klein gewesen war, da hatte sie ganz natürlich sein Zimmer aufgeräumt. Und dann war es so allmählich immer mehr sein Reich geworden, in das man nicht mehr einfach so hineinging.

Ich mach schon, Mama, hatte er gesagt, wenn sie sein Bett abziehen wollte. Staubsaugen. Die Wäsche holen.

Ich mach schon, Mama. Jetzt stand sie in seinem Zimmer, weil er es nicht mehr machen konnte.

Sie begann mit dem Bett. Nahm das Laken und zog das Bettzeug ab. Hängte die Jacke auf, die über der Stuhllehne lag. Sie konnte seine Kleider noch nicht herausnehmen. Irgendwann würde sie das tun müssen, aber noch nicht jetzt. Sie schloss die Schranktür. Dann sammelte sie die Bücher von seinem Schreibtisch und stellte sie ins Bücherregal. Eines war so zerlesen, dass der Rücken nur noch an ein paar Leinenfäden hing. Das hatte er so viele Male gelesen; es war eins seiner Lieblingsbücher. *Der Großtyrann und das Gericht.*

Ich mag, dass alle Figuren wirklich menschlich sind, hatte er einmal so nebenbei gesagt, dass keine ohne Fehler ist. Alle lassen sich in Versuchung führen. Dann hatte er gelächelt, so liebevoll spöttisch, wie Hermann es früher auch getan hatte: Und alle haben ihre Gründe dafür.

Sie stellte das Buch sorgfältig ins Regal. Auf dem Schreibtisch lagen noch ein paar beschriebene Bögen, ein unfertiger Brief. Die Tinte auf den einzelnen Blättern hatte unterschiedliche Farbe; er hatte ihn wohl über mehr als einen Tag geschrieben. Es war ein langer Brief; er hatte die Blätter nummeriert. Sie suchte den Anfang und fand ihn.

Roberta, stand dort, *Liebste!*

43

Er musste auf sie gewartet haben, denn als sie mit dem Milchkarren um die Kurve kam – sie nahm jetzt immer den längeren Weg, weil sie nicht unten am Pfarrhausgarten vorbeiwollte –, stand er da, am Laden vom Berger, der erst in zwei Stunden aufmachen würde. Der Morgen war schon warm, aber es war diesig und der Himmel von einem Schleier überzogen, von dem man nicht wusste, ob er sich über den Tag auflösen oder ob es ein Wetter geben würde. Sie sah ihn und wurde langsamer, hielt aber nicht an. Die Milchtonne schaukelte in der Aufhängung, und die hundert Liter zogen am Karren, weil es hier leicht bergab ging.

»Morgen, Wolfgang«, sagte sie kurz. »Gibt's was?«

Er zuckte die Schultern.

»Es ist schwer zum Aushalten«, sagte er. Seine Stimme klang viel zu laut in der stillen Gasse. Eine Brise rauschte durch die mächtige Krone der großen Kastanie im Hof von der alten Kuni. Womöglich würde es heute doch ein Gewitter geben.

»Oder nicht? Dir muss es doch … für dich ist es doch am schlimmsten, oder? Gerade für dich.«

Jetzt hielt sie doch an. Der Karren zerrte. Wolfgang sah es und kam herüber, fasste mit an, ohne zu fragen. Die Kanne schaukelte aus. Sie sah ihn das erste Mal seit Langem wieder von Nahem. Quer über seine Stirn lief eine lange weiße Narbe;

da, wo sie ihn mit dem Stein getroffen hatte. Er bemerkte ihren Blick nicht.

»Er ist doch mein Freund auch gewesen«, rief er auf einmal wie wild. »Meiner doch auch und der einzige. Und jetzt … ich hab niemanden gehabt außer euch beiden. Mich will doch keiner.«

Von der Kirche schlug es Viertel nach sechs. Eine Lerche war aufgestiegen. Sie konnte sie hören. Frühsommer. Der einzige Vogel, hatte der Vater ihr einmal auf dem Feld erzählt, als sie noch kleiner war, der einzige Vogel, der singen kann, während er steigt. Weil er so eine Freude am Leben hat.

Das hatte sie sich gemerkt. Weil es so selten war, dass er überhaupt einmal über etwas anderes sprach als die Arbeit.

Sie wusste nicht mehr, wie es sich anfühlte, Freude am Leben zu haben. Und womöglich ging es Wolfgang gerade genauso. In seiner Stimme war das Zittern, das sie von früher kannte. Als wenn er gleich zu heulen anfinge. Manch anderen fehlte Wilhelm auch. Ihren Eltern nicht. Dem ganzen Dorf nicht. Längst war es wieder Alltag und Wilhelm nur einer von den jungen Burschen, die sich in der Hochstetter Kurve totfuhren, Jahr um Jahr. Aber dem Wolfgang, ja, dem fehlte er auch.

»Kannst du mir nie wieder gut sein?«, schrie er fast in die Morgenstille. »Nie? Es tut mir leid, wirklich! Ich war blöd und dumm, und es tut mir wirklich leid, gerade jetzt! Bitte!«

Es gab eine kurze Pause. Noch immer der Gesang der Lerche hoch über ihnen in dem diesigen Himmel.

»Herr Jesus, Wolfgang!«, sagte sie. »Lass den Karren los oder schieb mit.«

Er schob mit, und sie rollten ihn zur Bucht am Milchhäuschen, wo erst eine andere, einsame Kanne stand. Sie hatte heute Morgen sehr früh mit dem Melken angefangen, weil sie wach gelegen hatte. Seit zwei Uhr sicher, und bei jedem Schlag der Glocke hatte sie daran gedacht, wie die sich in Wilhelms Zimmer angehört hatte, wenn sie nachts in seinem Bett gelegen hatten. Anders und weicher, als ob der Schall sich schon die Ecken abgestoßen hätte, wenn er zu ihnen in den Raum kam.

Wilhelm.

Wilhelm.

Wilhelm.

»Ich bin dir schon lang nicht mehr böse, Wolfgang.«

Sie gingen den kürzeren Weg zurück. Den an der Mauer am Pfarrgarten entlang. Sie sahen beide hoch zum Fenster seines Zimmers, als sie am Apfelbaum vorbei waren und sie einen freien Blick hatten.

»Weißt du noch, wie wir ,Mensch ärgere dich nicht' bei ihm gespielt haben? Er hat immer beschissen.«

Sie versuchte, sich zu erinnern. Aber wenn sie daran zurückdachte, als sie alle drei noch klein gewesen waren, dann kam ihr zuerst die Persiltonne in den Sinn, in der die Holzeisenbahn aufbewahrt wurde.

»Einmal haben wir Pfennigkracher unter die Schienen von der Holzeisenbahn gesteckt«, sagte sie langsam, »weißt du noch?«

Wolfgang lächelte.

»Ja. Wir haben Cowboy und Indianer gespielt, und die Indianer haben versucht, den Zug aus den Gleisen zu sprengen.«

Es war das erste Mal seit Wochen, dass sie das Gefühl hatte, für einen Lidschlag wieder tief Luft holen zu können und nicht immer wie außer Atem zu sein. Sie gingen weiter, bis sie an ihrem Hoftor waren.

»Wir sind halt nicht mehr ganz ohne ihn«, sagte er. Dann

streckte er die Hand aus, wie früher, wenn sie als Kinder einander etwas geschworen hatten, und sie nahm sie. Ja, das traf es. So einfach, wie Wolfgang es gesagt hatte. Sie waren beide nicht mehr ganz.

»Bis bald, Wolfgang.«

Sie sah, wie erleichtert er war. Immer noch traurig, aber auch froh. Wie seltsam es war, dass man sich besser fühlen konnte, wenn man wusste, da war einer, dem tat es fast so weh wie einem selbst. Er nickte, dann ging er die Gasse hinunter.

Im Haus war es immer noch still. Die Mutter würde sich wundern, dass schon gemolken war. Sie ging durch den kühlen Gang und nach oben in ihr Zimmer. Wilhelm hatte ihr einmal diese eine Platte geschenkt, die er besonders mochte. Weil du in allen Liedern bist, hatte er damals gesagt. Hinter der Kirche, an einem verregneten Vorfrühlingsabend. Du und der Sommer. Du musst an mich denken, wenn du sie hörst, ja? Und hatte sie rasch geküsst und sich nicht losreißen können von ihr und sie immer noch einmal geküsst, bis sie ihn lachend fortgestoßen hatte. Geh! Wir können nicht bis morgen hier stehen.

Sie legte die Platte auf. Das Lied vom Mississippi-Delta. Stellte den Ton ganz leise.

Noch einmal zurück. Einmal müsste man zurückkönnen, nur ein einziges Mal. Dann würde sie mit ihm dort stehen bis zum Morgen und sich küssen lassen, immer und immer wieder.

44

Georg war gekommen, ohne dass sie ihn hatte anrufen müssen. Sie hatte es tun wollen, aber alles fiel ihr so schwer, dass sie selbst die einfachsten Dinge vor sich herschob. Kaffee kochen. Den Tisch abdecken. Telefonieren.

Es war endlich etwas kühler geworden. Der Sommer machte eine Pause. Sie war dankbar dafür. Die schönen Tage waren kaum zu ertragen gewesen. Es war ein windiger Tag, wie er so selten war, hier im Süden. Die Wolken zerrissen und eilig. Dazwischen immer wieder blaue Flecken. Eigentlich ein Wetter, das sie sehr mochte. Trotzdem – wenn Georg sie nicht aufgefordert hätte, sie hätte sich nicht aufraffen können, aus dem Haus zu gehen.

Sie waren schon ein ganzes Stück außerhalb des Dorfes auf einem der Feldwege an der Teufelsmauer entlang. Eigentlich war es nur noch ein Knick, nur ab und zu sah man noch einen von den alten Steinen aus dem Boden ragen, aus denen der Grenzwall mal bestanden hatte. Sie ließ den Hund von der Leine, der sofort in die Felder rannte. Manchmal sah man seinen rotbraunen Rücken zwischen dem Mais, wenn er einen Sprung tat. Georg blieb stehen und blickte in den Himmel.

»Ich glaube ja nicht«, sagte er nachdenklich, »aber trotzdem kann ich mir nicht vorstellen, dass er ganz fort ist. Nicht da oben, aber …«, er zögerte einen Moment, dann machte er eine Handbewegung, die alles um sie herum einschloss. »Als ob er noch irgendwo wäre, um uns. Ich habe ihn zu wenig gesehen in den letzten Jahren. Viel zu wenig. Man denkt immer, man hätte noch Zeit …«

Sie nickte. Ja. Das hatte sie auch gedacht. Aber so war es nicht. Nur war es jetzt zu spät, das zu wissen.

»Es ist nicht in Ordnung, dass die Kinder vor den Eltern sterben«, sagte sie fast tonlos.

»Nein«, antwortete er.

Sie gingen die Linie der Büsche entlang, die sich sanft zum nächsten Hügel hob. Der Wind war in ihren Haaren, und sie dachte an Italien und an das Meer, und es war so weit weg, als wäre es in einem anderen Leben gewesen. Und das war es ja auch.

»Ich habe einen Brief gefunden«, sagte sie. »Er hat an Roberta geschrieben. Das Nachbarsmädchen.«

»Und?«

Georg ging ruhig weiter. Sie holte tief Luft.

»Er … anscheinend ist sie schwanger von ihm. Jedenfalls schließe ich das aus dem, was er schreibt. Er hat den Brief nicht zu Ende geschrieben.«

Georg blieb stehen. Sehr überrascht. Sah sie an.

»Kann ich ihn … sie ist schwanger von ihm? Hast du ihn dabei?«

Sie zog die Blätter aus der Tasche ihres Rocks und reichte sie ihm. Er faltete sie auseinander und las. Sehr langsam und sehr gründlich.

»Es ist ein sehr schöner Brief«, sagte er schließlich und gab ihn ihr zurück. »Ich … hattest du davon gewusst?«

Sie schüttelte den Kopf. Langsam gingen sie weiter. Ein paar Blätter wirbelten. Wäre es nicht halbwegs warm gewesen, man hätte denken können, es sei ein Herbsttag.

»Aber ich weiß jetzt, warum sie so aufgewühlt war, bei der Beerdigung und davor bei uns.«

»Das arme Mädchen«, sagte Georg voller Wärme, und sie sah überrascht zu ihm, bis sie merkte, was es war. Nicht nur sie hatte das Wichtigste im Leben verloren.

»Du solltest ihr den Brief geben.« Georg war in die Hocke gegangen, um eine Heuschrecke zu beobachten. Selbstvergessen, könnte man meinen. Schon als Kind war er so gewesen. Eine plötzliche Angst fasste sie an, dass er auch sterben könnte. Dass ihr alle genommen würden.

»Denkst du?«, fragte sie mit trockenem Mund. Er nickte und stand wieder auf. Die Heuschrecke sprang fort.

»So wie ich das lese, haben sie gestritten und sich nicht mehr gesehen seitdem. Wie würdest du dich fühlen? Wenn ein Streit das Letzte gewesen wäre zwischen euch?«

Sie sah in den Himmel. Die zerrissenen Wolken, die unter dem Blau und dem Grau eilten, als müssten sie schnell fort von hier. Plötzlich dachte sie an die Kraniche. Und an das letzte Mal, dass sie hier draußen auf den Feldern gewesen war. Als sie sich von Hermann getrennt hatte. Ja, Roberta sollte den Brief bekommen.

»Und du?«, fragte Georg. Nichts weiter, aber sie wusste, was er meinte. Hilflos hob sie die Schultern.

»Ist es nicht sowieso zu spät jetzt? Alles ist so furchtbar schnell gegangen!«

Sie suchte nach Worten, um das verzweifelte Gefühl in ihr auszudrücken.

Georg nahm ihre Hand.

»Ja, es ist schon ein bisschen über der Zeit. Aber du bist in einer Notlage, das würden wir durchbringen können. Irgendwie muss es gehen.«

Sie nickte.

»Wie sollte es auch gehen, ich weiß es nicht. Hermann … ich glaube, es würde ihn ganz kaputt machen und das … ich will das nicht.«

Georg schwieg eine Weile. Der Hund kam zurück, umsprang ihre Beine und war wieder weg. Wilhelm hatte ihn so gemocht. Ob der Hund trauern konnte? Ob er ihm fehlte? Man wusste es nicht. Aber so viel unterschied sie nicht von ihm, dachte sie. Der Hund verstand nicht, warum Wilhelm nicht mehr da war, und sie auch nicht.

Georg legte ihr die Hand auf den Rücken. Es war eine hilflos zärtliche Geste.

»Ich tue für dich, was ich kann, Schwester. Immer.«

Es war nicht weniger windig als am Vormittag, als sie gegen Abend aus dem Pfarrhaus trat, den Brief in einem neuen Umschlag in der Hand. Sie sah etwas unsicher hinüber zum Strasserhof. Wann ging man am besten hin? Sie wollte nicht, dass Robertas Eltern sahen, wie sie ihr den Brief gab. Sie war sich sicher, dass die Eltern so wenig von Wilhelm ahnten wie sie von Roberta. Es war doch wahrscheinlich die Zeit, zu der man im Stall war, oder? Wieder einmal stellte sie fest, wie wenig sie von dem Dorf wusste, in dem sie schon so lange lebte. Sie nahm den leichten Mantel vor der Brust zusammen und ging zögernd schräg über die Straße zum Hof. Vier-, vielleicht fünfmal war sie im Haus der Strassers gewesen. Wenn sie Wilhelm einmal ausnahmsweise abgeholt hatte oder um sich für ein Geschenk zu bedanken, das Wilhelm zu Weihnachten mit nach Hause gebracht hatte: einen Sack Kartoffeln etwa oder ein frisch geschlachtetes Huhn. Auf einmal schämte sie sich. Sie hatte das als normal hingenommen und nie etwas zurückgeschenkt. Der Pfarrer bekam eben etwas aus dem Dorf; es war hier manchmal immer noch wie im achtzehnten Jahrhundert. Der Pfarrer. Der Lehrer. Der Bürgermeister.

Sie klopfte an die Tür. Keine Antwort. Dann drückte sie die Klinke. Die Tür war nicht verschlossen. Sie trat in den dämmerigen Gang.

»Hallo? Frau Strasser?«

Sie wartete wieder, aber im Haus war es sehr still. Von draußen das Summen der Melkmaschine. Aus der Küche das einsame Summen einer einzelnen Fliege. Plötzlich öffnete sich die Zimmertür zu ihrer Linken, und der alte Herr Strasser sah in den Flur.

»Frau Pfarrer!«, sagte er überrascht. Aus der geöffneten Tür kam warmer Tabakgeruch, darunter ein Hauch wie von Minze. Der Alte öffnete die Tür weit.

»Die sind alle im Stall, Frau Pfarrer. Kommen Sie rein. Sie können gern hier warten.«

»Ich wollte eigentlich zur Roberta«, antwortete sie hastig.

Der Alte sah sie lange an. Es war fast unhöflich, aber sie fühlte sich so unsicher in diesem Haus, dass sie nicht wusste, ob es so gemeint war oder nicht.

»Sie wissen es eh, oder?«, fragte er mit seiner knarrenden Stimme. »Vom Wilhelm und der Roberta. Kommen Sie herein. Wir brauchen uns doch nicht im Gang zu unterhalten.«

Sie trat ein. Es war eine Austragsstube, wie man sie sich vorstellte. Ein sehr altes Bett. Der große Radioapparat auf einem Bord über dem Bänkchen. Ein Tisch. Zwei Stühle. Ein dreibeiniger Hocker. Viel davon sah selbst geschreinert aus. Sie nahm Platz. Der Alte setzte sich ihr gegenüber auf das Bänkchen. Sie nahm ihn zum ersten Mal richtig wahr, nicht einfach nur wie einen Teil des Dorfes, einen Statisten ihres Lebens. So hatte sie alle gesehen, bisher. Wie Statisten in ihrem Lebensstück, in dem es eigentlich nur wenige wichtige Rollen gab. Dazu hatte Wilhelm erst sterben müssen, dass sie das erkannte, dachte sie bitter und voller Scham.

Er war ein langer, hagerer Mann, ein wenig gebeugt von der lebenslangen Arbeit, aber nicht gebrochen. Er hatte seine Hände auf den Tisch gelegt. Verarbeitete Hände, die Knöchel ein wenig geschwollen und immer noch voller Schwielen.

»Die Roberta wird am Sommerkeller sein«, sagte er jetzt langsam. »Sie ist viel dort, seit der Wilhelm tot ist.«

Er sprach es einfach aus. Die meisten anderen ließen diesen Satz immer unvollendet. Weil sie sich scheuten, es zu sagen. Aber er war tot.

»Am Sommerkeller?«

Ausgerechnet dort!

Der Alte zuckte die Schultern.

»Es wird schon etwas gewesen sein, dass es sie da unten immer hinzieht.« Er blickte auf und sah ihr voll ins Gesicht. »Frau Pfarrer, es tut mir sehr leid um ihren Wilhelm. Ihretwegen und noch mehr um der Roberta willen. Sie hat ihn so lieb gehabt, wie es nicht oft vorkommt im Leben. Manchmal …«, er zögerte und sah wieder auf seine Hände, bevor er sich straffte und an ihr vorbei aus dem Fenster sah. »Manchmal ziehen einen die Toten nach und nach zu sich hinunter ins Dunkle. Ich mag nicht, dass meiner Roberta das passiert, aber gerad schaut es danach aus. Ich weiß jetzt auch nicht«, fuhr er langsam fort und sah sie dabei wieder an, »was Sie beide miteinander zu reden haben, aber, Frau Pfarrer, tiefer dürfen Sie sie nicht stoßen. Gleich, was es ist. Tiefer nicht!«

Sie hörte das, und für eine Sekunde stieg Wut in ihr auf. Sie war doch diejenige, die ihren Sohn verloren hatte! Sie war diejenige, die in einem Loch war! Sie war … aber dann war es plötzlich, als ob sie das, was da im Gesicht des Alten stand, erst jetzt zum ersten Mal lesen konnte. Weil sie Wilhelm verloren hatte, konnte sie es lesen: Es war die Angst um ein Kind. Sie nickte zögernd und stand auf.

»Danke, Herr Strasser.«

Er stand auch auf, war schneller als sie an der Stubentür und öffnete sie.

»Wo der Sommerkeller ist, wissen Sie schon?«

Als ob sie nicht aus dem Dorf wäre.

»Ja«, nickte sie, »wo der Sommerkeller ist, das weiß ich.«

Dann ging sie aus dem Haus.

45

Oktober. November, Dezember, Januar, Februar … im Februar war er Strohbär gewesen … März, April, Mai, Juni.

Sie saß am Rand des Steinbruchs, dem Sommerkeller auf der anderen Seite schräg gegenüber. Hier die Abbruchkante. Zwölf oder vierzehn gerade, saubere Meter bis zum Boden.

Drüben der lindenbewachsene Hang, in dem der Sommerkeller lag wie eingeschmiegt schlafend.

Hier eine kleine Bewegung nur. Ein Vorbeugen. Oder ein kleiner Schritt und dann ein schneller, harter Fall. Hier der Tod.

Drüben die längst verhallten Feste ihrer Eltern und Großeltern unter den Kronen der hohen Bäume, die den Bierkeller unter dem Garten kühl hielten, weil nie ein Sonnenstrahl auf die Felsdecke fiel. All das Lachen und Singen, das zwischen den Stämmen geklungen hatte. Und trotzdem hatte der schöne Bernd sich nicht den Sprung von hier oben ausgesucht, damals. Er war ins verlassene Wirtshaus gegangen und hatte sich dort aufgehängt.

Sie wusste jetzt, wie sich das anfühlte.

Unten auf dem felsigen Boden des Bruchs farbige Tupfer. Als wäre Blut getropft, so lagen die verstreuten Köpfe des Klatschmohns da unten. Leuchtend und dabei schon vergehend. Die Blütenblätter des Mohns waren so zart wie keine anderen. Dazwischen das Gelbweiß der falschen Kamille und dann das Sehnsuchtsblau der Kornblumen. Unten kam nicht viel von dem Wind an, den Wilhelm mal dänisch genannt hatte, weil er ihn so an die Urlaube in Dänemark erinnerte. Trotzdem, ab und zu bewegte er die abgerissenen Blumen und ließ die Mohnblätter tanzen, als lebten sie noch.

Neun Monate war es her, dass sie in der Anlauter geschwommen waren, an diesem Oktobertag, an dem sie nebeneinander im Gras gelegen und in den Himmel, in das Kornblumenblau des Anfangs ihrer Liebe geschaut hatten. Der Tag, von dem an alles möglich gewesen wäre. Alles.

Neun Monate.

Sie drehte sich und tastete im Gras, aber um sie herum gab es keine Blumen mehr. Sie lagen alle unten.

Alles wäre möglich gewesen. Sie begriff es erst jetzt, weil es anscheinend Wilhelms Tod gebraucht hatte, um ihr zu sagen, was wichtig war und was nicht. Jetzt wusste sie, dass es nicht viel gab, was wirklich Bedeutung hatte. Und dass es auf sie gar nicht so sehr ankam, wie sie stets geglaubt hatte.

Sie hörte ihren Namen von so weit weg, dass sie zunächst dachte, sie hätte sich das eingebildet. Aber dann rief es noch einmal. Und dann noch einmal, diesmal deutlich von der anderen Seite des Steinbruchs. Sie blieb sitzen, hob die Hand gegen die eben aufleuchtende Sonne vor die Augen, um hinübersehen zu können. Es brauchte ein wenig, bis sie die Gestalt zwischen den Linden, nahe beim Biergarten des Sommerkellers, erkannte. Die Frau Pfarrer. Wilhelms Mutter. Als sie sie das letzte Mal hier gesehen hatte, waren sie vom Schwimmen gekommen. Sie zog die Beine hoch und stand auf. Vor ihr die Kante. Unten die toten Blumen. Es bräuchte nur einen kleinen Schritt. Doch sie lief den schmalen Pfad hinunter bis dorthin, wo sie auf die andere Seite wechseln konnte.

Gertrud sah das Mädchen durch den verbotenen Steinbruch in ihre Richtung kommen. Roberta. Sie hätte vor dem Brief nicht gedacht, dass die ein Mädchen für Wilhelm hätte sein können. Zu spröde. Sie hatte nie sehr viel geredet, wenn sie bei ihnen im Haus war. Aber andererseits – was hatte sie schon von Wilhelm gewusst? Viel weniger, als sie dachte. Und von Roberta noch weniger, ganz offenbar.

Sie beobachtete, wie sie unten am Fuß des Hangs den schmalen, gewundenen Weg nahm und außer Sicht kam. Sie selbst ging noch ein Stück vor und in den verlassenen Biergarten hinein. Der Wind rauschte in den Kronen der Linden. Ein mächtiges, schönes Geräusch, wenn sie irgendetwas hätte fühlen können. Sie sah zum Fenster im ersten Stock hoch. Da hatte er sich umgebracht. Dass es ausgerechnet hier sein musste!

Roberta war oben, ging ums Haus herum und sah Wilhelms Mutter, wie sie mitten zwischen den verrosteten Metallskeletten der Stühle stand. Er hatte seinem Vater ähnlich gesehen, aber für einen Augenblick erkannte sie in ihrem Gesicht Wilhelms Augen wieder.

»Guten Abend, Frau Pfarrer.«

»Guten Abend, Roberta.«

Sie fragt gar nicht, dachte Gertrud. Sie wartet nur.

»Ich … habe nicht gewusst, dass ihr …, dass du mit Wilhelm …«

Als ob sie auf einmal nicht mehr reden könnte.

Roberta wartete. Hoffentlich kam jetzt nichts … sie hatte keine Ahnung, ob die Frau Pfarrer es gut gefunden hätte, das zwischen ihr und Wilhelm. Und jetzt war es nicht mehr wichtig, aber sie wollte nicht, dass sie ihre Erinnerung an ihn mit irgendetwas kaputtmachte. Roberta merkte, dass sie immer noch eine Mohnblume in der Hand hatte. Sie ließ sie fallen.

»Wir sind ein Paar gewesen«, sagte sie schließlich. Ihre Stimme war trocken und kalt. »Seit fast einem Jahr. Ist es das, was Sie haben wissen wollen?«

Gertrud schüttelte den Kopf. Sie konnte nichts sagen. Das Mädchen sah so zerstört aus. Nicht einmal, als sie zur Aussegnung ins Haus gekommen war, hatte sie so ausgesehen. Als hätte man sie in der Mitte zerbrochen und die Stücke wieder aufeinandergesetzt. Erst jetzt kam ihr, was es für Roberta bedeutet haben musste, bei der Beerdigung nicht am Sarg stehen zu können. Abschied nehmen zu müssen wie … wie irgendjemand.

»Ich habe das nicht gewusst«, flüsterte sie. Sie konnte nicht mit voller Stimme sprechen, sie war wie abgeklemmt. »Ich habe … Wilhelm hat einen Brief an dich geschrieben, den habe ich gefunden.«

Sie nahm den Umschlag heraus und reichte ihn Roberta. In den Linden das Rauschen des Windes und darüber der helle Pfiff eines Falken. Roberta nahm ihn, und ihr Puls setzte einen Schlag aus. Als wäre er noch am Leben. Sie sah auf das dicke Papier und wusste nicht, was sie tun sollte. Eigentlich hätte sie ihn sofort lesen wollen, aber das ging nicht. Sie musste allein sein damit.

»Danke«, sagte sie und drehte sich zum Gehen, aber die Frau Pfarrer hielt sie auf.

»In dem Brief steht … ich wusste nicht gleich, was für ein Brief das ist«, unterbrach sie sich selbst. »Aber da steht, dass du schwanger bist.«

Roberta riss es herum.

»Sie haben ihn gelesen?«

Es hallte laut durch das Wäldchen. Sehr laut. Gertrud hob erschrocken die Hände.

»Woher sollte ich … ich bin doch seine Mutter!«

Jetzt, wo sie das Mädchen so plötzlich so wütend sah, kam es ihr. Vielleicht hätte sie ihn nicht lesen sollen. Oder zumindest nicht weiter. Aber … es war doch auch so, als hätte er sie ein letztes Mal in sein Leben schauen lassen.

»Ich konnte nicht anders«, sagte sie.

Sie ist auch verloren, dachte Roberta, und kann sich nicht mehr finden. Aber anders als ich. Sie hat ihn zwanzig Jahre lang gehabt.

»Nein«, sagte sie hart. »Ich kriege kein Kind. Danke für den Brief, Frau Pfarrer.«

Sie wollte nun wirklich gehen, wollte allein sein mit dem Letzten, was sie jetzt noch von Wilhelm hatte, aber im Gesicht seiner Mutter arbeitete es, und sie zögerte.

»Es ist wahr«, begann sie langsam, »ich war … ich hätte ein Kind gehabt von ihm. Aber es ist nicht gegangen. Das hab ich jedenfalls gedacht, dass es nicht geht. Und dann bin ich …«, sie straffte sich. Sie wollte nicht weinen vor der Frau Pfarrer, und außerdem war jetzt sowieso alles gleich. »Ich habe es wegmachen lassen.«

Gertrud war so getroffen, dass sie nur still sein konnte. Als ob sie zu viel auf einmal dachte und sich alle Gedanken ineinander verwirrten und verhakten. Es wäre sein Kind gewesen. Etwas von ihm. Und sie selbst auch schwanger, was für ein seltsames, bitteres Zusammentreffen. Sie hatte es wegmachen lassen. Hatte Wilhelm …

»Deswegen haben wir gestritten«, brach es aus Roberta heraus. »Das letzte Mal, dass wir uns gesehen haben. Wir sind im Streit auseinander. Wir haben … das Letzte, was ich von ihm gesehen habe, war sein Rücken, als er gegangen ist. Seinen Rücken. Sein Gesicht erst wieder im Sarg. Gott!«, schrie sie auf einmal so voller verzweifelter Wut. »Wenn ich …«

Gertrud kam einen Schritt auf sie zu.

»Weil er es nicht wollte? Das ist doch …«

Roberta unterbrach sie, noch wütender und auch fassungslos, dass seine Mutter ihn so wenig kannte.

»Nein!«, schrie sie. »Deswegen haben wir gestritten. Er hätte es gewollt. Er war so … er hat einfach geglaubt, dass es geht. Dass sich alles irgendwie ausgeht und gut wird. Er hat es unbedingt gewollt, weil er auf seine dumme, schöne Art einfach alles geliebt hat, was lebt. So war er, und ich hab …«

Sie drehte sich weg und starrte über den Steinbruch hinweg auf die andere Seite, wo sie vorhin gesessen hatte.

Er hatte es gewollt! Das war nicht klar geworden in dem Brief, aber jetzt … ja. So war Wilhelm gewesen. Er hatte es gewollt.

»Roberta«, sagte sie eindringlich, »lies den Brief. Er schreibt von einem Streit, aber auch, dass…«

»Nicht!«

Roberta drehte sich wieder zu ihr. »Ich muss es selbst lesen. Und allein.«

Sie zögerte einen Moment, dann deutete sie hoch zum Fenster im ersten Stock.

»Haben Sie ihn geliebt, den Bernd? Wie haben Sie es ausgehalten, dass er … als er tot war? Wie hält man das aus?«

Noch so eine überraschende Frage. Das Mädchen war so viele Jahre bei ihnen ein und aus gegangen, und sie wusste fast nichts von ihr.

»Ihr habt ihn damals gefunden, nicht wahr? Wilhelm hat mir davon erzählt. Neulich erst. Unser letztes Gespräch.«

Irgendwie war es gut, zu hören, dass seine Mutter auch ein letztes Gespräch gehabt hatte, ohne zu wissen, dass es das letzte war. Dass es ihr wahrscheinlich auch so ging und sie jedes Wort, jede Antwort aus diesem Gespräch immer und immer wiederholte, nachts, wenn sie wach lag. Die Frau Pfarrer holte tief Luft und sah auch nach oben zum Fenster.

»Es war anders. Er hat mich geliebt und es nicht ausgehalten, dass … ich habe ihn nicht so geliebt wie er mich. Heute denke ich, dass es für mich wie eine Flucht war. Ich war damals noch nicht so daran gewöhnt, einsam zu sein. Ein Abenteuer. Das hätte es sein können.«

»Nicht für ihn, oder?«

Es schmerzt so sehr, dachte Roberta, dass er nicht mehr da ist. Es tut so schrecklich weh, dass ich nicht richtig atmen kann. Und wenn das so bleibt, dann …

Als Kind hatte sie nicht richtig verstanden, wieso sich einer umbringen wollte. Jetzt schon.

»Und dann ist es leichter, es auszuhalten? Wenn man nicht richtig geliebt hat?«

Gertrud schüttelte hilflos den Kopf.

»Es ist eine Schuld, die du nie mehr loswirst.«

»Wie bei mir«, sagte Roberta.

Gertrud sah sie an.

»Was meinst du? Wieso?«

»Ich wollte es nicht. Ich hab es wegmachen lassen, und deswegen haben wir gestritten und nicht mehr geredet. Und ich denke, dass er sich deshalb totgefahren hat.«

Der Gedanke traf Gertrud wie ein Schlag ins Gesicht. Hatte er? Für einen Moment war es ein Schock. Aber dann erinnerte sie sich daran, was er geschrieben hatte, wie es sich anhörte. Sie ging auf Roberta zu, stand direkt vor ihr, ganz nah.

»Roberta«, sagte sie leise, aber voller Überzeugung, »das ist nicht wahr. Lies den Brief! Das ist kein Abschiedsbrief! Er hätte weiterleben wollen, um jeden Preis. Mit dir. Für dich. Er hätte sich niemals umgebracht, solange es irgendeine Chance für ihn gab, mit dir zu sein.«

»Und das macht es besser? Wenn er doch trotzdem tot ist?«

Roberta schrie unter Tränen. Aber es war auch ein Schrei der Erleichterung. Denn wenn es stimmte, war es doch besser so. Dass er nicht in Wut und Verzweiflung gestorben war.

»Es tut mir leid«, sagte Gertrud still, »dass du nicht richtig hast Abschied nehmen können. Ich habe es nicht gewusst. So einsam … du hättest am Grab stehen sollen. Bei uns.«

Roberta hob die Schultern. Es war ja schon vorbei.

»Danke für den Brief, Frau Pfarrer. Und danke, dass sie ihm das Hemd angezogen haben.«

Sie verstand nicht.

»Was meinst du? Welches Hemd?«

Roberta sah auf den Brief und dann in die Ferne.

»Ich hatte es für ihn gemacht. Und es ist gut, dass er es mitgenommen hat.«

Jetzt war es Gertrud, die für eine ganze Weile still sein und wegsehen musste. Der Wind hatte mit dem langen Juniabend noch einmal aufgefrischt. Ein später Bussard ließ sich in weiten Kreisen noch einmal in den Himmel tragen. In den Linden ein stetes Rauschen wie am Meer.

»Er hat so glücklich gewirkt in diesem letzten Jahr«, sagte sie dann stockend. »Und ich habe nicht einmal gewusst, warum. Aber er war so leicht, so glücklich wie noch nie. Und ich … ich war fast immer weg. Ich habe das alles verpasst. Du nicht. Du warst der Grund seines Glücks. Ich danke dir dafür.«

Sie wollte sie berühren, aber nichts fühlte sich richtig an: Die Hand geben oder sie ihr auf die Schulter legen, das war alles falsch. Vielleicht wäre eine Umarmung das Richtige. Aber bevor sie einen Schritt tat, hatte Roberta sich schon halb zum Gehen gewandt. Ohne sich noch einmal umzudrehen und sehr rasch sagte sie: »Sie beide hat er auch geliebt, Frau Pfarrer. Keinen kenne ich, der seine Mutter und seinen Vater so geliebt hat wie er. Das war so … er hat ein weites Herz gehabt. Gute Nacht, Frau Pfarrer.«

Gertrud sah ihr nach, wie sie sicher durch das Lindenwäldchen ging, obwohl es schon dämmerte. Sie weinte einfach. Nicht nur über Wilhelm, sondern auch um dieses Mädchen und um das, was es gesagt hatte; dieses starke Mädchen, das Wilhelm liebte, und schließlich um die ganze große verlorene Liebe, die Wilhelm für sie alle gehabt hatte.

46

»Es tut dir hier nicht gut«, sagte Hermann.

Sie saßen beim Frühstück. Die Fenster standen offen. Die schönen Tage dieses Sommers reihten sich aneinander wie bunte Glasperlen. Schimmernd, aber wertlos. Sie sah von ihrem Buch auf wie ertappt.

»Was meinst du?«

Aber sie wusste, was er meinte. Obwohl er oft so trocken und abwesend wirkte: Er ahnte meist, ohne zu wissen. Vielleicht war es das, weshalb sie ihn im Dorf achteten und mochten, trotz seiner Sonderlichkeit. Weil er sich einfühlen konnte. Viel mehr als sie.

Nach dem Treffen mit Roberta hatte sie nicht schlafen können. Sie wünschte, sie hätte sich den Brief abgeschrieben. Sie lag wach und dachte sich wieder und wieder durch das Gespräch und daran, dass Roberta ein Kind von ihm gehabt hätte. Vor allem dachte sie an den einen Satz, den Roberta über Wilhelm gesagt hatte: weil er so sehr alles geliebt hat, was lebt. Ein Satz, den man nur sagen konnte, wenn man so jung war. Keiner konnte alles lieben. Auch Wilhelm nicht. Er war auch einfach nur ein Junge gewesen, voller Überschwang und Ideale und all dem, was man in der Jugend noch hatte. Aber das genau war es: Er hatte sie gehabt, die Ideale. Und vielleicht war es falsch, sie zu verlieren, diese großen Gedanken und diesen großen Kinderglauben. Vielleicht hätte sie sich mehr davon bewahren müssen, denn nun war nichts mehr von dem übrig, was ihr durch das Leben helfen konnte.

Weil er so sehr alles geliebt hat, was lebt.

Sie konnte es nicht mehr tun, das hatte sie schon halb gewusst, als sie vom Sommerkeller nach Hause gegangen war. Zu viel Tod in diesem Dorf. Bernd. Wilhelm. Sie konnte nicht noch ein Leben mehr verlieren. Es half, dass es mit jedem weiteren Tag sowieso immer unmöglicher wurde. Georg hatte fast täglich angerufen, aber sie wich seinen Fragen aus. Weil sie sich die selbst stellte und nicht beantworten konnte.

Sie hatte es Hermann noch immer nicht sagen können. Aber es würde nicht mehr lange dauern, dann konnte man es sehen. Nur: Jeder weitere Tag machte es unmöglicher, mit Hermann zu sprechen.

»Du bist weggegangen, weil du es nicht ausgehalten hast«, sagte Hermann langsam. Er spielte mit dem Messer. So etwas tat er eigentlich nie. »Und es ist nicht besser, jetzt. Ich … ich will, dass du bleibst.«

Er schwieg und sah dabei aus dem Fenster. Sie wusste nicht, was sie fühlte. Das war ihr oft so ergangen seit Wilhelms Tod. Meistens war da nichts gewesen, nur eine ungeheure Leere. Aber jetzt war da eine schal schmeckende Scham. Sie schämte sich für die Erleichterung, die mit Hermanns Worten in ihr aufgestiegen war. Weil er es ihr leicht machte. Weil sie ihm nicht heute und nicht morgen sagen musste, dass sie von einem anderen Mann schwanger war. Sie senkte den Kopf, damit er ihr nicht in die Augen blicken konnte. Sah die Buchstaben wie durch Nebel. Er wollte ihr nah sein und wusste dabei nicht, dass etwas zwischen ihnen stand, das sie ihm nicht sagen konnte.

»Wenn ein bisschen Zeit vergangen ist,« sagte er dann vorsichtig, wie tastend, »wenn du Zeit hattest zum Nachdenken, vielleicht …«

Er ließ den Satz unvollendet. Sie wusste auch so, was er meinte. Wie seltsam. So nahe waren sie sich Jahre nicht mehr gewesen.

»Ja«, antwortete sie einfach auf die ungestellte Frage. »Wir … dann reden wir.«

Sie stand auf und kam um den Tisch herum zu ihm. Er schob den Stuhl nach hinten und stand ebenfalls auf. Ihre Gesichter waren sich nah.

»Danke, Hermann«, sagte sie leise. »Danke.«

47

Sie waren auf dem Weg zur Weizenernte. Seit der Beerdigung hatte es kaum geregnet; der Juni war sehr trocken gewesen, und jetzt, im Juli, hatte es auch nur zweimal gewittert. Heftige Schauer, aber viel zu kurz. Der trockene Ackerboden hatte das Wasser kaum aufnehmen können, also hatte der Vater entschieden, dass es nichts brachte, noch zuzuwarten. Und besser so, als dass ihnen womöglich ein Hagel den Weizen niederschlug.

Es war drückend. Kein strahlender Tag wie vor einem Jahr bei der Weizenernte. Aber das passte.

Sie stand hinten im Ladewagen und hielt sich an den Streben fest. Die Mutter saß vorne auf dem Holzsitz, und sie hatte keine Lust, ihr gegenüber auf dem blanken Blech zu hocken. Vielleicht bildete sie es sich nur ein, aber sie hatte das Gefühl, gegen das Rütteln empfindlicher zu sein als früher. Und reden wollte sie sowieso nicht.

Sie bogen von der Straße ab und rumpelten über den Wirtschaftsweg. Am Horizont, gegen den Waldrand, standen die Staubwolken über dem Nachbarfeld, wo der Mähdrescher schon arbeitete, bevor er zu ihnen wechselte. Unter den schweren Gewitterwolken hingen sie merkwürdig fahl. Ob die Farben ihr Leuchten verloren, wenn man in Trauer war? Ob man anders sah, wenn man die Lust am Leben verloren hatte?

Sie nahmen die Kurve eng, die Zweige der Hollerbüsche

streiften die Streben und peitschten ihre Finger, aber sie nahm sie nicht weg. Sollten sie. Dann sah der Vater das umgepflügte Leinfeld, und ihr Gespann wurde so plötzlich langsamer, dass sie taumelte und sich fangen musste. Die ersten Brennnesseln wuchsen schon, und der Acker sah wüst aus. Sie hatte gründlich gearbeitet. Keine einzige Leinpflanze stand noch. Nichts übersehen. Der Vater drehte sich auf seinem Sitz zu ihr um, in ihm arbeitete es, das sah sie, aber ihr Gesicht musste wie aus Stein sein – er sagte nichts. Drehte sich wieder weg und gab so stark Gas, dass sie noch einmal fast gefallen wäre.

Nicht sie hatte Wolfgang gefragt, aber anscheinend hatte der Vater das letzte Jahr in guter Erinnerung, denn er war wieder zum Helfen da. Vom anderen Schlepper winkte er zu ihr herüber, ohne zu lächeln, und sie sprang vom Ladewagen, schrie dem Vater zu: »Ich fahr mit dem Wolfgang«, und stieg im Fahren zu ihm hinauf. Besser er als die Eltern an so einem Tag.

Der riesige Mähdrescher schwenkte auf ihr Feld ein, wartete, bis Wolfgang den Wagen unter das Blasrohr gesteuert hatte, und ruckte dann an. Der Lärm war gut. Man musste nicht reden. Der Weizen rauschte in breitem Strom in den Ladewagen hinter ihnen, das Tuckern des Diesels ging unter in dem Brüllen des Mähdreschers. In diesem Lärm hätte sie sich auflösen wollen. Schreiend vergehen. Aber es nützte nichts, und Arbeit war immer noch besser, als nachts daliegen und sich kaputtdenken.

Letztes Jahr hatten sie gespielt und gelacht. Heute arbeiteten sie schweigend nebeneinander. Manchmal sah Wolfgang zu ihr herüber, ein wenig unsicher. Sie machte dann eine kleine Handbewegung, wie zur Beruhigung, aber reden wollte sie nicht.

Als der Wagen voll war, hielt der Mähdrescher an, sie machten Platz, und der Vater setzte den anderen Hänger daneben. Auch auf dem Weg zum Hof sprachen sie kein einziges Wort. Wolfgang gab sich Mühe, das Gespann sehr ordentlich zu steuern. Setzte den Blinker und fuhr den Bogen in den Hof voll aus, damit er nirgends aneckte. Auch als er den Ladewagen an die Schütte beim Silo zurücksetzte, tat er das umsichtig. So wie er auch mit ihr umging. Vorsichtig, damit er nicht aneckte. Sie ließ das Reinigungsgebläse anlaufen. Schrie: »Heb an!« Der Kipper hob sich und der Weizen fing an, in die Schütte zu laufen. Sie lenkte den Strom mit der Schaufel, damit so wenig wie möglich danebenfiel.

Und dann war auf einmal alles wieder da: die Kirchweih, letztes Jahr nach der Weizenernte. Der Kuss im Stall. Der Stein auf Wolfgangs Stirn. Sie schaufelte schweigend das Korn, das danebengefallen war. Es rauschte durch das Rohr ins Silo. Weizen für zehntausend Brote oder mehr.

Der Kipper war leer. Wolfgang ließ den Motor des Bulldogs laufen, als er nach hinten zu ihr kam. Er schaute sie an, ganz still. Dann zog er seinen Hemdsärmel nach unten übers Handgelenk und wischte ihr damit die Tränen ab.

»Mir fehlt er auch«, sagte er rau durch das Singen des leerlaufenden Gebläses.

Sie wurden fast nicht rechtzeitig fertig. Als sie mit der letzten Fuhre vom Feld kamen, war der Himmel schwarz, und die ersten schweren Tropfen fielen bereits. Schon mehr als eine Stunde hatte es gegrummelt und Wetterleuchten im Süden über Raitenbühl gegeben, während sie so schnell machten, wie sie konnten, aber der Mähdrescher hatte sein eigenes Tempo und an dem konnte man nichts ändern. Den Weizen brachten sie noch halbwegs trocken ins Silo, dann brach es herunter, und es brauchte keine zehn Minuten, bis das Wasser im Hof stand, in der Senke am Zaun, dort, wo sie sich mal zu dritt in Wilhelms Gummiboot auf den winzigen See gesetzt hatten. Südsee. Da waren sie acht gewesen, vielleicht, und hatten davon geträumt, Piraten zu sein.

Sie standen eng zusammen unter dem Scheunenvordach. Selbst über die zwanzig Meter von hier zum Haus wären sie klatschnass geworden. Auf der Ladefläche des Kippers tanzten die Spritzer. Ab und zu zerriss ein Blitz blendend das Grau. Der Regen war wie eine Wand. Sie schauten beide zu.

»Der Vater muss den Hof verkaufen«, sagte Wolfang irgendwann in das stete Rauschen hinein. Sie nickte, wenig überrascht.

»Zum Bauern hat er eh nie getaugt. Du schon«, sagte sie. »Was willst du jetzt tun? Elektriker hast du doch nie leiden können?«

So wenig Glück Wolfgang mit seinem Vater hatte, so wenig hatte er auch mit seinem Lehrherrn. Er hatte die Ausbildung gehasst.

Er zuckte die Schultern.

»Irgendwas wird schon gehen. Irgendwas geht ja immer.«

So war er. Diese seltsame Mischung. In einem Augenblick ein Feigling, der sich nichts zutraute, im anderen ein unbekümmertes Großmaul. Sie musste ein wenig lächeln.

»Hast du noch nie wegwollen, Wolfgang?«

»Ich?« Er schüttelte überrascht den Kopf. »Ich gehör hierher. Ich geh nirgendwohin, außer ich muss.«

Außer ich muss. Sie sah durch den Regen hinüber zum Haus. Auch wenn sie nicht nass würde – sie hatte wenig Lust, hinüberzugehen. Und dann, wie einer der Blitze, die grell durch den

Regen fuhren, verstand sie auf einmal, wie es mit ihr war. Dass es bei ihr genau andersherum war wie beim Wolfgang. Sie wäre gerne woanders, aber sie musste hier sein. Wilhelm hatte es gewusst. Der hatte tiefer in sie hineingeschaut als sie selbst. Wolfgang sah dem Regen zu und schwieg, sie stand ans Scheunentor gelehnt und dachte, dass sie es Wilhelm hätte sagen können. Sie hätte ihm sagen können: Ja. Ich gehe fort mit dir. Weil es nicht reichte, davon in den Büchern zu lesen. Mit dem Wolfgang konnte sie nicht darüber reden, der hatte nie viel gelesen. Aber auch wenn sie mit Wilhelm darüber gesprochen hatte, in den langen Nächten ohne Schlaf, dann waren ihr die Bücher immer nur Geschichten gewesen, anders als für Wilhelm. Doch jetzt wusste sie, dass die Bücher nicht logen. Genau wie einer nicht nur im Buch sterben konnte, sondern wirklich, sodass es einen in der Mitte auseinanderriss, genauso hätten sie beide fortgehen können, wie sie es in den Büchern taten, Tom Sawyer oder Alaska Kid oder die rote Zora. Wenn der Tod wirklich geschehen konnte und nicht nur in Büchern, dann wäre auch das Gute möglich gewesen, von dem sie in den Büchern erzählten. Dann hätte sie auch fortgehen können mit ihm.

Der Regen ließ allmählich nach, aber sie standen noch eine Weile da.

Er hat auch keine Lust, nach Hause zu gehen, dachte sie.

»Danke fürs Helfen, Wolfgang. Ich muss füttern gehen.«

Er schlug den Kragen seiner blauen Arbeitsjacke hoch.

»Vielleicht muss man auch so denken«, rief er ihr zu, schon im Laufen, »wir leben. Das ist auch ein Glück.«

Sie hob nur die Hand. Er war bereits aus dem Hof und rannte die Holzgasse hinunter, während sie hinüber in die Schweineküche ging, um die Futterkartoffeln zu kochen.

Die Schwaden aus dem Kartoffeldämpfer brachten einen starken, guten Geruch mit sich, obwohl es letztjährige Kartoffeln waren und viele darunter, die schon gekeimt hatten, und womöglich auch ein paar angefaulte. Für die Schweine war es gleich. Sonst war es an Sommerabenden nicht schön, in der heißen Schweineküche zu stehen, aber nach dem Gewitter hatte es sich sehr abgekühlt und – es war ja sowieso alles egal.

Sie schaufelte die heißen weichen Kartoffeln in die Eimer und trug sie hinüber in den Schweinestall. Die Decke war so niedrig, dass sie sich immer unwillkürlich bückte. Die Schweine schrien und grunzten und drängten einander weg – sie wussten, dass Futter kam. Sie kippte ihre Eimer in die Krippen aus und ging zurück, um sie wieder zu füllen. Aber sie war mit den Gedanken nicht dabei, natürlich nicht, sie stieß mit der Schaufel am Kessel an, und ein Teil des kochend heißen Breis rutschte in den Schaft ihres Gummistiefels.

»Herr Jesus!«, fluchte sie. Der Schmerz schoss in die Wade, beißend und böse, sie bekam den Stiefel nicht schnell genug vom Fuß. Als sie ihn schließlich herunterhatte, bildete sich schon die Blase fast über den ganzen Unterschenkel. »Verreck!«, stöhnte sie mit zusammengebissenen Zähnen, während sie den Wasserhahn aufdrehte und den Schlauch auf ihr Bein richtete. Es brannte so sehr, dass ihr die Tränen in die Augen schossen. Es war das erste Mal seit Langem, dass es nichts anderes gab als nur sie. Das kalte Wasser lief ihr das Bein hinunter, und während der Schmerz ein klein wenig nachließ, kam diese Erkenntnis wie eine Überraschung. Sie lebte. Wolfgang hatte es vorhin gesagt, und es hatte nichts bedeutet. Aber jetzt, mit dem Schmerz, war es, als käme das Leben plötzlich und mit Gewalt in sie zurück.

Als sie durch den Gang humpelte, um ins Bad zu gehen und dort einen Verband zu suchen, musste der Opa sie gehört haben. Er kam aus der Stube, sah sie und erschrak.

»Was hast denn du gemacht, Mädchen?«

Er konnte sich immer noch schnell bewegen, wenn es darauf ankam. Nur in die Knie gehen, das fiel ihm schwer, aber sie konnte ihn nicht davon abhalten. Er stellte ihren Fuß auf seinen Oberschenkel und sah sich die Blase an, die unterhalb des Knies begann und fast bis zum Knöchel ging.

»Da müssen wir schnell was machen, das gibt sonst eine Fetzennarbe«, murmelte er. Er deutete auf die Stube. »Geh und leg dich auf mein Kanapee. Das Bein hoch. Ich komm gleich.«

Es brannte wieder stärker, als sie sich hinlegte, vielleicht, weil es keine Ablenkung gab. Zum Glück stand das Fenster offen, und eine kleine kühle Brise wehte herein, die immer noch nach Regen roch. Der Opa kam zurück, in der einen Hand Binden, in der anderen einen Topf.

»Was hast du da?«, fragte sie ein wenig misstrauisch.

»Quark«, sagte der Alte. »Denk dir nichts. Ich tu ihn nicht direkt drauf. Aber es braucht etwas, das die Wärme herauszieht.«

Er hob mit der linken Hand ihr Bein, mit der rechten begann er, die Wunde locker mit dem Gazestreifen zu verbinden. Dann nahm er den Topf, griff einfach hinein und begann, den Quark auf dem Verband zu verstreichen. Sie konnte ein Stöhnen nicht unterdrücken; jede Berührung tat weh. Aber der kühle Quark tat gut.

»Es ist auch, damit der Mull nicht festklebt«, sagte er, während er eine zweite Lage wickelte.

Er war sehr geschickt.

»Woher kannst du das, Opa?«

Der Alte riss den Mull ein, machte einen Knoten aus den beiden Enden und steckte ihn dann fest.

»Hab ich von der Elly gelernt«, sagte er kurz. »Wir müssen den Verband morgen früh wechseln. Irgendwann geht die Blase auf, und es sappt heraus. Dann klebt alles fest. Und wir müssen sehen, dass es keine Entzündung gibt. Es darf nichts hereinkommen.«

Sie stützte sich auf die Ellenbogen, als sie sich aufrichtete.

»Fehlt sie dir manchmal, die Elly?«

Er stand auf, ordnete die restlichen Mullbinden auf dem Tisch, zog die Schublade auf und holte das Kistchen mit den Zigarillos heraus. Strich ein Hölzchen an, und dann zog der Rauch an ihr vorbei aus dem Fenster in den Abend. Die Gewitterwolken waren fort, und es hatte aufgeklart, aber am Horizont standen noch welche, zerrissen und im Abendlicht von unten rot.

»Es hat nicht viele Tage, an denen ich nicht an sie denke.«

Er hörte sich müde an. Dann straffte er sich wieder und sah zu ihr herüber. »Es ist schon komisch«, sagte er mit einem leisen Lächeln, »du bist ihr manchmal so ähnlich, als ob ihr verwandt wärt. Ich hab das früher gar nicht so gemerkt. Aber jetzt … das macht es nicht leichter. Jesus«, seufzte er, »ich bin ein alter Mann.« Er streifte die Asche am Fensterbrett ab und zog wieder. Die Glutspitze leuchtete auf. »Manchmal kommt mir Amerika so vor, als hätte ich es gar nicht erlebt, so weit weg ist es. Aber dann, an manchen Abenden im Sommer, dann ist alles wieder da. Manche Gerüche hat es hier ja gar nicht, aber dann stehe ich hinten bei den Bienen und bilde mir ein, dass ich gerösteten Mais rieche oder die Baumwolle.«

Sie lag da, spürte den Schmerz weniger werden und hörte ihm zu.

»Hast du nie wieder hingewollt?«

Der Opa rauchte weiter und sah in die Ferne, nach Westen, wo die Sonne unterging und wo Amerika lag.

»Das amerikanische Ingenieurskorps hat uns ein Modell vom Mississippi-Becken bauen lassen. Wie eine Spielzeugeisenbahn, aber tausendmal größer. Die Rocky Mountains haben wir aus Beton nachgebaut, die waren über fünfzehn Meter hoch. Die Brücken haben sie aus Stahl nachgebildet und da, wo der echte Mississippi durch Wälder fließt und ein Haufen Laub im Wasser ist, da haben wir im Modell Maschendrahtzaun einbetoniert, damit das Wasser genauso gebremst wird wie in Wirklichkeit.«

Er lachte leise. Sie wollte etwas sagen, aber dann merkte sie, dass er ihre Frage auf seine Weise beantwortete.

»Die haben gesponnen, aber es war auch so großartig, das zu sehen. Als die Amis damit angefangen haben, da habe ich gewusst, dass wir den Krieg verlieren. Aber eigentlich wollte ich was anderes erzählen. Wir haben nämlich zehn Cent die Stunde gekriegt. Achtzig Cent am Tag. Das war nicht schlecht. Für zwanzig Cent hast du ein Dutzend Apfelsinen bekommen. Na ja … wir haben uns natürlich immer Zigaretten oder Cola gekauft. Aber dann hab ich die Elly kennengelernt, und ich hab angefangen zu sparen. Und dann hat es einen Tag gegeben, da haben sie uns eine Stunde lang nach Vicksburg zum Mississippi gefahren, damit wir das einmal sehen, wofür wir da gebaut haben. Ein Picknick für die besten Arbeiter unter den Gefangenen. Die Schwestern haben sie auch mitgenommen und die Köche.«

Er wurde still, als hätte er sich in der Erinnerung verloren und fände nicht mehr heraus. Das Zigarillo war aufgeraucht, und er drückte es sorgfältig auf dem Fensterbrett aus.

»Und dann?«, fragte sie.

Der Alte drehte sich nicht zu ihr, als er plötzlich mit veränderter Stimme sagte: »Bobbie, du bist … du musst mir eins versprechen, dass du fortgehst nämlich. Es hat für dich keinen Zweck mehr hier.«

Sie sah überrascht hoch. Nahm das Bein vom Kissen und stand auf.

»Was meinst du, Opa?«

Er ließ das Fenster offen stehen und setzte sich an den Tisch.

»Weil es eigentlich zwei Sachen sind«, sagte er. Dann, ganz ungewöhnlich für ihn, nahm er noch ein Zigarillo aus dem Kistchen. »Weil es für dich hier mit dem Wilhelm immer so sein wird, wie wenn du dich immer neu verbrennen tätest …«

Sie unterbrach ihn.

»Aber du bist doch auch weit fort vom Mississippi, und es schmerzt dich immer noch, oder?«

Er lächelte wie ertappt.

»Das stimmt. Aber mir ist die Elly nicht weggestorben. Und anscheinend braucht es den Tod, dass man merkt, was wirklich wichtig ist im Leben. So alt hab ich werden müssen, um das zu spannen … Dass nichts wichtiger ist, als richtig zu leben. Nicht halb oder versteckt oder einfach falsch.«

»Aber Opa, ich gehör doch hierher.«

Sie musste es sagen. Dabei wusste sie gar nicht mehr, ob es wirklich stimmte.

Der Alte zuckte in einer raschen Bewegung die Achseln, fast wurde er böse, das sah sie. So, wie er mit dem Vater schon so oft böse geworden war.

»Ja«, kam es heftig zurück, »schon auch. So wie ich halt. Aber nur, wenn du nie nach innen horchst. Wenn außen immer alles laut genug ist, damit du nicht hörst, wenn es in dir klopft und mit jedem Schlag sagt: Geh fort. Geh fort. Damals, unten am Fluss … so was hast du noch nie gesehen, so einen Fluss. Das ist ein Fluss wie ein Meer, so groß. Die Elly und ich, wir sind ein Stück abseits am Ufer gesessen. Am Nachmittag, und die Luft war schwer und heiß, und sie hat so schön ausgeschaut …«

Er machte eine kleine Pause. Strich mit leichter Hand noch einmal über den Verband an ihrem Bein, wie um sicherzugehen, dass alles richtig war. Sie versuchte, sich das vorzustellen, aber es kamen immer nur die Kinderbilder aus *Tom Sawyer*, das sie damals gelesen hatte, ohne zu wissen, dass der Opa einmal dort gewesen war. Sie schwieg und wartete.

»Es war das erste Mal, dass wir aus dem Lager herausgekommen sind und ich wirklich was gesehen habe von Amerika. In was für einer Gegend die Elly wirklich lebt. Und da, am Fluss, da habe ich ihr das Umschlagtuch geschenkt, das ich der einen Köchin abgekauft hatte. Ich hab gewusst, dass sie sich so eines wünscht. Weiß und bestickt und mit bunten Fransen dran. Ich sehe es noch vor mir.«

»Hat sie sich gefreut?«

Sie unterbrach ihn. Musste es wissen, als wäre es nicht schon vierzig Jahre her, sondern gestern gewesen. Als ob es noch wichtig wäre. Der Opa lächelte.

»Ja«, sagte er. »Sehr. Und sie musste lachen, weil sie für mich auch etwas hatte. Ein Paar Jeans nämlich. Wie sie die Schwarzen dort alle auf dem Feld getragen haben. Viel praktischer als unsere Uniformen.«

Roberta musste trotz der Schmerzen lächeln.

»Du hast Jeans getragen, Opa? Ehrlich?«

»Sie waren gebraucht, natürlich. Die Elly hat auch kein Geld gehabt. Sie hat das Tuch umgelegt, ich bin in die neuen Hosen geschlupft, und dann haben wir uns einander versprochen.«

Er stand auf, ging wieder ans Fenster und sah nach Westen in den Sonnenuntergang. Sein Gesicht leuchtete in dem roten Widerschein, und für einen Augenblick konnte sie den jungen Mann am Fluss in ihm sehen.

»Du warst aber schon verheiratet, damals.«

Es war keine Frage. Sie wusste es ja. Und es war auch nicht das, was sie wissen wollte. Der Opa nickte langsam, ohne sich ihr zuzuwenden. Von draußen hörte man das Dorf stiller werden. Die Melkmaschinen in den Höfen ringsum waren aus und die Gespanne heimgekehrt. Kaum dass ab und zu ein Auto vorbeifuhr. Der Opa stand ganz still am Fenster.

»Ja. Ich war schon verheiratet. Einen Sohn hab ich auch gehabt. Und gleichzeitig habe ich gewusst, dass ich da drüben in Amerika am Mississippi auf einmal die einzig Richtige gefunden hatte. Die eine, die einem bestimmt ist im Leben. Ihr ist es auch so gegangen.«

Er lachte leise und wehmütig.

»Was?«

Sie fragte vorsichtig, um seine Stimmung nicht zu zerstören. Er hob wieder die Schultern in fast jungenhafter Verlegenheit. Die Geste erinnerte sie an Wilhelm, und es fuhr ihr durch den Magen, weil sie einen Augenblick nicht an ihn gedacht hatte.

»Für sie war es genauso. Dass ich der eine war. Der Richtige. Aber manchmal war das schrecklich für sie, weil ich weiß war und ein Deutscher und es sowieso hinten und vorn nicht passte. Bloß: Gegen die Liebe kannst du nichts machen. So haben wir uns einander versprochen. Am Ufer des Mississippi. Wir haben beide nicht gewusst, wie es gehen soll, aber dass es gehen wird mit uns beiden, das haben wir gewusst für Zeit und Ewigkeit.«

Er machte eine kleine Pause. Drehte sich zu ihr. Sie wusste nicht genau, was in ihm vorging. Man konnte es nicht sehen. »Sechs Wochen später haben sie uns nach Frankreich verschifft«, sagte er dann. »Da war ich bis Neunzehnhundertachtundvierzig, und dann bin ich heimgekommen. Neun Jahre bin ich weg gewesen, und davon waren drei die besten in meinem Leben.«

Sie schwiegen beide. Der Opa stand am Fenster, und sie lag auf seinem Kanapee. Wie es für ihn wohl gewesen war, nach neun Jahren zu einem Sohn zurückzukehren, der zum Hofbauern geworden war. Zu einer Frau, die er nicht liebte. Aus Amerika und Frankreich in die Enge des Dorfes.

»Und ihr habt euch nie mehr geschrieben?«

»Am Anfang schon«, antwortete der Opa langsam. »Aus Frankreich hab ich ihr öfter geschrieben als von hier.« Sie hörte einen leisen Spott heraus. Ob für sich selbst oder für die anderen, das war nicht deutlich. »Aber zwischen uns war ein Meer. Ich habe nicht gewusst, wie ich hätte hinüberkommen können. Kein Geld. Der Hof. Die Frau und der Sohn. Das hat alles in Ordnung gebracht gehört. Und dann, mit den Jahren … der Alltag frisst dir auch die größte Liebe weg, irgendwann.«

Es klang bitter, und in einer plötzlichen, schnellen Bewegung kam er noch einmal zu ihr, packte ihren Arm und zog sie hoch, sodass sie Gesicht an Gesicht waren.

»Sieh zu, dass dir das nicht passiert, Mädchen«, sagte er leise und eindringlich. »Dir nicht. Hier findest du keine Liebe mehr wie den Wilhelm.«

»Was ist aus der Elly geworden, Opa?«

Es war wichtig, das zu wissen. Das war fast noch schlimmer, als wenn der andere tot war, oder?

Der Opa schüttelte heftig den Kopf.

»Ich weiß es nicht. Hoffentlich hat sie jemanden gefunden, der da sein konnte für sie. Keinen wie mich. Aber du gehst jetzt besser ins Bett. Das ist eine große Wunde, und die braucht Ruhe.« Er kramte in seiner Schublade und fand ein Döschen, das er ihr reichte. »Wenn du nicht schlafen kannst, dann nimm eine davon. Aber nur eine, hörst du?«

Sie nickte. Nahm das Döschen und humpelte aus der Stube. In der Küche hörte sie die Eltern reden, aber sie stieg gleich nach oben in ihr Zimmer. Das Fenster stand noch von heute Morgen offen, und es hatte hereingeregnet, die Dielen waren dunkel und feucht bis fast zum Bett. Sie warf ein Handtuch darauf. Dann lag sie im Bett, das Bein brannte wieder, und sie sah hinaus in den tiefdunklen Himmel. Neumond. Es hatte ganz aufgeklart, und die Sterne waren so hell zu sehen wie selten.

Ihre Gedanken wisperten Wilhelm zu. Bist du da oben? Oder gibt es dich gar nicht mehr? Was denkst du gerade?

Unten hörte sie den Opa noch einmal aus der Stube kommen, durch den Gang gehen und schließlich das Haus verlassen. Dass er nach all den Jahren immer noch an Elly dachte. Sie verzog den Mund. Dass er ihr das alles erzählt hatte. Und dass man ein Leben lang zusammen in einem Haus lebte und doch nichts vom anderen wusste.

Sie hörte die Glocke elf Uhr schlagen.

Der Alltag frisst dir die größte Liebe weg. Nicht der Tod. Ja, Wilhelm, dachte sie wispernd zu den Sternen hinauf, ich gehe fort. Aber dich nehme ich mit. Für immer.

48

Die Wunde heilte allmählich, zumindest die am Bein. Die innere mochte sie nicht anrühren.

Der Sommer war noch einmal mit aller Schönheit und Wärme zurückgekommen, und die Tage waren lang mit der beginnenden Kartoffelernte, den ersten Mosttagen mit den Kornäpfeln, der Zwischenaussaat und dem Einbringen des Strohs. Auf der einen Seite war es gut, weil Arbeit half. Auf der anderen Seite war es, als ob sie sich selbst bei allem zusah und gar nicht mehr dazugehörte. Bei allem, was sie tat, waren ihre Gedanken woanders. Bei Wilhelm natürlich, aber auch beim Opa und seiner Geschichte und schließlich bei sich selbst. Ja, sie wollte weg. Aber sie wusste immer noch nicht, wie das gehen sollte. Der Opa redete sich leicht, aber der war nicht freiwillig gegangen, den hatten sie geholt.

Es war ein schöner Morgen. Die Eltern waren nach dem Melken gleich in die Kartoffeln gefahren. Sie sollte das Grummet machen, hinten auf der großen Wiese im Garten. Man brauchte dort für die Mahd immer länger, weil man um die vielen Obstbäume herum mit dem Mähbalken nicht recht hinkam und das Gras mit der Sense schneiden musste. Dabei wäre es nicht nötig gewesen – in diesem Jahr hatten sie Heu genug von den anderen Wiesen. Ja, dachte sie bitter, für das Land ist es ein gutes Jahr gewesen.

Sie stand im Hof, an die Mauer des leeren Mistplatzes gelehnt, und sah hinüber zum Pfarrhaus. Ein paar Kinder auf Rollschuhen kamen lachend und schreiend die leere Straße entlanggeflogen. Einer der Jungen hatte sich ans Fahrrad seines Freundes gehängt, ließ sich ziehen und war damit der Schnellste von allen. Es waren die letzten Ferientage. Sie sah hoch zum Kirchturm. Das Kupferdach leuchtete grün im Morgenlicht. Der Wind war kühl und trug schon einen leicht bitteren, sehnsüchtigen Walnussduft mit sich; ein Hauch von Herbst an diesem Sommermorgen. Es war so schön, dass es wehtat. Wie alles Schöne wehtat, weil sie es nicht mehr mit Wilhelm teilen konnte.

Sie holte die Sense aus der Scheune und ging hoch zur Maschinenhalle, um den Schlepper zu holen. Als sie am Hühnerstall und den Holzstößen vorbei war und neben dem Gemüsegarten am Eingang zur Wiese stand, hörte sie die Bienen schon. Der Opa hatte die Stöcke am jenseitigen Zaun aufgestellt, wo sie mittags Schatten hatten. Jetzt, da der Tau getrocknet war, schwärmten sie zu den vielen späten Sommerblumen aus, um noch einmal all den Nektar zu sammeln, den es für den Winter brauchte. Den Honig hatte der Opa schon vor Monaten geerntet. Sie lehnte am Zaun und sah dem Tanz der Bienen zu, hörte ihr Summen, in das sich ab und zu das friedliche Gackern eines der Hühner mischte, das auf der Suche nach Grillen und Würmern war. Die Vorstellung vom Lärm des Schleppers war plötzlich zu viel für sie. Es brauchte diese Mahd gar nicht unbedingt. Sie erinnerte sich an das, was der Opa von den Kühen in Amerika erzählt hatte.

Einen Moment blieb sie stehen. Den Vater trifft der Schlag, dachte sie, aber die Idee war zu stark.

Sie ging zum Hoftor, das immer offen stand, außer wenn sie schlachteten, damit die Schweine nicht auf die Straße laufen konnten. Sie schloss es. Dann lief sie zum Stall hinüber. Die Kühe hoben kettenklirrend die Köpfe, als sie das untere Tor aufriegelte. Eine Schwalbe flog aufgeschreckt über ihren Kopf hinweg nach draußen. Fliegen summten, ab und zu weggescheucht von einem ungeduldigen Schwanzwedeln. Roberta ging die Futterkrippe entlang und löste eine Halskette nach der anderen. Das ganze Leben, dachte sie das erste Mal bewusst, die standen da ihr ganzes Leben angekettet. Außer zum Decken oder Kalben oder wenn sie zum Schlachter gefahren wurden, kamen sie raus. Das ganze Leben angekettet, dachte sie und wusste für einen Moment nicht, ob sie noch die Kühe meinte.

Einen Kopf nach dem anderen schob sie vorsichtig zwischen den Stangen hindurch zurück, sodass sie frei standen, alle fünfzehn. Sie ging um die Krippe und die Gitter zurück in den Mittelgang, nahm einen der Stricke, die neben der Stalltür am Nagel hingen, und schlang ihn der Bunten locker um den Hals.

»Komm!«, lockte sie erst sanft und dann, als die Bunte sich nicht bewegen wollte, energisch: »Komm!«

Es war mühsam, sie aus dem Stall zu bringen. Sie hatte Angst. Alle hatten sie Angst. Natürlich. Sie waren noch nie aus dem Stall heraußen gewesen.

»Komm!«, drängte sie wieder. »Komm!«

Es war ihr wichtig, dass sie kamen. Als sie die Bunte im Hof hatte, wurde es leichter. Mit der dritten Kuh folgten die anderen von allein. Aber sie standen eng aneinandergedrängt im Hof herum. Auf der Straße fuhr der Schmauser mit einem Hänger voll Stroh vorbei, sah kurz zu ihr herüber und dann, völlig verblüfft, ein zweites Mal, wurde vor lauter Schauen immer langsamer und wäre beinahe in das Verkehrsschild an der Kurve gefahren, weil er das Steuer verzog, als er sich nach den Kühen umdrehte.

Ja. Schau nur. Schau, Depp!

Sie nahm die Bunte wieder am Strick und zog sie in Richtung Garten. Diesmal ging es leichter. Sie folgte ihr und damit auch die anderen, sie liefen aber unsicher und manchmal schwankend. Ja, dachte Roberta, ist ja auch das erste Mal seit Jahren. Ein Wunder, dass sie überhaupt laufen konnten und nicht umfielen. Sie spürte ihre Wade jucken, wo die neue Haut noch ganz dünn und empfindlich war. Da würde eine Narbe bleiben. Für immer. Aber laufen konnte sie noch.

Eine von den Kühen erschrak, als plötzlich ein Huhn zwischen ihren Beinen gackernd durchstob, sie drängte zurück, zurück in den vertrauten Stall, und nur weil andere hinter ihr waren, kam sie nicht gleich durch, und Roberta konnte sie beruhigen.

Dann waren sie an der Wiese. Sie blieb stehen. Wenn sie es jetzt nicht verstanden, dann konnte sie nichts mehr tun. Dann musste sie sie zurück in den Stall bringen. Aber die Kühe rochen das Gras. Die ersten senkten den Kopf, suchten, rupften die Halme. Schritt für Schritt verteilten sie sich zwischen den Bäumen, fingen an, richtig zu grasen, und dann, als wäre es ihr in die Beine gefahren, machte die Bunte plötzlich ein paar ungelenke Hüpfer. Diese kleinen Sprünge in der Wiese auf Beinen, die Jahre nur gestanden hatten, kamen so völlig unerwartet und sahen so komisch aus, dass sie lachen musste. Ein kurzes, schuldbewusstes Auflachen nur, aber ein Lachen war es gewesen.

»Das wird ihm nicht gefallen.«

Der Opa war den Weg heraufgekommen; sie hatte ihn nicht gehört. Sie zuckte die Schultern.

»Dem gefällt vieles nicht.«

Der Alte sah den Kühen zu. Mittlerweile hatten sie sich auf der ganzen Wiese verteilt.

»Ob du die wieder in den Stall hineinbringst?«

Sie schaute ihn an.

»Wenn nicht, sag ich ihm, dass es deine Idee gewesen ist. Und das stimmt ja auch, oder?«

Es war das erste Mal seit Langem, dass der Opa wieder richtig lächelte.

Der Vater tobte. Oft kam das nicht vor, aber diesmal war er so wütend, dass es über den ganzen Hof schallte.

»Haben sie dir ins Hirn gschissen? Wer macht denn so was? Wer kommt denn auf so einen lappeten Schwachsinn?«

Er war vom laufenden Bulldog gestiegen; der Hänger voller Kartoffeln, die er hatte hochfahren wollen. Die Kühe standen auf der Wiese und grasten. Sie hoben nicht einmal die Köpfe, als der Vater zu schreien anfing.

Ja, dachte sie, so muss man es machen. Sie sagte daher nichts, ließ den Vater schreien.

»Als ob wir nicht Arbeit genug hätten! Und du musst die Viecher aus dem Stall führen!«

Die Mutter stand kopfschüttelnd da, ging schließlich zum Haus, um das Essen zu machen. Roberta hörte dem Vater zu, aber sie lehnte sich an den Stamm einer der Zwetschgen, was ihn, zusammen mit ihrem Schweigen, noch wütender machte.

»Was hat denn dich geritten? Warum sagst du nichts dazu? Was ist das mit dir?«

Sie zuckte die Schultern. Es waren eh keine Fragen, auf die er eine Antwort hätte haben wollen. Deshalb schwieg sie, auch weil er die Antworten nicht verstanden hätte. Er verstummte kurz. Griff in die Maschine des Bulldogs und drückte den Unterbrecher. Der Diesel ging aus.

»Steh nicht herum!«, herrschte er sie an. »Hilf mit, sie einzutreiben.«

Sie deutete auf die Sonne. Ihre Stimme war rau, als sie sagte:

»Es ist gerade Mittag. Es wird zum Melken auch reichen. Und, Vater, ich werde fortgehen. Wenn wir mit Ernten fertig sind, gehe ich fort.«

Es war aus ihr herausgeplatzt. Noch eine Minute vorher hätte sie nicht gedacht, dass sie das sagen würde.

Er verstand erst nicht.

»Was? Was heißt das? Was …?«

»Ich geh fort, Vater. Im Oktober, denke ich, wenn das meiste getan ist. Und wegen der Viecher mach dir keine Sorgen. Zum Melken treibe ich sie ein.«

Damit stieß sie sich vom Stamm ab und ging.

49

Sie saß in einem Café in der Nähe von Georgs Uni und versuchte sich wieder einmal an einem Brief an Hermann. Spätsommer. Das Septemberlicht, das durch die Kronen der Linden auf dem Platz fiel, zeichnete schnell vergehende Schatten und huschende Sonnenflecke auf die Mauer der Johanniskirche gegenüber. Die Stadt war still. Das Semester hatte noch nicht begonnen, und viele waren im Urlaub. Sie fühlte sich immer noch fremd in Göttingen, aber vielleicht fühlte sie sich gerade überall fremd. Weil sie nicht an dem Alltagsgetriebe teilnahm. Sie war in zweierlei Hinsicht entfremdet. Als Mutter, die ihr Kind verloren hatte, und als werdende Mutter, die das Kind eines Fremden austrug. Wenn man trauerte, war es, als ob man eine ansteckende Krankheit hatte. Nach der Bestürzung und dem Mitleid begannen sie, einen zu meiden. Als ob der Schmerz nach zwei Wochen oder einem Monat oder dreien fort wäre wie eine Erkältung. War er aber nicht, und das hielten die meisten Leute um sie herum nicht aus. Auch deshalb war sie nicht mehr zu den Eltern gezogen. Und wegen der Schwangerschaft natürlich, dachte sie bitter. Ein Kind verloren und dafür ein fremdes bekommen? Wie hätte Mama das ihrer Hamburger Verwandtschaft erklären sollen?

So hatte sie Georgs Einladung angenommen, eine Zeit lang bei ihm zu wohnen. Aber ein Zustand für immer war das nicht.

Sie hatte sich ein Kännchen Kaffee bestellt – natürlich gab

es hier draußen nur Kännchen, war das eigentlich ein Bundesgesetz? – und wusste immer noch nicht, was sie Hermann schreiben sollte. Dabei war es doch ganz einfach. Lieber Hermann, ich bin schwanger.

Sie hatte sich vorgestellt, dass es einfacher wäre, ihm zu schreiben, als es ihm zu sagen. Aber Schreiben war noch schwerer. Weil sie nicht wusste, wie er den Brief lesen würde. Wie seine Stimmung war und wie er darauf reagierte. Telefonieren ging noch weniger.

Ich kenne ihn nicht genug. Ich lebe seit über zwanzig Jahren mit diesem Mann und weiß nicht, wie ich ihm von mir erzählen soll.

Der Kaffee war nur noch lauwarm, aber sie hatte keine Lust, sich etwas anderes zu bestellen. Alkoholisches konnte sie sowieso nicht trinken. Unwillkürlich dachte sie daran, wie das Jahr begonnen hatte. Mit Wein und Sekt in Cafés im Süden. Da hatte sie noch geglaubt, dass es ein gutes Jahr werden würde. Ein besonderes. Der Anfang eines neuen Lebens für sie.

Sie lehnte sich zurück und sah hoch zur Türmerstube, auf deren Fensterbrett ein Turmfalke saß und die Tauben beobachtete. Georg hatte ihr erzählt, dass dort Studenten wohnten. Die höchste Studentenbude im Land. Da hätte Wilhelm sein können, in einem Monat, wenn die Uni begann. Oder an einem anderen Ort. Oder einfach zu Hause. Aber er war tot. Seinen Platz nahmen jetzt andere junge Leute ein. Junge Männer, die lebten. Wie hatten die Mütter im Krieg das ausgehalten, wenn ihnen nicht nur einer, sondern vielleicht zwei oder drei Söhne wegstarben? War es leichter, wenn es ein Krieg war? Wenn man glauben konnte, dass es für irgendeine Sache war als einfach nur ein sinnloser, grausamer Zufall? Sie dachte an Hermann. Vielleicht half es, wenn man glaubte.

Dass man sich wiedersah, irgendwann. Sie wünschte, sie könnte das auch.

Sie beugte sich vor, schob das Kännchen etwas zur Seite, schraubte den Füller wieder auf.

Lieber Hermann, ich wünschte, ich könnte so glauben wie Du. Das kann ich nicht. Aber auf seltsame Weise glaube ich immer noch an Dich und an eine seltsame Stärke, die Du in Dir hast und von der ich lange Zeit nichts wusste …

Sie schrieb jetzt rasch und ohne lange nachzudenken, zögerte nur noch einmal vor dem Wort ›schwanger‹, aber dann fuhr sie fort, hastig fast, um den Brief fertig zu bekommen. Es sollte alles gesagt sein. Sie las ihn nicht noch einmal durch, bevor sie ihn faltete und in den Umschlag schob, der schon seit drei Tagen frankiert und adressiert war. Rasch fuhr sie mit der Zunge über die Klebflächen, schmeckte die fade Süße und drückte den Brief fest zu. Fertig, dachte sie, für einen Augenblick erleichtert. Bis die Antwort kommt, klang es gleich danach in ihrem Kopf, und sie wusste, dass dieses Warten noch hässlicher sein würde als das Zögern davor. Noch einmal sah sie zur Türmerstube hoch. Der Falke war fort. Tier sein, dachte sie, vielleicht wäre es dann einfacher.

50

Sie hatte wieder angefangen zu zeichnen. Keine Entwürfe wie damals, für sein Hemd oder die Kleider, die sie im Kopf hatte, nachdem sie ihre Modehefte angesehen hatte. Dunkle Schnitte; manchmal ohne gesäuberte Kanten, sondern aus Stoffen, die einfach zerrissen worden waren – die Fäden hingen heraus, und die Säume wirkten roh.

Es war ein Regentag. Viel war heute nicht zu tun draußen. Gemolken war schon, und so saß sie in ihrem Zimmer, trotz der Kühle bei offenem Fenster, und sah vom Skizzenblock immer wieder auf und durch das Regengrau hinüber zum Pfarrhaus.

Da war der Tag gewesen, als er auf dem Bett gelegen und ihre Modezeitschriften angesehen hatte. Mit dieser lächelnden Neugier, die er so oft hatte. Auch, als sie es das erste Mal getan hatten. Als sie daran dachte, wurde es ihr eng in der Brust. Ihr fehlte nicht nur sein Lächeln. Ihr fehlte auch sein Körper. Ihr fehlte, ihn auf sich, in sich zu spüren. Seine Hände auf ihrem Bauch und seinen ruhigen Atem auf ihrer Schulter, wenn er eingeschlafen war. Sie sah auf das Blatt vor sich. Immer noch war alles zu brav und zu traurig, und es war in diesen Kleidern nichts von der Wut zu sehen, die sie in sich hatte. Darauf, dass er einfach nicht mehr da war. Auf sich. Auf ihn. Auf alles, das nicht mehr so war, wie es sein sollte. Sie riss das Blatt heraus, knüllte es zusammen und warf es hinter sich. Dann, mit Zeichenkohle und raschen, harten Strichen, entwarf sie ein Kleid, wie es sein sollte für Wut und Trauer. Noch dunkler und zerrissener und dabei eng und kurz, wegen all der Lust, die jetzt nirgendwo mehr hinkonnte. Dieses Feuer, das sie zusammen entzündet hatten und dessen Glut immer in ihr glomm, nur dass kein Wilhelm mehr da war, um sie je wieder neu anzufachen.

Weich schlug es elf. Plötzlich war es nicht mehr gut, zu Kirche und Pfarrhaus hinüberzusehen. Das gleichmäßige Rauschen des Regens im Hof, die Stille im Haus, die Gedanken ... sie stand rasch entschlossen auf, nahm die Jacke aus dem Schrank und lief nach unten. Wenn sie sich beeilte, erwischte sie noch den Bus in die Stadt.

Sie passte Eva in der Mittagspause ab, als sie aus der Fabrik kam. Und weil Eva nichts wusste von Wilhelms Tod, weil sie sich so lange nicht gesehen hatten, weil sie einfach in einer anderen Welt lebte, kam sie so fröhlich überrascht auf sie zu wie immer.

»Gott, bist du dünn geworden!«, rief sie und umarmte sie stürmisch. »Steht dir aber. Was machst du?«

Sie konnte ihr nicht gleich alles erzählen. Auf seltsame Weise tat es ihr wohl, dass da jemand war, der fast nichts von ihm wusste.

»Hast du Zeit für einen Kaffee?«, fragte sie. »Ich brauche deinen Rat. Wie immer«, setzte sie lächelnd hinzu. Es fiel ihr nicht so schwer, aber ungewohnt fühlte es sich doch an.

»Für dich immer, meine Schöne!«, sagte Eva und hakte sich bei ihr ein.

Sie gingen in das Oma-Café, das sie während der Lehre schon ab und zu besucht hatten. Nah genug an der Fabrik, dass man in zehn Minuten zurück sein konnte, aber nicht so laut und hässlich wie all die Arbeiterwirtschaften ringsum. Eva bestellte eine Schokolade, und Roberta schloss sich an. Das gab es dahcim nicht.

»Ich geh weg vom Hof«, sagte sie, »ich brauche Arbeit und eine Wohnung. Ein bisschen Geld habe ich schon, aber ich muss sparen.«

Eva hörte ihr zu. Lachte.

»Ich hab mich immer gefragt, wie lange du es aushältst auf dem Dorf. Du bist doch die von uns, die sich immer am weitesten fortgeträumt hat.«

War das so? Hatte sie auf die anderen so gewirkt? Wilhelm hatte so etwas Ähnliches auch einmal gesagt. Nur sie selbst hatte sich nie so gesehen.

»Ich will …« Sie zögerte, weil es sich so unpassend anhörte für eine junge Frau wie sie. Für eine Bäuerin. »Ich will nach Paris.«

»Du wirst Französisch lernen müssen«, sagte Eva. Praktisch wie immer. »Paris! Nimmst du mich mit? Mode. Meine Roberta vom Land.«

Wieder lachte sie. Aber es hörte sich nicht böse an oder ungläubig, sondern so, als ob Eva sich freute. Das tat gut, denn sie selbst konnte es noch nicht. Eva langte über den Tisch nach ihrem Skizzenbuch, ungefragt, und schlug es auf. Blätterte durch.

»Die sind schön. Und besonders«, sagte sie nach einer Weile. »Ich würde sie der Chefin zeigen, an deiner Stelle. So für den Anfang, bevor du nach Paris gehst. Die beschwert sich immer, dass sie keine guten Schnitte bekommt. Zeig sie ihr.« Sie reichte ihr die Kladde zurück. »Und fürs Erste kannst du bei mir wohnen, wenn du magst. Das wird fein. Ich berechne dir auch nur das Doppelte, ja?«

Sie lehnte sich zurück und klopfte eine Zigarette aus der Packung.

»Magst du auch eine?«

Roberta schüttelte den Kopf. Lächelnd, weil Eva in allem so direkt war. Als gäbe es keinen Filter zwischen ihrem Inneren und der Welt. Das machte sie zu einer richtigen Freundin.

Sie redeten noch ein wenig hin und her. Es war das erste Mal seit Wilhelms Tod, dass sie ein Gespräch führte, das nichts mit ihm zu tun hatte, sondern nur mit nichtigen, freundlichen Alltäglichkeiten, die nicht schmerzen konnten. Es war schön, so zu reden, obwohl es sich ein wenig fremd anfühlte. Aber fremd würde sie sich jetzt oft fühlen, und es war vielleicht nicht schlecht, sich daran zu gewöhnen.

Sie begleitete Eva zurück zur Fabrik. Es nieselte und Eva, nur in einem dünnen Strickjäckchen, zog die Schultern zusammen.

»Manchmal wäre ich gern in Afrika!«, seufzte Eva, und Roberta fiel noch etwas ein, was sie Eva fragen wollte.

»Sag mal, Eva, dein Opa ist doch im Krieg auch vermisst gewesen. Und du hast mal erzählt, dass deine Mutter ihn vom Roten Kreuz hat suchen lassen. Weißt du das noch?«

Eva blieb stehen.

»Sie haben ihn ja nicht gefunden. Irgendwann ist er für tot erklärt worden. Ich hab ihn nie gesehen.«

»Das meine ich nicht«, unterbrach Roberta ungeduldig, »welches Rote Kreuz? Die Sanitäter, oder was?«

»Ach so.« Eva hob die Schultern. »Nein. Es gibt einen Suchdienst vom Roten Kreuz. Nicht bei uns, glaube ich. Die Mutter hat damals nach München geschrieben. Warum?«

»Ach, wegen dem Opa … ein Kamerad«, log sie, weil es seine Geschichte war, die keinen außer ihm und ihr etwas anging.

Eva nickte nur, nicht weiter interessiert. Am Tor trennten sie sich.

»Wann willst du kommen?«, fragte sie, als sie sich noch schnell eine letzte Zigarette anzündete, bevor sie zurück in die Schneiderei musste.

»Bald«, antwortete Roberta. »Ich rufe dich vorher an.«

Eva winkte ihr fröhlich zu, als sie über das Werksgelände ging. Roberta atmete auf. Der erste Schritt war getan.

51

»Du kannst nicht immer nur in der Wohnung sitzen und dicker werden.«

Sie hatte Georg nach Hause kommen hören, dann hatte er geklopft und war hereingekommen.

»Wie nett du bist!«

Sein Spott war liebevoll gewesen, aber es war trotzdem schwer, den alten Ton auszuhalten.

Georg setzte sich zu ihr ans Bett und nahm ihr das Buch weg, das sie eigentlich gar nicht gelesen hatte. Es war nur etwas, das man eben tat. Er sah sie an, ernst und fast traurig.

»Gertrud, es macht ihn nicht wieder lebendig, wenn du dich aufgibst. Ich will dir nichts wegnehmen von deiner Trauer und ich … du bist seine Mutter gewesen. Ich weiß nicht, wie sich das anfühlt. Jedes Mal, wenn ich an ihn denke, fehlt er mir. Aber für dich ist es noch einmal ganz anders und tausendmal schlimmer.«

Unvermittelt legte er die Hand leicht auf ihren Bauch. Seine Hand war warm.

»Und trotzdem hast du dich fürs Leben entschieden. Und das ist ein Leben, um das du dich kümmern musst, denn es kann nichts für all das hier. Lass mich dich zum Essen ausführen, Schwester, ja?«

Erst schüttelte sie den Kopf, aber als er ihre Hand nahm, ließ sie sich doch hochziehen.

Sie gingen in ein italienisches Restaurant. Georg kannte alle Studentenkneipen, aber sie durfte ohnehin nichts trinken, und nach fröhlichem Lärm war ihr auch nicht. Da passte das gut. Sie saßen unter Sonnenschirmen, die es nicht brauchte, weil der Abend längst da war. Das Essen war gut, aber bei weitem nicht so gutwie damals in Neapel. Aber vielleicht schmeckte sie auch nicht mehr so gut wie damals. Alles hatte sich verändert.

»Ich wollte, Papa hätte mich studieren lassen. Ich werde wieder als Sekretärin arbeiten müssen, und dann kann ich mir ganz sicher kein italienisches Essen mehr leisten. Du wirst mich noch lange einladen müssen«, sagte sie beim Kaffee.

Georg lehnte sich zurück. Lächelte und stellte seine Espressotasse hin.

»Mach ich gerne. Aber jetzt musst du erst mal das Kind bekommen.«

Sie sah über ihn hinweg ins Unbestimmte. In den letzten Monaten hatte sie immer nur in die Vergangenheit gedacht. Wilhelm. Es war schwer genug gewesen, jeden Tag zu ertragen. Der Gedanke an den nächsten wäre noch schlimmer gewesen. Aber jetzt blieb ihr nichts anderes übrig. Sie war bald nicht mehr allein.

»Nein, im Ernst. Ich muss wieder Arbeit finden. Aber wer stellt eine ledige Mutter über vierzig ein?«

Sie sah ihm an, dass er etwas Ähnliches gedacht hatte. Aber er fing sich gleich wieder.

»Schlimmstenfalls musst du meine Privatsekretärin werden.« Er beugte sich vor. »Ich lasse dich nicht fallen. Ich …«

Sie unterbrach ihn.

»Es ist ja nicht nur das Geld. Oder dass ich hier niemanden kenne. Es ist alles.«

Sie machte eine hilflose Geste, die alles um sie herum erfasste. Und so, als ob sie einfach auf einen schwachen Moment gewartet hätte, rannte die Verzweiflung wieder alle sorgfältig verriegelten Türen ein, und sie war den Tränen nahe.

»Ich weiß bei allem nicht, wie es weitergehen soll. Mit mir und Hermann, mit dem Baby, mit … meinem ganzen Leben. Ich weiß es nicht. Ich versuche, stark zu sein, aber dann frage ich mich, wozu? Dieses ganze Scheißleben ist so ungerecht. Es ist einfach ungerecht.«

Sie holte zitternd Luft, um nicht doch noch zu weinen. Georg war aufgestanden, kam um den Tisch und kniete sich neben ihren Stuhl. Es war ihm egal, wie das aussah.

»Ja«, sagte er leise, »es ist ungerecht. Aber wir leben noch, um das zu spüren. Selbst wenn du ganz und gar verzweifelt bist, dann spürst du diese Verzweiflung nur, weil du lebst. Als Tote spürst du gar nichts mehr. Und das ist alles. Solange du lebst, ist immer noch irgendwo Luft zum Atmen.« Er machte eine kleine Pause, dann nahm er ihre Hand zwischen seine.

»Wenn ich bei euch war, dann habe ich oft beobachtet, wie Wilhelm dich angeschaut hat. So voller Liebe zu dir, aber vor allem voller Freude. Dein Unglück hilft ihm nicht mehr, und er würde es auch nicht wollen. Er würde seine lebensfrohe Mutter wollen. Die Frau, die eigentlich voller Liebe ist und so oft nicht weiß, wohin damit.«

Das war so hilflos schön gesagt, dass sie halb unter Tränen lachen musste. Er stand auf.

»Ich würde jetzt wirklich gerne einen Cognac mit dir trinken«, sagte sie, »aber da müssen wir wohl noch ein Jahr warten.«

»Ich werde ihn nicht vergessen«, antwortete Georg.

Die Luft war mild, und auf dem Weg zurück roch es überall schon nach Kastanienlaub, obwohl es noch nicht einmal überall gelb war. Es wird ein Novemberkind, dachte sie.

Das Gehen tat ihr gut. Als sie in Georgs Straße einbogen, brauchte sie einen Moment, um das Auto zu erkennen, das vor seinem Haus stand. Dann schoss ihr ein Erschrecken kalt durch Magen und Brust. Es war ihr Renault. Auf der Eingangstreppe zum Haus saß Hermann.

»Oh«, sagte Georg leise, als er ihn sah. »Ich glaube, ich lasse euch mal allein.«

Er ließ ihren Arm los, hob grüßend die Hand, als Hermann aufstand, und drehte sich zum Gehen um.

»Hallo, Gertrud.«

Er stand da, schmal, aber aufrechter, als sie es in den letzten Jahren von ihm gewohnt war.

»Wartest du schon sehr lange? Es tut mir leid, ich wusste nicht …«

»Konntest du ja nicht«, sagte er etwas steif. »Ich dachte … ich wusste nicht, ob ich anrufen sollte oder einen Brief schreiben, und dann dachte ich, dass es am besten ist, wenn wir richtig reden. Hast du Zeit?«

Sie hätte beinahe gelacht. Natürlich hatte sie Zeit. Sie tat ja nichts. Fast ein wenig unsicher fragte er: »Wollen wir ein Stück gehen?«

Sie nickte. Es war immer besser, zu gehen. Dann war Schweigen nicht so schwer. Sie nahmen den Weg zum Stadtwall und liefen nebeneinander her wie Fremde. Als sie den Wall hinaufstiegen, sah man die Lichter der Stadt.

»Ist schon sehr lang her, dass ich das letzte Mal hier war«, sagte Hermann mit belegter Stimme.

Er ist genauso aufgeregt wie ich, dachte sie.

»Hermann, ich …«, sie wusste nicht, wie sie anfangen sollte. Und es war eigentlich auch alles schon gesagt.

»Was ist mit dem Vater?« Es kam unvermittelt, harsch und brach plötzlich aus ihm heraus. »Siehst du ihn noch?«

Sie schüttelte den Kopf.

»Ich habe ihn nie wiedergesehen. Ich habe nicht mal seine Adresse. Er war …«, sie blieb stehen und drehte sich zu Hermann. »Er ist nicht wichtig, Hermann. Ich habe ihn ein einziges Mal gesehen.«

»Dann hat er eine hohe Trefferquote«, sagte Hermann trocken. »Auf jeden Fall höher als ich.«

Er hatte recht. Natürlich. Es war nicht so gewesen, als hätten sie keine Kinder mehr gewollt. Aber es war einfach nie mehr dazu gekommen. Was für eine Ironie! Einmal mit einem Fremden und sie war schwanger. Sie schwieg. Es gab nichts, was sie dazu sagen konnte. Sie gingen durch die immer kühler werdende Nacht.

»Eigentlich ist es nicht wichtig.« Seine Stimme klang bitter. »Jetzt, nachdem Wilhelm tot ist. Aber hat dir wirklich so viel gefehlt? Ich hab … ich dachte immer, ich müsste dich in Ruhe lassen.«

Sie zuckte hilflos die Schultern.

»Ich hab das auch gedacht«, antwortete sie leise. »Aber das war es nicht. Ich … es tut mir leid, Hermann. Das ist ziemlich jämmerlich, und es hört sich furchtbar an, aber es tut mir einfach leid. Ich wollte dir nicht wehtun.« Sie zögerte einen Augenblick, bevor sie dann fragte: »Wäre es besser, wenn ich abgetrieben hätte?«

Er schwieg. Ihre Schritte waren plötzlich laut und ihr Atmen auch. Dann blieb er stehen.

»Hattest du das überlegt?«

»Natürlich!« Sie antwortete heftiger, als sie eigentlich wollte. »Natürlich hab ich daran gedacht. Aber ich habe es so spät gemerkt, und dann kam das alles mit Wilhelm … und dann … du weißt, dass er mit Roberta zusammen war? Dass sie auch schwanger war von ihm?«

Er wandte sich ihr zu. Selbst in dem schwachen Licht konnte sie sehen, wie bestürzt und überrascht er war. Unwillkürlich nahm sie seinen Arm.

»Ich wusste es auch nicht. Bis ich den Brief gelesen habe.«

»Welchen Brief?«

»Ich erzähle dir.«

Sie fanden eine Bank, und sie berichtete ihm von dem Brief und dem Treffen mit Roberta am Sommerkeller. Und was sie über Wilhelm gesagt hatte. Wie sehr er alles Lebendige geliebt hatte.

»Jetzt verstehe ich besser«, sagte Hermann nach einem langen Schweigen, »du konntest es dann nicht mehr. Es ist … ich weiß nicht, ob ich froh darüber sein soll oder nicht.«

Er stand von der Bank auf und sah in die Nacht. Es war sehr still.

»Ich weiß, dass du schon lange nicht mehr glaubst, Gertrud«, sagte er dann, »und ich weiß es manchmal auch bei mir nicht mehr. Aber dann, wenn ich höre, was du mir erzählst, dann bin ich froh, dass du nicht … dass du immer noch schwanger bist.«

Sie fror jetzt. Es war kalt geworden. Er sah sie immer noch nicht an, als er nach einer ganzen Weile sagte: »In der Bibel gibt es solche Geschichten. Hiob. Dem werden alle Kinder genommen, und ich weiß erst jetzt, wie sich das anfühlt. So, dass man auch sterben will, weil man es nicht aushält.«

Es war das erste Mal, dass er davon sprach. Von seinem

Schmerz. Sie hätte ihn gerne berührt, zum Trost, aber sie traute sich nicht.

»Ich habe diesen Gott nie verstanden«, fuhr er fort. »Den, der einem die Kinder nimmt. Aber das war alles Theologie, und ich hab darüber gepredigt, als würde es mich nichts angehen. Sogar damals noch, als die ganze Familie gestorben ist, weißt du noch? Und jetzt … Wilhelm. Ich will so einen Gott nicht. Ich … manches muss ich geschehen lassen, und Wilhelm ist tot. Aber es gibt Sachen, die muss ich nicht geschehen lassen.«

Er klang so, wie sie ihn noch nie gehört hatte. Auf fremde Art bestimmt und sehr anders.

»Was meinst du?«

Er wandte sich ihr zu. Stand sehr still und betrachtete sie in dem schwachen Licht. Sie fror noch immer, aber sie hielt seinen Blick aus. Das war sie ihm schuldig, wenigstens das.

»Gertrud«, sagte er dann, »ich hätte nicht gedacht, dass ich das sage, als ich hergefahren bin. Ich wollte mit dir reden, das wusste ich, aber …«

Ihr Mund war auf einmal sehr trocken, und da war auch die Angst wieder in ihrem Magen und in ihrer Brust.

Er holte tief Luft und seine Stimme zitterte auf einmal auch.

»Ich sage das nur ein einziges Mal. Ich komme dir nicht noch einmal nachgefahren, weil ich das nicht mehr länger aushalte. Nur dieses einzige Mal.«

Er deutete auf ihren Bauch.

»Ich weiß, das ist nicht mein Kind. Aber es kann unseres sein. Wenn du es aushältst mit uns, dann halte ich das mit dem Kind aus. Dann soll es unseres sein.«

Damit drehte er sich um und ging.

»Hermann!«, rief sie ihm nach, aber er drehte sich nicht mehr um, und eigentlich wusste sie auch nicht, was sie ihm hätte sagen wollen. Sie stand da, allein, und fror bis in die Knochen. Um wie viel mutiger war dieser Mann doch. Um wie viel mutiger, als sie jemals gedacht hätte.

Dann ging sic zurück zu Georgs Wohnung. Als sie dort ankam, erschöpft und doch viel zu aufgewühlt, um müde zu sein, war der Renault fort. In einem Sturm wilder Gedanken ging sie nach oben und war froh, dass Georg schon schlief.

52

Sie war auf der Sparkasse in Raitenbühl gewesen und bog in den Hof ein, als sie sah, wie der Opa sein altes Rad aus der Scheune schob. Der frühe Nachmittag war sonnig, der Wind blies die welken Walnussblätter im Kreis um den Stamm herum, der Oktober war da.

»Wohin?«, fragte sie. Den Opa hatte sie lange nicht auf dem Rad gesehen. Er prüfte die Reifen, bevor er es zum Tor schob.

»Ich muss auf Gersdorf«, sagte er. »Zum Tischler.«

Er stieg auf und trat an. Es ging langsam, aber es ging.

»Opa«, rief sie ihm hinterher, ohne weiter nachzudenken, »nimmst mich mit?«

Er hielt an und machte nur eine einladende Armbewegung. Ihr Rad stand an der Hauswand, sie stieg auf und folgte ihm. Auf der Straße aus dem Dorf fuhr er sich ein, und es ging nicht mehr so langsam. Der Wind kam von vorn, aber das machte nichts, denn nach Gersdorf ging es immer ein wenig bergab. Als sie aus dem Dorf waren, wehte es den Geruch der Kartoffelfeuer auf dem Feld vom Schmauser zu ihnen herüber, und der Opa drehte sich zu ihr.

»Jetzt bin ich so alt, und immer noch rieche ich das gern. Der Herbst ist da.«

Sie nickte. Ja. Der Herbst war da.

Sie rollten die Straße entlang. Ein Jahr war es her, da war sie mit Wilhelm diese Strecke gefahren. Zur Anlauter. Da hatte sie ihn das erste Mal nackt gesehen und er sie. In ihrem Leben würde sie nie wieder auf ein Moped steigen.

Der Opa deutete nach oben in den weiten Himmel, der von einem Blau war, das es nur im Herbst gab. Eine Schar Gänse zog in schönem V über die Leere nach Süden.

»Zeit zum Fortgehen«, rief er ihr zu. »Hast du schon mit dem Siegfried gesprochen?«

Sie passierten die Einmündung zum Eichental, zum Sommerkeller. Es zog sehnsüchtig in ihr. Sie hätte es so gerne noch einmal gespürt, dieses Glück von damals.

»Ich hab es ihm gesagt. Aber richtig geredet haben wir nicht. Ich ... Opa, ich weiß nicht, ob es wirklich geht. Ob sie es schaffen ohne mich.«

Sie wurden schneller, weil es jetzt richtig bergab ging, am Gersdorfer Friedhof vorbei, der am Hang lag, hinunter ins Anlautertal. Aber der Opa bremste nicht. Er ließ das Rad laufen, und sie musste sogar treten, weil sein Rad schwerer war als das ihre und er mehr Schwung hatte. Er sah sich nach ihr um, dann lachte er auf einmal laut, beugte sich vor wie ein Rennfahrer und fuhr ihr davon. Erst am Kriegerdenkmal holte sie ihn wieder ein.

»Opa!«

Er bremste sacht. Sah im Fahren zu ihr herüber und lächelte wie ein Bub.

»Weiß ich, wie oft ich das noch machen kann? Hinterher müssen wir es eh wieder hinauf, da nehme ich mir doch den Spaß auf der Hinfahrt nicht!«

Sie fuhren weiter bis zum Teich. Der Alte wies nach links.

»Ich werde ein wenig brauchen. Kannst auch wieder heimfahren.«

Sie schüttelte den Kopf.

»Ich warte auf dich, Opa.«

Er zögerte, bevor er weiterfuhr, dann sagte er rasch: »Hör, Bobbie. Wenn du auf dem Moped gesessen hättest, dann müssten sie es auch ohne dich schaffen. Es gibt immer einen Weg.«

Dann trat er wieder in die Pedale und bog in die Braugasse ein.

Wenn ich auf dem Moped gesessen hätte ... sie stellte das Rad ab und setzte sich auf das Geländer der kleinen Holzbrücke. Unter ihr floss die Anlauter und in ihr wie goldene Schiffchen Hunderte Birkenblätter. Dass die Welt schön sein konnte ohne ihn! Das Holz war warm von der Sonne, und wäre der Wind nicht gewesen, man hätte noch einmal schwimmen gehen können.

Wenn ich auf dem Moped gesessen hätte.

Aber das hatte sie nicht. Sie war hier. Und die Frage war eigentlich, wo sie hingehörte. Der Opa wollte, dass sie ging. Aber das Kartoffelfeuer roch er immer noch gern. Und wenn sie ins Wasser auf die Blätter sah, dann wusste sie, dass sie hierhergehörte. Vielleicht waren es einfach zwei Dinge; vielleicht gehörte man irgendwohin und musste trotzdem fortgehen. Was hatte Wilhelm gesagt? Menschen sind keine Bäume. Ja. Menschen hatten auch Wurzeln, aber andere. Solche, die sie hinter sich lassen konnten. Oder mitnahmen, sie wusste es nicht genau. Aber dass der Opa Heimweh nach dem Mississippi hatte, das spürte sie.

Es gibt immer einen Weg. Der Opa redete sich leicht. Wenn es so war, warum war er dann hiergeblieben? Sie dachte an all die Arbeit, die sie mit der Ernte gehabt hatten. Und auch wenn der Vater immer noch anderthalb Zentner auf den Rücken nehmen konnte – irgendwann schafften sie es trotzdem nicht mehr allein.

Es gibt immer einen Weg.

Nein. Es gab nicht immer einen Weg. Sie sah den Bach entlang. Hier hätte man nicht in ihm schwimmen können, er war viel zu flach. Aber hinter den Weiden und der aufgegebenen Mühle, da wurde er tief. Ihr fiel ein, was der Vater immer sagte, wenn er wieder einmal das Scheunendach abdichten musste: Wasser findet immer einen Weg.

Wasser. Ja. Weil es für Wasser keine Hindernisse gab, sondern nur längere Wege. Andere. Wasser musste nicht über einen Stein. Es floss drumherum.

Herrgott, war sie dumm! Der Gedanke war so plötzlich da, dass es sie nicht mehr hielt. Sie sprang vom Geländer und stieg auf. Der Opa würde auch allein heimfinden.

Es war früher Abend, als sie heimkam. Die Eltern waren noch im Stall, melken. Weil der Tag so klar gewesen war, wurde es jetzt rasch kalt. Sie ging in die Küche und schürte an. Holte das Brot aus der Speis, die Butter, Wurst und Käse und dem Vater ein Bier. Deckte den Tisch. Dann ging sie durch den Gang hinüber zum Opa und klopfte. An seinem Ja konnte sie seinen Ärger schon hören, bevor sie eintrat.

»Du hättest warten können auf mich!«, schnauzte er sie an. »Ich bin fast eine Stunde herumgestanden. Dafür hättest du nicht mitkommen brauchen.«

Er stand am Fenster und rauchte, wie so oft. Und er war wirklich verärgert. Sie trat zu ihm ans Fenster. Legte die Hand auf seinen Arm, die er sofort abschüttelte.

»Opa«, sagte sie, »es tut mir leid. Aber es hat sein müssen. Weil mir das Richtige eingefallen ist, oder eigentlich dir, und ich hab es gleich ausmachen müssen. Es tut mir leid, aber es hat ehrlich nötig getan.«

»Sel«, brummte der Alte. »Und was ist dir eingefallen?«

»Wenn du heute mit hinüber zum Nachtmahl kommst, dann hörst du es. Und …«, sie zögerte etwas.

»Was noch?«, fragte er, aber er klang schon wieder wie immer.

»Ich könnte dich brauchen, heute Abend. Ich weiß nicht, wie es dem Vater gefallen wird.«

Der Opa lächelte spöttisch.

»Gerade ich? Dann bin ich besser dagegen, dann ist er dafür.«

»Kommst du?«

»Lass mich fertig rauchen. Bin gleich drüben.«

Die Mutter kam mit einer Kanne frischer Milch aus dem Stall, und sie konnte ihr ansehen, dass sie gleich darüber sottern wollte, dass sie zum Melken nicht da gewesen war, aber dann trat sie in die geheizte Küche, sah den gedeckten Tisch, das aufgeschnittene Brot, die gerichteten Teller und blieb still. Der Vater, bis zur Tür in den schweren Gummistiefeln, brachte den warmen Geruch der Kühe mit, ging zuerst durch die Küche ins Bad und wusch sich, bevor er sich an den Tisch setzte.

»Ist plötzlich Sonntag geworden?«, fragte er gut gelaunt, als er das Bier schon eingeschenkt fand.

Er sah auf, als der Opa hereinkam und sich dazusetzte.

»Das gerade nicht«, sagte Roberta. Jetzt war ihr doch ein wenig flau zumute. Sie musste schlucken und wusste nicht recht, wie sie anfangen sollte.

»Das nicht, Vater. Ich wollte, dass wir noch einmal zusammensitzen und reden, bevor ich gehe.«

Der Vater stellte sein Glas hart hin, dass das Bier schwappte. Die Mutter wollte schon etwas sagen, aber sie war schneller.

»Ich hab dir gesagt, Vater, dass ich nach dem Ernten fortgehen werde. Aber dass es ohne Hilfe nicht geht auf dem Hof, das weiß ich auch.«

»Wo willst denn du hin?«, fragte die Mutter mit dem Unverständnis in der Stimme, das sie schon so lange kannte. Die Mutter verstand nie. »Willst in die Stadt? Willst eine Bessere werden?«

Der Opa wollte schon etwas sagen, aber Roberta machte eine Handbewegung, und er schwieg.

Sie stand auf.

»Dass wir einmal in Ruhe reden, das will ich. Vater, ich geh so oder so. Aber ich will, dass es im Guten ist, und deshalb habe ich mir überlegt, wie es gehen kann.«

»Du kannst nicht einfach so gehen!«, sagte der Vater hart. »Denkst du, die Mutter kann das ewig machen? Mit zwei Frauen am Hof ist es eh hart genug.«

»Ich wäre schon auch noch da«, warf der Opa trocken ein.

Der Vater schnaufte nur verächtlich. Roberta spürte die Wut in sich aufsteigen, aber sie hielt sich zurück.

»Das habe ich mir auch gedacht, Vater, dass du mit zwei Frauen auf dem Hof nicht zurechtkommst.«

Er schaute überrascht hoch.

»Was meinst du?«

Sie verzog den Mund. Damit hat er nicht gerechnet, dachte sie. Damit nicht.

»Dass es einen Mann am Hof braucht«, sagte sie spöttisch. »Deshalb übernimmt der Wolfgang für mich. Wir haben heute geredet. Der Adi muss den Hof verkaufen. Morgen schon kann er anfangen.«

Die Mutter war aufgestanden, und die Ofenklappe knallte auf, als sie wütend ein Scheit nachschob.

»Der Wolfgang! Der Schlucker bei uns?«

Der Opa sah zu Roberta hoch. Die Fältchen um die Augen wurden tief, als er verstohlen den Daumen hob. Sie holte tief Luft.

»Ja. Der Schlucker ist ein besserer Bauer als viele im Dorf. Und du weißt es, Vater. Ob du ihn nimmst oder nicht, Vater, das musst du selbst wissen. Ob ich im Frieden mit euch gehe oder nicht, das auch. Aber ich gehe.«

Die Mutter wollte wieder etwas sagen, aber der Vater machte eine abwehrende Handbewegung, stand auf und ging aus der Küche. Die Tür schlug heftig zu.

»Jetzt hast du es!«, sagte die Mutter wütend zu Roberta. Stand auf und fing an, das unbenutzte Geschirr zu spülen. Roberta sah unsicher zum Opa. Innerlich zitterte sie noch immer. Der Opa hob die Schultern.

»Er wird nachdenken müssen darüber. Immerhin hat er nicht gleich Nein gesagt. Das hätte ich gedacht, aber am Ende lernt er doch noch dazu.«

Sie drückte kurz seine Hand und setzte sich neben ihn, aber da kam der Vater schon wieder herein und ging den Opa scharf an.

»Ist das deine Idee gewesen? Hast du dir das ausgedacht?«

Der Opa sah ruhig zu ihm hoch.

»Diesmal nicht, Siegfried. Dazu hat sie mich nicht gebraucht, deine Roberta. Die steckt mich in die Tasche und euch auch.« Er stand auf und sah seinem Sohn gerade und hart ins Gesicht. »So eine gibt es nicht noch einmal. Und du willst es dir für immer mit ihr verderben? Dankbar sollst du sein, dass sie an euch denkt! Dass sie sich was überlegt hat.«

Roberta holte tief Luft. Der Vater würde sich das nicht gefallen lassen. Aber dann sah er sie nur an und sagte kurz: »Sag dem Wolfgang, dass es so einfach nicht geht. Dass er mit mir zu reden hat als Erstes, und dann muss ein Papier gemacht werden.«

Dann setzte er sich wieder an den Tisch und trank sein Bier, während der Opa so überrascht aussah, wie Roberta ihn selten gesehen hatte.

»Ich sag's ihm«, sagte sie. Eine tiefe Erleichterung hob sie wie eine Welle in ihr. Sie ging aus der Küche, aber im Gang drehte sie sich um und öffnete die Tür noch einmal.

»Danke, Vater.«

Der nickte nur. Die Mutter dagegen setzte einen der abgewaschenen Teller so hart auf die Spüle, dass er brach.

53

Georg brachte sie zum Bahnhof. So richtig zügig ging es nicht mehr – sie hatte komplett vergessen, wie beschwerlich die letzten zwei Monate einer Schwangerschaft sein konnten.

Es war sehr früh, die Straßenlaternen brannten noch, aber sie hatte ein paar Stunden Bahnfahrt vor sich. Ihr Atem rauchte weiß in der kalten Oktoberluft. Auf dem Gras des Walls lag Raureif. Es würde ein klarer Tag werden.

Georg hielt ihr die Bahnhofstür auf.

»Ich bin nicht krank«, sagte sie, »ich bin nur schwanger. Es reicht, dass du meinen Koffer trägst.«

Er ließ die Tür hinter ihr fallen, stellte den Koffer ab und betrachtete sie zweifelnd.

»Bist du sicher, dass eine Fahrkarte reicht?«, fragte er harmlos.

Sie musste trotz ihrer Nervosität lächeln.

»Nicht jetzt, Georg, bitte. Ich bin aufgeregt genug.«

»Ich weiß«, sagte er lächelnd, »deshalb.« Er sah auf die Uhr. »Es ist noch Zeit für einen schnellen Kaffee. Willst du?«

Sie nahmen den Kaffee an einem der Stehtische. Ohne Georg wäre es sehr trist gewesen. Um sie herum die ersten Pendler. Der Zeitungskiosk öffnete. Zwei Schaffner mit ihren Ledertaschen auf dem Weg zur Arbeit. Es war fast deprimierend nüchtern. Aber der Kaffee roch gut, und es war schön, schnell noch etwas Warmes zu trinken.

»Du bist wirklich aufgeregt.«

Georg legte den Kopf ein wenig schief, als er sie ansah. Das hatte er schon als Kind manchmal gemacht. Sie hob die Schultern wie zur Entschuldigung.

»Wir haben uns seitdem nicht mehr gesehen. Nur Briefe geschrieben und telefoniert. Du wärst auch aufgeregt.«

Er nahm nachdenklich einen Schluck.

»Schon. Was denkst du, wird es denn anders werden zwischen euch?«

»Ich kann es nicht wissen, wenn ich es nicht versuche. Und ich will es versuchen. Er muss schrecklich einsam gewesen sein.« Sie machte eine lange Pause und sah hoch zur Bahnhofsuhr. Knapp zehn Minuten noch.

»Man kann nicht wissen, was die Toten denken«, sagte sie sehr leise, »aber ich glaube, Wilhelm hätte gewollt, dass wir es noch einmal probieren.«

Georg stellte die Tasse hin und nahm ihren Koffer auf.

»Das denke ich auch«, sagte er.

Roberta war sehr früh wach geworden.

Heute.

Heute ging sie fort.

Im Dorf war es still. Als sie damals in der Lehre gewesen war, da hatten ihr die Geräusche des Morgens gefehlt. Die Kirchenglocken. Das Anlaufen der Melkmaschinen. Das Öffnen der Läden vom Bäcker gegenüber. Sie wusste noch nicht, ob ihr das wieder fehlen würde. Dass Wilhelm ihr fehlte, das nahm sie eh mit.

Sie griff nach oben, knipste das Licht an und zog den Brief

unter dem Kopfkissen hervor. Das Papier war schon ganz weich geworden, so oft hatte sie ihn gelesen.

Liebste. Das stand da immer noch. Und er hatte es nach dem Streit geschrieben, in der Hoffnung, sie wiederzusehen.

Liebster, dachte sie. Liebster.

Ob ihre Mutter das jemals zum Vater gesagt hatte? Sie konnte es sich nicht vorstellen, und das war auch ein Grund, fortzugehen.

Sie las den Brief von Anfang bis zu dem Ende, das kein Ende war: *Egal, wie es kommt, Bobbie: Ich liebe dich, und wir beide wollen …*

Sie würde nie herausbringen, was sie beide gewollt hatten. Er war gestört worden oder er hatte noch nachdenken wollen oder … es war ja gleich. Auf einmal war sie froh, dass er das Wichtigste hatte hinschreiben können. Wilhelm, dachte sie, ich gehe fort, aber ich nehme dich mit.

Sie konnte nicht mehr schlafen, also stand sie auf, wusch sich, zog sich an. Und wenn sie schon auf war, konnte sie noch einmal zum Melken hinüber. Es brachte nichts, in der Küche herumzusitzen.

Im Stall strich sie der Bunten übers Fell, und dann wusch sie ihr das Euter besonders behutsam, bevor sie die Saugzapfen ansetzte. Die Bunte … sie hoffte, die würde noch da sein, wenn sie das nächste Mal zu Besuch kam.

Als sie fertig war, wurde es bereits hell. Noch einmal waschen und umziehen. Dann war sie fertig. Es war erst acht. Der Bus fuhr um elf. Sie ging über den Hof nach oben zu den Holzstößen und lud eine Karre voll. Der Morgen war richtig kalt, aber es würde noch einmal schön werden. Ein Oktober wie aus dem Bilderbuch. Als sie das Holz in den Heizungsraum gebracht hatte, gab es nichts mehr zu tun. Von den Eltern hatte sie sich gestern schon verabschiedet; die waren bereits in den Wald gefahren. Sie ging ins Haus und zur Stube vom Opa. Die Tür stand offen, der Raum war leer. Aber das Rad war da. Er musste irgendwo im Haus sein.

»Opa!«, rief sie. »Opa?«

Sie lauschte, aber er antwortete nicht. Vielleicht war er beim Bäcker. Sie stieg müßig die Treppen hoch, blieb unschlüssig stehen. Der Koffer war gepackt. Die Tasche fertig. Hühner und Schweine gefüttert. Es war seltsam, mitten am Vormittag nichts zu tun zu haben. Sie klinkte die Tür zum Dachboden auf und stieg hoch. Seit damals war sie nicht mehr oben gewesen. Als sie die Stiege nahm, hörte sie es schon. Das leise Zischen des Schiffchens durch die Kette. Das hölzerne Klappern des Kamms. Da wob einer. Sie öffnete die Tür zur Bodenkammer. Der Opa saß auf dem schmalen Brett des Webstuhls und arbeitete. Als er die Tür hörte, sah er auf.

»Eigentlich hab ich gehofft, dass ich eher fertig werde. Ich hab ja nicht wissen können, dass du das Fortgehen gleich so übers Knie brichst. Jetzt hab ich die ganze Nacht weben müssen.«

Das Stück auf dem Stuhl war gebrochen weiß; als sie nähertrat, sah sie, dass es kein Leinen war, sondern grobe Baumwolle. Natürlich Baumwolle. Aber das Besondere war, dass der Opa am Anfang und am Ende Streifen aus Stroh eingewebt hatte. Staunend befühlte sie das Tuch. Das Stroh fasste sich seltsam weich an. Und das Tuch sah aus, als hätte es einer entworfen, so ungewöhnlich schön war dieser Kontrast aus dem lichten Gelb und dem sanften Weiß.

»Wie hast du das gemacht?«

Der Alte stand vom Brett auf und streckte sich. Er sah müde aus, aber zufrieden.

»Gedämpft. Und dann gewalzt. Noch mal gedämpft. Es ist von unserem Weizen. Ich hab gedacht, du brauchst ein Tuch, das dich an das Gute daheim erinnert. Und wenn du jetzt gehst, ist es halt jetzt auch fertig.«

Er löste das Stück geschickt und schnell vom Baum. Die Endfäden knotete er dicht ans Tuch, und dann drehte er immer zehn oder zwölf mit einem Stöckchen eng zusammen, sodass es Fransen gab.

»Lang mir die Schere her«, sagte er und streckte die Hand aus. Sie gab sie ihm, und er kürzte die Fransen auf eine Länge.

»Fertig«, sagte er befriedigt. »Fertig. Geh einmal her.«

»Ich bin doch schon da, Opa«, sagte sie.

Er stand vor ihr und warf ihr mit einem raschen Schwung das Tuch über die Schultern. Durch das eingewebte Stroh schmiegte es sich nicht ganz an, sondern fiel im Bogen um sie.

»Opa!«

Mehr konnte sie nicht sagen. Der Alte tastete verlegen nach seinem Zigarillokästchen.

»Mir war so … ich hab mich an das Umschlagtuch erinnert. Und dann … ich hab gedacht, du musst auch eins haben, wenn du jetzt fortgehst. Dass du mich nicht vergisst.«

Sie konnte nichts gegen die Tränen tun.

»Geh!«, sagte der Alte noch verlegener. »Das ist nicht zum Weinen.«

»Doch«, sagte sie leise.

»Jetzt ist es gut«, sagte er und schob sie zur Treppe. »Ich bring dich hinunter.«

Sie standen vor der Haustür. Das Tuch hatte sie umbehalten. Der Morgen war so, dass die Blätter vor Kälte unter den Sohlen knisterten, aber die Sonne war schon herauf. Der Alte rauchte sein Zigarillo, und der Tabakrauch stieg blau und fast senkrecht nach oben, so still war die Luft. Das Wetter war so, dass sie auf einmal keine Lust mehr hatte, auf den Bus zu warten.

»Opa, ich täte gern laufen. Gibst du dem Busfahrer den Koffer mit? Er soll ihn am Bahnhof einfach hinausstellen, ich werde da sein.«

Er nickte schweigend.

»Es wird auch Zeit«, sagte er dann. »Auf Wiedersehen, Bobbie.«

Er streckte ihr die Hand hin, aber sie umarmte ihn einfach, und er hielt sie mit seiner ganzen alten Kraft ein paar Sekunden lang. Dann ging sie.

Es war kurz vor Hochstett, als es ihr auffiel. Ich gehe, wie ich gekommen bin. Zu Fuß.

Ihr war warm geworden, obwohl der Morgen immer noch kühl war. Die Jacke hatte sie aufgeknöpft, aber das Tuch weiter um die Schultern. Als sie im Dorf die Abkürzung über den Hof vom Zimmermann nahm, kam sie an der hinteren Ausfahrt an einem Hollerbusch vorbei. Ein paar Blätter hatte er noch, und ein paar vertrocknete Trauben hingen noch daran. Sie blieb einen Augenblick stehen. Das würde auch nicht mehr anders werden. Wann immer sie künftig einen sehen würde, würde sie an ihn denken müssen. Sie brach einen Zweig ab und ging weiter.

Sie wanderte gleichmäßig und dachte an Eva und daran, dass sie nun doch wieder in der Schneiderei arbeiten würde.

Immerhin zahlten sie ihr zusätzlich etwas für die Entwürfe und Schnitte. Die Chefin hatte gesagt, dass sie ein paar davon an eine Bekannte in einem der großen Kaufhäuser schicken würde. Sie drehte den Holunderstecken in der Hand. Leicht würde es nicht werden.

Sie erreichte den Waldrand, und da war auch die Kurve. Sie hätte den anderen Weg nehmen können, aber es wäre ihr feig vorgekommen. Am Baum blieb sie stehen. Hier also.

Bis auf das leise, stete Rauschen der fallenden Blätter war es sehr still. Sie wusste nicht, was sie fühlen sollte. Hier war er ohnehin nicht. Hier am allerwenigsten. Sie atmete tief ein und war schon ein paar Schritte gegangen, als sie doch noch einmal zurückging, sich hinkniete und mit den Händen rasch ein kleines Loch grub, in das sie den Hollerzweig steckte. Vielleicht ging er an, und dann war es … ihn machte es nicht wieder lebendig. Aber dann war er für ein anderes Leben.

Sie drehte sich nicht noch einmal um, als sie in den Wald hineinging.

Als der Zug endlich einfuhr, hatte sie schon längst nicht mehr sitzen können. Zum einen, weil sie Rückenschmerzen bekam, zum anderen, weil sie einfach nervös war. Sie hatte Hermann nicht geschrieben, wann sie ankommen würde. Sie wollte nicht abgeholt werden wie damals, als sie von der Reise zurückgekehrt war. Damals war Wilhelm dabei gewesen.

Der Schaffner hob ihr den Koffer auf den Bahnsteig, und sie gab ihm ein Trinkgeld. Er bedankte sich überrascht, und sie dachte beschämt, wie leicht es war, jemandem eine Freude zu machen, und wie oft sie es einfach nicht getan hatte.

Die Bahnhofshalle war um die Mittagsstunde ziemlich leer, und deshalb fiel ihr die junge Frau in dem eleganten Umschlagtuch mit dem großen, altmodischen Koffer sofort auf. Es brauchte einen Augenblick, bis sie Roberta erkannte, die vor der Abfahrtstafel stand und sie nicht sah. Gertrud zögerte, aber dann ging sie zu ihr.

Roberta drehte sich überrascht um, als sie ihren Namen hörte, und erkannte die Frau Pfarrer nicht sofort. Weil sie hochschwanger war und ihr Gesicht sich auch ein wenig verändert hatte. Und dann dauerte es noch einmal ein paar Sekunden, bis sie gerechnet hatte und begriff.

Gertrud sah die winzige Bewegung in Robertas Pupillen.

»Ja«, sagte sie und deutete auf ihren Bauch, »ich war schon schwanger, als wir geredet haben. Ich … damals beim Sommerkeller«, begann sie stockend, »da hast du gesagt … ich war sehr verzweifelt an dem Tag.«

»Ich auch«, sagte Roberta mit trockener Stimme. »Aber mir … mir hat es geholfen, mit Ihnen zu reden.«

Gertrud holte tief Luft. Sie wusste nicht, ob sie jemals so sein würde wie diese junge Frau. Ob sie jemals so mutig sein würde, so geradeheraus zu sein, alles einfach zu benennen, auch wenn es wehtat.

»Ich hätte das Kind nicht behalten«, sagte sie, innerlich zitternd, »wenn du mir nicht von … über dich und Wilhelm erzählt hättest. Es ist nicht von meinem Mann.«

»Oh«, sagte Roberta. Nichts weiter. Es war nur ein Laut der Überraschung, und wieder dauerte es ein wenig, bis sie verstanden hatte, was das bedeutete.

»Hat Wilhelm es gewusst?«, fragte sie mit noch trockenerem Mund.

Gertrud schwieg einen Moment. Weil sie nicht wusste, ob es jetzt richtig war, die Wahrheit zu sagen. Ob es Roberta verletzen würde.

Ein Zug fuhr ein. Die Bremsen schrien, und es war, als ob das Gebäude erzitterte.

»Ich muss los«, sagte Roberta und griff nach ihrem Koffer.

»Nein«, antwortete Gertrud schnell. »Er hat es nicht gewusst.« Noch einmal holte sie tief Luft. Ihr war flau, und innerlich zitterte sie immer noch. Aber wenn es jemanden gab, der ein Recht darauf hatte, dass man ihr alles sagte, dann war es Roberta.

»Aber mein Mann weiß es jetzt.«

Roberta setzte den Koffer noch einmal ab. Schwieg. Ihre Gedanken rannten.

Der Herr Pfarrer wusste, dass es nicht sein Kind war, und trotzdem … die Frau Pfarrer fuhr doch zu ihm zurück, jetzt gerade! Wie Wilhelm. So war Wilhelm auch gewesen. Einer, der versteht und verzeiht.

»Frau Pfarrer«, begann sie, aber Gertrud unterbrach sie.

»Du gehst weg, nicht wahr?«

Sie nickte und lächelte. Es war ein trauriges Lächeln, dachte Gertrud, aber ein Lächeln.

»Wilhelm hat einmal gesagt, dass ich in die Welt gehen soll. Da habe ich es noch nicht gekonnt. So viele Sachen hat es gegeben, von denen ich nicht gedacht habe, dass sie möglich sind. Aber Wilhelm hat sie angeschaut und manchmal ein bisschen gelacht, und dann hat er gesagt: Man muss es probieren. Am Ende geht es doch. Deswegen gehe ich jetzt fort. Wegen ihm.«

Ja, dachte Gertrud, ich weiß, was Wilhelm an ihr geliebt hat.

»Wegen ihm«, sagte sie leise, »komme ich zurück. Roberta …«

Die hatte ihren Koffer wieder aufgenommen. Er sah schwer aus.

»Ja?«

»Danke, dass du ihn geliebt hast.«

Roberta nickte nur und ging zum Ausgang. Sie ging so bestimmt, als wäre es für immer, und Gertrud hatte plötzlich das Gefühl, dass sie die Frau nicht verlieren dürfte, die Wilhelm geliebt hatte. Sie ließ ihr Gepäck stehen und lief ihr hinterher. Roberta hörte die eiligen Schritte hinter sich und drehte sich um. Sie erschrak fast, als sie sah, wie aufgeregt die Frau Pfarrer war.

»Roberta«, sagte sie heftig atmend, »würdest du Patin sein wollen? Es wäre mir … ich würde mich sehr freuen. Sehr!«

Es klang viel zu schwach für den plötzlichen Wunsch, den sie da in sich hatte.

Patin! Roberta hielt inne. Für diesen Moment rückte alles in den Hintergrund, der wartende Zug und die eilenden Menschen und die Lautsprecherdurchsagen. In ihrer Welt, auf dem Dorf, bedeutete das etwas. Pate sein war ein Band. Zwischen der Patin und den Eltern und dem Kind. Es war auch ein Versprechen. Wenn den Eltern etwas zustieß, dann war es die Patin, der Pate, die sich um das Kind zu kümmern hatten. Ob die Frau Pfarrer das wusste? Aber als sie ihr in die Augen sah, wusste sie: Ja. Es sollte ein Band sein.

»Gerne«, sagte sie. »Wenn Sie dem Opa Bescheid geben, der weiß, wo ich bin. Dann komme ich zur Taufe natürlich heim. Und, Frau Pfarrer«, setzte sie mit einem Blick auf den Bauch hinzu, »viel Glück!«

Gertrud sah ihr nach, wie sie mit geradem Rücken durch die Ausgangstür eilte, über das Gleis und dann in den Zug stieg.

»Gute Reise«, sagte sie, aber so, dass es keiner außer ihr hörte. »Gute Reise, Roberta.«

Dann ging sie aus dem Bahnhof und stieg in den Bus, um nach Hause in ihr Dorf zu fahren.

54

Es musste die ganze Nacht über geschneit haben, denn es war gerade einmal die Landstraße geräumt. Auf den Nebenstraßen und auf den Feldern lag der Schnee so hoch, dass die Begrenzungspfosten nicht mehr zu sehen waren. Aber jetzt hatte es aufgeklart, und es war beißend kalt, als sie in Salach aus dem Bus stieg. Es kam ihr vor, als wäre sie länger weg gewesen als nur ein Vierteljahr. Aus allen Schlöten ringsum rauchte es, aber am meisten natürlich aus dem vom Bäcker. Alle Dächer waren weiß. Das Dorf einfarbig.

Wie still es war! Wie an einem Sonntag, dabei war es doch ein Sonnabendmorgen. Aber durch den Schnee war selbst das Motorengeräusch des Busses schnell verklungen.

Vor dem Elternhaus war ein schmaler Pfad geräumt und gekehrt; der Schnee häufte sich hinter dem Zaun mehr als einen Meter hoch. Sie verzog den Mund. Der Vater war sicher schon um sechs heraußen gewesen. An den Samstagen war es im Sommer eine Ehrensache, die Straße früh genug gekehrt, im Winter, als Erster den Schnee weggeschippt zu haben.

Als sie zur hinteren Tür über den Hof ging, öffnete sich die Tür zum Kuhstall, und Wolfgang kam heraus. Als er sie sah, stellte er die Forke weg und rannte auf sie zu. Er rannte trotz des Schnees, lachend und so, als wäre er daheim.

»Dass du endlich da bist! Ich hab mich die ganze Woche

schon gefreut. Der Opa hat es mir gesagt, dass du zur Taufe kommst.«

Sie lächelte.

»Arbeiten die Eltern eigentlich noch irgendwas, seit du da bist? Großbauer Wolfgang … hat dir der Vater den Hof schon überschrieben?«

Er lachte.

»So weit kommt es noch. Aber es geht gut. Wirklich gut. Und bei dir, in der Stadt? Wann gehst du nach Paris?«

Sie traf ihn an der Schulter, spielerisch, lachend, aber doch so, dass er auf dem glatt getretenen Schnee ins Taumeln geriet.

»Hat der Opa den Mund nicht halten können?«

Er wiegte den Kopf.

»Man muss nur mit den Leuten reden, dann erzählen sie einem alles. Komm, wir gehen hinein.«

Sie wünschte den Eltern ein gesundes neues Jahr, trank den Morgenkaffee mit ihnen, sprach ein wenig von der Arbeit in der Schneiderei, aber schon als sie von den Entwürfen erzählte, die sie jetzt regelmäßig an die Hauptabteilung in München verkaufte, verstanden sie nichts mehr.

»Die zahlen für deine Bilder?«, fragte die Mutter kopfschüttelnd, während sie aufstand und nachschürte. »Dafür?«

Sie nickte. Wie sollte sie ihr erklären, was Entwürfe und Schnitte bedeuteten?

»Ich erfinde die Kleider für sie … die Farben und wie sie aussehen.«

»Die sind alle lappet in der Stadt«, sagte die Mutter nur. »Wie kann man Kleider erfinden? Die hat es doch längst. Aber wenn sie zu viel Geld haben …«

Sie stand auf, ließ den Wolfgang mit der Mutter zurück und

ging hinüber zum Opa. Das war eh das Wichtigste, neben der Taufe. Nur seinetwegen war sie so früh gekommen.

Er las die Zeitung, als sie in seine Stube trat.

»Bobbie! Gut schaust du aus. Setz dich her zu mir. Wann geht es nach Paris?«

Er lächelte sie an, und für einen Augenblick konnte sie den jungen Mann auf dem Foto wiedererkennen, das er ihr einmal gezeigt hatte.

»Wie alt bist du eigentlich, Opa?«

»Neunundsechzig werde ich in diesem Jahr. So Gott will«, sagte er und klopfte auf den Tisch. »Warum?«

Sie zuckte die Schultern.

»Nur so. Ich hab es nie gewusst.«

Sie setzte sich zu ihm.

»Ich hab etwas für dich.«

Er faltete die Zeitung zusammen und legte sie auf den Tisch. Griff nach dem Zigarillokästchen und fragte neugierig: »Hast mir etwas geschneidert für die Kindstaufe?«

Sie schüttelte den Kopf, zog den Brief aus der Tasche, legte ihn auf den Tisch und schob ihn zu ihm hinüber. Ein blauer Umschlag und dick. Man konnte gleich sehen, dass er nicht von hier kam. Der Opa griff danach.

»Was ist das?«

Sie stand auf.

»Es hat lang gedauert. Ich hab dem Suchdienst vom Roten Kreuz geschrieben, die haben mir erst gar nicht helfen können. Aber ich hab nicht aufgehört, und dann hat es da eine gegeben, die hat mir eine Adresse geschickt, an die hab ich dann geschrieben.«

Der Opa drehte den Brief in der Hand. Es stand kein Absender darauf, weil er in dem anderen, großen Kuvert vom Militär gekommen war. Sie sah, dass seine Hände zu zittern begannen, ganz leicht nur, aber zu sehen war es. Er ließ das Zigarillo liegen und sah sie an.

»Die Amis haben auch einen Suchdienst. Für alle Armeeangehörigen. Die haben mir helfen können, die Elly zu finden. Ich hab ihr geschrieben mit meinem schlechten Englisch, aber es hat gereicht.« Sie zeigte auf den Umschlag. »Das ist ihre Antwort. Ich weiß nicht, was drinsteht.«

Der Opa wollte aufstehen, aber es gelang erst beim zweiten Mal. Sie konnte es verstehen. Ihre Beine waren auf einmal auch schwach.

»Bobbie«, sagte der Opa tonlos, »Bobbie …«

»Ich geh jetzt hinüber ins Pfarrhaus«, sagte sie hastig. »Die warten schon auf mich. Du kommst zur Taufe, oder? Dann sehen wir uns gleich.«

Damit drehte sie sich um und ging. Sie wusste, wie sich das anfühlte. Der Opa musste allein sein. Auch wenn es nicht der Brief einer Toten war.

Es war das erste Mal seit damals, dass sie das Pfarrhaus wieder betrat. Rechts und links von der Haustür standen zwei Fichtenschösslinge. Es wirkte festlich, wie zu Pfingsten oder zur Konfirmation. Oben, im Wohnzimmer, sah alles anders aus als damals. Neue Vorhänge gab es und auch andere Möbel. Sie war froh. Silvester vor einem Jahr war es gewesen … sie spürte den schweren Armreif um ihr Handgelenk, den er ihr geschenkt hatte, in dieser Nacht.

Sein Onkel Georg war da und natürlich seine Großeltern und die Frau Pfarrer. Der Herr Pfarrer war sicher schon drüben in der Kirche.

Gertrud stillte das Kleine eben noch einmal, damit es während der Taufe nicht schrie, als sie Roberta hereinkommen sah. Verändert ist sie, dachte Gertrud, aber ernst hat sie schon immer ausgeschaut. Die Trauer hat sie schön gemacht. Sie stand auf und ging ihr entgegen.

»Wie schön, dass du da bist. Roberta, wir müssen jetzt Du sagen. Du bist die Patin.«

Roberta nickte.

»Ich werde mich daran gewöhnen müssen, Gertrud«, sagte sie. Das Kind auf dem Arm hatte die Augen geschlossen und atmete in ganz zarten Zügen. Sie wusste nicht, wem es ähnlich sah, aber das machte nichts.

»Das ist mein Bruder Georg«, stellte Gertrud ihn vor, als er dazukam. Georg lächelte.

»Wir kennen uns von früher, meine ich.«

Roberta nickte wieder. Er reichte ihr ein Glas.

»Eigentlich stößt man erst nach der Taufe an. Aber nachdem meine Schwester schon vorangegangen ist, müssen wir auch noch schnell Brüderschaft trinken. Georg.«

Roberta lächelte, als sie mit ihm anstieß.

»Du erinnerst dich nicht, oder? Dich haben wir schon immer Onkel Georg genannt. Ich hab dich nie anders gekannt.«

Georg lächelte, dann nahm er Gertrud das Kind ab und machte eine Kopfbewegung zur Kirche hin.

»Geh dich fertig machen. Es läutet schon.«

Als sie hinübergingen, war es schon schwarz vor Leuten. Das halbe Dorf war da. Roberta folgte der Pfarrersfamilie, aber als sie zum Tor des Kirchhofs kamen, stand da der Opa. Die Glocken läuteten, und die anderen gingen an ihm vorbei nach drinnen, aber er stand da im Schnee, aufrecht und gerade in seinem alten schwarzen Anzug, das Gesicht so scharf wie je. Sie trat zu ihm.

»Ich hab immer zu dir gesagt, du sollst nicht aufgeben«, sagte er. »Und hab selbst nicht gespannt, dass ich längst aufgesteckt hab.« Er zog den Brief aus der Jackentasche wie zum Beweis für etwas, aber dann steckte er ihn wieder zurück und beugte sich zu ihr vor. »Danke«, flüsterte er heiser. »Danke für die Elly.«

Sie konnte nur nicken. Und dann gingen sie hinein.

Die Glocken schwangen aus. Der Eingangssegen wurde gebetet und das erste Lied gesungen. Das letzte Mal, dachte Gertrud mit ihrem Kind im Arm, bin ich hier zur Beerdigung gewesen. Sie sah zu Roberta hinüber, die still, ernst und aufrecht in der Bank neben ihr saß. Dann trat Hermann vor den Taufstein.

»Manchmal«, begann er, »liegen Unglück und Glück sehr nah beieinander. Ich hätte das wissen sollen, als Pfarrer, aber in Wirklichkeit, ganz im Innersten, waren das für mich lange nur Worte. Jetzt weiß ich, wie es sich anfühlt und was es bedeutet.«

Roberta hörte ihm zu, und manchmal war es, als hörte sie in dem einen oder anderen Wilhelm sprechen. Es war nicht schlimm. Eigentlich war es gut, dass er auf diese Weise nicht ganz fort war. Einmal drehte sie sich kurz um. Da saßen sie alle. Wolfgang und die Eltern und ganz hinten der Opa und das halbe Dorf. So wie sie zur Beerdigung gekommen waren, kamen sie jetzt zur Taufe. Unglück und Glück, dachte sie.

Gertrud sah, wie Hermann ihnen ein Zeichen gab.

»Die Mutter und die Patin mögen an den Taufstein treten.«

Sie stand auf und legte Roberta das Kind im Taufkleid in den Arm.

Es fühlte sich so leicht an und gleichzeitig so warm. Sie trat an den Taufstein und betrachtete es lange.

»Ich bin dankbar«, sagte Hermann, als er das Tuch vom Taufstein nahm, »dass ich heute meine Tochter taufen darf.«

Er schöpfte Wasser aus dem Becken. Als die ersten Tropfen den Kopf berührten, wachte die Kleine auf und sah sie an.

Roberta lächelte. Sie konnte nicht anders, es war so ein schöner Gedanke:

Sie hat seine Augen.

Von Ewald Arenz sind bei DuMont außerdem erschienen:

Alte Sorten
Der große Sommer
Das Diamantenmädchen
Ein Lied über der Stadt
Die Liebe an miesen Tagen
Der Duft von Schokolade
Katzentage

MIX
Papier | Fördert gute Waldnutzung
FSC® C083411
FSC www.fsc.org

Das bei der Produktion dieses Buches entstandene CO_2 wurde durch die Finanzierung von Klimaschutzprojekten kompensiert: climate-id.com/17531-2110-1001/de

2. Auflage 2025
DuMont Buchverlag, Köln

Amsterdamer Straße 192, 50735 Köln, info@dumont-buchverlag.de
Umschlaggestaltung: Lübbeke Naumann Thoben, Köln
Umschlagabbildung: Apple Blossoms – by Charles-François Daubigny, 1873 © FineArt / Alamy Stock Photo
Satz: Angelika Kudella, Köln
Gesetzt aus der Aldus nova
Druck und Verarbeitung: CPI books GmbH, Leck
Gedruckt auf säurefreiem und chlorfrei gebleichtem Papier
Printed in Germany
ISBN 978-3-7558-0558-8

www.dumont-buchverlag.de

—

Ewald Arenz bei DuMont

Der Duft von Schokolade
Roman. 272 Seiten
Taschenbuch

»Autor Ewald Arenz weiß zu verführen!«
FREUNDIN

Ein Lied über der Stadt
Roman. 316 Seiten
Taschenbuch, auch als digitales Hörbuch

»Ein melancholischer Sommernachtstraum«
BRIGITTE

Das Diamantenmädchen
Roman. 320 Seiten
Taschenbuch, auch als digitales Hörbuch

»Arenz erschafft eine untergegangene Welt.«
BERLINER ZEITUNG

Der große Sommer
Roman. 320 Seiten
gebunden, auch als Taschenbuch und E-Book
»Ein ebenso unterhaltsames wie weises Buch.«
Denis Scheck, ARD DRUCKFRISCH

Alte Sorten
Roman. 256 Seiten
gebunden, auch als Taschenbuch und E-Book
»Ein bezaubernd feiner Roman«
SÜDDEUTSCHE ZEITUNG

—

»Ewald Arenz macht ein bisschen süchtig.«

BRIGITTE

384 Seiten / Auch als E-Book

Von ersten Moment an wissen Clara und Elias, dass sie füreinander bestimmt sind. Auf das wilde Glück der Anfangszeit folgt die erste Bewährungsprobe, und die beiden zweifeln und kämpfen mit- und umeinander.
Kann man, nicht mehr ganz jung und beladen mit Lebenserfahrung, noch einmal oder überhaupt zum ersten Mal die große Liebe finden?

www.dumont-buchverlag.de **DUMONT**